Joy Fielding lebt mit ihrer Familie teils in Toronto und teils in Palm Beach, Florida. Schon während ihrer High-School- und College-Zeit hatte sie den Vorsatz, Schriftstellerin zu werden, wurde jedoch zunächst durch eine Karriere beim Theater und Fernsehen davon abgelenkt. Ehrgeiz trieb sie nach Hollywood, Frustration zurück nach Toronto, wo sie sich wieder aufs Schreiben besann. Mit Erfolg veröffentlichte sie bisher sechs Romane.

Von Joy Fielding sind außerdem erschienen:

*Ich will Ihren Mann* (Band 1667)
*Verworrene Verhältnisse* (Band 3100)
*Sag Mammi Goodbye* (Band 60386)
*Lebenslang ist nicht genug* (Band 60388)

Dieses Buch wurde auf chlor- und säurefreiem Papier gedruckt.

Deutsche Erstausgabe 1994
Dieses Taschenbuch ist bereits unter der Bandnummer 1566 erschienen.
© 1988, 1994 für die deutschsprachige Ausgabe
Droemersche Verlagsanstalt Th. Knaur Nachf., München
Das Werk einschließlich aller seiner Teile ist urheberrechtlich geschützt.
Jede Verwertung außerhalb der engen Grenzen des Urheberrechts-
gesetzes ist ohne Zustimmung des Verlages unzulässig und strafbar.
Das gilt insbesondere für Vervielfältigungen, Übersetzungen,
Mikroverfilmungen und die Einspeicherung und Verarbeitung
in elektronischen Systemen.
Titel der Originalausgabe »The Deep End«
© Joy Fielding
Originalverlag Doubleday, New York
Umschlaggestaltung Agentur Zero, München
Umschlagfoto The Image Bank
Satz IBV Satz- und Datentechnik GmbH, Berlin
Druck und Bindung Ebner Ulm
Printed in Germany
ISBN 3-426-60387-X

10 9 8 7

# Joy Fielding
# Ein mörderischer Sommer

Roman

Aus dem Amerikanischen
von Michaela Grabinger

*Für Shannon und Annie*

# 1

Das Telefon klingelt.
Joanne Hunter sitzt am Küchentisch und starrt es an. Sie macht keine Anstalten, aufzustehen und den Hörer abzunehmen, denn sie weiß, wer der Anrufer ist und was er sagen wird. Sie hat es schon oft gehört, sie spürt keinerlei Verlangen, es noch einmal zu hören.
Das Telefon klingelt weiter. Joanne, allein an ihrem Küchentisch, schließt die Augen und versucht, Bilder aus glücklicheren Tagen heraufzubeschwören.
»Mom...«
Joanne vernimmt die Stimme ihrer jüngeren Tochter wie durch einen Tunnel. Langsam öffnen sich ihre Augen. Sie lächelt dem Mädchen in der Türöffnung zu.
»Mom«, wiederholt ihre Tochter, »das Telefon klingelt.« Sie wirft einen Blick auf das weiße Wandtelefon. »Soll ich drangehen?« fragt sie, sichtlich beunruhigt von dem starren Gesichtsausdruck ihrer Mutter.
»Nein«, sagt Joanne.
»Vielleicht ist es Daddy.«
»Lulu, bitte...« Aber es ist schon zu spät. Lulu hat bereits nach dem Hörer gegriffen, führt ihn ans Ohr. »Hallo? Hallo?« Sie schneidet eine Grimasse. »Ist da jemand?«
»Leg auf, Lulu!« befiehlt Joanne in scharfem Ton; dann wird sie sofort freundlicher. »Leg auf, mein Schatz!«
»Warum ruft einer an, wenn er dann nichts sagt?« fragt das Kind schmollend.
Joanne lächelt ihr zu. Laut Geburtsschein heißt ihre Tochter

Lana, aber alle außer ihrer Lehrerin nennen sie Lulu. Sie sieht seltsamerweise gleichzeitig jünger und älter aus als eine Elfjährige.
»Ist alles in Ordnung mit dir?« fragt Lulu.
»Alles in Ordnung«, versichert Joanne lächelnd mit beruhigender Stimme.
»Warum tut jemand so was?«
»Ich weiß es nicht«, sagt Joanne wahrheitsgemäß und fährt dann mit einer Lüge fort: »Vielleicht hat sich die Person verwählt.« Was sonst soll sie ihrer Tochter schon erzählen? Daß der Tod am anderen Ende der Leitung sitzt? Daß er nur darauf wartet, durchgestellt zu werden? Sie wechselt das Thema. »Bist du jetzt fertig?«
»Ich hasse diese blöde Uniform«, erklärt Lulu und sieht an sich hinunter. »Warum konnten die nicht was Hübsches aussuchen?«
Joanne betrachtet den kräftigen Körper ihrer Tochter. Lulu ist eher wie ihr Vater gebaut, während Robin, die ältere Tochter, fast die gleiche Figur wie Joanne hat; im Gesicht ähneln beide Mädchen dem Vater. Joanne findet, daß die dunkelgrünen Shorts und das zitronengelbe T-Shirt eigentlich sehr vorteilhaft für ihre Tochter sind und gut zu ihrer hellen Haut und dem mittelbraunen Haar passen. »Lageruniformen sind immer unmöglich«, sagt sie – sie weiß, daß es sinnlos wäre, das Kind vom Gegenteil überzeugen zu wollen. »Aber du siehst richtig niedlich aus«, fügt sie hinzu. Sie muß es einfach sagen.
»Fett sehe ich aus!« widerspricht Lulu. Das hat Robin ihr kürzlich eingeredet.
»Du siehst überhaupt nicht fett aus.« Der Ton in Joannes Stimme kündigt das Ende dieses Themas an. »Ist Robin fertig?« Lulu nickt. »Ist sie immer noch sauer?«
»Die ist doch immer sauer.«
Joanne lacht. Sie weiß, daß es stimmt.
»Wann holt Daddy uns ab?«

Joanne sieht auf ihre Armbanduhr. »Bald. Ich muß mich beeilen.«
»Warum denn?« fragt Lulu ihre Mutter. »Fährst du denn mit?«
»Nein«, sagt Joanne. Ihr fällt ein, daß Paul und sie entschieden haben, es sei besser, wenn Paul die Mädchen allein zum Bus bringt. »Ich habe mir nur gedacht, ich ziehe mich mal um...«
»Für was denn?«
Nervös fährt Joanne mit der Hand über ihr orangefarbenes T-Shirt und die weißen Shorts. Orange ist die Farbe, die Paul am allerwenigsten mag, erinnert sie sich plötzlich. Und die Shorts sind alt; einer der Hosenaufschläge hat einen Fleck, den sie erst jetzt bemerkt. Sie möchte hübsch aussehen für Paul. Sie schaut auf ihre Füße. Die Nägel der großen Zehen sind tiefrot verfärbt. Sie hat in Schuhen, die eine halbe Nummer zu klein waren, Tennis gespielt. Sie überlegt, ob sie nicht geschlossene Sandalen anziehen soll, beschließt aber, es bleiben zu lassen. Wenn Paul ihre Zehen bemerkt, haben sie wenigstens ein Gesprächsthema. Es ist schon einige Wochen her, daß sie zum letztenmal über etwas anderes als über die Kinder geredet haben.
Es läutet an der Tür. Joannes Hand schnellt hoch zu ihrem Haar. Sie hat es heute noch nicht gekämmt. Vielleicht könnte sie, während Lulu die Tür öffnet, nach oben laufen, sich die Haare bürsten, das türkisfarbene Strandkleid, das Paul immer so gut gefiel, anziehen und genau in dem Augenblick in der Diele bei der Eingangstür erscheinen, in dem Paul und die Mädchen das Haus verlassen, so daß er nur einen ganz kurzen Blick auf sie werfen kann – genug, um ihm den Mund wäßrig zu machen, um ihn noch einmal zum Nachdenken zu bringen über das, was er getan hat.
Schon zu spät. Lulu ist an der Tür, da kommt Joanne jetzt nicht mehr vorbei. Eine Hand auf der Türklinke, dreht Lulu sich zu ihrer Mutter um, deren Mund sich automatisch zu einem Lä-

cheln verzieht. »Du siehst hübsch aus, Mom«, versichert Lulu ihr. Sie öffnet die Tür.
Der Fremde, der die beiden begrüßt, ist Paul Hunter, seit fast zwanzig Jahren Joannes Ehemann. Er ist mittelgroß und von normalem Körperbau, aber Joanne bemerkt neue Muskeln, die sich unter seinem blauen, kurzärmeligen Hemd abzeichnen – zweifellos das Ergebnis des seit kurzem regelmäßig betriebenen Gewichthebens. In diesem Augenblick findet sie, daß ihr seine Arme so besser gefallen, wie sie sie immer gekannt hat: eher dünn, nicht so muskulös. Es ist ihr immer schwergefallen, sich an Neues zu gewöhnen. Wahrscheinlich ist dies einer der Gründe, weshalb Paul sie verlassen hat.
»Hallo, Joanne«, sagt er freundlich, einen Arm um ihrer beider jüngste Tochter gelegt. »Du siehst gut aus.«
Joanne versucht etwas zu erwidern, aber die Stimme versagt ihr. Sie fühlt, wie ihre Knie schwach werden, sie hat Angst, jeden Moment zu Boden zu sinken oder in Tränen auszubrechen – oder beides. Aber das will sie nicht. Es würde Paul beunruhigen, und das ist das letzte, was sie möchte. Mehr als alles andere will sie, daß der Mann, mit dem sie seit beinahe zwanzig Jahren verheiratet ist, sich in seinem eigenen Haus wohl fühlt, denn sie hofft noch immer, daß er sich zur Rückkehr entschließt. Schließlich ist noch überhaupt nichts endgültig entschieden. Es ist erst zwei Monate her. Er ist noch dabei, »über alles nachzudenken«. Noch ist sie erst in der Vorhölle, und ihre Zukunft ist dort, wohin seine Entschlüsse sie beide letztlich führen werden.
»Wie geht es dir denn so?« fragt er. Seine Gegenwart füllt den ganzen Raum aus.
»Gut«, lügt Joanne, wissend, daß er ihr glauben wird, denn es ist genau das, was er glauben will. Er wird nicht die Sehnsucht in ihren Augen sehen und nicht das Zittern ihrer Stimme hören – nicht weil er ein grausamer Mensch ist, sondern weil er sich fürchtet. Er hat Angst davor, in ein Leben zurückgeschleift zu

werden, das er nicht mehr führen will. Und er hat Angst, weil er nicht weiß, durch was er dieses Leben ersetzt sehen möchte.
»Was ist denn mit deinen Zehen passiert?« fragt er.
»Mom hat in zu kleinen Schuhen Tennis gespielt«, antwortet Lulu für sie.
»Sie sehen sehr wund aus«, stellt Paul fest. Joanne bemerkt erst jetzt, wie braun er ist, wie ausgeruht er wirkt.
»Sie tun aber überhaupt nicht weh«, sagt Joanne, der Wahrheit entsprechend. »Bevor sie rot wurden, hatte ich Schmerzen, aber jetzt sind sie taub.« Joanne denkt, dies wäre wahrscheinlich auch eine gute Beschreibung ihres Lebens, aber sie sagt es nicht laut. Statt dessen lächelt sie und überlegt, ob sie Paul ins Wohnzimmer bitten und Platz nehmen lassen soll.
Paul sieht auf seine Uhr. »Wir müssen bald los«, sagt er locker, als ob es ihm im Grunde egal wäre, wann sie aufbrechen. »Wo ist Robin?«
»Ich hole sie«, macht Lulu sich erbötig und verschwindet die Treppe hinauf, läßt die Eltern allein auf einem unsichtbaren Seil, läßt sie ohne die Sicherheit, die ihre Anwesenheit ihnen gäbe.
»Möchtest du eine Tasse Kaffee?« fragt Joanne, während sie Paul durch die Diele in die große, helle Küche folgt.
»Besser nicht.« Er geht zur gläsernen Schiebetür, die die Südwand der Küche bildet, und starrt in den Garten hinaus.
»So ein Saustall!« sagt er kopfschüttelnd.
»Man kann sich daran gewöhnen«, erklärt Joanne, und ihr wird bewußt, daß es ihr bereits gelungen ist.
Der »Saustall«, den Paul angesprochen und an den Joanne sich gewöhnt hat, bezieht sich auf eine große, leere, mit Beton ausgekleidete, bumerangförmige Baugrube, die ihr neuer Swimmingpool werden sollte. Paul hat ihn entworfen (obwohl er von Beruf Rechtsanwalt ist) und versucht, aus der zur Verfügung stehenden Fläche den größtmöglichen Schwimmbereich herauszuholen. Ursprünglich sollte er eine Art Ersatz für den

Sommerurlaub sein – oder, wie der Mann von *Rogers Pools* sich noch einige Tage, bevor seine Firma pleite ging, ausdrückte: »Ihr Sommerhäuschen ohne den lästigen Verkehr.«
»Ich unternehme wirklich alles, damit das Ding endlich fertiggebaut wird«, sagt Paul.
»Davon bin ich überzeugt.« Joanne lächelt. Er soll ihr glauben, daß sie weiß, es ist nicht seine Schuld. »Was soll man schon machen?« Sie zuckt mit den Achseln.
»Schließlich war es meine Idee.«
»Ich schwimme ja sowieso nicht«, erinnert sie ihn.
Er wendet sich vom Fenster ab. »Wie geht es deinem Großvater?«
»Immer gleich.«
»Und Eve?«
»Immer gleich«. Sie lachen beide.
»Noch mehr von diesen Anrufen?« fährt er nach einer kurzen Pause fort.
»Nein.« Sie lügt, weil sie weiß, daß eine gegenteilige Antwort ihn bloß reizen würde. Er wäre dann gezwungen, das zu wiederholen, was er ihr schon oft gesagt hat: daß alle Leute Telefonanrufe von Verrückten bekommen, daß sie sich in keinerlei Gefahr befindet, daß sie, wenn sie sich wirklich Sorgen macht, noch einmal die Polizei anrufen soll oder, noch besser, Eves Mann, Brian. Er ist Polizeisergeant und wohnt im Nebenhaus. Das alles hat er ihr schon oft gesagt. Er hat ihr außerdem gesagt – und zwar so vorsichtig wie möglich –, er finde, sie zeige eine Überreaktion und übertreibe höchstwahrscheinlich, was möglicherweise gar nicht ihre Absicht sei, sondern eine Methode, mit der sie ihn an sich binden wolle, indem sie ihm die Verantwortung für sie aufbürde, die er ja gerade erst abgelegt habe, zumindest für eine bestimmte Zeit. Er hat nicht, wie ihre Freundin Eve es getan hat, die Ansicht geäußert, die Anrufe seien Produkt ihrer Phantasie, dies sei ihre Art, mit der augenblicklichen Situation fertig zu werden. Joanne versteht diese

Theorie von Eve nicht, aber Eve ist eben nicht nur ihre beste Freundin, sondern auch Psychologin. Und was ist Joanne? Joanne ist »getrennt lebend«.
Getrennt, wiederholt Joanne in Gedanken, während sie Paul folgt, der in die Diele zurückgeht. Eine ausgesprochen treffende Beschreibung. Fast ein bißchen schizophren. Getrennt, fährt es ihr durch den Kopf, wie ein Ei.
An der Treppe warten schon die Mädchen. »Habt ihr alles?« fragt ihr Vater.
Joanne starrt die Töchter an, sucht in den jungen Frauen, die sie jetzt sind, nach Spuren jener Kinder, die sie einst waren. Lulu hat sich seit dem frühen Kindesalter am wenigsten verändert, denkt Joanne; ihre großen braunen Augen – von ihrem Vater geerbt – sind immer noch der Blickfang in ihrem Gesicht, alles übrige darin dient diesen Augen nur als Hintergrund. Wenn auch die Babybacken flacher geworden sind und dem Gesicht nun etwas Jugendliches geben, wenn auch die Lippen jetzt zu einem beinahe schwulstigen Schmollmund geschwungen sind und die Nase eine ausgeformte Nase ist, nicht nur ein winziges Stück aufgewölbtes Fleisch in der Mitte ihres Gesichts, so sind die Augen doch die gleichen geblieben. Um diese Augen herum ist sie groß geworden.
Robin sieht anders aus, obwohl auch sie die Stupsnase und den eckigen Unterkiefer ihres Vaters hat. Erst jetzt, mit fünfzehn, beginnt sie sich einen Weg aus der häßlichen Schale zu picken, mit der die Pubertät jeden Menschen umschließt, jene Schale, von der Lulu noch umgeben wird. Dementsprechend paßt im Moment nichts so recht zusammen, die Beine sind zu lang, der Rumpf zu kurz, der Kopf zu groß. In ein oder zwei Jahren, denkt Joanne, wird Robin schön sein, ein eleganter Schwan, der sich aus einem häßlichen Entlein entwickelt hat. Seltsamerweise ist Robins Aussehen zur Zeit – anders als in Joannes Jugend – »in«. Entsprechend zieht sie sich an, sogar jetzt. Den Eindruck der Bravheit, den ihre Lageruniform hervorruft, hat

sie verwischt, indem sie ihre Shorts keß mit einem Chiffonschal von schreiendem Rosa gegürtet und ihrem Haar eine Superdauerwelle angedeihen lassen hat. Ihre Augen – ganz normale haselnußbraune Augen wie die ihrer Mutter – starren trotzig auf den Boden.
»Ich warte im Auto«, sagt Paul, öffnet die Haustür und geht hinaus in das helle Sonnenlicht.
Joanne lächelt ihre Töchter an. Sie fühlt, wie ihr Herz gegen ihren Brustkorb zu schlagen beginnt. Ihr wird bewußt, daß sie in wenigen Minuten zum erstenmal völlig allein sein wird. Ihr ganzes bisheriges Leben hat sie mit anderen Menschen – *für* andere Menschen gelebt. Aber die nächsten zwei Monate hindurch wird sich niemand um sie kümmern als sie selbst.
»Mach dir keine Sorgen, Mom«, beginnt Lulu, bevor Joanne das Wort ergreifen kann. »Die Platte kenne ich auswendig: Ich werde aufpassen, ich werde mich auf nichts Gefährliches einlassen, ich werde mindestens einmal in der Woche schreiben, und ich werde daran denken, daß ich essen muß. Habe ich irgendwas vergessen?«
»Was ist mit dem Spaßhaben?« fragt Joanne.
»Ich werde Spaß haben«, stimmt Lulu ihr zu und schlingt die Arme um den Hals ihrer Mutter. »Und wie ist das mit dir?«
»Mit mir?« fragt Joanne. Sie streicht ihrer Tochter ein paar widerspenstige Haare aus der Stirn. »Ich werde die Zeit so richtig genießen.«
»Versprichst du das?«
»Ich verspreche es.«
»Nun, irgendwie findet sich alles«, sagt Lulu so ernsthaft, daß Joanne sich die Hand vor den Mund legen muß, um das aufkommende Lächeln zu verbergen.
»Von wem hast du *das* denn?«
»Du sagst das«, antwortet Lulu, »und zwar andauernd.«
Jetzt wird Joannes Grinsen so breit, daß ihre Hand es nicht mehr verbergen kann. »Heißt das, du hörst tatsächlich zu,

wenn ich etwas sage? Kein Wunder, daß du so gescheit bist.«
Sie küßt Lulu so oft, wie diese es sich gefallen läßt, und schaut ihr dann nach, wie sie die Stufen zu Pauls Auto hinunterläuft. Sofort ist Robin an der Tür und will ihr nachrennen. »Wirst du nicht wenigstens *versuchen*, ein bißchen Spaß zu haben?« fragt Joanne.
»Aber natürlich. Ich werde es so richtig genießen«, erklärt Robin spitz, ihre Mutter nachäffend.
»Ich glaube, du wirst schon noch einsehen, daß wir die richtige Entscheidung getroffen haben...«
»*Du* hast diese Entscheidung getroffen«, berichtigt Robin sie, »nicht ich.«
»Ich habe eben deinen Vater und mich gemeint«, fährt Joanne fort. Ihr wird plötzlich bewußt, daß sie noch nie in ihrem Leben eine größere Entscheidung ganz allein getroffen hat. »Wir brauchen alle ein bißchen Zeit, um uns zu beruhigen und noch einmal alles zu überdenken...«
»So wie du und Daddy das machen?« fragt Robin mit gerade so viel Höflichkeit, daß Joanne überlegt, ob die in dieser Bemerkung mitklingende Grausamkeit beabsichtigt ist oder nicht.
»Ja, wohl so. Auf jeden Fall«, stottert sie, »versuche doch einfach, das Beste aus der Sache zu machen. Vielleicht wird dir dieser Sommer noch sehr gut gefallen.« Obwohl du dir dabei selbst im Weg stehst, denkt sie.
»Klar«, murmelt Robin.
»Darf ich dir einen Abschiedskuß geben?« Joanne wartet die Erlaubnis ihrer Tochter ab, wertet deren stummes Achselzucken als Aufforderung, umarmt das Mädchen und küßt seine mit Rouge geschminkten Wangen. Robin führt eine Hand ans Gesicht, um das Make-up, das ihre Mutter möglicherweise verwischt hat, wieder in Ordnung zu bringen. Oder wischt sie meinen Kuß weg? überlegt Joanne, und sie sieht Robin als Kind vor sich, Robin, die unerwünschte Küsse immer trotzig wegwischte. »Sei vorsichtig!« ruft sie ihrer älteren Tochter nach

und sieht zu, wie sie die Stufen hinunterspringt und auf dem Rücksitz im Wagen ihres Vaters verschwindet.
Paul steigt aus dem Auto und richtet den Blick auf das Haus. »Ich rufe dich an.« Er winkt seiner Frau zu, bevor er wegfährt.

Das Telefon klingelt, als Joanne das Haus wieder betritt. Sie ignoriert es, geht an ihm vorbei durch die Küche, bückt sich, um die Glastür unten zu entriegeln, öffnet ein zusätzliches Schloß nebenan und schiebt die Tür auf. Sie macht einen Schritt hinaus auf die vor kurzem erbaute Veranda, der noch der letzte Farbanstrich fehlt, und steigt die Stufen, die zum Pool führen, hinab. Langsam – hinter ihr klingelt immer noch das Telefon – läßt sie sich auf eine der zartrosafarbenen Steinplatten nieder, die die betonierte Baugrube umgeben, und läßt ihre Füße dort hineinhängen, wo eigentlich das tiefe Ende des Pools sein sollte. Es ist schwierig, echtes Mitleid für eine Frau aufzubringen, die einen Swimmingpool hat, denkt sie, wirft einen Blick hinauf zum Nachbarhaus und entdeckt ihre beste Freundin, Eve, die vom Schlafzimmerfenster aus zu ihr herunterschaut.
Joanne hebt die Hand und winkt, aber die schemenhafte Figur zieht sich plötzlich zurück und ist verschwunden. Joanne beschattet ihre Augen mit der Hand, während sie versucht, ihre Freundin wieder ausfindig zu machen. Aber Eve ist nicht mehr da, und Joanne fragt sich, ob sie überhaupt je da war. In letzter Zeit spielt ihre Phantasie ihr Streiche...
(»Ich sage ja gar nicht, daß du *keine* Anrufe von jemandem erhältst«, hört sie Eve sagen.
»Was sagst du denn dann?«
»Manchmal spielt einem die Seele Streiche...«
»Hast du mit Brian darüber gesprochen?«
»Natürlich«, sagt Eve, plötzlich abblockend, »schließlich hast du mich darum gebeten, oder? Er sagt, jeder Mensch bekommt obszöne Anrufe, und du sollst einfach immer sofort auflegen, wenn der Typ dich belästigt.«

»Ich bin mir ja nicht einmal sicher, ob es überhaupt ein Mann ist! Es ist eine so komische Stimme. Ich kann nicht sagen, ob sie alt oder jung klingt, männlich oder weiblich...«
»Aber natürlich ist es ein Mann«, erklärt Eve rundheraus. »Keine Frau würde eine andere Frau mit obszönen Anrufen belästigen.«
»Es ist viel schlimmer als obszöne Anrufe! Er sagt, er wird mich umbringen! Er sagt, daß ich die nächste sein werde! Warum starrst du mich so an?«
Eve will schon gegen diesen Vorwurf protestieren, ändert ihre Meinung aber plötzlich. »Ich habe mich nur gerade gefragt, ob die Anrufe anfingen, bevor Paul wegging oder danach«, gesteht sie und versucht, ihren Verdacht durch ein mitfühlendes Lächeln abzumildern.)
Genau das fragt sich auch Joanne, und verzweifelt bemüht sie sich, die Ereignisse der letzten Monate in eine zeitliche Ordnung zu bringen. Aber wie ein Kind, das sich in dem ewigen Rätsel vom Huhn und dem Ei verfangen hat, ist sie unfähig, herauszufinden, welches Geschehnis sich vor welchem ereignete.
Alles, was sie weiß, ist, daß sich in den letzten Monaten ihr ganzes Leben umgedreht hat, daß sie an ihren Füßen von der Decke herabhängt und zusieht, wie vertraute Dinge ihr entgleiten, plötzlich verzerrt und fremd erscheinen. Da ist nichts, wonach sie greifen kann, da sind keine Arme, die sie zurück in Sicherheit ziehen. Irgendwie findet sich alles, hört sie Lulu sagen. Die Tochter gebraucht absichtlich dieselbe Floskel, die Joanne früher so oft verwendete und mit der, sie erinnert sich, ihre eigene Mutter ihr immer in den Ohren lag.
Joanne steht auf. Sie registriert, daß das Telefon nicht mehr klingelt. Sie geht um den Pool herum zum seichten Teil des unfertigen Beckens und steigt die drei Stufen in die Baugrube hinunter. Vielleicht bin ich verrückt, denkt sie, und sie beschließt, dies als die einfachste Lösung ihrer Probleme zu betrachten.

Sie beobachtet, wie die Welt vor ihr zurückweicht, während sie, Joanne Hunter, immer weiter zum tiefen Teil des leeren Betonbeckens vordringt. An der Wölbung, wo die Biegung des Bumerangs beginnt, preßt sie ihren Rücken gegen den rauhen Beton und läßt sich langsam entlang der grobkörnigen Oberfläche zu Boden gleiten. So hockt sie da, die Knie an die Brust gezogen, und sie hört, wie das Telefon an der Küchenwand wieder beharrlich zu klingeln beginnt. Jetzt sind nur noch wir beide da, du und ich. In stummer Bestätigung dieser unausgesprochenen Tatsache nickt sie langsam und versucht, Bilder aus glücklicheren Tagen heraufzubeschwören.

2

Joanne erinnert sich: Als Eve vor zwei Monaten an der Haustür erschien, hatte kurz zuvor das Telefon geklingelt. »Hallo?« sagte Joanne in die Muschel hinein, mehr eine Feststellung als eine Frage. »Hallo. Hallo?« Sie zuckte mit den Achseln und legte auf. »Kinder«, murmelte sie. Noch einige Minuten später, als sie Eve ins Haus bat, war sie so verwundert, daß sie immer wieder den Kopf schüttelte.
»Fertig?« fragte Eve.
»Ich muß nur noch meinen Schläger finden.« Joanne öffnete den Wandschrank in der Diele. »Hier irgendwo habe ich ihn vergraben, glaube ich.«
»Also beeil dich! Soviel ich gehört habe, ist der neue Trainer prima, und ich möchte nicht eine Minute von unserer Stunde versäumen.«
»Ich weiß einfach nicht, warum ich mich von dir zu solchen Sachen überreden lasse.«
»Weil du dich von mir schon immer zu allem hast überreden lassen. Das macht einen Teil deines Charmes aus.«
Joanne, unter den ordentlich aufgereihten Frühlingsmänteln

der Familienmitglieder hockend, unterbrach ihre Suche für einen Augenblick und wandte ihr Gesicht der Frau zu, die seit fast dreißig Jahren ihre Freundin war. »Kannst du dich erinnern, was meine Mutter früher immer gesagt hat?« Eves verständnisloser Gesichtsausdruck verriet, daß sie sich nicht erinnern konnte. »Sie hat mich immer gefragt: ›Wenn Eve dir sagen würde, du sollst von der Brooklyn Bridge springen, würdest du das tun?‹«
Eve lachte. »Wenigstens hat sie nicht um zwei Uhr früh alle deine Freunde angerufen, um zu erfahren, wo du warst, und sie ist nie runtergekommen, ›um die Wasserleitung zu reparieren‹, wenn du mit einem Jungen im Hobbykeller warst.«
»Ich war nie mit irgendwelchen Jungen im Hobbykeller«, erklärte Joanne und setzte ihre Suche fort.
»Ja, ich weiß. Du warst immer so widerlich brav.« Sie sah in Richtung Küche. »Der Pool scheint ja gewaltige Fortschritte zu machen. Ich halte mich von meinem Schlafzimmerfenster aus auf dem laufenden darüber.«
»Na ja, der Mann sprach von zehn Tagen bis zwei Wochen, allerhöchstens, und es sieht so aus, als ob sie diesen Termin einhalten würden. Ich habe ihn!« rief sie und zog den Schläger triumphierend aus den Niederungen des Schranks. »Ich sage nur den Männern schnell noch, daß ich weggehe.«
»Mach schnell, sonst kommen wir zu spät!«
»Immer hast du es so eilig«, meinte Joanne lachend, lief in die Küche und öffnete die Schiebetür, um den Arbeitern mitzuteilen, daß sie das Haus für einige Stunden verlassen werde.
»Und du hast immer die Ruhe weg«, erwiderte Eve, als Joanne zurückkam. »Um dich in Bewegung zu bringen, braucht man eine Stange Dynamit.«
»Deshalb sind wir schon so lange gute Freundinnen. Wenn wir beide so wären wie ich, würden wir zu überhaupt nichts kommen. Und wenn wir beide so wie du wären, würden wir uns gegenseitig in die Luft jagen.«

Es ist wahr, dachte Joanne während der Autofahrt zum Fresh Meadows Country Club. Sie hatte ihre älteste und beste Freundin in der siebten Klasse kennengelernt, mit zwölf Jahren. Schon damals war Eve etwas Besonderes gewesen, ein schlaksiger Rotkopf mit ansteckendem Kichern und einem befehlenden Ton in der Stimme.

»Ich brauche noch jemanden, der den Labortisch mit mir zusammen benutzt«, hatte Eve eines Morgens in der Schule verkündet und Joanne zu verstehen gegeben, daß sie diejenige war. Joanne hatte kein Wort gesagt, so erstaunt, so überwältigt war sie, daß das beliebteste Mädchen der Klasse ausgerechnet sie erwählt hatte. »Bist du immer so still?« hatte Eve sie später gefragt, als der Lehrer gerade tote Frösche zum Sezieren austeilte.

»Ich habe Angst«, hatte Joanne geflüstert, und als der plumpe, leblose Körper eines Frosches vor ihr auf den Labortisch gelegt wurde, hatte sie nur noch gehofft, ihr werde nicht schlecht werden.

»Angst vor einem toten Frosch?« Eve hatte ihn lässig zu sich hinübergeschnippt.

»Ich glaube nicht, daß ich das kann.«

»Du mußt ja nicht«, hatte Eve, offensichtlich hocherfreut, ihr versichert. »Ich mache das schon. Ich mag dieses Zeug, Blut und Eingeweide. Das ist toll. Wenn ich ein Junge wäre, würde ich Arzt werden, wenn ich erwachsen bin.«

Sie machte eine kurze Pause und musterte ihre neue Laborpartnerin so unverhohlen, als wäre diese, und nicht der Frosch, das Objekt der Sektion. »Warum sagst du nie was im Unterricht? Man merkt ja gar nicht, daß es dich gibt.«

»Warum hast du mich als Laborpartnerin ausgesucht?« fragte Joanne statt einer Antwort.

»Eben weil du nie was sagst und keiner merkt, daß du überhaupt da bist.« Eve lächelte listig. »Ich will immer im Mittelpunkt stehen.«

Sie wurden unzertrennliche Freundinnen; selten sah man die eine ohne die andere. »Wenn Eve dich bitten würde, von der Brooklyn Bridge zu springen, würdest du es tun?« wurde Joanne manchmal von ihrer Mutter gefragt.
Wahrscheinlich würde ich es tun, dachte Joanne, während Eve in den überfüllten Parkplatz einbog. »Dort drüben ist noch was frei. Da, rechts.«
Automatisch fuhr Eve nach links.
Joanne lachte. Dreimal hatte ihre Freundin zur Fahrprüfung antreten müssen, bevor sie den Führerschein bekam. »Ist das nicht Karen Palmer?«
»Wo?« Eve fuhr haarscharf an dem Auto vorbei, neben das sie einparken wollte, und krachte gegen die hintere Stoßstange eines nagelneuen Mercedes.
»Da drüben. Jetzt geht sie gerade rein. Sie sieht aus wie Karen, aber irgend etwas ist anders.«
»Mein Gott, sie hat ja einen Busen!«
»Was?«
»Sie hat sich das Gesicht liften und bei dieser Gelegenheit gleich den Busen vergrößern lassen. Wer hätte Karen Palmer je mit wippenden Titten gesehen?«
»Warum hat sie das wohl machen lassen?« fragte Joanne, während sie zum Clubhaus gingen.
»Ihr Mann hat immer schon auf Busen gestanden«, erzählte Eve. »Hast du noch nie bemerkt, wie er einem auf die Brust starrt, wenn er sich mit einem unterhält?«
Sie verstauten ihre Taschen in den Spinden und gingen zu den Tennisplätzen.
»Ist der Busen denn so wichtig?« überlegte Joanne laut.
Eve zuckte mit den Achseln. »Für manche Männer schon. Brian zum Beispiel ist ein Arsch-Typ. Habe ich dir schon erzählt, was er kürzlich nachts gemacht hat?«
»Erspare es mir«, unterbrach sie Joanne. »Ich will es gar nicht wissen.«

»Du bist eine Spielverderberin. Nie willst du, daß ich dir was erzähle.«
»Es wäre mir einfach peinlich, Brian ins Gesicht zu sehen, nachdem ich alle Details eures Geschlechtslebens erfahren habe.«
»Sein Gesicht ist noch nicht das Beste an ihm, das kannst du mir glauben.«
»Eve!«
»Joanne!« äffte Eve sie nach.
»Eve und Joanne?« fragte ein großer, muskulöser Mann. »Ich bin Steve Henry, der neue Trainer.«
»Es gibt also doch einen Gott«, flüsterte Eve, als sie und Joanne ihre Positionen am Netz einnahmen.

»Na, wie findest du ihn?«
»Scheint ein guter Lehrer zu sein.«
»Das ist nicht genau das, was ich gemeint habe«, erklärte Eve ihrer Freundin mit einem vielsagenden Augenzwinkern.
»Auf diese Art schaue ich mir Männer nie an«, sagte Joanne. Ihr Gesichtsausdruck schwankte zwischen einer finsteren Miene und einem Lächeln.
»Nun, dafür hat er sich dich um so mehr angeschaut«, neckte Eve.
»Du meinst, er hat sich meine miese Rückhand angeschaut. Wenn ich die zwei Wörter ›Voll durchziehen!‹ noch ein einziges Mal höre, fange ich zu schreien an.«
»Dein *Hinter*teil hat er sich angeschaut, nicht deine *Rück*hand, und das weißt du auch.«
»Der flirtet eben mit jeder. Außerdem glaubt er bestimmt, sich an ältere Frauen ranzumachen gehört zu seinem Job.«
»An mich hat er sich nicht rangemacht.«
»Dein Hintern hängt noch nicht tief genug.«
»Nein, ich habe nicht deine Beine.«
»Und ich habe nicht dein Mundwerk. Hör auf, du machst mich verlegen.«

»Warum machst du dich immer schlechter, als du bist?« fragte Eve plötzlich ganz ernst.
»Ich betrachte meine eigenen Grenzen eben realistisch.«
»Was soll das denn heißen?« fragte Eve. »Schau dich doch mal an! Außer einem Schuß Selbstvertrauen und meinetwegen ein paar blonden Strähnchen fehlt dir nicht das geringste.«
Joanne fuhr sich verlegen durch das hellbraune Haar. »Nur daß ich fünf Pfund abnehmen und meine Tränensäcke loswerden und mir die Zähne richten lassen muß.«
»Sprich doch mal mit Karen Palmer. Ihr Mann ist Zahnarzt. Und wenn du schon dabei bist, kannst du sie gleich fragen, wer ihr den Busen gemacht hat.«
»Frag sie doch selber; sie steht direkt hinter dir.«
»Hi«, wurden die beiden von einer unendlich überrascht wirkenden Frau begrüßt. »Habt ihr schon von dem neuesten gräßlichen Mord in Great Neck gehört?«
»Schon der dritte dieses Jahr«, ergänzte Eve. »Und welch ein M. O. – modus operandi –, wie mein Mann sagen würde! Ich habe immer geglaubt, wir sind nach Long Island gezogen, um in Sicherheit zu leben!«
»Die arme Frau – erst erdrosselt und dann in Stücke gehackt!« In Karen Palmers Stimme schwang etwas Unheimliches mit, während sie sich in das Thema immer mehr hineinsteigerte. »Könnt ihr euch vorstellen, was in ihr vorgegangen sein muß in diesen letzten schrecklichen Augenblicken? Das Entsetzen, das sie gepackt haben muß?« Ihre Augen wurden größer und größer, als ob sie die Szene vor Augen hätte. »Jim ist da mal an einen Pornofilm rangekommen. Angeblich war es so ein ›Abkratz‹-Film, ihr wißt schon, diese Filme, in denen irgendein armes Mädchen vor laufender Kamera tatsächlich umgebracht wird – und ich schwöre euch, man konnte ihre Angst beinahe *schmecken*...«
»Müssen wir eigentlich über so etwas sprechen?« unterbrach Joanne.

»Sie versteht keinen Spaß.« Eve lächelte die aus dem Rhythmus gekommene Karen Palmer an. »Nie läßt sie einen die guten Sachen erzählen.«
Karen zuckte mit den Achseln. »Habt ihr gerade eine Trainerstunde gehabt?« fragte sie, um auf ein weniger delikates Thema zu sprechen zu kommen.
»Der neue Trainer ist ganz geil auf Joanne.« Eve lachte, während sie ihre Handtasche aus dem Spind nahm und die Tür zuschlug.
»Oh, den würde ich mir aber nicht entgehen lassen, wenn ich du wäre«, empfahl Karen unverhohlen genüßlich.
»Genau das ist ihr Problem«, erklärte Eve. »Sie läßt ihn sich entgehen.«
»Sehr lustig!« meinte Joanne. Sie fühlte, wie sie errötete.
»Sie wird rot«, neckte Eve sie. »Kein Rauch ohne Feuer...«
»Der ist doch kaum zwanzig...«
»Ein Mann in den besten Jahren.«
»Er ist neunundzwanzig«, wußte Karen zu berichten.
»Über die besten Jahre hinaus«, klagte Eve. »Trotzdem – nicht schlecht.«
»Ihr seid beide verrückt«, erklärte Joanne scherzhaft, als sie zu dritt das Clubhaus verließen und auf den Parkplatz hinausgingen. »Ihr zwei habt doch Männer, die vollkommen in Ordnung sind.«
»In Ordnung, ja«, sagte Eve, »aber weit davon entfernt, vollkommen zu sein.« Plötzlich wandte sie sich an Karen, die sie überrascht ansah. »Zu welchem Friseur gehst du zur Zeit eigentlich?« fragte sie und versuchte, den Blick nicht auf Karens neu gestrafften Oberkörper zu richten, was ihr aber nicht ganz gelang.
Karen Palmer lächelte. »Zu *Rudolph's*. Da gehe ich schon seit Jahren hin.«
»Ich muß unbedingt einen neuen Friseur finden«, sagte Eve mit Pokerface. »Ich habe die Nase voll von homosexuellen Fri-

seuren. Du sagst ihnen, sie sollen dich so frisieren, daß du sexy aussiehst, und dann machen sie einen Jungen aus dir!« Sofort richteten sich alle Blicke auf Karens Busen. »Also, es war nett, dich mal wieder zu sehen.«
Sie schauten zu, wie Karen in ihren Corvette stieg und dabei mit den Brüsten gegen die Tür stieß. »Den Dreh hab' ich noch immer nicht ganz raus«, erklärte sie verlegen. »Aber es hat sich gelohnt«, fügte sie hinzu, während sie den Motor anließ, »und wenn es nur für Jims Lächeln jeden Morgen wäre.«
»Jetzt erzähle ich dir mal, was Brian zum Lächeln bringt«, sagte Eve, als Joanne und sie bei ihrem Wagen ankamen.
»Entschuldigen Sie, Mrs. Hunter!« ertönte eine Männerstimme vom anderen Ende des Parkplatzes her. Joanne hob den Blick und sah den neuen Tennnistrainer mit langen, lässigen Schritten auf sie zulaufen.
»Ein Traum in Weiß«, spöttelte Eve.
»Das haben Sie auf dem Platz vergessen«, sagte er, als er bei den Frauen angekommen war, und holte einen Schlüsselbund aus seiner Gesäßtasche.
»Oh, um Gottes willen, danke schön. Immer lasse ich solche Sachen irgendwo liegen.« Joanne fühlte die Röte über ihr Gesicht bis auf die Kopfhaut kriechen, als sie ihre Hausschlüssel aus der Hand des Tennislehrers entgegennahm.
»Bis nächste Woche.« Er lächelte und war verschwunden.
»Mrs. Hunter ist über und über rot«, lachte Eve, als sie einstiegen.
»Mrs. Hunter fährt jetzt nach Hause und stellt sich unter die Dusche.«
»Meinst du, du kannst deine Schamhaftigkeit wegwaschen?« witzelte Eve.
»Es macht dir wirklich Spaß, mich in Verlegenheit zu bringen, was?« fragte Joanne gutmütig.
»Jawohl, es macht mir Spaß«, gab Eve zu, und beide Frauen begannen zu lachen. »Es macht mir wahnsinnigen Spaß!«

Das Telefon klingelte, als Joanne gerade aus der Dusche kam. »Verdammt«, murmelte sie, wickelte ein Badetuch um ihren nassen Körper und lief zum Apparat neben dem Bett. »Hallo?« Niemand antwortete. »Hallo... hallo?« Sie sah zu, wie die Tropfen in einer Spur an ihrem linken Bein entlangliefen und in dem weichen beigen Teppichboden unter ihren Füßen versickerten. »Zum letztenmal... hallo?«
Angewidert legte sie den Hörer auf. »Adieu«, sagte sie. Ihr Blick fiel auf einen der Arbeiter im Garten, der gerade unter dem Fenster vorbeiging. Er sah hinauf und starrte sie an, ließ aber nicht erkennen, ob er sie wirklich bemerkt hatte. Sofort duckte sie sich unter das Fensterbrett. Hatte er sie gesehen? Nein, dachte sie, während sie zum Bad zurückkroch. Sie hatte ihn sehen können, er sie jedoch nicht.
Der Gedanke, daß sie jemanden beobachtet hatte, der davon nicht das geringste wußte, ließ Joanne einen Augenblick lang erschauern. Sie erreichte das Bad und sah sofort nach, ob die Jalousien auch wirklich richtig heruntergelassen waren. Erst dann richtete sie sich auf. Das Badetuch fiel von ihr ab und glitt auf den gefliesten Boden.
Sie sah ihren nackten Körper im großen Spiegel und wandte den Blick instinktiv ab. Sie hatte sich noch nie gerne nackt betrachtet, auch nicht bevor die Jahre und die Schwangerschaften ihrem Körper mehr – besonders an ganz bestimmten Stellen – oder weniger zugesetzt hatten. Sie dachte an Karen Palmer, die ein paar Jahre älter war als sie und ihren Körper und ihre Psyche auf Biegen und Brechen dem Skalpell eines Chirurgen unterworfen hatte. Und für was? Für ihren Mann? Für ihre eigene Eitelkeit? Wie fühlte sich diese Frau, wenn sie sich jeden Tag selbst im Spiegel überraschte, jedes Jahr mit einem neuen Modell, wie eine neue Autoserie?
Plötzlich fühlte Joanne sich zu dem Wandspiegel hingezogen; ihr Blick richtete sich auf ihr Gesicht. Das Älterwerden ist ein so erstaunlicher Prozeß, dachte sie. Ihre Finger krochen hoch

und strichen die kleinen Falten an ihren Augen glatt. Wann waren sie zum erstenmal erschienen? Wie merkbar wir älter werden und doch so unmerklich. In ihren Augen lag zwar keine große Weisheit, aber sie widerspiegelten den Lauf der Jahre. Sie waren wissender geworden, weniger vertrauend. Die Tränensäcke, die früher nach einer durchschlafenen Nacht stets verschwunden waren, bildeten jetzt einen festen Bestandteil ihrer Gesichtszüge. Wie lange war es her, daß jemand ihr in die Augen gesehen und ihr gesagt hatte, wie schön sie war? Lange, dachte sie.

Widerwillig fiel ihr Blick auf ihre Brüste, Brüste, die in ihrer Jugend hoch und fest gewesen, jetzt jedoch weit weniger prall waren. Kurz vor den Brustwarzen sanken sie ein wenig ein, was ihnen das exotische Aussehen von Aladins spitz zulaufenden Schuhen gab. Ihr Bauch, einst wie ausgehöhlt, wies jetzt eine nicht zu übersehende Rundung auf, und ihre Taille weitete sich unerbittlich in den Bereich ihrer immer noch schmalen Hüften aus. Nur ihren Beinen, immer schon ihr größter Stolz, war kein Zeichen des Alters anzusehen, keine violetten Äderchen, die hinter den Knien zum Vorschein kamen – über solche Äderchen hatte Eve zu klagen begonnen. Auch mit einundvierzig brauchte sie sich über Fettwülste oder Cellulitis noch keine Sorgen zu machen, und wenn ihr Hintern jetzt ein paar Zentimeter tiefer saß, nun, Paul jedenfalls hatte sich darüber noch nie beschwert. Vielleicht ist er kein Arsch-Typ, dachte sie, nachdem sie sich an Eves Bemerkung erinnert hatte. Sie hoffte, daß er ein Bein-Typ war; irgendeine Vorliebe hatte er nie gezeigt. Sie griff in das Schränkchen unter dem Waschbecken nach dem Fön.

Er war nicht an seinem gewöhnlichen Platz. »Ist ja seltsam. Wo hat Paul ihn bloß hingetan?« fragte sie laut und öffnete ein anderes Schränkchen. Auch dort war der Fön nicht. Dafür etwas anderes, irgendeine Zeitschrift, ganz hinten auf das Brett geschoben. Joanne griff danach und zog sie heraus. »O mein

Gott«, flüsterte sie. Eine lächelnde, vollbusige junge Frau starrte sie an, als ob sie eine liebe alte Freundin wäre. Wenn auch in dem Gesichtsausdruck des Mädchens eine gewisse Unschuld lag, so war an ihrer Pose ganz und gar nichts Unschuldiges. Ihr nackter, äußerst üppiger Körper lehnte gegen eine große und ebenso gut ausgestattete Stereoanlage; ein Mikrophon steckte nicht gerade diskret zwischen ihren Beinen. »Und was werden wir heute singen?« fragte Joanne. Sie hörte Eves Stimme bei diesen Worten. Sie begann das Heft durchzublättern; ihre Augen weiteten sich bei jedem neuen Foto. »Mein Gott«, keuchte sie, versuchte wegzusehen, aber ihr Blick blieb auf den schlecht gedruckten Farbbildern haften. »Wann hat Paul angefangen, sich mit so was wie euch einzulassen?« fragte sie und erinnerte sich sofort, daß er in letzter Zeit geistesabwesend zu sein schien, daß sein sonst so schnelles Lächeln jetzt nur langsam kam, daß er oft verstört wirkte, ja deprimiert. Sie hatte angenommen, es habe etwas mit seiner Arbeit zu tun – Paul hatte seine Büroangelegenheiten nie ins Privatleben hineingetragen –, und so war sie dazu übergegangen, das, was sie als eine kurze Krise ansah, nicht weiter zu beachten. Sie war zu dem Schluß gelangt, daß jedes Ehepaar, ganz besonders Leute, die so lange verheiratet waren wie Paul und sie, Phasen durchleben mußten, in denen die Leidenschaft etwas niedriger loderte. Sobald er weniger Arbeit hat, war ihre Überlegung gewesen, wird er wieder er selbst sein, so gesellig wie früher, und sein Interesse an mir wird wieder aufflammen. Jetzt mußte sie sich fragen, ob es möglich war, daß er sie nicht mehr attraktiv fand! War Sex bei ihnen zu einer solchen Routine verkommen, daß er ihre aktive Teilnahme nicht mehr benötigte? Hatte ihr Körper den Reiz verloren, den er auf Paul einst so mühelos ausgeübt hatte? »Ist das der Grund, weshalb du hier bist?« befragte sie das lächelnde Mädchen auf dem Foto. »Was sieht er denn, wenn er dich betrachtet? Was sieht er denn«, variierte sie ihre Frage, während sie sich im Spiegel besah, »wenn er mich betrachtet?«

Langsam, sehr befangen, brachte Joanne ihren Körper in eine ähnliche Position wie diejenige der Frau auf dem Foto: die Arme zurückgelegt, die Brüste vorgestreckt, die Knie angewinkelt und die Beine weit gespreizt. »Wie kriegen die es bloß hin, daß sie so rosa werden?« fragte sie laut und stand abrupt auf. Obwohl sie alleine war, schämte sie sich. Noch nie hatte sie ihren Körper einer so eingehenden Betrachtung unterzogen, nie zuvor hatte sie versucht, sich selbst mit den Augen Pauls zu sehen. Plötzlich beugte sie sich vor, berührte ihre Zehen mit den Fingern und imitierte eine weitere der in dem Heft abgebildeten Posen. »Schön«, meinte sie sarkastisch, während sie sich von unten durch ihre Beine hindurch anstarrte.
»O Mom – iih!«
Noch während sie sich aufrichtete, schleuderte Joanne das Heft in den kleinen Schrank zurück und stieß die Tür mit dem Fuß zu. Gleichzeitig griff sie nach dem Badetuch, das am Boden lag, und wickelte es um sich herum. Sie fühlte ihre feuchte Haut warm werden von der Hitze des Schamgefühls.
»Was hast du da gemacht?« fragte Lulu.
»Ich habe meine Zehe angeschaut.«
»Deine Zehe hast du angeschaut?«
»Ich habe sie mir beim Tennisspielen verletzt«, erklärte Joanne mit schriller Stimme. »Was machst du denn so früh hier?«
»Lehrerkonferenz oder so was Ähnliches. Darf ich zu Susannah gehen? Ihr Vater hat einen neuen Flipperautomaten.«
»Natürlich, geh nur. Aber komm nicht zu spät zum Abendessen«, rief sie Lulu nach, die schon auf der halben Treppe war. »Mein Gott«, seufzte sie in einer Mischung aus Unbehagen und Erleichterung, als sie hörte, wie die Haustür geöffnet und wieder geschlossen wurde.
Das Telefon klingelte.
Sie lief hin, achtete dabei jedoch darauf, nicht zu nah am Fenster vorbeizukommen. »Hallo?« Wie schon zuvor, erhielt sie auch jetzt keine Antwort. »Ach nein, nicht schon wieder!« Sie

wartete ein paar Sekunden, lauschte der unheimlichen Stille am anderen Ende der Leitung, fühlte unsichtbare Augen auf sich gerichtet, als ob das Telefon eine Kamera wäre, und ließ den Hörer so plötzlich auf die Gabel fallen, als wäre sie von einem Stromschlag durchzuckt worden. »Mensch, geh jemand anderem auf die Nerven!« rief sie dem Telefon und ließ sich rücklings auf ihr Bett fallen. Sie wußte nicht warum, aber sie fühlte sich in Gefahr.

Dieses blöde Heft, dachte sie. Neue Wellen der Scham stiegen in ihr empor, als sie an den verblüfften Ausdruck ihrer Tochter dachte, von der sie dabei ertappt worden war, wie sie mit dem Kopf zwischen den Schenkeln dastand. Nicht daß sie prüde war – sie hatte es ganz einfach nie für richtig gehalten, nackt vor ihren Töchtern herumzuspazieren. Ihr wurde bewußt, daß sie ihre eigene Mutter erst dann nackt gesehen hatte, als die Frau zu schwach und zu krank geworden war, um sich alleine anzuziehen. Warum kaufte Paul wohl solche Zeitschriften?

»Hallo? Ist jemand zu Hause?« fragte eine Männerstimme.

»Paul?« Joanne schrak auf, fischte einen Bademantel aus dem begehbaren Schrank und schlüpfte schnell hinein, bevor ihr Mann an der Tür erschien. »Was machst du denn mitten am Nachmittag zu Hause? Ist alles in Ordnung mit dir?«

Er sieht nicht gut aus, dachte sie, als sie ihn sanft auf die Wange küßte.

»Ich wollte mit Mr. Rogers sprechen«, sagte er und sah aus dem Fenster. »War er heute hier?«

»Nein, nur die Arbeiter. Obwohl... vielleicht war er doch hier – ich bin ein paar Stunden weggewesen. Eve und ich hatten eine Tennisstunde im Club. Ein neuer Trainer. Er scheint der Ansicht zu sein, daß ich gewissermaßen ein Naturtalent bin, aber ich weiß nicht. Es ist schon so lange her, daß ich Tennis gespielt habe...« Was faselte sie da eigentlich? Warum war sie so nervös?

Sie betrachtete den Rücken ihres Mannes, der am Fenster stand

und hinaussah. Irgend etwas an seiner Haltung, an der Neigung seines Kopfes, die sichtbare Verspanntheit seiner Schultern ließ ein ungutes Gefühl in ihr aufkommen. Er drehte sich zu ihr um, und der Ausdruck in seinem Gesicht gefiel ihr ganz und gar nicht.
»Was ist los?« fragte sie. Wenn sie nur dieses verdammte Heft aus ihren Gedanken verbannen könnte. »Ist irgend etwas mit dem Pool schiefgelaufen?« fragte sie, obwohl sie instinktiv wußte, daß es nicht um den Pool ging.
Er schüttelte den Kopf. »Nein. Ich dachte nur, wenn Rogers hier ist, spreche ich mal kurz mit ihm. Nein, nein, das ist es nicht«, fuhr er fast im selben Atemzug fort. »Das ist nicht der Grund, weshalb ich so früh nach Hause gekommen bin. Nicht wegen dem Pool. Wegen mir.«
»Wegen dir? Was ist denn los?« Sie fühlte Panik in sich aufsteigen. »Hast du wieder diese Schmerzen in der Brust?«
»Nein, nein«, versicherte er ihr hastig. »Nein, es ist etwas anderes.« Eine lange, unangenehme Pause folgte. »Ich muß mit dir reden«, sagte er schließlich.
Joanne ließ sich in den blauen, gut gepolsterten Sessel sinken, der am Fuß des Betts stand. Sie nickte Paul zu. Sie war bereit, alles anzuhören. In seinem Blick lag dieselbe Bestürzung wie damals an jenem Nachmittag, als er unerwartet nach Hause gekommen war und ihr mitteilte, daß ihr Vater einen Herzanfall erlitten hatte und ins Krankenhaus gebracht worden war. Sie wußte nicht, was er jetzt sagen würde. Sie wußte nur, daß es nichts Gutes sein würde.


3

Spät in dieser Nacht, nachdem ihr Mann ein paar Sachen in einen Koffer gepackt und das Haus verlassen hatte, um in einem Hotel zu übernachten, war Joanne die ganze Szene in Gedan-

ken noch einmal durchgegangen – so wie Eve sie gespielt hätte.
Sie stellte sich ihre Freundin vor, wie sie vornübergebeugt auf dem blauen Sessel sitzt, das rote Haar in schönen Wellen zu beiden Seiten des schmalen Gesichts herabfallend, das spitze Kinn in ihrer Hand ruhend. Jetzt sieht Paul, der mit dem Rücken zum Fenster steht, sie an, als ob sie seine Frau wäre, und spricht mit ihr, als wäre sie Joanne.
»Was ist los?« fragt Eve – die gleichen Worte, die Joanne benutzte. Aber der Klang von Eves Stimme ist »ganz Eve«, viel lockerer, nicht so ängstlich. Neugierig, beinahe herausfordernd. »Ist in der Kanzlei irgend etwas passiert?«
Joanne legte ihren Kopf auf das Kissen und schloß die Augen. Sie sah das Zögern in den Augen ihres Mannes, sie konnte das Zucken seiner Lippen fühlen, die darum kämpften, endlich die entscheidenden Worte auszusprechen. »Seit Wochen übe ich das nun schon in meiner Phantasie«, sagt er. »Ich dachte, ich wüßte ganz genau, was ich sagen muß...«
»Um Himmels willen, Paul«, unterbricht ihn Eve, »nun sag's doch endlich!«
Paul dreht sich wieder zum Fenster. Er ist nicht fähig, seiner Frau ins Gesicht zu sehen. »Ich finde, wir sollten uns trennen«, sagt er schließlich.
»Was?« In Eves Keuchen schwingt ein Lachen mit. Sie weiß, daß dies ein Scherz ist.
Langsam wendet Paul sich zu ihr um. Seine Stimme ist jetzt fester, die Wiederholung stärkt sein Selbstvertrauen: »Ich finde, wir sollten uns trennen, einfach eine Weile getrennt voneinander leben...«
»Nur weil ich letzten Winter nicht zum Skifahren wollte?« sagt Eve neckisch. »Meinst du nicht, daß du ein bißchen überreagierst?«
»Ich meine es ernst, Joanne.«
Eve sieht, daß er es ernst meint. Sie sinkt in den Plüsch des

blauen Sessels zurück. Einen Augenblick – aber wirklich nur einen Augenblick – lang trüben sich ihre Augen mit ersten Tränen, aber dann verändert sich ihr Gesicht, beinahe unmerklich, ihr Kinn strafft sich, und die Tränen verschwinden. Mit kalten, klaren Augen starrt Eve Paul an, und als sie endlich zu sprechen beginnt, ist ihre Stimme hart, zornig. »Würdest du mir bitte sagen, warum?«
»Ich bin mir nicht sicher, ob ich es sagen kann.«
»Ich glaube, du tätest gut daran, es zu versuchen.«
»Ich weiß den Grund nicht«, gesteht Paul nach einer längeren Pause.
»Du weißt den Grund nicht«, wiederholt Eve und nickt dabei, als ob sie das verstünde; aber dieses Nicken verstärkt noch die Absurdität dessen, was Paul gerade gesagt hat. »Du bist Rechtsanwalt, Paul«, stichelt sie. »Mach schon – sonst warst du doch immer groß im Reden! Du bist doch bestimmt in der Lage, dir irgendeinen Grund auszudenken, der erklären würde, weshalb du eine fast zwanzigjährige Ehe aufgeben willst – ganz zu schweigen von den zwei Töchtern, die dieser Ehe entsprungen sind. Ich finde nicht, daß das zuviel verlangt ist.«
Er sucht nach einer Antwort. Vom Garten, wo die Arbeiter um den geplanten Pool herumstehen, dringt Gelächter herein. »Ich bin ganz einfach nicht glücklich«, sagt er schließlich. »Ich weiß, wie abgedroschen das klingt...«
»Aber weißt du auch, wie abgedroschen es *ist*?« kontert Eve sofort. Gute Gegenattacke.
Paul geht darüber hinweg. »Ich habe das Gefühl, etwas zu versäumen«, gesteht er. »Ich bin jetzt zweiundvierzig, Joanne. Als wir heirateten, war ich noch im College.«
»Meine Eltern haben uns finanziell unterstützt«, erinnert sie ihn.
»Du warst erst meine dritte feste Freundin.«
»Und du warst mein erster fester Freund«, erwidert sie. Sie weiß, daß es unnötig ist, »und einziger« hinzuzufügen.

»Hast du nie Lust auf einen anderen Mann gehabt?« fragt er plötzlich. Sie ist überrascht. »Hast du dich nie gefragt, wie es mit einem anderen sein würde?«
»Du kannst deinen süßen Arsch darauf wetten, daß ich mich das gefragt habe«, sagt Eve wütend. »Jeder Mensch hat von Zeit zu Zeit solche Gedanken. Aber man zerstört nicht seine Ehe, man verläßt nicht zwei Töchter, die ihren Vater noch brauchen, nur weil man nicht glücklich ist! Wer hat dir denn versprochen, daß du andauernd glücklich sein wirst?«
»Ich will eben mehr«, gesteht er leise.
»*Weniger* willst du!« berichtigt sie ihn. »Eine Frau weniger, zwei Kinder weniger...«
»Ich habe dich nie betrogen, Joanne. In zwanzig Jahren habe ich dich kein einziges Mal betrogen.«
»Soll ich mich jetzt wohler fühlen?« fragt Eve. »Wenn man mir die Scheidungspapiere überreicht, soll ich da vielleicht mit den Achseln zucken und sagen: ›Na ja, wenigstens hat er mich nicht betrogen‹?«
»Ich habe kein Wort von Scheidung gesagt.«
Eva starrt Joannes Mann an. »Da muß ich irgend etwas mißverstanden haben. Über was reden wir hier eigentlich?«
»Wir reden über eine Trennung«, erklärt er. »Sechs Monate, vielleicht ein Jahr. Deshalb können wir uns immer noch sehen... ins Kino gehen vielleicht... oder zusammen essen gehen... Bitte, Joanne, ich bitte dich doch nur um ein bißchen Zeit, damit ich über alles nachdenken kann. Ich will mich nicht voreilig scheiden lassen. Ich brauche nur ein bißchen Zeit, um herauszufinden, was ich eigentlich will, ob ich mit der Juristerei weitermachen will oder nicht... Im Augenblick bin ich mir da völlig unsicher. Ich brauche Zeit für mich selbst. In ein paar Monaten bin ich dann hoffentlich so weit, daß ich klare Entscheidungen treffen kann, und ich hoffe, daß diese Trennung uns guttun wird, daß wir vielleicht wieder zueinander finden können.«

»Man trennt sich nicht, um wieder zueinander zu finden. Man trennt sich, um sich scheiden zu lassen.«
»Nicht unbedingt.«
»Sei doch nicht so naiv, Paul! Du hast doch gesehen, wie es anderen Leuten damit ergangen ist. Eine Trennung verselbständigt sich. Dann hat man es plötzlich nicht mehr nur mit den ursprünglichen Schwierigkeiten zu tun, sondern auch mit denen der Trennung. Wenn wir Probleme miteinander haben, dann mußt du hierbleiben und versuchen, sie zu lösen. Du mußt mit mir sprechen, du mußt mir sagen, was dich stört, anstatt mich auszuschließen. Meine Eltern haben mich genauso behandelt, das war ein großer Fehler. Ihr ganzes Leben lang haben sie mich beschützt, und plötzlich waren sie nicht mehr da, und jetzt machst du dasselbe mit mir. Das ist nicht richtig!«
»Du wirst es überstehen«, fährt Paul dazwischen. Er fühlt ihre wachsende Panik auf sich übergehen. Verzweifelt versucht er ihr – aber auch sich selbst – zu beteuern: »Du bist stark, stärker, als du glaubst. Du wirst damit fertig, so wie du mit allem fertig wirst. Wahrscheinlich macht es dir plötzlich sogar einen Riesenspaß...«
Stille. Beide überlegen, was jetzt zu sagen bleibt.
»Ich habe mir gedacht, ich versuche ein Apartment in der Nähe der Kanzlei zu finden«, verkündet Paul. In diesem Augenblick dringt vom Garten ein lautes Streitgespräch zwischen zwei Arbeitern herein. »Für dich und die Mädchen wird natürlich gesorgt sein. Was immer du brauchst, du mußt es mir nur sagen. Geld wird kein Problem sein, das verspreche ich dir.«
»Bis du eine andere findest«, sagt sie ätzend. »Die ganze Welt ist voll von Frauen, die mit den ›Kein-Geld‹-Problemen kämpfen, die ihre Männer ihnen hinterlassen haben, nachdem ihr anfängliches Schuldgefühl überwunden war.« Eine weitere peinliche Pause folgt; jeder wartet darauf, daß der andere zu sprechen beginnt. »Wer soll es den Mädchen beibringen?« fragt Eve. Gerade hat sie Robin heimkommen hören.

»Ich mache das.«
»Wann?«
»Wann du willst.«
»Heute tun wir das, was *du* willst«, erinnert sie ihn.
Plötzlich klingt seine Stimme genauso schneidend wie ihre.
»Nun gut«, sagt er. Sie hören, wie ihre Tochter direkt unter ihnen in der Küche hin und her geht.
»Lulu ist drüben bei Susannah.«
»Würdest du sie bitte anrufen?«
»Du bist derjenige, der mit ihr sprechen will«, antwortet Eve trocken. »Ruf sie doch selber an.«
Paul nickt. Dieses Bild blieb, als Joanne die Augen aufschlug und in das Dunkel des nächtlichen Zimmers starrte.
So war es nicht gewesen.
Sie hatte nichts gesagt. Überhaupt nichts. Sie war einfach nur dagesessen und hatte zugehört, während Paul seinen Entschluß zu erklären versuchte, sich andauernd verhaspelte, immer wieder um Entschuldigung bat. Sie hatte den Mund nicht aufgemacht, hatte sich nicht bewegt, außer als sie die Tränen wegwischte. Sie hatte nicht protestiert, keine Bitten geäußert oder Gegenangriffe unternommen. Sie hatte einfach nur zugehört, und dann hatte sie auf Pauls Wunsch hin bei Susannah angerufen und Lulu gebeten, nach Hause zu kommen. Sie war im Zimmer geblieben, als Paul seinen Entschluß, auszuziehen, vor den Töchtern wiederholte, und als die beiden später, lange nachdem er gegangen war, eine Reaktion gezeigt hatten, war ihr Zorn, genau wie Joanne es vorausgesehen hatte, gegen sie gerichtet gewesen, nicht gegen den Mann, der sie verlassen hatte.
»Ich kann doch nichts dafür«, hatte sie sagen wollen. Aber irgendwie, fühlte sie, war es doch ihre Schuld.
Joanne ertrug den leeren Platz neben sich im Bett nicht länger und stand auf. Sie ging ans Fenster und starrte in den Garten hinunter. Die Baugrube, die die Arbeiter darin zurückgelassen

hatten, wurde von der Schwärze der sternenlosen Nacht gnädig verhüllt. Sie sah hinüber zu Eves Haus. Hell und anschuldigend brannten die Lampen auf Eves überdachter Terrasse. Sorgfältig zog Joanne die Vorhänge zu, griff zum Telefonhörer und wählte. Als Eve auch nach dem achten Klingelzeichen nicht abgenommen hatte, legte Joanne auf. Es war schon spät, fast Mitternacht, und ihr fiel ein, daß Eve ihr erzählt hatte, Brian und sie würden an diesem Abend zu einer Polizeifete gehen.
Lulu schlief – oder hatte zumindest so getan, als Joanne einen Blick in ihr Zimmer geworfen hatte. Robin war auf einer Party.
Mit roboterartigen Bewegungen kroch Joanne zurück in das riesige Ehebett. Meine Eltern haben mich angelogen, dachte sie. Sie hatten ihr immer versprochen, mit zunehmendem Alter würden auch Weisheit und Ausgeglichenheit kommen. Sie werde erwachsen werden, hatte das Lächeln ihrer Eltern schweigend verheißen, und die Welt werde ihr gehören. Sie werde Kontrolle über ihre Handlungen, über ihr Leben haben, werde Entscheidungen treffen, wählen, werde sich geborgen fühlen in einer beständigen, ein für allemal so eingerichteten Welt. Und eine Zeitlang hatten sie recht behalten: Im großen und ganzen war sie aufgewachsen wie geplant, hatte geheiratet und Kinder zur Welt gebracht – Kinder, die dann sie als die Quelle der Weisheit betrachtet hatten...
Erst nachdem Robin heimgekommen war, schlief Joanne ein.
Das Telefon klingelte. Schlaftrunken griff Joanne nach dem Hörer. »Hallo.«
Am anderen Ende der Leitung war niemand. Nicht einmal Schweigen. Langsam wurde sie wach. Nur das Besetztzeichen. Hatte das Telefon wirklich geklingelt? Sie legte sich zurück. Ihr Herz schlug wie wild. Den Rest der Nacht verbrachte sie irgendwo zwischen Schlafen und Wachen eingekeilt.

# 4

Die Mädchen schliefen noch, als Joanne am nächsten Tag kurz vor zwölf Uhr mittags das Haus verließ. Sie war müde und hatte geschwollene Augen vom Weinen und vom schlechten Schlaf. Was würdest du jetzt zu mir sagen, Mom, fragte sie in den wolkenlosen Himmel hinein, während sie auf dem Rasen zu Eves Haus hinüberging. Schultern zurück, Bauch rein! hörte sie ihre Mutter antworten, und sie lächelte. Moms Standardantwort!
Du hast Paul immer gern mögen, fuhr Joanne in Gedanken fort. – Ein intelligenter, gutaussehender Junge aus einer netten Familie, erklärte ihre Mutter, er wollte Rechtsanwalt werden, er liebte meine Tochter...
Liebte, wiederholte Joanne. Was macht man, Mom, fragte sie schweigend, während sie an Eves Tür klopfte, wenn jemand plötzlich aufhört, dich zu lieben?
Niemand öffnete. Joanne klopfte noch einmal und drückte dann auf die Klingel. Es erinnerte sie an das Läuten des Telefons mitten in der Nacht. Hatte es wirklich geklingelt, oder hatte sie es nur geträumt? Wie verrückt mußte man sein, daß man Befriedigung daraus zog, fremde Leute in den frühen Morgenstunden anzurufen und fast zu Tode zu erschrecken?
Sie mußte mit Eve sprechen. Eve würde alles geraderücken. Sie würde Joanne helfen, Pauls Standpunkt zu verstehen. »Jedes Ding hat zwei Seiten«, hörte sie Eve schon sagen. »Deine und die von dem Arschloch!« Eve würde sie zum Lachen bringen. Aber wo war sie? Warum ging sie nicht an die Tür?
Gerade als Joanne schon aufgeben wollte, erschien Eves Mann, Brian, und ließ sie herein. Brian Stanley war fünfundvierzig Jahre alt, groß, mit sehr sanft blickenden Augen, die nichts von dem Entsetzlichen verrieten, das er als Polizist jeden Tag mit ansehen mußte. Er war ein schweigsamer Mann, aber heute sprach er noch weniger als sonst. »Bring du sie zur Vernunft«, sagte er nur.

Eve saß am Tisch in der Küche und nippte an einer Tasse Kaffee. Sobald sie ihre Freundin sah, wußte Joanne, daß irgend etwas nicht stimmte. »Was ist los?« fragte sie. Eve war noch im Morgenmantel, und ihr sonst stets perfekt frisiertes Haar wirkte ungekämmt.
»Nichts«, antwortete Eve. Sie versuchte gar nicht, ihren Ärger zu verbergen. »Viel Getu' um nichts.«
»Na klar, es ist überhaupt nichts!« Wie aus dem Nirgendwo erschien Eves Mutter und schob ihrer widerwilligen Tochter ein Fieberthermometer in den Mund.
»Hallo, Mrs. Cameron«, sagte Joanne. Sie war überrascht, Eves Mutter hier zu sehen. »Was ist denn los?«
»Was los ist? Meine Tochter ist letzte Nacht zusammengebrochen und mußte ins Krankenhaus gebracht werden!«
Eve nahm das Thermometer aus dem Mund. »Ich bin nicht zusammengebrochen! Mir geht es ausgezeichnet!«
»Steck das Thermometer wieder in den Mund!« rief ihre Mutter, als ob Eve ein vierjähriges Kind wäre. Eve warf einen beschwörenden Blick zur Decke, tat aber, wie ihr befohlen. »Hattest du vielleicht gestern nacht keine Schmerzen, und mußtest du die Party nicht frühzeitig verlassen? Hat Brian dich nicht ins North Shore University Hospital zur Notaufnahme gebracht? Hat er mich vielleicht nicht in aller Frühe angerufen und gebeten, daß ich mich um dich kümmere, weil er weg muß?«
»Ich hatte leichte Schmerzen«, korrigierte Eve, nachdem sie das Thermometer wieder aus dem Mund genommen hatte, »und die anderen haben überreagiert.«
»Was für Schmerzen?« fragte Joanne. Einen Augenblick lang hatte sie ihre eigenen Probleme vergessen.
»Nur ein kleiner Schmerz in der Brust. Das habe ich schon seit ein paar Wochen.«
»Entschuldigt bitte«, sagte Brian, der an der Tür stand, »aber ich muß jetzt gehen, ich bin schon spät dran. Eve hat gestern gegen Mitternacht Schmerzen in der Brust bekommen, und

weil es ihr schwerfiel, aufzustehen, habe ich sie ins Krankenhaus gefahren.«
»Dort haben sie ein paar Untersuchungen gemacht und gesagt, es sei alles in Ordnung«, erklärte Eve.
»Ein EKG haben sie gemacht und alles andere, was man eben macht, wenn Verdacht auf einen Herzanfall besteht...«, ergänzte Brian.
»Und sie haben herausgefunden, daß es kein Herzanfall war.«
»Und sie haben ihr geraten, Ende der Woche noch ein paar Tests machen zu lassen – Magen, Gallenblase und so weiter«, fuhr Brian fort. »Aber sie weigert sich.«
»Mein Gott, es war eine kleine Magenverstimmung«, sagte Eve. »Ich habe keine Lust, hundert unangenehme Untersuchungen über mich ergehen zu lassen, nur damit irgendein Arzt auf meine Kosten medizinische Erfahrung sammeln kann – was sie zugegebenermaßen alle nötig haben!«
»Bitte, rede ihr zu, daß sie die Untersuchungen machen läßt«, bat Brian Joanne. »Ich muß jetzt gehen.« Er gab seiner Frau einen aufmunternden Kuß ins Haar – eine Geste, die in Joannes Brust einen stechenden Schmerz hervorrief und ihr fast die Tränen in die Augen trieb. Dies war ganz offensichtlich nicht der geeignete Zeitpunkt, von Pauls plötzlichem Abgang zu erzählen.
Die Haustür fiel hinter Brian zu. Als Eve den Mund zum Sprechen öffnete, steckte ihre Mutter ihr ganz automatisch das Thermometer hinein.
»Mein Gott, hör doch endlich auf damit!« schrie Eve und schleuderte das Thermometer wütend zu Boden. Es zerbrach in zwei Teile; das Quecksilber ergoß sich über eine Fliese und bildete sofort kleine graue Kügelchen.
»Du willst auf niemanden hören.« Eves Mutter hob das zerbrochene Glas auf und entfernte die Quecksilberkügelchen geschickt mit einem Papiertaschentuch. »Das war schon immer dein Problem.«

»Geh nach Hause, Mutter«, sagte Eve sanft. Aber plötzlich verwandelte sich das Glucksen in ihrer Stimme zu einem Schmerzgestöhn; ihr Körper krümmte sich gegen den Küchentisch.
»Wo tut es denn weh?« fragte Eves Mutter mit schwacher Stimme. Ihre Hände zitterten.
»Es geht schon wieder. Der Schmerz ist weg.« Sie lehnte sich zurück. »Reg dich nicht auf, so schlimm war es nicht.«
»Es war *sehr* schlimm! Schau dich an – du bist weiß wie die Wand!«
»Ich bin immer weiß wie die Wand. Du sagst doch immer, ich soll mehr Make-up auflegen!«
»Vielleicht solltest du doch zum Arzt gehen.« Joanne versuchte, so locker wie möglich zu klingen. »Ein paar Untersuchungen können doch nicht schaden.«
»Na gut«, erklärte Eve sich nach einer längeren Pause einverstanden.
»Natürlich«, fuhr ihre Mutter sie an, »wenn sie es sagt, tust du es. Als ich dich darum bat, was habe ich da zu hören bekommen?«
»Ich sagte, daß ich zum Arzt gehen werde. Das wolltest du doch hören, oder?«
Mrs. Cameron wandte sich plötzlich an Joanne. »Wie geht es deinen Töchtern?« fragte sie, abrupt das Thema wechselnd.
»Sie sind brave Kinder«, sagte Joanne lächelnd. »Wie Eve.«
Eve lachte; ihre Mutter nicht. »Ja, ja, haltet nur zusammen, wie ihr es immer getan habt. Joanne, sag mir – ist es etwa falsch, daß ich mir Sorgen mache, wenn meine Tochter ins Krankenhaus gebracht werden muß – und zwar von ihrem Mann, der, wie wir alle wissen, nicht gerade übervorsichtig ist? Der, im Gegenteil, seiner Frau zuwenig Beachtung schenkt!«
»Mutter...«
»Ja, ich weiß, es geht mich nichts an. Sagen deine Töchter auch, daß ihre Angelegenheiten dich nicht zu interessieren haben?«

»Mrs. Cameron«, begann Joanne, »ich kann mit Eve zum Arzt fahren, wenn Sie das beruhigt.« Sie wandte sich an Eve. »Wann ist dein Termin?«
»Freitag vormittag.« Sie zwinkerte. »Damit wir unsere Tennisstunde nicht versäumen.«
»Tennis!« begann ihre Mutter zu schimpfen. »So kurz nach der Fehlgeburt schon Tennisspielen! Wahrscheinlich kommen daher die Schmerzen.«
»Fang nicht wieder davon an«, bat Eve. »Die Fehlgeburt war vor sechs Monaten, und seitdem habe ich eine einzige Tennisstunde gehabt, gestern nachmittag.«
»Du arbeitest zuviel, du gehst in zu viele Seminare, du machst zuviel.«
»Ich bin Lehrerin, Mutter.«
»Professorin«, korrigierte ihre Mutter und warf einen Blick zu Joanne hinüber, um zu prüfen, ob der Unterschied deutlich geworden war. »Psychologin.«
»Ich arbeite nicht zuviel. Freitags habe ich frei. Und abends gehe ich in ein paar Extra-Seminare.«
»Für was mußt du denn noch in Seminare gehen? Du bist vierzig Jahre alt, du brauchst Kinder, keine Doktortitel. Ist es vielleicht falsch, sich Enkel zu wünschen?«
»Darüber will ich nicht sprechen!« rief Eve und schlug mit der Faust auf den Tisch. »Du machst mich verrückt, Mutter!«
»Ja, ja, gib nur deiner Mutter alle Schuld. Joanne, reden deine Töchter auch so mit dir?«
»Ich glaube, jeder sagt manchmal etwas zu seiner Mutter, was er hinterher bereut.«
»Sag mal«, fuhr Mrs. Cameron fort, »wie geht es deinem Großvater?«
»Recht gut. Ich besuche ihn heute nachmittag.«
»Siehst du!« sagte Eves Mutter. »Joanne ist ein verantwortungsbewußtes Mädchen. Ihr muß man nicht sagen, daß sie älteren Menschen Respekt entgegenzubringen hat.«

Joanne sah zu Eve hinüber und rollte mit den Augen; Eve streckte als »Antwort« die Zunge heraus.
»Macht euch nur lustig. Ich gehe jetzt fernsehen. Ruft mich, wenn ihr etwas braucht. War nett, dich wieder mal zu sehen, Joanne.« Sie war schon fast an der Tür, als sie sich plötzlich umdrehte. »Bitte, sprich mit ihr, Joanne. Sag ihr, daß ich nicht ewig dasein werde.«
»Jedenfalls lange genug, um mich in den Wahnsinn zu treiben«, rief Eve ihr nach, während die Frau im Nebenzimmer verschwand. »Über wen will sie sich eigentlich lustig machen? Sie hat schon drei Männer unter die Erde gebracht. Die überlebt uns alle!«
»Sie hat sich überhaupt nicht verändert«, meinte Joanne. »Du müßtest dich inzwischen eigentlich an sie gewöhnt haben.«
»An manche Dinge gewöhnt man sich nie«, sagte Eve, und sofort wußte Joanne, daß zu diesen Dingen auch Pauls Weggang gehörte. »Du siehst müde aus«, meinte Eve plötzlich.
»Irgendein Idiot hat mitten in der Nacht angerufen und dann aufgelegt«, erzählte Joanne. »Eve...«
»Du glaubst nicht, daß diese Schmerzen etwas mit der Fehlgeburt zu tun haben könnten, oder?« unterbrach Eve. Sie sah sehr zerbrechlich aus.
»Was meinst du damit?«
Eve versuchte zu lachen. »Na ja, möglicherweise haben sie irgend etwas in mir liegenlassen, nachdem sie mich ausgeräumt hatten. Ich habe doch ziemlich viel Blut verloren...«
»Ich bin ganz sicher, daß sie nichts in dir vergessen haben«, versicherte Joanne. Langsam bekamen die Wangen ihrer Freundin wieder ein bißchen Farbe. »Wenn es tatsächlich so wäre, würdest du bereits nicht mehr leben.«
»Danke«, sagte Eve lächelnd. »Du hast es immer schon geschafft, mich aufzumuntern.«

Das Baycrest-Pflegeheim war ein alter Ziegelbau, der mehrere

Renovierungen überstanden hatte, ohne sich stark zu verändern. Obwohl die Innenwände erst vor kurzem einen neuen Anstrich erhalten hatten – in einem Farbton, der gerade »in« war: Pfirsich –, wirkten die Gänge immer noch genauso traurig und verlassen wie die Insassen des Heims, die dort auf und ab gingen. Straße der Todeszellen, blumengeschmückt, dachte Joanne, während sie sich dem Zimmer ihres Großvaters am Ende des Gangs näherte.

Ein Jahr nach dem Tod seiner Frau hatte der massige Mann zu schrumpfen begonnen. Er verlor immer mehr Gewicht, er ließ die Schultern hängen, sein langer Hals verschrumpelte. In letzter Zeit erinnerte er Joanne weniger an einen Mann als an eine uralte Schildkröte.

Bald nachdem er freiwillig ins Baycrest-Pflegeheim gezogen war, hatte er angefangen, einen Kokon um sich zu spinnen, und etwa zu der Zeit, als in der linken Brust von Joannes Mutter ein Knoten entdeckt worden war, hatte er sich für immer in diesen Kokon eingehüllt. Er hatte nie gefragt, warum seine Tochter ihn immer seltener besuchen kam, und als sie vor drei Jahren gestorben war – drei Jahre ist das schon her? wunderte sich Joanne, als sie die Tür zum Zimmer ihres Großvaters öffnete –, hatten Joanne und ihr Bruder beschlossen, ihm nichts davon zu erzählen. Seitdem besuchte sie den alten Mann jede Woche; weniger aus einem Pflichtgefühl heraus als deshalb, weil er für sie die einzige greifbare Verbindung zur Vergangenheit darstellte.

Dieser Mann war an regnerischen Nachmittagen mit ihr im Cottage gesessen und hatte ihr Gin Rommé beigebracht, hatte perfekte Fünf-Minuten-Eier für sie gekocht und mit kleinen, selbstgehäkelten Hauben bedeckt, damit sie warm blieben. Dann hatte er zugesehen, wie sie die Eier aß, und ihr erzählt, was er die Woche über in der Stadt erlebt hatte – nie herablassend oder gönnerhaft, immer übermütig und strotzend vor Lebenslust.

»Linda?« fragte ihr Großvater, als Joanne ans Bett trat und seine Hand nahm. Seine Stimme klang wie eine Parodie dessen, was sie einst gewesen war.
»Ja, Pa«, antwortete sie und imitierte dabei unbewußt die Stimme ihrer Mutter. Sie nahm sich einen Stuhl. Wann hat er mich zum letztenmal bei meinem richtigen Namen genannt? überlegte sie. Ich heiße Joanne, wollte sie ihm sagen, aber er schnarchte schon, und Joanne saß da und hielt seine linke Hand durch die Gitterstäbe an der Seite des Betts hindurch.
»Erstaunlich, wie schnell die einschlafen können«, hörte sie jemanden sagen. Joanne sah hinüber zu dem anderen Bett, in dem der alte Sam Hensley friedlich dösend lag. »Noch vor einer Minute«, fuhr die Frau fort, die am Fußende dieses Betts stand, »war er ein tobender Irrer. Sie hätten ihn sehen sollen! Er hat einen Nachttopf nach der Schwester geworfen! Das hier ist nun schon das dritte Heim, in das ich ihn stecken mußte. Die anderen wollten ihn nicht behalten. Ich gehe jetzt eine rauchen.« Sie drehte sich um, und erst jetzt sah Joanne, daß auch der Sohn dieser Frau im Zimmer war. Er saß auf einem der Holzstühle; sein Kopf lag auf der rechten Schulter, seine Augen waren geschlossen.
Die Frau verließ das Zimmer. Joanne versuchte, dieser Kombination von zerstörtem Gesicht und herausfordernd massigem Körper einen Namen zuzuordnen. Sie hatte Mutter und Sohn vor ungefähr einem Monat kennengelernt, als der Vater der Frau hierher verlegt worden war. Marg irgendwas. Joanne fühlte, wie sich die Hand ihres Großvaters in der ihren bewegte. Crosby. Marg Crosby und ihr Sohn Alan, etwa achtzehn Jahre alt.
»Linda«, murmelte ihr Großvater.
»Ja, Pa«, antwortete Joanne fast mechanisch. »Ich bin hier.«
Er schlief wieder ein. Wo bist du? fragte Joanne ihn schweigend. Wohin gehst du? Langsam fuhr ihr Blick über sein blasses, dünnes Gesicht mit den Wangen, die jetzt nur noch halb so

43

groß waren wie früher und bedeckt mit Stoppeln, die der Pfleger bei der täglichen schlechten Morgenrasur übersehen hatte. Sein einstmals breiter Mund war jetzt eingesunken, und die hohe Stirn wurde von einer abgewetzten Sherlock-Holmes-Mütze verdeckt, die ihm irgend jemand auf den Kopf gesetzt hatte; sie war Joannes Geschenk zu seinem fünfundachtzigsten Geburtstag gewesen, vor zehn Jahren.

Innerhalb dieses Jahrzehnts war ihre Großmutter gestorben und ihr Großvater zunehmend verfallen; ihre Mutter war vom Krebs zerfressen worden, und nur neun Tage nach ihrem Begräbnis hatte ihr Vater einen tödlichen Herzanfall erlitten. Und nun war auch Paul gegangen.

»Paul hat mich verlassen, Großvater«, flüsterte sie. Sie wußte, daß er sie nicht hören konnte. »Er will nicht mehr verheiratet sein. Ich weiß nicht, was ich machen soll.« Leise begann sie zu weinen. Der alte Mann öffnete die Augen und starrte direkt in ihre, als verstünde er auf einmal genau, wer sie war und was sie gesagt hatte. Langsam verzog sich sein Gesicht zu einem Lächeln. »Arbeitest du hier?«

Plötzlich saß der alte Sam Hensley aufrecht im Bett und begann laut zu singen. »It's a long way to Tipperary«, grölte er, »it's a long way to go!«

Der junge Alan Crosby fiel fast vom Stuhl. »Großpapa«, flüsterte er hastig, sprang auf und sah nervös zur Tür. »Sch!« Dann wandte er sich mit einem sanften Lächeln an Joanne. »Seine Militärphase«, erklärte er. In diesem Moment kamen seine Mutter und eine Krankenschwester ins Zimmer gerannt. »Um Gottes willen, sei still, Dad!« keifte Marg Crosby, während die Schwester Sam Hensley sanft in die Kissen zurückzudrängen versuchte. »Ganz ruhig, Mr. Hensley«, sagte sie, »das Konzert ist abgesagt worden.«

»Weg hier, verdammt noch mal!« schrie Sam, nahm eine Schachtel Kleenex-Tücher vom Nachtschrank und zielte damit auf den mächtigen Körper der Frau.

»Dad, um Himmels willen...«
»Warum laßt ihr ihn nicht einfach singen?« fragte Alan Crosby und unterdrückte mit Mühe ein Grinsen.
»Alan«, warnte seine Mutter, »fang du jetzt nicht auch noch an!«
»Linda«, rief eine ängstliche Stimme, »was ist das denn für ein Aufruhr?«
»Ist schon gut, Pa«, flüsterte Joanne und tätschelte seine zitternde Hand. »Ich bin ja hier.«

5

Es war noch nicht ganz sieben Uhr am nächsten Morgen, als sie vom Klingeln des Telefons geweckt wurde. »Hallo«, sagte Joanne verschlafen, rieb sich die Augen und beugte sich zum Nachttisch hinüber, um nachzusehen, wie spät es war. »Hallo? Wer ist denn da?«
Keine Antwort.
Sie setzte sich auf und hielt den Hörer noch ein paar Sekunden im Schoß, bevor sie ihn mit ausgestrecktem Arm auf die Gabel zurückknallte. »Scheißkinder.« Ihr Blick fiel auf das alte Baumwollnachthemd, das sie im Bett immer trug. »Kein Wunder, daß dein Mann dich verlassen hat.« Jetzt spukte Paul ihr wieder im Kopf herum, und den ganzen Tag würde es so bleiben. Was sie auch tat, wohin sie auch ging, Paul würde neben ihr sein. Sie war zu erschöpft gewesen, um weiter zu trauern, zu müde, um sich noch mehr Vorwürfe zu machen, und als einzige Zuflucht waren ihr einige wenige Stunden Schlaf geblieben. Der neue Tag würde sie mit neuen Gründen für Selbstbezichtigungen versorgen: Wenn sie nur dies und jenes nicht getan hätte, wenn sie nur dies und jenes *getan* hätte. Wenn Paul doch nur zurückkäme – sie würde dann viel mehr *so* sein und viel weniger *so*...

Kurz nach drei hatte sie Robin heimkommen hören, und gegen fünf Uhr war sie endlich eingeschlafen. Ganze zwei Stunden, dachte sie und versuchte sich noch ein paar mehr zu gönnen. Es würde schwierig werden, mit zwei Stunden Schlaf wie eine Zwanzigjährige auszusehen, und sie war doch in den frühen Morgenstunden zu dem Schluß gekommen, daß ihr Äußeres sehr viel mit Pauls Weggang zu tun hatte. Eine Zwanzigjährige hatte er geheiratet und nicht damit gerechnet, daß sie so merklich altern würde. Vielleicht sollte sie mit Karen Palmer sprechen – sie fragen, wo sie sich die Augen richten ließ...
Eine halbe Stunde später war Joanne noch immer dabei, sich in den Schlaf zurückzuzwingen, als das Telefon wieder klingelte.
»Hallo?« flüsterte sie, hoffend, es sei Paul, der sie anrief, um zu sagen, daß auch er nicht schlafen könne und wieder heimkommen wolle. Aber sie erhielt keine Antwort. »Hallo? Hallo? Ist da jemand? Warum machen Sie das?« rief Joanne. Sie wollte gerade auflegen, da hörte sie etwas. »Mrs. Hunter?«
»Ja?« Bestimmt war es niemand, der sie gut kannte, denn dann hätte er sie mit dem Vornamen angesprochen. »Wer ist denn da?«
»Haben Sie heute morgen schon die *New York Times* gelesen, Mrs. Hunter?« fragte die Stimme, die Joanne nirgendwo einordnen konnte.
»Wer ist da?«
»Lesen Sie die Morgenzeitung, Mrs. Hunter. Es steht etwas darin, was Sie betrifft. Erste Lage, Seite dreizehn.« Er oder sie hängte auf.
»Hallo?« sagte Joanne noch einmal, obwohl der Anrufer bereits aus der Leitung war. Einige Minuten lang lag sie bewegungslos im Bett. Sie hörte ihr Herz laut schlagen.
Sie zog ihren Morgenmantel an und ging auf Zehenspitzen nach unten zur Haustür. Die *Times* lag schon da. Sie hob die schwere Sonntagsausgabe auf, trug sie in die Küche und ließ sie auf den Tisch fallen.

Auf Seite dreizehn stand nicht das geringste über Paul oder seine Kanzlei, nichts über irgend jemanden, den Joanne kannte. Da war etwas über einen Streit innerhalb der Textilgewerkschaft, ein Bericht über einen Hotelbrand, und dann brachten sie noch weitere Details über die Frau, die ganz in der Nähe in Stücke gehackt worden war. Auf was hatte der Anrufer Joannes Aufmerksamkeit lenken wollen? Sie legte die erste Lage der Zeitung beiseite und ging den Unterhaltungsteil durch. Vielleicht würde sie die Mädchen Ende nächster Woche nach Manhattan zu einem Broadway-Musical ausführen. Paul hatte sich vermutlich eine Frau gewünscht, die kulturell mehr interessiert war als sie – eine Frau, die sich bemühte, Karten für die neuesten Theateraufführungen zu ergattern. Aber wenn wirklich, dann hätte er es ihr doch bloß zu sagen brauchen!
Sie war schon bei der dritten Tasse Kaffee angelangt, als Lulu verschlafen in die Küche geschlurft kam. »Es regnet«, verkündete sie, als wäre ihre Mutter irgendwie schuld daran.
»Wahrscheinlich wird es bald aufhören. Was willst du zum Frühstück?«
»French Toast«, sagte Lulu und ließ sich auf einem der Küchenstühle nieder.
Mit einer Hand schlug Joanne ein paar Eier in die Pfanne und fügte schnell Milch, Vanille und eine Prise Zimt hinzu. »Hast du gut geschlafen?« fragte sie. Lulu zuckte nur mit den Achseln und blätterte ohne großes Interesse die Zeitung durch. »Ich habe mir gedacht, vielleicht könnten wir nächste Woche mal ins Theater gehen. Würdest du gern etwas Bestimmtes sehen?« Lulu schüttelte teilnahmslos den Kopf. »Wie wäre es denn mit dem neuen Stück von Neil Simon?«
»Das wäre ganz gut«, meinte Lulu. Sie starrte hinaus in den Garten. »Wann werden die dort draußen endlich fertig sein?«
»Bald, hoffentlich.« Joanne legte zwei Scheiben labbriges Brot in die Pfanne.
»Kommt Daddy mit ins Theater?«

Joannes Hände begannen zu zittern. »Ich glaube nicht.«
»Können wir ihn nicht darum bitten?«
Joanne zögerte. »Ich dachte, wir drei machen das mal allein.«
»Ich würde Dad gern fragen, ob er mitkommt«, beharrte Lulu. »Darf ich?«
»Natürlich«, antwortete Joanne. Sie hoffte, das Thema damit abschließen zu können. »Wenn du willst.«
»Warum ist Daddy weggegangen?« fragte das Kind unvermittelt.
»Ich weiß es nicht genau«, antwortete Joanne. »Hat er es dir nicht erzählt?«
»Mir hat er gesagt, er will eine Weile allein sein, um über alles nachzudenken. Was ist ›alles‹? Und warum kann er nicht zu Hause nachdenken?« fuhr Lulu in anklagendem Ton fort.
»Ich weiß es nicht, mein Schatz«, antwortete Joanne, der Wahrheit entsprechend. Sie legte den fertigen Toast auf einen Teller und stellte ihn vor Lulu auf den Tisch. »Das mußt du schon deinen Vater fragen.«
Mit wilder Entschlossenheit begann Lulu, ihr Frühstück in sich hineinzustopfen; dabei mied sie sorgfältig den Blick ihrer Mutter.
»Ist es wegen mir?« fragte das Kind schließlich, unfähig, seine Tränen noch länger zurückzuhalten. »Weil ich nicht gut in der Schule bin?«
Joanne brauchte einige Sekunden, um diesen Gedankengang nachzuvollziehen. »Aber nein, Liebling«, versicherte sie ihrer Tochter hastig. »Daß Daddy ausgezogen ist, hat nichts mit dir zu tun. Außerdem«, fügte sie hinzu und strich Lulu ein paar Haarsträhnen aus dem Gesicht, »bist du doch nicht schlecht in der Schule.«
»Ich habe nicht so gute Noten wie Robin.«
»Wer sagt das?«
»Robin.«
»Natürlich!«

»Robin ist in letzter Zeit so komisch. Hast du das auch bemerkt?«
»Noch komischer als sonst?« fragte Joanne, und Lulu lächelte.
»Auf jeden Fall brauchst du dir wegen deiner Noten keine Sorgen zu machen. Robin ist ein anderer Typ von Schüler als du. Sie tut sich leicht mit dem Auswendiglernen. Das heißt aber nicht, daß sie gescheiter ist als du.«
»Ich habe dich nicht um einen Vortrag gebeten«, schmollte Lulu und verließ die Küche.
Joanne spülte gerade den gröbsten Schmutz von Lulus Teller, als das Telefon klingelte. Argwöhnisch warf sie einen Blick auf ihre Armbanduhr. Es war Punkt sieben. »Hallo?« fragte sie in den Hörer hinein und schielte zur *New York Times* hinüber, die auf dem Küchentisch lag.
»Rate mal, wer bald ein Filmstar sein wird!«
»Warren?« rief Joanne. Sie hatte die Stimme ihres Bruders beinahe nicht erkannt. »Was redest du denn da? Was soll das denn?«
»Man will deinen kleinen Bruder zum Star machen – kein Geringerer als Steven Spielberg! Warte mal – Gloria soll dir alles erzählen.«
»Gloria, was ist denn mit meinem Bruder los?« fragte Joanne lachend, als ihre Schwägerin ans Telefon gekommen war.
»Es stimmt«, verkündete Gloria. Ihre Stimme klang heiser. »Kannst du dir das vorstellen? Ich verrichte jahrelang Sklavendienste in diesem Metier, und wie weit komme ich? Dein Bruder entbindet einfach irgendeinen Star, und prompt wird er Steven Spielberg vorgestellt, der gerade einen Gynäkologen als Berater für einen neuen Film sucht. Er wirft einen Blick in Warrens blaue Augen und beschließt, ihm eine kleine Rolle zu geben. Im August beginnen die Dreharbeiten. Ich bin *so* neidisch! Na ja. Wie läuft es denn so bei euch an der Ostküste? Wann kommt ihr endlich mal hierher und seht euch Disneyland an?«

»Bei uns ist alles in Ordnung«, log Joanne. Im Reich der Illusionen hatte die Wirklichkeit keinen Platz, das sah sie ein. Außerdem, warum sollte sie Warren und seine Frau, die fünftausend Kilometer weit weg lebten, beunruhigen? »Ich gebe dir jetzt noch einmal deinen Bruder«, verkündete Gloria.
Joanne und Warren unterhielten sich kurz miteinander. Warren erzählte seiner Schwester alle Neuigkeiten; Joanne verschwieg ihm alle.
»Geht es euch wirklich gut?« fragte er, als das Gespräch sich dem Ende zuneigte.
»Warum sollte es uns schlecht gehen?« erwiderte Joanne; dann legte sie auf.
Robin stand an der Tür.
»Viele Grüße von Onkel Warren.«
Robin ließ sich auf den Stuhl fallen, auf dem kurz zuvor ihre Schwester gesessen hatte, und gähnte laut.
»Ich wundere mich, daß du so früh aufgestanden bist. Gestern nacht ist es ja ziemlich spät geworden. Es war schon nach drei, oder?« Sie stellte ein Glas Orangensaft auf den Tisch. Robin leerte es in einem Zug.
»Ich habe nicht auf die Uhr gesehen.«
»Aber ich, und ich will nicht, daß du noch einmal so spät heimkommst«, teilte Joanne ihr ruhig, ohne jede Strenge, mit. »Ist das klar?«
Robin nickte.
»War die Party lustig?« fuhr Joanne freundlich fort.
»Nicht besonders.«
»Warum bist du dann so lange geblieben?«
»Wir sind nicht lange geblieben.«
»Wer ist ›wir‹?«
»Scott und ich.«
»Wer ist Scott?«
»Ein Junge eben.« Robin sah ihre Mutter schüchtern an. »Er ist wirklich nett. Er würde dir gefallen.«

»Ich möchte ihn kennenlernen. Wenn du das nächstemal mit ihm ausgehst, kannst du ihn doch vorher kurz hierherbringen.«
»Ja klar«, stimmte Robin hastig zu.
»Ist er in deiner Klasse?«
»Nein. Er geht nicht zur Schule.«
»Er geht nicht zur Schule? Was macht er denn dann?«
»Er spielt Gitarre in einer Rockband.« Robin rutschte verlegen auf ihrem Stuhl hin und her.
»Er spielt Gitarre in einer Rockband«, wiederholte Joanne. Irgend etwas in ihrer Stimme erinnerte sie an Eves Mutter. »Wie alt ist er?«
Robin zuckte mit den Achseln. »Neunzehn, vielleicht zwanzig.«
»Dann ist er zu alt für dich.«
»Er ist überhaupt nicht zu alt für mich!« widersprach Robin. »Die Jungen in meinem Alter sind richtige Babys!«
»Du bist auch eins!«
Robin warf ihr einen haßerfüllten Blick zu.
»Tut mir leid«, entschuldigte sich Joanne. »Du bist kein Baby. Trotzdem, zwanzig ist zu alt für dich. Was macht er denn sonst noch, außer... Rock?«
Wieder zuckte Robin mit den Achseln.
Joanne biß sich auf die Lippe. »Wo hast du diesen Scott denn kennengelernt?«
»Bei irgendeiner Party.«
»Und wann?«
»Weiß nicht. Vor einem Monat vielleicht. Hör mal, ich habe doch gesagt, daß ich ihn dir das nächstemal vorstellen werde. Was willst du denn noch?«
Joanne nickte schweigend. Robin stand auf und ging aus der Küche.
Gerade als oben ein lauter Streit zwischen den Schwestern ausgebrochen war, begann das Telefon zu klingeln. »Kinder,

bitte!« rief Joanne zu ihnen hinauf, während sie nach dem Hörer griff. »Hallo?« Sie schloß die Küchentür, damit das Geschrei nicht hereindrang.
»Mrs. Hunter...«
Joanne erkannte die seltsame Stimme sofort wieder. »Ja?« fragte sie. Sie hatte Angst und wußte nicht warum.
»Haben Sie die Seite dreizehn der Morgenzeitung gelesen?«
»Ja.« Sie kam sich lächerlich vor. Warum sprach sie mit jemandem, den sie überhaupt nicht kannte? »Aber ich glaube, Sie haben sich da geirrt, oder vielleicht sprechen Sie mit der falschen Mrs. Hunter...«
»Du bist die nächste.« Es knackte in der Leitung.
»Hallo? Hallo!« rief Joanne. »Wirklich, ich glaube, Sie haben sich geirrt.« Sie legte auf. Wieder fiel ihr Blick auf die Zeitung. Langsam, wie ein Magnet, zog die unsichtbare Stimme sie zum Tisch. Nervös, aber dann immer entschlossener blätterte sie die Zeitung durch, bis sie wieder Seite dreizehn gefunden hatte. Mit wachsendem Unbehagen überflog sie alle Spalten, las noch einmal die Berichte über die Textilarbeitergewerkschaft, über den Brand und zum Schluß auch die Einzelheiten über die Hausfrau, die in Stücke gehackt worden war. Auf einmal fühlte Joanne etwas Unsichtbares neben sich stehen. Es beugte sich zu ihr hinüber und flüsterte ihr etwas ins Ohr.
»Du bist die nächste.«

6

»Warum, um Himmels willen, hast du mir das nicht erzählt?« Energisch schritt Eve Stanley in Joannes Wohnzimmer auf und ab.
Joanne saß auf einem der beiden drehbaren Sessel am Kamin.
»Letztes Wochenende habe ich es ja versucht«, sagte sie leise. Sie empfand ein vages Schuldgefühl und wußte nicht, weshalb.

In letzter Zeit fühlte sie sich andauernd schuldig. »Aber dir ging es nicht gut, und deine Mutter war da... Und danach konnte ich mich dann nicht mehr aufraffen...«
»Na ja, gut, das kann ich verstehen«, gab Eve zu und setzte sich auf den anderen Sessel. »Brian fiel auf, daß er Pauls Wagen die ganze Woche nicht gesehen hatte. Ich habe es gar nicht bemerkt, ich bin so beschäftigt mit meinen Beschwerden und Schmerzen... Auf jeden Fall, als ich heute nachmittag heimkam, sah ich Lulu draußen sitzen. Sie wirkte übrigens nicht gerade glücklich...«
»Sie hat eine schlechte Note in der letzten Geschichtsarbeit bekommen.«
»... und ich fragte sie, ob Paul verreist sei, und da hat sie mir alles erzählt. Ich brauche dir ja wohl kaum zu sagen, daß ich beinahe in Ohnmacht gefallen bin.«
»Es tut mir leid. Ich hätte dich anrufen sollen. In den letzten Tagen war ich ziemlich fertig.«
»Kein Wunder. Ich kann es immer noch nicht fassen, daß Paul das getan hat. Dieser Dreckskerl! In der Hölle soll er schmoren!«
Joanne lächelte. »Ich wußte, daß du mich aufmuntern würdest.«
»Und was genau hatte dieses Arschloch dir zu sagen?«
»Daß er nicht glücklich ist.« Joanne lachte, aber sie biß sich auf die Unterlippe, damit aus dem Lachen kein Weinen wurde.
»Hat er irgendwelche Beispiele genannt?«
Joanne dachte einen Augenblick nach. »Ich glaube, es war mehr ein allgemeines Unbehagen, nichts Bestimmtes.«
»Unbehagen«, wiederholte Joanne, ließ das Wort auf der Zunge zergehen. »Wenn es nur die Malaria gewesen wäre! Glaubst du, daß er eine andere hat?«
Joanne schüttelte den Kopf. »Er sagt nein. Er sagt, er hat mich nie betrogen.«
»Und das glaubst du ihm?«

»Meinst *du* denn, daß er eine andere hat?« fragte Joanne.
»Nein«, gab Eve zu.
»Ich glaube, er liebt mich einfach nicht mehr.«
»Ich glaube, er ist ein Arschloch«, erklärte Eve. »Es muß einen spezielleren Grund geben. Wie lief es denn bei euch im Bett?«
»Was?«
»Ich weiß, du sprichst nicht gern über diese Dinge, aber wir müssen der Sache jetzt auf den Grund gehen.«
»Es lief gut im Bett«, erzählte Joanne. Sie fühlte, wie sie rot wurde. »Vielleicht nicht ganz so wie bei Brian und dir...«
»Wie oft habt ihr miteinander geschlafen?«
Joanne rutschte auf ihrem Sitz hin und her, während Eve ganz ruhig dasaß, vornübergebeugt, die Ellbogen auf die Knie gestützt. »Ich weiß nicht genau. Ein-, zweimal die Woche.«
»Wie experimentierfreudig warst du denn?«
»Was meinst du – experimentierfreudig?«
»Du weißt schon – hast du neue Dinge ausprobiert, hast du...?«
»Eve, darüber will ich wirklich nicht sprechen. Ich wüßte auch gar nicht, welchen Sinn das hätte. Ich habe mir über jeden möglichen Grund, den Paul zum Weggehen gehabt haben könnte, den Kopf zerbrochen. Vielleicht hat tatsächlich der Sex den Ausschlag gegeben, ich weiß es nicht. Er hat sich nicht beklagt, aber vielleicht war ich wirklich nicht... experimentierfreudig genug. Um ganz ehrlich zu sein, ich bin mir sicher, daß es so ist. Ich bin mir ganz sicher, daß alles meine Schuld ist.«
»Moment mal!« rief Eve und stand abrupt auf. »Wer hat denn gesagt, daß alles deine Schuld ist?«
»Das muß mir niemand sagen, das ist doch ganz offensichtlich. Warum wäre er sonst gegangen? Ich habe überhaupt nichts richtig gemacht.«
»Ach ja. In zwanzig Jahren hast du überhaupt nichts richtig gemacht!«

Joanne nickte. »Ich habe in dieser Woche viel nachgedacht – über die letzten zwanzig Jahre, und wie ich sie gelebt habe... und – kannst du das nicht verstehen, Eve? – ich bin ein Anachronismus! Alles, wozu man mich erzogen hat, ist aus der Mode gekommen!«
»Eine treue Ehefrau zu sein ist aus der Mode gekommen? Eine gute Mutter zu sein, eine sehr, sehr gute Freundin zu sein ist aus der Mode gekommen? Wer sagt das? Zeig mir den, der das sagt, und ich verprügle ihn gleich hier vor dir! Aber jetzt sage ich besser nichts mehr. Wenn ich weiter so daherrede, und ihr, Paul und du, versöhnt euch wieder – und dazu wird es bestimmt kommen –, dann wirst du mich hassen, und dann verliere ich die beste Freundin der Welt.«
»Mich verlierst du nie«, sagte Joanne lächelnd. »Du bist das einzig Beständige in meinem Leben. Ich kann mir nicht vorstellen, daß wir jemals keine Freundinnen mehr sind.«
»Ich liebe dich«, sagte Eve und ging auf Joanne zu.
»Ich liebe dich auch.« Die beiden Frauen trafen sich in einer langen, tröstlichen Umarmung.
»Um wieviel Uhr ist dein Arzttermin morgen?« fragte Joanne und löste sich aus Eves Armen.
»Ach, vergiß es, du mußt mich wirklich nicht begleiten.«
»Sei nicht albern. Warum solltest du allein dahin gehen?«
»Na gut. Um halb zehn muß ich dort sein. Und jetzt gehe ich besser. Ich muß noch ungefähr eine Million Arbeiten korrigieren.«
»Eve...« Als sie Joannes Stimme hörte, blieb Eve, die schon in der Diele war, stehen. »Was weißt du über diese Fau in Saddle Rock Estates?« Eve sah sie fragend an. »Du weißt schon, die man ermordet hat.«
Eve hob die Schultern. »Nicht viel«, sagte sie. »Was man eben so in der Zeitung gelesen hat. Sie wurde vergewaltigt und erschlagen und erdrosselt und erstochen. Alles, was es gibt, hat der mit ihr gemacht.«

»Und sie ist schon die dritte in diesem Jahr, hast du gesagt.«
»Brian meint, es ist jedesmal derselbe Mann gewesen. Warum fragst du?«
Joanne erzählte ihr von den Anrufen. »Er sagt, ich bin die nächste.«
Zu ihrem großen Erstaunen brach Eve in lautes Lachen aus. »Entschuldige«, sagte sie hastig. »Aber du siehst so besorgt aus...«
»Nun, ich *bin* besorgt. Paul ist nicht mehr da, und...«
»Und irgendein Verrückter ruft dich an und sagt, du bist die nächste auf seiner Liste. Ich weiß, über so was soll man nicht lachen, aber bist du dir darüber im klaren, wie viele Frauen der wahrscheinlich schon angerufen hat? Halb Long Island, wette ich. Der ist harmlos, Joanne. Wer sich Befriedigung per Telefon verschafft, hat selten den Mut, wirklich etwas anzustellen. Also, hör zu, ich bin ganz sicher, daß es nichts ist, aber wenn es dich beruhigt, erzähle ich es Brian, okay?«
»Dafür wäre ich dir sehr dankbar«, sagte Joanne.
Eve lächelte und umarmte ihre Freundin noch einmal. »Vergiß nicht unsere Tennisstunde morgen nachmittag!«
»Um neun an der Auffahrt.« Joanne winkte Eve nach, bis sie im Nebenhaus verschwunden war.


»Du mußt einfach mehr lernen«, sagte Joanne wenige Minuten später zu Lulu. »Vielleicht können wir ein System ausarbeiten, mit dem du dir Daten besser merken kannst. An das Jahr der Schlacht von New Orleans habe ich mich immer erinnern können, weil es damals, als ich in der High School war, einen Schlager gab, der davon handelte. Achtzehnhundertvierzehn – ich wette, jedes Kind in der Schule wußte das damals.«
»Vielleicht sollten wir Michael Jackson bitten, einen Song über den Bürgerkrieg zu schreiben«, schlug Lulu vor.
»Gar keine schlechte Idee.«
»Das Leben ist nicht wie Sesamstraße, Mutter.«

Eine Elfjährige erzählt mir etwas über das Leben, dachte Joanne. Plötzlich klopfte jemand gegen die gläserne Schiebetür. Einer der Swimmingpool-Arbeiter stand draußen. Langsam erhob sich Joanne, entriegelte die Tür und schob sie auf.
»Wir sind fertig für heute«, teilte der Mann ihr mit. »Dürfte ich bitte kurz Ihr Telefon benutzen?«
Joanne tat einen Schritt zurück, um ihn einzulassen. »Dort an der Wand«, sagte sie und deutete auf das weiße Telefon.
»Danke«, sagte er und lächelte Joanne an. Als er sich zur Wand drehte, um sein Gespräch zu führen, schnitt Lulu ihrer Mutter ärgerlich eine Grimasse. Plötzlich drehte sich der Mann wieder um und lehnte sich mit dem Rücken gegen die Wand. »Ich soll warten, bis ich durchgestellt werde«, murmelte er. Joanne nickte. »Ist Ihr Mann da?« fragte er.
Joanne schüttelte den Kopf. »Müssen Sie etwas mit ihm besprechen?«
»Das hat Zeit.« Seine Aufmerksamkeit galt wieder dem Telefon. »Hallo, ja, kann ich...« Er kicherte ungeduldig. »Jetzt haben sie mich schon wieder zum Warten verdonnert.«
»Dad hat angerufen«, sagte Lulu leise.
»Wann?« Joanne fühlte, wie ihre Hände zu zittern begannen, und klemmte sie zwischen die Knie. »Warum hast du mich denn nicht gerufen?«
»Du warst im Bad, und er wollte nicht mit dir sprechen, nur mit mir.«
Joanne fühlte, wie sich ihre Kehle zuschnürte. »Was wollte er denn?«
»Er wollte wissen, wie es mir bei der Schulaufgabe ergangen ist, und wir haben Pläne fürs Wochenende gemacht. Er will, daß ich zu ihm in die Stadt komme.«
»Findest du nicht, du hättest mich vorher fragen können?«
»Nein, finde ich nicht«, antwortete Lulu frech. »Er ist mein Vater, ich kann ihn besuchen, wann ich will!«
Der Mann am Telefon räusperte sich, um daran zu erinnern,

daß er da war, und drehte sich wieder zur Wand. Er führte sein Telefongespräch beinahe flüsternd. Auch Joanne senkte die Stimme.
»Und was ist mit Robin?« fragte sie.
»Robin hat am Samstag abend ein Rendezvous.«
»Okay, du darfst das Wochenende mit deinem Vater verbringen. Er soll dich aber am Sonntag spätnachmittag zurückbringen. Du mußt Montag in die Schule.«
»Entschuldigen Sie bitte«, unterbrach sie der Arbeiter, »ich bin jetzt fertig. Vielen Dank.« Er trat in den Garten hinaus, deutete auf die frisch verlegten Steinplatten und fragte: »Wie gefallen sie Ihnen?«
»Hübsche Farbe«, meinte Joanne.
»Also, bis morgen.«
Joanne schob die Tür zu und verriegelte sie.
»Der ist mir unheimlich«, sagte Lulu.
»Wieso denn? Er ist doch ganz nett.«
»Ich mag es nicht, wie er einen anstarrt.«
»Du siehst zu viel fern«, sagte Joanne. »Auf jeden Fall wird er nicht mehr lange hier sein. Die Arbeiten sind bald beendet.«
»Hoffentlich. Es wäre toll, wenn wir den Pool noch benutzen könnten, bevor wir ins Sommerlager fahren...«

7

»Na, was war?«
»Gehen wir hier erst mal raus, dann können wir reden.«
Joanne mußte beinahe laufen, um ihre Freundin einzuholen, die schon die halbe Treppe hinuntergestiegen war.
»Was für Untersuchungen haben sie denn gemacht?« fragte Joanne, während die beiden Frauen die schwere Eingangstür des Krankenhauses aufstießen und in den Nieselregen traten.
»Gehen wir zum Essen ins *Ultimate*. Es ist nett dort, und es liegt in der Nähe.«

Es war allerdings auch voll, und sie mußten eine Viertelstunde warten, bis sie einen Tisch zugewiesen bekamen. Nachdem sie sich endlich gesetzt hatten, bestellte Eve zwei *Ceasar salads* und eine Flasche Weißwein.
»Darfst du überhaupt trinken?« fragte Joanne. Eve hatte das erste Glas hinuntergestürzt, als ob es Ginger Ale gewesen wäre, und sich sofort nachgeschenkt. »Was hat der Arzt denn gesagt?«
»Nichts, was irgendein normaler Mensch verstehen könnte. Sie sprechen die Sprache der Götter, für die sie sich halten.«
Joanne lachte. »Du wolltest früher doch selber Ärztin werden«, erinnerte sie ihre Freundin.
»Zu unser aller Glück bin ich zehn Jahre zu früh zur Welt gekommen.«
»Hast du denn jetzt Geschwüre oder Gallensteine oder nicht?«
»Der Arzt sagt, daß er auf den Röntgenbildern nicht das geringste entdecken kann«, antwortete Eve ernst, »und es wird eine Weile dauern, bis die Ergebnisse der Bluttests vorliegen. Wie schmeckt dir der Salat?«
»Nicht so gut wie der Wein.« Joanne leerte ihr Glas. »Und jetzt?«
»Das Leben geht weiter. Wir essen fertig, und dann spielen wir Tennis.«
»Es regnet doch.«
»Dann bleiben wir hier sitzen und trinken weiter«, erwiderte Eve schlagfertig.
Irgendwie findet sich alles, dachte Joanne.

Sie beschlossen, ins Kino zu gehen.
»Ich kann einfach nicht glauben, daß du mich zu diesem Film überredet hast«, kicherte Joanne. Ihr Kopf fühlte sich an, als säße er äußerst wacklig auf dem Hals.
»Film ist ein zu anspruchsvolles Wort für das, was wir jetzt se-

hen werden«, lachte Eve. Sie langte nach der Schachtel Popcorn, die Joanne im Schoß hielt, und sah verwundert zu, wie die Hälfte auf den Boden fiel.

»Vielen Dank«, sagte Joanne. »Ich dachte, du hast gesagt, daß du nie Popcorn ißt.«

»Ich dachte, du hast gesagt, daß du nie in Horrorfilme gehst.«

»Ich bin nur deshalb hier, weil du mich hierhergeschleppt hast.«

»Du warst nicht in der Verfassung, Auto zu fahren. Wahrscheinlich habe ich dir das Leben gerettet.« Plötzlich wurde es dunkel.

DEMNÄCHST IN DIESEM THEATER! leuchtete es von der Leinwand. Die folgenden sechzig Sekunden waren ausschließlich mit dem Geräusch von Schüssen und dem Anblick zu Boden fallender Leichen angefüllt. »Genau die Art von Film, die ich liebe«, sagte Eve.

Joanne bemerkte, daß sich hinter ihnen etwas bewegte. Sie drehte sich um und sah, daß ein junger Mann, der einen Motorradhelm trug, sich direkt hinter sie setzte, obwohl die meisten anderen Sitze frei waren. Er schien zu grinsen – eine Reihe weißer Zähne durchschnitt das Dunkel, als er den Helm abnahm und auf den Schoß legte. Joanne wandte ihr Gesicht wieder der Leinwand zu. »Setzen wir uns woanders hin«, flüsterte sie Eve zu.

»Wieso denn? Hier ist es doch prima.«

»Ich möchte lieber in der Mitte sitzen«, sagte Joanne und wollte schon aufstehen.

Eve zog sie auf den Sitz zurück. »Du weißt genau, daß ich am Gang sitzen will.«

»Okay.« Joanne deutete auf die Außensitze einige Reihen weiter vorn. »Setzen wir uns dort hin.«

»Das ist zu nah an der Leinwand.«

»Eve, da ist so ein komischer Typ hinter uns, der gefällt mir nicht.«

Eve drehte sich sofort um und starrte den jungen Mann an. »Ich finde, er sieht ganz normal aus«, flüsterte sie. »Sogar recht gut, soweit ich erkennen konnte.«
»Warum muß er denn so nah bei uns sitzen? Und warum hält er den Helm auf dem Schoß?«
»Warum hörst du nicht auf, dir Gedanken zu machen, und siehst dir endlich den Film an?« Joanne sah ein, daß es aussichtslos war, Eve um einen Platzwechsel zu bitten. »Entspann dich, jetzt wird's richtig gut«, fuhr Eve fort. Auf der Leinwand rannte eine hübsche Blondine in offensichtlicher Panik durch die Gegend und direkt in die Arme eines völlig entstellten Irren, der ein Messer in der Hand hielt, den Kopf des Mädchens zurückbog und ihr die Kehle zu durchschneiden begann. Das hellrote Blut, das von ihrem Hals tropfte und sich in Pfützen am Boden sammelte, erschien beinahe dreidimensional. Joanne drehte es den Magen um. »Toll!« murmelte Eve.
»Du bist ja krank«, flüsterte Joanne. Sie starrte auf ihren Schoß. Ihre Rückenlehne vibrierte. Sie versuchte, nicht an das zu denken, was der Junge hinter ihr wohl gerade tat. Ohne den Kopf zu bewegen, hob sie den Blick zur Leinwand und sah eine andere junge Frau in einem alten Haus umherschleichen. Warum müssen die sich immer dort rumtreiben, wo sie nichts verloren haben? fragte sich Joanne, während das Mädchen nach einem alten roten Vorhang mit Troddeln griff und zur Seite schob. Ein junger Mann fiel hervor, in dessen Brust ein Dolch stak; am Rücken sah die Spitze der Klinge heraus. Das Mädchen schrie, als der Junge ihr in die Arme fiel, und brach in irres Lachen aus. Entsetzt sah Joanne zu, wie der Junge sich den Filmdolch aus der Brust zog und das Paar – beide perfekt gebräunte Kalifornien-Typen – auf dem knarzenden Holzboden miteinander zu schlafen begann. Sie bemerkten nicht, daß sie dabei von dem verunstalteten Monster beobachtet wurden, das schon das Messer in der Hand hielt und bereit war, jeden Moment zuzustoßen.

Was mache ich hier eigentlich? dachte Joanne und wandte den Blick ab. Was machte sie hier mitten an einem Freitagnachmittag, mitten in einem Leben, das sich um sie herum aufzulösen begann, in einem bluttriefenden Horrorfilm neben einer Freundin, die vielleicht Geschwüre hatte, und vor einem Jungen, der vielleicht gerade in seinen Motorradhelm masturbierte? War es nicht genug, daß ihr Mann sie verlassen hatte und irgendein Telefonfetischist ihr drohte, er werde sie in kleine Stücke hacken? Brauchte sie da auch noch das Monster aus dem Sumpf?

»Ist dir schlecht?« fragte Eve.

»Ich glaube nicht.«

»Warum hast du dann den Kopf in den Schoß gelegt? Warum siehst du dir nicht den Film an?«

Joanne hob den Kopf genau in dem Augenblick, als auf der Leinwand eine andere junge Frau ans klingelnde Telefon ging.

»Hallo?« sagte sie leise. »Hallo?«

Joanne sah zu ihrer Freundin hinüber, deren Blick auf die Leinwand geheftet war. Warum hatte Eve sie hierher gebracht?

»Sei nicht so nervös«, sagte Eve. »Die überlebt. Das sieht man daran, daß sie keine Titten und keinen Freund hat. Gekillt werden immer nur die Sexbesessenen. Sobald du siehst, wie zwei es miteinander treiben, kannst du sicher sein, daß sie bereits so gut wie tot sind. Der Sünde Sold oder so. Wegen der hier brauchst du dir keine Sorgen zu machen, die überlebt.«

»Hallo?« wiederholte das Mädchen auf der Leinwand.

»Mrs. Hunter«, flüsterte die Stimme drohend in Joannes Ohr.

»Was!« keuchte Joanne. Sie fühlte den warmen Atem im Nakken. Sie sprang auf und drehte sich um.

Niemand war hinter ihr. Sogar der Junge mit dem Motorradhelm war verschwunden.

»Was soll das denn, verdammt noch mal?« rief Eve. »Du hast mich zu Tode erschreckt!«

»Ich dachte, ich hätte etwas gehört. Hat da nicht jemand meinen Namen geflüstert?«
»Nein, ich habe nichts gehört«, erwiderte Eve gereizt. »Sei jetzt endlich still!«
Den Rest des Films sahen sie sich in unbehaglichem Schweigen an.


»Wenigstens hat es aufgehört zu regnen«, seufzte Eve, als sie aus dem Kino traten und in Richtung Auto zu gehen begannen.
»Unterstehe dich«, warnte Joanne, »mich noch einmal betrunken zu machen und dann in einen solchen Film zu schleifen! Ich habe jetzt richtige Kopfschmerzen. Ich verstehe nicht, wie man so etwas drehen kann...«
»Leute wie du und ich zahlen viel Geld, um solche Filme zu sehen«, erklärte Eve.
»Und warum sehen wir sie uns an?«
»Weil wir wissen, daß wir uns nicht wirklich in Gefahr befinden«, sagte Eve, während sie die Straße überquerten. »Ich glaube, wir gehen falsch«, meinte sie plötzlich.
»Wirklich?« Joanne hatte auf einmal keine Ahnung mehr, wo sie das Auto geparkt hatte.
»War es nicht in der Manhasset Street?«
Sie machten kehrt und gingen zurück. »Das ist es, oder?« Eve deutete auf einen kastanienbraunen Chevrolet, der am Ende der Straße stand.
»Ja, ich glaube auch. Was ist denn da an der Windschutzscheibe?«
»Scheiße – ein Strafzettel.« Sie näherten sich dem Wagen. »Nein, es ist ein Stück Zeitung. Hat wohl der Wind gegen die Scheibe geweht.« Eve hob den einen Scheibenwischer und zog die Zeitungsseite darunter hervor. Sie warf einen kurzen Blick darauf und ließ sie zu Boden fallen. »Wirklich schlimm, dieser Hotelbrand«, sagte sie, während Joanne und sie einstiegen.

»Was für ein Hotelbrand?« fragte Joanne, ließ den Motor an und fuhr aus der Parklücke.
»Ich glaube, es ist letzte Woche passiert. Auf dem Stück Zeitung, das unter dem Scheibenwischer klemmte, war ein Artikel darüber.«
Joanne bremste so scharf, daß beide Frauen trotz der Sicherheitsgurte auf ihren Sitzen nach vorne geschleudert wurden.
»Mein Gott, was machst du denn?« schrie Eve.
»Die Zeitung! Wo ist die Zeitung?«
»Du hast doch gesehen – ich habe sie weggeworfen. Warum? Was ist denn los?«
Aber Joanne hatte bereits ihre Tür geöffnet und war um den Wagen herum auf die andere Seite gelaufen.
»Um Himmels willen, Joanne, wohin rennst du denn?« rief Eve. Joanne fischte das Zeitungsblatt, das gerade davonzuwehen drohte, aus dem Rinnstein. »Macht *Bloomingdale's* einen Ausverkauf, oder was?«
Joanne schwieg. Bewegungslos stand sie am Straßenrand, das Stück Zeitung mit den Fingern umkrampfend. Eine Hälfte der Zeitung war weggerissen, und die andere hatte der Regen fast völlig unleserlich gemacht.
Dennoch, es war unverkennbar: die letzte Sonntagsausgabe der *New York Times*, Seite dreizehn.


8


»Es kann auch reiner Zufall sein«, wiederholte Eve. Joanne und sie warteten im Wohnzimmer der Hunters auf Paul.
»Das sagst du andauernd«, meinte Joanne. »Glaubst du das wirklich?«
»Ich weiß nicht.«
»Könntest du noch mal versuchen, Brian zu erreichen?«
»Ich habe doch schon zwei Benachrichtigungen für ihn hinterlassen.«

»Dann spreche ich jetzt mit irgendeinem anderen Beamten.«
»Nur zu!« Eve folgte Joanne in die Küche. »Aber findest du es nicht doch besser, auf Paul zu warten?«
»Wer weiß, wann der kommt! Du kennst doch den Freitagnachmittagsverkehr...« Joanne nahm den Hörer ab und hielt ihn an die Brust. »Er war nicht gerade begeistert, als ich ihn hierher bat. Morgen will er Lulu abholen, und jetzt muß er die Fahrt zweimal machen.«
»Ach, der Arme!« sagte Eve trocken. »Irgendein Verrückter bedroht die Mutter seiner Kinder – da ist es doch das mindeste, daß er zu dir fährt und dir beisteht. Laß mich sprechen!« Sie nahm Joanne den Hörer aus der Hand und begann die Tasten zu drücken. »Setz dich hin. Du siehst aus, als ob du jeden Moment in Ohnmacht fallen würdest.«
Joanne ließ sich auf einen Küchenstuhl nieder. »Hallo? Mein Name ist Joanne Hunter«, sagte Eve forsch. Sie sah zu Joanne hinüber und schnitt eine Grimasse. »Ich hätte gern mit jemandem gesprochen, der für Drohanrufe zuständig ist. Danke.« Sie strich sich das Haar aus dem Gesicht und wartete. »Hallo? Ja, hier ist Joanne Hunter. Ich wohne Laurel Drive 163. Ich möchte melden, daß ich seit einiger Zeit Drohanrufe erhalte. Mit wem spreche ich denn bitte?« Joanne auf ihrem Stuhl lehnte sich mit einem Ausdruck der Bewunderung zurück. Nie hätte sie daran gedacht, nach dem Namen des Polizeibeamten zu fragen. »Sergeant Ein«, wiederholte Eve und notierte den Namen auf einem Stück Papier. »Wann es mit diesen Anrufen losgegangen ist...?« Sie sah Joanne fragend an.
Joanne zuckte mit den Achseln. »Letzten Sonntag hat er zum erstenmal mit mir gesprochen, aber komische Anrufe bekomme ich schon seit ein paar Wochen«, flüsterte sie hastig.
»Ja, ich bin noch dran. Also, seit ein paar Wochen. Irgendein Typ – zumindest *glaube* ich, daß es ein Mann ist – ruft zu den unmöglichsten Zeiten an, und am Sonntag hat er mir gedroht. Was er genau gesagt hat?«

»Er sagt: ›Du bist die nächste.‹«
»Also, am Sonntag hat er gesagt, ich soll auf Seite dreizehn der *New York Times* nachsehen.« Joanne nickte. »Das habe ich gemacht, und da stand ein Artikel über die Frau, die in Saddle Rock Estates ermordet wurde. Später hat er dann noch einmal angerufen und mir gesagt, ich sei die nächste. Und heute fand ich eine Zeitungsseite am Fenster meines Wagens, dieselbe Seite dreizehn. Offensichtlich folgt mir der Kerl. Ich habe Angst, daß... Ja, ich weiß... Ja, ja, aber das täte ich nur sehr ungern. Gibt es denn keine andere Möglichkeit?« Es folgte eine lange Pause. »Ich verstehe. Haben Sie vielen Dank.« Angewidert legte Eve den Hörer auf. »New Yorks Klügster«, bemerkte sie sarkastisch.
»Was hat er gesagt?«
»›Du bist die nächste‹ ist nicht gerade die schlimmste Drohung, die er je gehört hat, und ob ich wüßte, wie viele Frauen sich schon bei der Polizei gemeldet haben, weil sie überzeugt sind, das nächste Opfer des Vorstadtwürgers – so nennen sie ihn – zu sein. Er rät mir, oder vielmehr dir, deine Telefonnummer ändern zu lassen. Er kann nichts tun, sagt er, bevor der Kerl nicht wirklich zuschlägt.«
»Und dann könnte ich bereits tot sein.«
»Na komm, Kopf hoch! Ich werde Brian heute abend von den Anrufen erzählen. Das ist der Vorteil, wenn man einen Bullen als Nachbarn hat.«
Es läutete an der Tür. »Ich gehe schon«, sagte Eve. Joanne hoffte, ihre Freundin werde sich sofort verabschieden, aber nachdem sie Joannes Mann überraschend freundlich begrüßt hatte, folgte sie ihm in die Küche und machte keine Anstalten zu gehen.
Joanne fühlte einen dumpfen Schmerz, als Paul eintrat. Er sah so gut aus, und so besorgt.
»Was ist das für eine Geschichte mit dem Mann, der dich bedroht?«

Stockend erzählte Joanne ihm von den Anrufen und der Zeitungsseite an der Windschutzscheibe.
»Hast du die Polizei angerufen?«
»Eve hat gerade mit einem Beamten gesprochen.«
»Sie können nichts tun, solange der Kerl seine Drohungen nicht wahrmacht«, erklärte Eve. »Ich werde Brian alles erzählen und ihn fragen, ob er seine Kollegen nicht überreden kann, doch etwas zu unternehmen.«
»Joanne, ich sehe, daß du wirklich Angst hast, und ich will die Sache nicht verniedlichen, aber glaubst du nicht, daß deine Phantasie ein bißchen mit dir durchgeht?«
»Ich weiß nicht«, sagte Joanne.
»Schau mal«, fuhr Paul sanft fort, »irgendein Verrückter ruft dich an und erschreckt dich halb zu Tode. Da ist es doch ganz natürlich, daß dir das unheimlich vorkommt, besonders jetzt, wo ich nicht...« Er schwieg und warf Eve einen Blick zu.
»Ich gehe jetzt besser«, sagte Eve hastig. »War nett, dich wieder mal zu sehen, Paul.«
Die Eingangstür fiel ins Schloß.
»Ich lasse dir auf jeden Fall eine Alarmanlage einbauen, dann wirst du dich sicherer fühlen«, sagte Paul nach einer Pause.
»Das wäre gut. Danke. Möchtest du dich nicht setzen? Ich könnte uns Kaffee machen...«
»Nein, danke«, sagte er schnell. »Ich muß zurück in die Stadt. Wo sind denn die Mädchen?«
»Bei einer Leichtathletikveranstaltung. Lulu freut sich schon auf morgen.« Krampfhaft versuchte sie, fröhlich zu klingen. »Sie kann es gar nicht erwarten, die neue Wohnung ihres Vaters zu sehen.«
»Die ist nichts Besonderes. Sehr klein, sehr unpersönlich. Nun, Lulu hat dir ja meine Telefonnummer gegeben. Wenn du irgend etwas brauchst, ruf mich sofort an.«
»Ja. Danke.« Es folgte eine peinliche Pause. »Hast du denn schon nachgedacht?« fragte Joanne schließlich.

Paul ließ den Blick durch den Raum schweifen. »Noch nicht so richtig. Ich hatte sehr viel zu tun mit dem Umzug. Es ist ja erst eine Woche her...«
Joanne starrte ihren Mann an. »Ich vermisse dich.«
»Joanne, bitte...«
»Ich glaube nicht, daß ich ohne dich mit all dem fertig werde.«
»Doch, du kannst es. Du bist stark. Du brauchst dir keine Sorgen zu machen, Joanne. Wenn ich hier wäre, würdest du über diese Anrufe nur lachen.«
»Du bist aber nicht hier.«
»Nein«, sagte er, »und diese Geschichte wird mich nicht dazu bringen, zurückzukommen. Ich glaube, daß du mich damit unbewußt an dich binden willst.«
»Nein!«
»Joanne, wenn du unserer Ehe noch eine Chance geben willst, mußt du mich alles in Ruhe durchdenken lassen. Du mußt aufhören, mich mit Hilfe irgendwelcher Ausreden zurückholen zu wollen.«
Joanne schwieg. Hatte er recht? Übertrieb sie die ganze Sache, um ihn zurückzuholen?
»Ich muß jetzt gehen. Ich habe Klienten, die auf mich warten.«
Das Telefon klingelte.
»Soll ich warten?« fragte Paul.
Joanne nickte und lief zum Apparat. »Hallo?«
»Mrs. Hunter.«
Joannes vor Schreck weit aufgerissene Augen veranlaßten Paul, sofort zu ihr zu laufen. Er nahm ihr den Hörer aus der Hand. »Hallo«, sagte er energisch. »Wer ist da?... Wer?... Ja, ja, sie steht neben mir. Es tut mir leid, sie muß da etwas mißverstanden haben.« Er gab Joanne den Hörer zurück. »Ich gehe jetzt«, verkündete er leise. »Sag Lulu, ich hole sie morgen um zehn ab. Montag rufe ich dich wegen der Alarmanlage an.«
»Hallo?« fragte Joanne in den Hörer hinein.

Die Eingangstür wurde geöffnet und fiel hinter Paul zu.
»Mrs. Hunter?« sagte die Stimme. »Mrs. Hunter, hier ist Steve Henry, der Tennistrainer vom Fresh Meadows Club. Mrs. Hunter, sind Sie am Apparat?«
»Ja«, flüsterte Joanne. Sie sah noch Pauls Gesicht vor sich. Der Anruf hatte seinen Verdacht voll bestätigt. »Entschuldigen Sie, ich habe Ihre Stimme nicht gleich erkannt.«
Er lachte. »Es gibt ja auch keinen Grund, weshalb Sie meine Stimme sofort erkennen sollten. Noch nicht, zumindest.« Joanne fragte sich, wie er das wohl meinte. »Ich dachte mir, vielleicht könnten wir einen Ersatztermin ausmachen für die Stunde, die Sie heute versäumt haben. Am Wochenende hätte ich Zeit...«
»Nein, das geht auf keinen Fall!«
»Na gut«, meinte er. »Ist alles in Ordnung bei Ihnen? Sie klingen etwas seltsam.«
»Alles in Ordnung. Nur ein Schnupfen im Anmarsch, glaube ich.«
»Trinken Sie viel Orangensaft, und pumpen Sie sich mit Vitamin C voll. Nun«, sprach er weiter, nachdem sie nichts erwidert hatte, »dann sehen wir uns also erst am nächsten Freitag wieder.«
»Ja, genau.« Abrupt hängte sie auf.
Wie hatte ihr nur etwas so Dummes passieren können? Und ausgerechnet als Paul da war! Sie war so sicher gewesen, daß es dieselbe Stimme war.
Wieder klingelte das Telefon. Automatisch hob sie ab. Wahrscheinlich Eve, die garantiert Pauls Abfahrt beobachtet hatte und nun wissen wollte, wie das Gespräch verlaufen war.
»Mrs. Hunter«, sagte die Stimme, bevor Joanne sich überhaupt gemeldet hatte, »haben Sie meine Nachricht erhalten, Mrs. Hunter?«
»Welche Nachricht?« fragte Joanne. Sie kannte die Antwort. Langsam sank sie auf die senffarbenen Fliesen nieder.

»Die Nachricht, die ich an Ihrem Auto hinterlassen habe. Hat Ihnen der Film gefallen, Mrs. Hunter?«
»Hören Sie!« Joanne versuchte, energisch zu klingen, aber sie klang nur verzweifelt. »Hören Sie, lassen Sie diesen dummen Witz sein. Mein Mann findet ihn gar nicht lustig.«
»Ihr Mann ist fort, Mrs. Hunter. Um genau zu sein, er ist für immer fort. Oder stimmt das etwa nicht, Mrs. Hunter? Und ich weiß, wie geil Frauen werden, wenn ihre Männer sich nicht um sie kümmern, und ich habe die Absicht, Ihnen dieses Problem zu ersparen. Ja, meine Gnädige, darüber brauchen Sie sich keine Sorgen zu machen – bevor ich Sie umbringe, werden Sie noch mal so richtig Spaß haben.«
Joanne ließ den Hörer fallen. Hart schlug er am Boden auf. So blieb sie hocken, mit dem Rücken zur Wand, die Knie an die Brust gezogen, der Hörer neben ihr beharrlich summend, bis sich ein Schlüssel im Schloß drehte und ihre Töchter hereingestürmt kamen und wissen wollten, was es zum Abendessen gebe.

9

Die zwei Männer von *Ace Alarms* kamen pünktlich um zehn Uhr am darauffolgenden Dienstag, um mit der Installation des neuen Alarmsystems zu beginnen. Paul hatte alles arrangiert; von Joanne wurde nur verlangt, daß sie zu Hause war.
»Ihr Mann sagte, es ist nicht nötig, daß wir um alle Fenster herum Leitungen verlegen«, meinte der ältere der beiden Männer – er hatte sich als Harry vorgestellt –, während Joanne sie in die Küche führte. »Nur um die im unteren Stockwerk und um die Schiebetüren. Ziemlicher Saustall da draußen«, fügte er hinzu, nachdem er einen Blick in den Garten geworfen hatte.
»Heute betonieren sie es aus«, erklärte Joanne.
»Na ja, wenn Sie gerne schwimmen...«
»Ich schwimme überhaupt nicht. Habe es nie gelernt.«

»Ach so. Zeigen Sie uns noch die Tür ganz unten, bitte?«
»Aber ja, natürlich.« Die Männer folgten ihr in die Diele und die Treppe zum unteren Teil des dreistöckigen Hauses hinunter.
»Wir wechseln auf jeden Fall die Schlösser aus«, verkündete Harry, als sie den unterhalb der Küche gelegenen Hobbyraum betraten. »Die, die Sie jetzt haben, sind ein Witz. Daß man bei Ihnen noch nicht eingebrochen hat, ist ein Wunder.«
Joannes Blick fiel auf den dunkelhaarigen, dünnen Bauarbeiter, der Lulu so unheimlich war. Vom Pool aus starrte er sie an, aber als sich ihre Blicke trafen, sah er schnell weg.
»Kann ich Ihnen eine Tasse Kaffee bringen?«
»Das wäre sehr nett. Leon, was ist mit dir?« Leon sagte nichts, nickte jedoch. »Milch und Zucker für mich. Mein Bruder trinkt ihn schwarz.«
Brüder sind sie also, dachte Joanne. Sie ging in die Küche zurück und machte Kaffee.
Jemand klopfte an die Schiebetür. Erschrocken drehte sich Joanne um. Der große, dunkelhaarige Bauarbeiter lächelte sie von der anderen Seite der Glasscheibe an. »Ich müßte mal telefonieren«, konnte Joanne an den Bewegungen seiner Lippen ablesen.
Zögernd ging sie zur Tür und öffnete. Der Mann – Ende zwanzig oder Anfang dreißig – trat sofort in die Küche. Dabei ließ er seinen Blick an ihrem rosafarbenen Baumwollhemd entlanggleiten, als ob es ein durchsichtiges Negligé wäre. »Dort drüben«, sagte sie. Dann fiel ihr ein, daß er es ja bereits wußte.
»Danke.« Er lächelte und ging zum Apparat. »Sie haben wohl eine neue Nummer?« Er zeigte auf das neue Schild, das in der Mitte des Telefons aufgeklebt war.
Joanne nickte. Sie versuchte, sein Gespräch nicht mitzuhören, nahm absichtlich geräuschvoll zwei Becher aus dem Geschirrfach, Milch aus dem Kühlschrank und Zucker von einem Regal.
Er legte den Hörer auf, machte aber keinerlei Anstalten, die

Küche zu verlassen. »Ist Ihr Mann da?« fragte er. Dieselbe Frage wie eine Woche zuvor, aber in einem anderen Ton gestellt.
»Er ist bei der Arbeit«, antwortete Joanne.
Plötzlich klopfte es an der Haustür. Joanne fuhr zusammen.
»Viel los heute«, sagte der Bauarbeiter. Seine Lippen verformten sich zu einem Grinsen. Joanne wollte sich bewegen, aber sie konnte nicht. »Wollen Sie nicht aufmachen?«
Sei nicht albern, sagte sich Joanne. Ihre Erstarrung ließ nach; sie ging zur Tür und öffnete.
»Mrs. Hunter«, sagte der kleine, birnenförmige Mann, der vor ihr stand.
»Mr. Rogers«, begrüßte Joanne ihn. Es war der Eigentümer und Geschäftsführer von *Rogers Pools*. Schon war er eingetreten und stand vor der gläsernen Schiebetür in der Küche. »Wie gefällt es Ihnen?«
»Na ja, es ist ein ziemlicher Saustall«, bemerkte Joanne schüchtern. Sie war erleichtert, daß der unheimliche Bauarbeiter die Küche inzwischen verlassen hatte.
»Es wird ganz wunderbar, Sie werden schon sehen! Sie müssen dann nur noch in den Garten gehen, und schon sind Sie im Urlaub, ohne den lästigen Verkehr.«
»Wann, glauben Sie, wird es denn fertig sein?«
»Spätestens in ein paar Tagen. Kommt aufs Wetter an. Heute betonieren wir. Danach muß nur noch letzte Hand angelegt werden. Also, bis später.« Er ging in den Garten hinaus.
Joanne goß den Kaffee in die Becher.
»Okay«, sagte Harry, der plötzlich, ohne jede Ankündigung, mitsamt seinem Bruder hinter ihr aufgetaucht war.
»Mein Gott!« keuchte Joanne, drehte sich um und stieß dabei gegen einen der beiden Becher. Hilflos sah sie zu, wie die dunkle Flüssigkeit – wie Blut, dachte sie – auf den Boden neben ihre nackten Füße tropfte. Dann erwachte sie aus ihrer Erstarrung, stellte den Becher wieder auf und füllte ihn von neuem.
»Entschuldigen Sie!«

»Vorsichtig!« mahnte der Mann, als Joanne ihm zitternd beide Becher reichte. »Also, wir fangen jetzt an.«
»Wie lange wird es denn dauern?«
»Ein paar Tage. Haben Sie sich schon entschieden, wohin Sie den Hauptanschluß haben wollen?«
»Den Hauptanschluß?«
»Ihr Mann hat uns aufgetragen, eine Sprechanlage zu installieren. Das Haus verfügt bereits über die dazu notwendigen Leitungen. Die meisten Leute wollen den Hauptanschluß in der Küche haben.« Er sah sich in dem Raum um. »Da, neben dem Telefon, das ist wahrscheinlich der beste Platz dafür.« Schweigend nickte Joanne.
Das Telefon klingelte.
»Hier ist Paul, Joanne«, sagte die Stimme geschäftsmäßig höflich. »Sind die Leute schon da?«
»Die von der Alarmanlagenfirma? Ja, die sind hier.«
»Gib mir mal Harry!«
Schweigend reichte Joanne dem älteren Mann den Hörer und horchte, als er mit Paul sprach. Nervös lächelte sie Leon, dem jüngeren der beiden, zu. Er lächelte unverkrampft zurück, schwieg jedoch, nippte nur ab und zu gedankenverloren an seinem Kaffee.
»An die Arbeit!« verkündete Harry, nachdem er das Telefongespräch beendet hatte. Sofort stand Leon auf und folgte seinem Bruder aus der Küche und die Treppe hinab.
Der restliche Nachmittag erschien Joanne wie ein unscharfes Foto. Das Haus wimmelte von Männern, die wie Mäuse umherhuschten. Um fünf kam Harry und wollte wissen, welche Zahlenkombination sie sich für den Alarm ausgedacht hatte.
»Zahlenkombination?«
»Ihr Mann sagte, die Zahlen würde er Ihnen überlassen.« Joanne starrte Harry verständnislos an. »Sie müssen vier Zahlen aussuchen, Mrs. Hunter. Welche Kombination Sie eben wollen.« Er führte sie zu dem kleinen Kasten, der auf die Innen-

seite der Haustür montiert worden war. »Immer wenn Sie aus dem Haus gehen wollen, geben Sie vorher die vier Ziffern ein, dann geht ein grünes Licht an. Danach haben sie dreißig Sekunden Zeit, um das Haus zu verlassen und die Tür hinter sich zu verschließen. Dasselbe gilt, wenn Sie heimkommen. Sie gehen rein, und es bleiben Ihnen dreißig Sekunden, um Ihre Nummer einzutippen und das Alarmsystem damit abzuschalten. Dann geht das grüne Licht aus. Wenn Sie das nicht tun, geht der Alarm los, verstehen Sie?«

Joanne nickte. Von oben waren plötzlich rüde Beschuldigungen zu hören; Türen wurden zugeschlagen. »Kinder!« schrie Joanne, insgeheim froh über die Ablenkung. »Hört auf damit!«

»Sie hat mich Lügnerin genannt!« kreischte Lulu.

»Sie *ist* eine Lügnerin!« brüllte Robin ihr nach. Wieder erzitterte die Diele von wuchtigem Türenschlagen.

»Die Zahlen?« fragte Harry geduldig.

»Wann brach der Bürgerkrieg aus?« wollte Joanne wissen. Ihre Gedanken waren noch immer bei den streitenden Töchtern.

»Wie bitte? Der Bürgerkrieg?« Er sah zu seinem Bruder hinüber.

»1861«, sagte Leon. Das erste Wort, daß Joanne von ihm gehört hatte.

»Kann ich das nehmen?« fragte sie.

»Sie können auch den Ausbruch des Burenkrieges nehmen, wenn sie wollen«, erklärte Harry. »Also: 1-8-6-1.«

»Meine jüngere Tochter ist schwach in Geschichte... Sie kann sich keine Jahreszahlen merken. Vielleicht wird ihr das ein bißchen helfen«, sagte Joanne, aber die beiden Männer waren schon die Treppe hinuntergestiegen.

Joanne wollte in die Küche zurückgehen. Der große, unheimliche Bauarbeiter stand an der Tür. Wie lange schon?

»Ich habe an die Schiebetür geklopft. Wahrscheinlich haben Sie es nicht gehört. Ist Ihr Mann jetzt zu Hause?« Joanne

schüttelte den Kopf. Sie konnte einfach nicht sprechen. »Er wollte noch mal mit mir sprechen, bevor wir mit dem Fliesenlegen beginnen. Und morgen beginnen wir.«
»Ich rufe ihn an«, sagte Joanne, die ihre Stimme plötzlich wiedergefunden hatte. Als der Mann Sekunden später mit Paul sprach, fand Joanne, daß er eigentlich eine ganz angenehme Stimme hatte. Er sah im Grunde auch gar nicht unheimlich aus, wie Lulu behauptete. Er beendete das Gespräch, legte den Hörer auf und drehte sich zu Joanne um. »Danke.« Er lächelte. Sein Blick vertiefte sich in ihre Augen, als ob er etwas wüßte, was sie nicht wußte. Wie lange hatte er vorhin schon an der Tür gestanden? Hatte er mitgehört, als Harry und sie über die Zahlenkombination gesprochen hatten? Sie durfte kein Risiko eingehen – sie mußte die Ziffern ändern lassen.
»Harry«, rief sie die Treppe hinunter, nachdem der dünne Bauarbeiter wieder in den Garten hinausgegangen war und sie die gläserne Schiebetür hinter ihm sorgfältig verriegelt hatte.
»Ja, Mrs. Hunter?« In Harrys Stimme schwang mitleidige Ungeduld mit, als ob er bereits wüßte, was sie sagen würde.
»Wann hat der Burenkrieg angefangen?« fragt sie. Sie hörte Leon in ungezügeltes Gelächter ausbrechen. Der glaubt, daß ich eine Idiotin bin, dachte sie.

## 10

»Wie *geht's* dir denn?« Karen Palmer stellte diese Frage in einem besorgteren Ton als normalerweise nötig gewesen wäre. Sie weiß es, dachte Joanne. Plötzlich war ihr speiübel. Sie stellte ihre Tasche in den Spind und versuchte zu lächeln.
»Gut«, antwortete sie. Ihre Stimme zitterte. Sie biß sich fest auf die Unterlippe, spürte, wie die Lippe unter ihren Zähnen hervorglitt, und brach prompt in Tränen aus. Hemmungslos weinend stand Joanne mitten im Umkleideraum der Frauen.

»Mein Gott, du Ärmste!« rief Karen Palmer und umarmte sie.
»Komm, setzen wir uns hin.« Joanne ließ sich zu einer Stuhlreihe an der Wand führen. »Ja, wein dich nur aus«, sagte Karen, als Joanne ihr Gesicht in dem riesigen Busen der Frau vergrub. Fühlt sich an wie ein Schaumstoffkissen, dachte sie, während sie weiterschluchzte, unfähig, ihre zitternden Arme und Beine unter Kontrolle zu bringen. Hoffentlich würde sie sich nicht übergeben müssen. Eve würde sehr verärgert über eine weitere versäumte Tennisstunde sein. Aber wo war Eve? Warum war sie noch nicht da? »Möchtest du darüber reden?« fragte Karen sanft.
Joanne wischte sich die Augen; das Schluchzen wurde langsam schwächer. »Um Himmels willen, was hast du denn mit deinen Haaren gemacht?« fragte sie, nachdem sie Karen Palmer zum erstenmal an diesem Nachmittag genauer angesehen hatte.
Karens Hand fuhr sofort hinauf zu ihrem Kopf, und ihre Finger begannen durch den Rest dessen zu fahren, was einst ein üppiger kastanienbrauner Schopf gewesen war. »Punk«, erklärte sie. »Jim hing die alte Frisur zum Hals raus.« Sie versuchte zu lachen. »Und Rudolph fand das auch. Natürlich behauptet Jim jetzt, er hätte es niemals *so* kurz gewollt. Ach, Scheiße – die Männer! Sie wissen nicht, was sie wollen...« Sie unterbrach sich. »Ich habe von der Sache mit dir und Paul gehört. Es tut mir so leid.«
»Das ist nur vorübergehend. Wir versuchen, unsere Probleme zu lösen.« Joanne hörte ihre eigenen Worte, als kämen sie aus dem Mund einer anderen.
»Ja, sicher. Ich weiß auch nicht, was da über die Männer kommt, wenn sie ein bestimmtes Alter erreichen. Wie findest du dich denn jetzt zurecht?«
»Ganz gut«, antwortete Joanne. »Ich lasse eine Alarmanlage einbauen.«
»Heißt das, du hast noch keine?« Joanne schüttelte den Kopf.
»Nicht daß sie besonders viel brächten«, sprach Karen weiter.

»Sie gehen immer zur falschen Zeit los, und die Polizei kommt eh nie.«
»Was meinst du damit?«
»Die Polizisten haben zuviel zu tun, als daß sie bei jedem blinden Alarm anrücken könnten.«
»Aber woher wissen sie denn, ob es blinder Alarm ist?«
»Es ist fast immer blinder Alarm. Und selbst wenn wirklich was passiert ist – die Polizei ist einfach überlastet. Trotzdem ist es ganz gut, wenn man eine Alarmanlage hat«, meinte sie völlig unlogisch. »Besser als nichts auf jeden Fall. Hast du auch Panikknöpfe?«
»Panikknöpfe?«
»Das ist, wenn jemand einbricht, während du im Haus bist. Du mußt dann nur noch den Knopf drücken, und der Alarm wird ausgelöst. Vorausgesetzt natürlich, du erreichst den Knopf.« Sie lächelte.
Joanne fragte sich, warum sie mit dieser Frau überhaupt sprach. Karen war ja schlimmer als der Horrorfilm, in den Eve sie geschleppt hatte. Sie warf einen Blick auf ihre Armbanduhr.
»Wo Eve bloß bleibt? Sonst ist sie immer so pünktlich.« Sie verabschiedete sich von Karen und ging hinaus in die Eingangshalle des Clubs.
»Wir haben schon nach Ihnen gesucht«, rief ihr jemand zu. »An der Rezeption ist eine Nachricht für Sie hinterlassen worden.«
Joanne ging auf die flotte junge Blondine an der Rezeption zu und nahm den Zettel entgegen, auf dem stand, sie solle Eve Stanley zu Hause anrufen.
»Was machst du denn daheim?« fragte sie, als Eve sich gemeldet hatte. »Ist alles in Ordnung?«
Es folgte eine kurze Pause. »Nun ja, ich bin mir da nicht sicher. Ich habe Halsweh und dann diese Scheißschmerzen in der Brust. Ich bin heute auch nicht ins College gegangen. Meine Mutter ist hier.«

»Und weshalb hast du mir dann gesagt, wir würden uns hier treffen?«
»Weil mir klar war, daß du nicht gegangen wärst, wenn du gewußt hättest, daß ich nicht gehe.«
Joanne schwieg. Eve hatte recht.
»Wahrscheinlich ist es gar nichts, aber ich dachte – vielmehr, meine Mutter dachte –, daß ich vielleicht doch besser ein paar Tage im Bett bleibe.«
»Hast du die Ergebnisse der Blutuntersuchungen bekommen?«
»Ja. Negativ. Alles in Ordnung. Aber meine Mutter ist immer noch nicht zufrieden. Sie verabredet jetzt noch einen Termin mit ihrem Kardiologen.«
»Sag mir, wann du da hin mußt. Ich fahre dich.«
»Danke. Ich gehe jetzt besser wieder ins Bett. Mommy schimpft schon.«
»Okay. Ich rufe dich an, wenn ich wieder daheim bin.«
»Viel Spaß bei der Tennisstunde.«
»Vielen Dank.«


»Sie haben eine starke Rückhand, Mrs. Hunter«, erklärte Steve Henry ganz begeistert. »Sie müssen nur noch lernen, aggressiver zu werden.« Er lächelte. »Sie müssen Ihren Körper mehr einsetzen. Laufen Sie dem Ball entgegen. So, schauen Sie mal!« Er stellte sich hinter sie und führte ihr den Arm. Er zog ihn über ihre linke Körperseite und ließ ihn dann nach vorn schwingen, um den imaginären Ball zu treffen. »Das machen Sie sehr gut, Mrs. Hunter. Entspannen Sie sich! Sie sollen doch Spaß an der Sache haben!«
Joanne lächelte und warf einen verstohlenen Blick auf ihre Uhr, um zu sehen, wie lange der Unterricht noch dauerte. Sie war müde; die Beine und der rechte Arm taten weh, die Sonne stach ihr in die Augen, und das neue weiße Tenniskleid war durchgeschwitzt. Sieht der denn nicht, daß ich eine alte Dame bin? dachte sie.

»Voll durchziehen, Mrs. Hunter«, drang es von der anderen Seite des Netzes zu ihr hinüber. »Voll durchziehen!«
Von was redet der überhaupt? fragte sich Joanne. Was will dieser Mensch von mir? Du kannst das nicht verstehen, du bist zu jung. Deine Generation glaubt, sie kann alles haben. Aber ich bin aus einer Generation, die alles falsch gemacht hat. Als ich erwachsen wurde, war es nicht in Mode, daß Mädchen klug oder unabhängig wurden. Mädchen waren angehalten, ihren Männern Mut zu machen. Und ich machte das ganz hervorragend! Jetzt bin ich zu alt, um neue Regeln zu lernen. Wütend schlug sie nach einem auf sie zufliegenden Ball, verfehlte ihn und landete hart auf dem Hintern.
Sofort war Steve Henry bei ihr. »Haben Sie sich weh getan?« Er packte sie unter den Achseln und half ihr auf. »Voll durchgezogen haben Sie diesmal – aber den Ball dabei nicht angesehen!«
»Das lerne ich nie.« Sie wischte den Sand von ihrem Tenniskleid.
»Vielleicht wäre es gut, wenn Sie sich einen neuen Schläger mit übergroßer Schlagfläche kaufen würden. Das würde Ihr Spiel enorm verbessern.«
»Ich habe nicht vom Tennis gesprochen«, erklärte sie, »sondern vom Leben.«
Er lachte. »Wollen Sie kurz Pause machen? Wir haben noch zehn Minuten.«
»Mir reicht's. Ich bin zu alt dafür.«
»Zu alt? Sie haben die besten Beine von allen Frauen in diesem Club.« Er hatte es leicht dahingesagt wie eine einfache, unbestreitbare Tatsache. Joanne fühlte sich rot werden.
»Wie alt sind Sie denn?« fragte er.
Joanne holte tief Atem und sprach es ganz langsam aus. »Einundvierzig.«
»Sie sehen zehn Jahre jünger aus. Ihr Mann ist ein Glückspilz«, sagte Steve Henry. Er öffnete die Gittertür und trat einen Schritt zurück, um sie vorausgehen zu lassen.

»Er ist kein Bein-Typ«, hörte sie sich erwidern. Sie traute ihren Ohren kaum. Warum hatte sie das jetzt gesagt? Eve hätte das gesagt.
»Dann ist er ein Dummkopf«, meinte Steve Henry und beendete damit das Thema. »Das hier haben Sie auf dem Platz vergessen.« Er zog Joannes blaue Sonnenbrille aus der Hosentasche und gab sie ihr. »Bis nächste Woche.«

11

»Ich bekam heute nachmittag einen Anruf, nachdem ich heimgekommen war«, verkündete Joanne ihrer älteren Tochter, die am anderen Ende des Tisches saß. Robin schürzte die Lippen, zwischen denen einige Spaghetti hingen, und betrachtete ihre Mutter mit einer Mischung aus Neugierde und Verärgerung.
»Ich nehme an, du weißt, um was es sich handelt.«
Robin holte tief Luft und zog die Spaghetti langsam in den Mund. Dann kaute sie einige Sekunden lang, schwieg und starrte gleichgültig auf ihren Teller.
»Robin...«
»Warum sollte ich darauf etwas sagen«, fragte Robin. »Du kennst die Antwort doch längst.«
»Ich würde sie gerne von dir hören.«
»Was ist denn los?« fragte Lulu. Ihr Blick wechselte hin und her zwischen ihrer Mutter und ihrer Schwester.
»Halt den Mund!« geiferte Robin ihre Schwester an.
»Halt *du* doch den Mund!« gab Lulu zurück.
»Kinder, bitte... Können wir nicht ein einziges Mal ohne Streitereien zu Ende essen?« Es klang mehr wie eine Bitte als eine Frage. »Ihr seid doch Schwestern; ihr seid alles, was ihr habt...«
»Da hätte ich lieber überhaupt nichts!« Wütend schob sich Robin eine Gabel voll Spaghetti in den Mund.

»Ha, und ich hätte es am liebsten, wenn *du* tot wärst!« brüllte Lulu.
»Ruhe!« schrie Joanne. Sie hatte einen Augenblick lang die Beherrschung verloren. »Ruhe«, wiederholte sie leiser. »Jetzt laßt uns in Ruhe zu Ende essen. Ich will nichts mehr hören.« Sie fühlte ihre Augen sich mit Tränen füllen und wischte sie hastig weg. »Ihr müßt mir helfen, Mädchen. Es ist zur Zeit alles sehr schwierig für mich. Für euch auch, ich weiß. Ich verlange ja nicht, daß ihr auf Zehenspitzen um mich herumschleicht. Ich bitte euch nur, lieb zueinander zu sein. Zumindest beim Essen.«
»Sie sagt, ich bin dick. Ich bin nicht dick!« rief Lulu.
»Und doch bist du dick!« kam sofort die Antwort.
»Sie ist nicht dick!« sagte Joanne. »Und ich warne euch beide: Wenn ihr noch ein einziges Wort sagt, bevor ich es euch erlaubt habe, bekommt ihr übers Wochenende Hausarrest.« Schweigend beendeten sie die Mahlzeit. »Ich möchte noch mit dir sprechen«, sagte Joanne zu Robin, während sie den Tisch abräumte. »Du kannst gehen, Lulu.«
»Ich will zuhören.«
»Lulu, du gehst jetzt sofort in dein Zimmer!« rief Joanne. Langsam, ganz langsam ging ihre jüngere Tochter aus dem Raum. »Dein Mathematiklehrer hat heute angerufen«, begann sie, den Blick auf die schweigende Robin gerichtet. »Mr. Avery ist nicht gerade glücklich über die Leistungen, die du in letzter Zeit bringst. Er hat mir erzählt, daß du den Unterricht schwänzt.«
»Ich habe nicht...«, protestierte Robin, brach dann aber ab. »Die Stunden sind so langweilig, Mom.«
»Es ist mir egal, ob sie langweilig sind. Du kannst es dir eben nicht aussuchen.« Behutsam wählte sie ihre nächsten Worte. »Er sagte, daß du bei der letzten Mathematikschulaufgabe nicht gerade gut abgeschnitten hast.«
»Ich habe bei der letzten Mathematikarbeit eine *Sechs* bekommen!«

»Ja, genau das hat er gesagt. Und er hat auch gesagt, daß es überhaupt keinen Grund dafür gab, daß du so versagt hast, weil du nämlich ein sehr intelligentes Mädchen bist. Und er meinte, selbst wenn du im Unterricht erscheinst, paßt du in letzter Zeit nicht mehr auf.«
»Ich muß an so vieles denken.«
Joanne erwiderte nichts. Sie fühlte sich verantwortlich für die Probleme ihrer Tochter und nahm alle Schuld auf sich. Sie hatten es alle sehr schwer gehabt in letzter Zeit, das wußte sie.
»Nur noch einen Monat, dann ist die Schule aus. So lange kannst du dich doch zusammenreißen, oder?«
»Ich werde brav sein«, sagte Robin. »Kann ich mich jetzt fertigmachen? In einer Stunde kommt Scott.«
Joanne nickte; sie blieb sitzen. Einige Sekunden später hörte sie Robins Stimme durchs Haus hallen. »Fettmops!«
»Verdammtes Arschloch!« lautete Lulus prompte Erwiderung.
Joanne legte die Stirn auf den Tisch, leblos hingen die Arme zu beiden Seiten ihres Körpers herab. Oben wurden krachend Türen zugeschlagen.

Scott Peterson war mager und nicht sehr groß – der Typ aller Rockstars, die im Augenblick »in« waren –, eine wenig eindrucksvolle Gestalt mit kurzgeschnittenen dunkelblonden Haaren. Keine rosa- oder orangefarbenen Strähnen – war das passé? – und weder Ohrringe noch Lidschatten. Er trug enge weiße Jeans und ein extra weites rotes Hemd. Obwohl sein Gesicht blaß und schmal war, wirkte es nicht ausgemergelter, als es der momentanen Norm entsprach. Er ähnelte eher einem Automechaniker als einem zukünftigen Elvis Presley – aber er war ja kaum alt genug, um sich an Elvis Presley überhaupt erinnern zu können.
»Scott, das ist meine Mutter«, hörte Joanne ihre Tochter sagen.
»Hi«, antworteten Joanne und der Junge gleichzeitig.

Scott Peterson starrte sie an, aber ihr wurde klar, daß er sie nicht sah – nicht sehen konnte. Er sah nicht eine Person, sondern *Robins Mutter*.

»Ahem.« Lulu stand am Fuß der Treppe. Nervös spielte sie mit einer Strähne ihres langen braunen Haars.

»Das ist meine Schwester«, stellte Robin sie widerwillig vor. »Lulu.«

»Guter Name«, meinte Scott lächelnd. »Little Lulu and the Lunettes. Geiler Name für eine Gruppe.«

Schweigend stand Lulu da, das Gesicht in einem Ausdruck der Bewunderung erstarrt.

»Wir gehen jetzt«, verkündete Robin und hakte sich bei Scott ein.

»Um eins bringe ich sie nach Hause, Mrs. Hunter«, versicherte Scott. »War nett, Sie kennenzulernen. Dich auch, Lulu.«

»Gefällt er dir?« fragte Joanne ihre jüngste Tochter, als die Haustür ins Schloß gefallen war.

»Er ist süß. Den verdient Robin überhaupt nicht. Na ja. Heute abend kommt ein guter Film im Fernsehen. Schaust du ihn mit mir an?«

Joanne folgte ihrer Tochter die Treppe zum Hobbyraum hinunter. Lulu ließ sich sofort in den grauen Ledersessel fallen, während Joanne hastig die Jalousien an den Fenstern und der gläsernen Schiebetür herabließ. Draußen war es noch hell, aber sie wollte nicht, daß irgend jemand in den Raum hineinsehen konnte. »Wie heißt denn der Film?« fragte sie und setzte sich auf eines der zwei grauen Cordsamtsofas, die in der Mitte des großen Zimmers im rechten Winkel zueinander standen.

»*Invasion der Leichenräuber*«, antwortete Lulu.

»Das ist doch wohl ein Witz!«

»Der Film soll toll sein.«

»Ich bin überzeugt davon, daß er ganz wundervoll ist. Ich glaube allerdings nicht, daß ich heute abend in der Verfassung bin, mir so etwas anzusehen. Gibt es denn nichts anderes?«

»Mom...« Joanne sah ein, daß es sinnlos war, darüber zu diskutieren. Der Film hatte bereits begonnen.
»O nein!« schrie Lulu. »Er ist in Schwarzweiß!«
»Ist eben das Original.«
»Ich will nicht das Original sehen, ich will einen Farbfilm sehen!«
»Das Original soll besser sein, habe ich gehört«, erklärte Joanne. Sie versuchte, sich zu erinnern, wer das gesagt hatte. Eve, natürlich. Sie starrte auf das Bücherregal an der gegenüberliegenden Wand, als ob sie durchsehen könnte zum Nachbarhaus. Wie es wohl Eve ging?
Eve und Brian hatten das Haus kurz nach ihrer Hochzeit vor sieben Jahren gekauft. Eves Mutter hatte ihnen das Geld gegeben und steckte ihnen auch jetzt noch immer mal wieder ein paar Dollars zu, damit sie sich kleine Extras leisten konnten. Das hatte Eve ihrer Freundin anvertraut und sie schwören lassen, es niemandem zu erzählen. Brian würde sich gedemütigt fühlen, wenn er erführe, daß ein Außenstehender wußte, daß er von seiner Schwiegermutter finanziell unterstützt wurde. Und Joanne hatte es auch wirklich niemandem erzählt, nicht einmal Paul.
»So einen alten Film will ich nicht sehen«, verkündete Lulu und betätigte die Fernbedienung. Mechanisch ging sie alle Programme durch.
»Könntest du bitte damit aufhören?« bat Joanne ihre Tochter.
»Also gut, schauen wir uns diesen Film hier an.«
Es handelte sich um einen Film mit Kevin McCarthy und Dana Wynter, der sich als sehr spannend erwies. Als er zu Ende war, ging Lulu brav ins Bett. »Gute Nacht, mein Schatz«, sagte Joanne. »Schlaf gut!«
Schon auf dem Weg ins Schlafzimmer begann sie sich auszuziehen. Die letzten Kleidungsstücke legte sie ab, als sie gerade die mittlere Schublade der Kommode öffnete und ihr weißes Baumwollnachthemd zu suchen begann. Ihr fiel ein, daß es in

der Wäsche war. Ihre Hand berührte ein altes T-Shirt von Paul, das zerknautscht ganz hinten in der Schublade lag. Sie nahm es heraus und zog es an sich und fühlte, wie es ihren Körper leicht umarmte, tröstend. Sie drehte sich zum Bett um und schrie.
Lulu, die an der Tür stand, schrie auch und lief in die Arme ihrer Mutter. »Ist ja gut«, sagte Joanne zwischen Lachen und Weinen. »Du hast mich nur so erschreckt!«
»Kann ich heute bei dir schlafen?« fragte das Mädchen weinerlich. Joanne nickte.
Wieder fiel ihr auf, wie leer ihr das große Bett in den letzten Wochen vorgekommen war. Es war schön, jemanden neben sich liegen zu haben. Sie beugte sich hinüber und küßte Lulu auf die Stirn. »Gute Nacht, Liebling.«
»Mom«, fragte die kleine Stimme in der Dunkelheit, »findest du, daß ich dick bin?«
»Dick? Soll das ein Witz sein?«
»Robin sagt, daß ich dick bin.«
»Robin sagt viel. Du darfst nicht alles glauben.«
Einige Minuten später hörte Joanne die leisen, regelmäßigen Atemzüge ihrer Tochter. Sie selbst wachte immer wieder auf, bis sie um zehn vor eins Robin nach Hause kommen hörte. Erst danach gelang es ihr, einzuschlafen.
Das Telefon klingelte.
Joanne schrak auf und griff zum Hörer. Lulu drehte sich um, wachte jedoch nicht auf. »Hallo«, flüsterte Joanne. Ihr Herzschlag überdröhnte ihre Stimme.
»Mrs. Hunter«, neckte der Anrufer. Sofort war Joanne hellwach. »Haben Sie geglaubt, ich würde Ihre neue Nummer nicht herausbekommen?«
»Hören Sie auf, mich zu belästigen!« Sie sah auf den Wecker. Vier Uhr.
»Ihre neuen Schlösser werden mich nicht abhalten können. Süße Träume noch, Mrs. Hunter.«
Joanne sprang aus dem Bett und lief die Treppe hinunter. Wie

eine Besessene überprüfte sie die Schlösser an der Haustür und an der Glasschiebetür in der Küche. Dann rannte sie die Treppe zum Hobbyraum hinab. Alles war abgeriegelt. Sie lugte durch die Jalousien, blickte hinaus in die Dunkelheit, auf den halbfertigen Pool, der vom Mond nur schwach beleuchtet wurde. Versteckte sich ihr Peiniger irgendwo dort draußen? Sie ging in die Diele zurück und betrachtete die Nummern am Alarmsystem. »Der unterste Knopf«, hörte sie Harry sagen. Der ohne Ziffer. Einfach drücken, dann war der Alarm eingeschaltet und würde losgehen, sobald jemand eine der Türen oder eines der unteren Fenster zu öffnen versuchte. Langsam bewegte sich Joannes zitternder Finger auf den Knopf zu. Sie drückte. Ein kleines grünes Licht flackerte auf. Atemlos wartete sie auf das ungewollte Alarmgeräusch. Es kam nichts. »Ich habe es richtig gemacht«, seufzte sie.
Ist es wirklich ein Mann? fragte sie sich, als sie den Kopf auf das Kissen sinken ließ. Die Stimme war so offensichtlich verstellt, und sie hatte etwas so... Geschlechtsloses an sich. Wie hieß das heutzutage? Androgyn? Das hörte man jetzt immer im Zusammenhang mit Mode, Frisuren, Rocksängern...
Hinter ihren geschlossenen Lidern sah sie einen mageren Jungen. Er blickte durch sie hindurch, als ob sie gar nicht existierte, dann verschwand er.

12

»Du hättest uns sehen sollen«, sagte Joanne. »Robin wußte nicht, daß der Alarm eingeschaltet war, und ich glaube, es war das erstemal, daß das arme Ding vor zehn Uhr aufgewacht ist« – Robin ließ ein mißmutiges Seufzen hören –, »jedenfalls öffnete sie die Tür, um die Zeitung reinzuholen, da ging der Alarm los! Natürlich konnte ich mich nicht erinnern, wie man das verdammte Ding ausschaltet! Fast eine halbe Stunde lang

heulten die Sirenen, bis endlich, *endlich* die Polizei anrückte. Ich mußte ihnen erklären, was passiert war, und natürlich waren sie nicht gerade begeistert.«
»Mom«, sagte Robin leise, »er hört dich nicht.«
»Er hört mich schon«, erwiderte Joanne trotzig. »Nicht wahr, Pa?« Sie sah ihren Großvater in die wäßrig-blauen Augen – Augen, die immer an ihr vorbeisahen, egal, wohin sie sich stellte. »Auf jeden Fall mußte ich Paul anrufen. Ich fand nämlich die Nummer dieser Alarmsystemfirma nicht mehr – keine Ahnung, wo ich die hingetan habe –, er mußte mit den Leuten telefonieren. Sie kamen dann auch und erklärten mir alles noch einmal. Jetzt ist Paul wütend auf mich, die Polizei ist wütend auf mich, Robin natürlich auch...«
»Wer behauptet das?« fragte Robin verärgert.
»Na, jedenfalls«, Joanne lachte nervös, »wissen wir jetzt, daß das Alarmsystem funktioniert.«
»Und ich werde niemals das Jahr vergessen, in dem der Burenkrieg begann«, bemerkte Lulu vom Fenster her. Joanne lächelte. Sie war dankbar, daß wenigstens eines der Kinder sich an dem Gespräch beteiligte.
»Mom«, quengelte Robin. »Können wir jetzt nicht gehen?«
»Nein!« sagte Joanne in scharfem Ton, wurde dann aber sofort wieder freundlich. »Schau, du bist nicht sehr oft hier. Es schadet dir doch nichts, wenn du mal für ein paar Minuten still sitzt.«
»Er weiß doch gar nicht, wer ich bin!« protestierte Robin.
»Das kann man nie wissen.«
»Linda...«, rief die schwache Stimme. Das alte Gesicht wurde fast verschluckt von der steifen weißen Bettdecke. Irgend jemand hatte ihm eine Mao-Mütze auf den Kopf gesetzt, die schief in seine Stirn hing. Wer hat sie ihm wohl gegeben? fragte sich Joanne.
»Ja, Pa, ich bin hier«, antwortete sie automatisch.
»Wer sind all diese Leute?«

»Das sind meine Töchter, Pa«, sagte Joanne stolz.
»Nett, sehr nett«, murmelte der Großvater. Plötzlich setzte er sich auf und starrte die erschrockenen Mädchen an. »Spielt ihr Kinder auch Karten?«
Ein Lächeln ging über Joannes Lippen. Wie viele verregnete Nachmittage hatten sie und ihr Großvater im Cottage beim Gin-Rommé verbracht!
Aber bevor sie sich diese Frage beantworten konnte, sah sie, daß es nicht mehr wichtig war. Ihr Großvater sank in die Kissen zurück, verschwand wieder in der einzigen Welt, in der sein zerbrechlicher Körper bestehen konnte. Es wurde still im Zimmer.
Joanne sah hinüber zu dem anderen Bett, sah den alten Sam Hensley alleine daliegen. Seine Augen waren mit Tränen gefüllt. »Mr. Hensley«, sagte Joanne leise, »ist alles in Ordnung mit Ihnen? Haben Sie Schmerzen?« Langsam wandte der alte Mann den Kopf in ihre Richtung. »Soll ich die Schwester rufen?«
Sam Hensley schwieg. Aber während er Joanne weiterhin anstarrte, ging in seinem Gesicht eine Veränderung vor sich: Aus Neugierde wurde Gleichgültigkeit, dann Feindseligkeit und schließlich Haß – so starker Haß, daß Joanne sich buchstäblich zurückgeworfen fühlte, als hätte man sie weggestoßen. Lange, knochige Finger streckten sich ihr entgegen, wie um ihren Hals zu umklammern, und ein dumpfes Wimmern erfüllte plötzlich den Raum.
»Mein Gott, der ist ja schlimmer als die Alarmsirene«, rief Robin nervös. »Wieso hat er denn damit angefangen?«
»Ich habe ihn bloß gefragt, ob alles in Ordnung ist mit ihm.«
Das Wimmern wurde stärker. Bewegungslos lag Sam Hensley in seinem Bett, die Arme ausgestreckt, die Augen weit geöffnet, der Blick starr. Im nächsten Moment hatte sich das Zimmer mit Schwestern gefüllt. Joanne sah eine Spritze aufblitzen. Sie drehte sich zu ihrem Großvater um. Wie meistens schlief er

und nahm keine Notiz von dem Lärm um ihn herum. »Gehen wir endlich, Mom«, flehte Robin und zog sie am Arm.
»Vielleicht könnten Sie für ein paar Minuten das Zimmer verlassen«, schlug eine der Schwestern vor, während sie einen Vorhang um Sam Hensleys Bett zog. »Er wird manchmal so. Es dauert nicht lange, ihn ruhigzustellen, dann können Sie wieder reinkommen.«
Schweigend nickte Joanne und führte ihre Töchter aus dem Zimmer. Sie gingen den Korridor hinunter. Im Besucherzimmer standen Sam Hensleys Tochter und sein Enkelsohn. Marg Crosby rauchte gerade eine Zigarette, während ihr Sohn auf den Bildschirm eines Schwarzweißfernsehers starrte, der dort an der pfirsichfarbenen Wand aufgestellt war. Joanne ging zu der Frau und erzählte ihr, was geschehen war.
Marg Crosby zuckte mit den Achseln und rauchte ihre Zigarette zu Ende. »Das ist schon oft passiert«, sagte sie. »Kommst du, Alan?« Nur widerwillig löste sich der Blick ihres Sohnes vom Bildschirm. »Alan?« wiederholte sie.
Er wandte sich zu seiner Mutter um, aber sofort sahen seine Augen an ihr vorbei, vorbei auch an Joanne, hin zu irgend etwas dahinter, und ein leises Lächeln spielte um seine Lippen. Joanne und Marg Crosby drehten sich neugierig um und sahen Robin, die, mit scheu niedergeschlagenen Augen, ein ebenso leises Lächeln auf ihren übertrieben geschminkten Lippen hatte.
»Es wird Zeit, daß wir heimfahren«, sagte Joanne, legte ihren Töchtern je einen Arm um die Schulter und lenkte sie in Richtung Aufzug.
»Ma'am?« fragte eine Stimme hinter ihr.
Joanne sah sich nach einer Dame um, auf die diese Anrede paßte, und erkannte, daß sie selbst die Angesprochene war.
Einige Schritte, bevor er sie erreicht hatte, stoppte Alan abrupt. »Sind das Ihre?« fragte er und hielt ihr einen Schlüsselbund vors Gesicht.

Joanne fühlte das plötzliche Gewicht der Schlüssel, als der Junge sie in ihre Hand gleiten ließ. »Wo habe ich sie denn diesmal liegengelassen?«
»Auf einem Tisch im Besucherzimmer«, antwortete Alan Crosby und lächelte – wieder knapp an ihr vorbei, dorthin, wo Robin stand.
»Danke schön«, sagte Joanne und sah zu, wie er wegging. Sie drehte sich zu ihren Töchtern um.

Joanne machte sich Sorgen, Sorgen um den deprimierenden Zustand ihrer Freundin Eve, um ihr beinahe alarmierendes Aussehen. Eve hatte sich stets große Mühe gegeben, wenn nicht spektakulär, so doch dramatisch zu wirken. Das einzig Dramatische an der Frau, die Joanne jetzt gegenübersaß, war die Tatsache, daß sie Milch trank – seit Jahren hatte Joanne Eve nicht mehr Milch trinken sehen. Im Augenblick wirkte sie wie die typische Vorstadt-Hausfrau: Pantöffelchen, ungewaschene Haare, alter blauer Bademantel, unbeschreiblich müde Augen. Eve war nie ein Mensch gewesen, der sich beklagte, der sich von einer Krankheit unterkriegen ließ. Jetzt schien sie es geworden zu sein. Es beunruhigte Joanne, ihre Freundin, die immer die Stärkere gewesen war, vom Leiden so gezeichnet zu sehen. Sie betete, die Ärzte möchten herausfinden, was genau ihrer Freundin fehlte, und sie dann schnell heilen. Plötzlich bemerkte sie, wie ein seltsamer Ausdruck über Eves Gesicht flog.
»Eve? Stimmt etwas nicht? Hast du wieder stärkere Schmerzen?«
»Es ist keine Frage von stärkeren Schmerzen«, erklärte Eve. »Es ist ein einziger, ständiger Schmerz. Ich warte immer, daß er verschwindet, aber er verschwindet nicht. Er wird höchstens schlimmer. Kennst du das Gefühl, das man hat, kurz bevor man Halsschmerzen bekommt? So fühlt sich mein Hals an, irgendwie zusammengezogen, als ob irgend etwas darin stecken würde, als ob ich ersticken müßte. Die ganze Nacht war ich auf.

Am Morgen hatte ich erhöhte Temperatur. Ich habe gestern nacht zwei Pfund verloren, und außerdem habe ich Verstopfung. Ich falle auseinander. Es ist, als ob mein Körper sich entschlossen hätte, nichts mehr mit mir zu tun haben zu wollen. Schau mal meinen Bauch an! Er ist so aufgebläht, als wäre ich schwanger.«
»Wann hast du den nächsten Termin beim Arzt?«
»Am Dienstag vormittag soll ich beim Kardiologen sein, am Freitag vormittag beim Gynäkologen. Und dann noch zu ein paar anderen, aber ich weiß nicht mehr, wann. Du brauchst nicht mitzukommen.«
»Natürlich gehe ich mit.«
Auf einmal beugte Eve sich vor, stemmte sich gegen den Rand des weißen Küchentisches und sog mit geschlossenen Augen laut die Luft ein.
»Wieder Schmerzen?«
»Es ist mehr ein Krampf«, flüsterte Eve. Sie ließ die Luft ausströmen, lehnte sich zurück und versuchte zu lächeln.
»Komm, spielen wir ein bißchen Karten«, sagte Joanne energisch. »Gin-Rommé.« Sie fand Spielkarten und packte sie schnell aus. Eine Freude, die sie als Kind oft empfunden hatte, erfüllte sie.
»Du hast gegeben, also beginne ich«, sagte Eve, nachdem Joanne den Talon auf den Tisch gelegt hatte. Sie fingen an zu spielen.
»Hat Brian in letzter Zeit etwas gesagt über...«, begann Joanne nach einer längeren Pause.
»Über was?« Eve blickte von ihren Karten auf und hob die Augenbrauen.
»Über den Kerl, der diese Frauen umgebracht hat«, murmelte Joanne. Sie versuchte, es leicht dahinzusagen, als ob sie es nicht als wichtig erachte.
»Dein heimlicher Verehrer?«
»Vielen Dank!«

»Entschuldige, ich wollte dich nicht ärgern. Hast du der Polizei den Anruf letzte Nacht gemeldet?«
Joanne nickte. »Sie sagen, sie können nichts machen. Ich soll meine Telefonnummer noch einmal ändern und das Alarmsystem jede Nacht anschalten. Aber ich soll doch *bitte* daran denken, es das nächstemal wieder abzuschalten.« Sie lächelte. »Gin.« Sie legte ihre Karten offen auf den Tisch; dabei versuchte sie das Zittern ihrer Finger zu verbergen.
»Scheiße!« Eve knallte ihre Karten hin. »Schau nicht so erschreckt drein, Joanne. Das ist nur irgendein Kranker, der dir einen üblen Streich spielt. Los, teil aus! Noch mal schlägst du mich nicht!« Joanne mischte und verteilte die Karten. »Wahrscheinlich ist es einer von Robins oder Lulus Freunden. Du weißt doch, wie idiotisch Teenager sind.«
»Ich glaube nicht, daß ein Freund meiner Töchter *so* idiotisch ist!«
»Jeder könnte es sein«, meinte Eve. »Dieser Firmenwagen hat tagelang vor deinem Haus gestanden. Jeder, der an deinem Haus vorbeikam, hat ihn gesehen. Kommt die Stimme dir denn bekannt vor?«
»Das ist es ja gerade – sie klingt wie die Stimme aller möglichen Leute, die ich kenne.«
»Und? Willst du es machen?«
»Was?«
»Dir eine neue Telefonnummer geben lassen?«
»Ach, ich weiß nicht. Es ist ein so großer Aufwand. Wer immer es diesmal herausgefunden hat, wird es auch herausfinden, wenn ich die Nummer noch einmal ändern lasse.«
»Oder er wird es müde. Dann ist die Sache ausgestanden. Es sei denn, du willst das gar nicht.«
»Was soll das denn heißen?«
»Nichts«, antwortete Eve und warf den Kopf zurück. »Spiel schon aus. Du brauchst dir über nichts Sorgen zu machen außer über mein hervorragendes Spiel.«

»Gin«, rief Joanne wenige Augenblicke später. Nervös verteilte sie ihre Karten auf dem Tisch.
»Ich gebe auf. Dein Großvater hat es dir einfach zu gut beigebracht. Ich bleibe lieber beim Patiencelegen. Da kann ich wenigstens schummeln.«
»Menschen, die beim Patiencelegen schummeln, sind unsichere Menschen«, sagte Joanne lächelnd. Das hatte ihr Großvater immer behauptet.
»Du weißt doch, daß ich ein schlechter Verlierer bin. Sieg oder Tod!« Plötzlich beugte sie sich wieder vornüber vor Schmerz. Das Glas fiel um, und die restliche Milch lief über den Tisch auf den Boden. »Scheiße!«
»Ich mach's schon.« Joanne nahm ein Küchentuch von der Anrichte und wischte die Milch auf. »Soll ich dich ins Krankenhaus fahren?«
Eve winkte ungeduldig ab. »Schon gut. Bis Dienstag werde ich wohl überleben.«
»Warum legst du dich nicht eine Weile hin?«
Auf diesen Vorschlag ging Eve erstaunlich bereitwillig ein. Joanne half ihr die Treppe zum Schlafzimmer hinauf und schlug die Decke auf dem großen Bett zurück. Eve kuschelte sich hinein. »Kann ich dir noch irgend etwas bringen, bevor ich gehe?«
Eve schlug ein Auge auf. »Da liegt irgendwo *People* rum, die Zeitschrift. Die kannst du mir aufs Bett legen.«
Joanne sah sich um, konnte das Heft aber nicht finden. »Hast du eine neue Putzfrau?« fragte sie. »Dieses Zimmer habe ich noch nie derart aufgeräumt gesehen.«
»Meine Mutter hat saubergemacht«, erklärte Eve. »Vielleicht hat Brian *People* mitgenommen. Schau mal in seinem Arbeitszimmer nach.«
Joanne ging hinunter und warf kurz einen Blick in Brians Arbeitszimmer; sie war neugierig, aber sie schnüffelte nicht gerne. Wann Brian hier wohl arbeitet? fragte sie sich. Er war so

selten daheim. Auf dem großen Schreibtisch lagen viele Papiere aufgehäuft – Polizeiakten und auch einige Bücher, aber keine Zeitschrift. Einige Sekunden lang dachte Joanne daran, Brian einen Zettel mit der Bitte um Anruf dazulassen, ließ es dann aber doch bleiben. Eve hatte gesagt, sie werde ihrem Mann von den Anrufen erzählen, und wahrscheinlich hatte sie es schon längst getan. Offensichtlich sah er keinen Grund zur Besorgnis, sonst hätte er sich schon längst bei ihr gemeldet. Eve sagte es ja andauernd: *Jeder* bekam obszöne Anrufe. Sie brauchte sich überhaupt keine Sorgen zu machen. Sie verließ den Arbeitsraum – trotz allem besorgt.
Das kleine Zimmer auf der anderen Seite der Diele hatten Eve und Brian ursprünglich als Kinderzimmer geplant. Joanne öffnete die Tür und sah hinein. Vor sechs Monaten war es ein Traum aus Weiß und Rosa gewesen, eingerichtet für das kleine Mädchen, das im Mai hätte geboren werden sollen. Nach vielen frustrierenden Jahren hatte sich endlich Nachwuchs angemeldet, man hatte einen Namen ausgewählt und alles Nötige gekauft. Jetzt war das Zimmer leer, die Vorhänge waren abgenommen worden, der Schleier von der Wiege entfernt. Joanne wollte die Tür schon wieder schließen, da sah sie das *People*-Magazin auf dem Boden unter den vorhanglosen Fenstern liegen. Auf Zehenspitzen huschte sie über den rosa Teppichboden, hob es auf und ging in die Diele zurück. Wieso lag die Zeitschrift hier? Ging Eve manchmal ins Kinderzimmer, um dort zu grübeln? Wenn ja, dann war es höchste Zeit, etwas zu unternehmen mit diesem Raum. Joanne beschloß, es Eve gegenüber so sanft wie möglich anzusprechen. Aber als sie ins Schlafzimmer trat, sah sie, daß ihre Freundin schon eingeschlafen war. Behutsam legte sie die Zeitschrift am Fuß des Betts nieder und verließ so leise sie konnte das Haus.

## 13

»Was haben *Sie* denn für Beschwerden?« fragte die kleine drahtige Frau mit den kastanienbraunen Strähnchen im sowieso schon dunklen Haar unsicher. Joanne schätzte das Alter der Frau auf dreißig, aber es war schwer zu sagen, denn sie hatte eines jener Gesichter, die gleichzeitig zu alt und zu jung wirken. Sie registrierte, daß die Frau einen einfachen goldenen Ring am Ringfinger ihrer zitternden linken Hand trug, und ließ die Zeitschrift in den Schoß sinken.
»Ich warte auf eine Freundin.« Joanne lächelte höflich, begierig aufs Weiterlesen, obwohl sie in Wahrheit viel zu unruhig war, um sich in die Zeitschrift vertiefen zu können.
»Was ist denn los mit ihr?« fragte die Frau beharrlich weiter. Offensichtlich wollte sie sich unbedingt unterhalten, obwohl ihre Stimme leicht zitterte.
»Die Ärzte wissen es nicht«, antwortete Joanne. »Sie wird jetzt geröntgt.«
»Ich warte gerade darauf, geröntgt zu werden«, erzählte die junge Frau nickend. Sie wirkte unglaublich zerbrechlich. »Irgend etwas mit meinem Magen stimmt nicht«, fuhr sie beinahe flüsternd fort. »Ich habe ziemliche Angst.«
»Ich bin überzeugt, daß alles in Ordnung ist mit Ihnen«, sagte Joanne. Sie hörte Karen Palmers Stimme bei diesen Worten und merkte plötzlich, wie platitüdenhaft sie waren.
»Ich weiß nicht«, erwiderte die Frau. »Da ist so ein ... so etwas wie ein Klumpen...«
Joanne legte ihre Illustrierte auf den mit Zeitschriften überhäuften Resopaltisch neben dem grünen Vinyl-Sofa, auf dem sie saß. Sie dachte an Eve. »Ich bin ganz sicher, daß Sie sich keine Sorgen zu machen brauchen«, hörte sie sich sagen. Die Frau versuchte zu lächeln, aber Joanne konnte sehen, daß sie den Tränen nahe war. »Wie heißen Sie?« fragte sie, mehr um den drohenden Weinkrampf hinauszuzögern als aus wirk-

lichem Interesse. Sie schlug ein Bein übers andere und versuchte, dabei mit der Haut nicht an das klebrige Vinyl zu kommen.
»Lesley. Lesley Fraser. Und Sie?«
»Joanne Hunter.«
Wieder nickte Lesley Fraser und rieb sich nervös die Hände. »Ich habe drei kleine Kinder, deshalb bin ich so besorgt. Sie sind noch so klein, wissen Sie. Wenn sie mutterlos zurückbleiben...«
»Jetzt aber mal stop!« unterbrach Joanne sie hastig. »Wer sagt denn, daß hier irgend jemand mutterlos zurückbleiben muß? Selbst wenn es ganz schlimm kommen sollte und sie etwas finden, was da nicht sein dürfte, heißt das doch noch lange nicht, daß Sie sterben werden.« Das Bild ihrer Mutter blitzte vor ihr auf. »Was immer es auch ist, es wird rausoperiert, und dann sind Sie wieder gesund. Haben Sie nicht gelesen, welche unglaublichen Fortschritte die Medizin in den letzten paar Jahren gemacht hat? Hier in den Zeitschriften steht alles darüber.« Sie nahm die neueste Ausgabe des Magazins *Time* vom Tisch und schlug sie auf. Sie konnte sich nicht erinnern, ob es dieses Heft gewesen war, in dem irgend etwas über die Wunder der Medizin gestanden hatte, oder ein anderes.
»Ziemlich grauslig, was?« sagte Lesley Fraser und machte eine Kopfbewegung in Richtung auf die Zeitschrift.
»Grauslig?« fragte Joanne. Sie wußte nicht, was gemeint war, aber dann fiel ihr Blick auf die Seite, die sie gerade aufgeschlagen hatte. »Verbrechen«, lautete die Vorzeile, »Der Vorstadtwürger von Long Island« die Schlagzeile. Schnell klappte sie das Magazin zu und warf es auf den Tisch zurück.
»Ach ja«, seufzte Lesley Fraser und versuchte zu lächeln. »Ich glaube, wenn dich das eine nicht erwischt, erwischt dich eben das andere. Da sieht man mal wieder, wie wenig Kontrolle wir eigentlich über unser Leben haben.«
Joanne hatte keine Lust, sich mit den Anspielungen, die diese

Bemerkung beinhaltete, auseinanderzusetzen. Statt dessen sah sie sich nervös in der Runde der anderen Patienten in dem überfüllten Wartezimmer um. Lauter angespannte Gesichter.
»Die Wahrscheinlichkeit, daß es uns trifft, ist nicht groß«, sagte sie zu der jungen Frau, die neben ihr saß.
»Ich weiß, wie groß die Wahrscheinlichkeit ist«, erwiderte Lesley Fraser. »Meine Mutter starb an Krebs.«
»Meine auch«, sagte Joanne automatisch. Erst dann fiel ihr ein, daß dies nicht gerade tröstlich klang. »Trotzdem, die Wahrscheinlichkeit ist nicht groß.«
»Und wenn es mich nicht körperlich tötet, finanziell würde es uns auf jeden Fall ruinieren«, fuhr Lesley Fraser fort. »Wir haben nicht viel Geld. Wie soll man mit drei Kindern sparen? Ich habe keine Ahnung, wie wir die Arztrechnungen bezahlen sollen.«
»Machen Sie sich doch erst mal um *eine* Sache Gedanken«, empfahl Joanne ihr. Ein leichtes Lächeln huschte über den Mund der Frau, dann schossen ihr plötzlich die Tränen aus den Augen.
»Ich habe solche Angst«, flüsterte sie.
Joanne langte hinüber und nahm schweigend Lesley Frasers Hand.
»Lesley Fraser«, rief eine junge Frau, die über ihrer weißen Schwesterntracht einen grünen Laborkittel trug. Sie stand an der Tür und versuchte, etwas auf einer Tabelle zu entziffern, die sie sich mit ausgestrecktem Arm vor die Augen hielt.
»Hier«, antwortete Lesley und hob die Hand, als ob sie in der Schule wäre.
»Hier rein, bitte«, wies die Schwester sie an und öffnete eine Tür.
Lesley Fraser sprang hastig auf, aber dann schien sie plötzlich wie gelähmt.
»Viel Glück«, sagte Joanne.
Die junge Frau nickte. »Ich hoffe, daß mit Ihrer Freundin alles

in Ordnung kommt.« Im nächsten Augenblick war sie in dem Röntgenraum verschwunden.
Gedankenverloren besah Joanne sich die Titelbilder der Illustrierten auf dem Tisch neben ihr, sehr darauf bedacht, die letzte Ausgabe von *Times* dabei zu überspringen. Schließlich wählte sie ein *Newsweek*-Heft, das sie schon einmal durchgeblättert hatte. Sie überflog die Seiten und entdeckte, daß in *dieser* Zeitschrift tatsächlich ein Artikel über einige kürzlich erfolgte Durchbrüche auf dem Gebiet der Medizin stand. Sie versuchte ihn zu lesen, aber im Grunde interessierten sie diese medizinischen Wunder überhaupt nicht. Sie hatten sich zu spät ereignet, um den Menschen, die sie geliebt hatte, noch helfen zu können. Sie wollte ja optimistisch sein, aber die Erinnerung an ihre Mutter, die selbst stets zuversichtlich gewesen war, drängte sich immer dazwischen. Unsanft ließ Joanne die Zeitschrift auf den Tisch zurückfallen und suchte nach einer anderen. Ihre Hand fuhr über die Titelseite von *Time*; sie fühlte das Heft gegen die Innenfläche ihrer Hand drängen wie ein Magnet.
Wenige Sekunden später griff ihre Hand wie von selbst zu und nahm die Zeitschrift vom Tisch. Sorgfältig die Rubrik »Verbrechen« überblätternd, schlug Joanne die Seite mit den Filmberichten auf, las drei vernichtende Kritiken von Filmen durch, die sie sich nie ansehen würde, ging dann zum Literaturteil über und las einige Buchrezensionen. Sie informierte sich über die Theaterstücke, die in dieser Ausgabe besprochen wurden, überlegte, ob eines davon Robin und Lulu interessieren könnte, und überflog dann die Rubrik »Leute«, um das Neueste aus der Welt der Reichen und Prominenten zu erfahren. Dann klappte sie das Magazin entschlossen zu, sah auf die Uhr und fragte sich, was bei Eve so lange dauerte. Hatten sie etwas entdeckt? Sie schlug das Heft wieder auf. Auch ohne hinzusehen wußte sie, wo sie gelandet war. »Verbrechen. – Der Vorstadtwürger von Long Island.«

Ohne es zu wollen, stöhnte sie laut auf. Eine ältere Frau, die ihr gegenübersaß, sah sie mit unverhülltem Ärger an. Beschämt wandte Joanne den Blick zurück auf die Zeitschrift und zwang sich dazu, die nüchternen Tatsachen, die dort aneinandergereiht waren, ganz ruhig durchzulesen: Alle drei ermordeten Frauen hatten auf Long Island gelebt; sie waren im mittleren Alter gewesen, verheiratet, mit Kindern. Eine hatte außer Haus gearbeitet, die beiden anderen nicht. Es gab kein rationales Motiv für die Morde und keinerlei Verbindung zwischen den Opfern. Alle drei waren sexuell mißbraucht worden, bevor sie gestorben waren.

Joannes Blick fiel auf den unteren Teil der Seite, und wieder stöhnte sie. Die Frau gegenüber stand auf und setzte sich woanders hin. Fotos. Drei kleine Quadrate, die Fotos der ermordeten Frauen.

Joanne betrachtete die Bilder ganz genau. Es war nichts Besonderes an diesen Frauen, das erkannte sie sofort. Sie sahen aus, wie Hausfrauen und Mütter aus einem Vorort eben aussehen: nett, attraktiv, aber nicht schön. Zwei waren blond, eine hatte braunes Haar. Normale Frauen, die ein normales Leben geführt hatten. Das einzig Unnormale an ihnen war die Art ihres Todes gewesen.

Die Polizei gab an alle Frauen, die auf Long Island lebten, die üblichen Warnungen aus: Sie sollten ganz besonders vorsichtig sein, keinem Fremden die Tür öffnen und jeden, der sich in der Nähe eines Hauses herumtrieb, der Polizei melden. Darüber hinaus mußte die frustrierte Sondereinheit zugeben, daß sie wenig tun konnte. Die Verantwortung, wurde betont, liege bei den Frauen selbst; sie sollten alle nötigen Vorsichtsmaßnahmen treffen. Die Polizei, die nicht die geringste Spur habe, sei verzweifelt bemüht, den Vorstadtwürger zu fangen, bevor er sich sein nächstes Opfer hole.

Joannes Blick schwenkte zurück auf die Fotos. Sie schämte sich, aber sie tat es doch: Ihr eigenes Bild – welches würden sie wohl

aussuchen? – schob sich über die Seite und nahm seinen Platz neben den drei anderen Fotos ein. Würden die Leute auch sie sofort als nett, attraktiv, normal abtun? Und war es nicht interessant, daß nach Meinung der Polizei diese Sache Angelegenheit der Frauen war, nicht der Polizei?
»Raus hier!« verkündete eine Stimme irgendwo neben ihr.
»Was ist denn los?« fragte Joanne und versuchte aufzustehen. Ihre nackten Schenkel lösten sich nur langsam und mit einem saugenden Geräusch von dem Vinyl, das *Time*-Magazin flog von ihren Knien auf den Boden. Sie rannte Eve nach.
»Dieser Scheißkerl!« murmelte Eve, während sie die Treppen hinunterlief.
Joanne folgte ihr. Sie erlebte auf einmal ein beinahe überwältigendes Déjà-vu: Hatte sich nicht genau dieselbe Szene ein paar Wochen vorher schon einmal abgespielt?
»Was war denn nun?« rief sie. Als Antwort kam nur das Klappern von Eves Absätzen. »Himmel noch mal, Eve, du fällst hin und brichst dir das Genick, wenn du nicht langsamer machst! Wart doch mal! Was ist denn passiert?«
»Wo ist die Karre?« fragte Eve, sobald sie auf der Straße waren.
»Auf dem Parkplatz, wo wir sie stehengelassen haben. Kannst du mir nicht erst mal sagen, was da drin passiert ist?«
Eve ging in Richtung Parkplatz, blieb abrupt stehen, wandte sich um und sah der verblüfften, besorgten Joanne ins Gesicht.
»Dieser Scheißkerl!« murmelte sie noch einmal und wollte sich wieder umdrehen.
Joanne packte sie am Ärmel ihrer weißen Leinenjacke. »Würdest du jetzt bitte aufhören, so zu rennen und zu fluchen, und mir endlich sagen, was da drin vorgefallen ist?«
Eve atmete einige Male tief durch, um sich ganz bewußt zu beruhigen. »Weißt du, was dieses Arschloch mir zu sagen wagte?« Joanne schüttelte ungeduldig den Kopf. »Er wagte es, mir zu sagen, daß meine Schmerzen alle im Kopf sind.«
»Was?«

»Er sagt, physisch ist alles in Ordnung, zumindest soweit *er* es feststellen kann – also kann ganz offensichtlich nichts mit mir los sein, was irgendein anderer festzustellen in der Lage wäre...«
»Langsam, Eve, ich komme nicht mit!«
Eve ging rasch weiter – eine sehr aufgeregte Person vor dem Hintergrund der geparkten Autos. »Er hat genau dieselben Untersuchungen vorgenommen wie der Arzt im Northwest General Hospital. Natürlich habe ich ihm nicht gesagt, daß das alles schon gemacht wurde, aber daß ich beim Kardiologen und beim Frauenarzt war, das habe ich gesagt, aber das war wohl ein Fehler, ich hätte diesem Dreckskerl gar nichts sagen sollen...«
»Beruhige dich, Eve...«
»Und dann sagte er, daß, soweit er feststellen kann, nichts mit mir los ist, daß die Röntgenbilder beweisen, daß alles in Ordnung ist. Ich bin völlig gesund! Und was ist mit den Schmerzen, habe ich ihn gefragt. Er sagte, mein Körper habe vor kurzem ein Trauma durchgemacht – damit meint er natürlich die Fehlgeburt –, und die jetzige Krise ist seiner Meinung nach ein typisches Beispiel für eine Post-partum-Depression. Ich sagte, daß ich überhaupt nicht deprimiert bin, aber er erklärte mir, klinische Depression sei etwas anderes als das, was wir Normalsterbliche uns darunter vorstellen, und da habe ich ihm gesagt, daß er mir nicht zu erklären braucht, was klinische Depression ist, weil ich nämlich Psychologieprofessorin bin, und da sagte er – jetzt zitiere ich wörtlich! –: ›Ein bißchen Kenntnis über eine Sache ist gefährlich.‹ Kannst du dir das vorstellen? Ich sagte, daß ich den Unterschied zwischen physischem Schmerz und Seelenqual sehr wohl kenne. Dieser aufgeblasene Scheißkerl erwiderte darauf ganz geduldig, wie zu einem zweijährigen Kind: ›Manchmal spielt einem die Seele Streiche.‹ Die Seele spielt Streiche!« wiederholte sie ungläubig. »Er hat mir doch glatt Valium verschrieben!«
»Meint er, daß du dich noch weiter untersuchen lassen sollst?«

»Für seinen Geschmack bin ich schon viel zuviel untersucht worden!«
»Komm, fahren wir heim«, sagte Joanne. Sie führte ihre Freundin zum Auto.
»Kannst du dir diese Unverschämtheit vorstellen?« wiederholte Eve immer wieder. Joanne fuhr aus dem Parkplatz hinaus und bog in die Straße ein. »*Er* kann sich nicht denken, was mit mir los ist, also muß sich das alles natürlich in meinem *Kopf* abspielen! Wie erklären Sie sich denn den Gewichtsverlust und die erhöhte Temperatur? habe ich ihn gefragt. Mein Gewicht sei normal für mein Alter und meine Größe, und schließlich hätte ich ja kein *Fieber*. Dann habe ich ihn gefragt, wie er sich meine Verdauungsprobleme erklärt. Daraufhin hat er nur gemeint, ich soll das Valium nehmen, dann würde meine Verdauung ganz von selbst wieder funktionieren.«
»Also solltest du vielleicht doch...«
»Was denn?«
»Vielleicht entspannt sich... dein Darm dann... ich weiß nicht...«
»Ganz sicher nicht! Valium ist ein Beruhigungsmittel und kein Medikament gegen Krebs.«
»Wer hat denn von Krebs gesprochen?«
Es folgte eine unangenehme Pause, angefüllt mit unausgesprochenen Vermutungen.
»Ich weiß nicht«, sagte Joanne, alarmiert von der überraschenden Behauptung ihrer Freundin; obwohl – dieser Gedanke war auch ihr schon einige Male gekommen. »Schließlich bin ich kein Arzt«, fügte sie leise hinzu.
»Glaubst du, die wissen mehr als du? Bei wie vielen war ich denn in den vergangenen fünf Wochen? Na? Bei einem pro Woche? Mehr? Zehn insgesamt?«
»Nicht so viele.«
»Genug jedenfalls. Und nicht *einer* von ihnen kann mir etwas erklären. Alles Super-Spezialisten und wissen nicht mehr als

mein armer kleiner Hausarzt! Einen ganzen Monat habe ich im College versäumt, habe meine Kurse nicht besuchen und keine Arbeiten abgeben können. Nächstes Jahr muß ich die verdammten Seminare noch mal machen!« Plötzlich brach sie in eine wahre Flut von Zornestränen aus. Joanne fuhr rasch an den Straßenrand. Noch nie hatte sie Eve weinen sehen. Sie hatte sie glücklich gesehen, traurig, aufgeregt, frustriert und wütend, aber nie hatte sie Eve weinen sehen. Selbst nach dem Verlust des Babys hatte sie sich kein Selbstmitleid erlaubt, war sofort in ihren hektischen Tagesablauf zurückgekehrt – mit einem barschen: »So ist das Leben nun mal.«
»Eve...«
»Warum kann mir denn niemand sagen, was mit mir los ist?« flehte sie. »Du kennst mich besser als jeder andere, Himmel noch mal. Du weißt doch, daß ich kein Hypochonder bin. Du weißt doch, wenn ich sage, es tut weh, dann tut es mir wirklich weh. Ich war doch diejenige, die am Anfang gesagt hat, daß alles in Ordnung ist! Ich war völlig überzeugt, daß Brian und meine Mutter überreagierten.«
»Ja, ich erinnere mich...«
»Und jetzt, wo die Schmerzen wirklich schlimm sind, wo *nichts*, ich schwöre es, *nichts* in meinen Körper mehr richtig funktioniert, warum sagt *jetzt* jeder, es ist alles in Ordnung?«
»Wer hat dir denn noch gesagt, daß alles in Ordnung ist?«
»Na ja, keiner der Ärzte war bis jetzt so deutlich wie dieser Affe, aber alle haben sie Andeutungen gemacht. Du weißt doch, wie zartfühlend Ärzte sind. Ich habe alle diese Bluttests durchführen lassen und bin bei all den Spezialisten gewesen, und jetzt sagt Brian...«
»Was ist mit Brian?«
»Du kennst ja Brian, er ist so naiv. Er meint, wenn die Ärzte nichts finden, kann es nichts Ernsthaftes sein, also soll man es ignorieren. Etwas ignorieren, das mich daran hindert, richtig zu essen oder richtig zu schlafen oder richtig zu scheißen... et-

was zu ignorieren, das es mir unmöglich macht, länger als fünf Minuten auf zu sein! Geh zum Friseur! Kauf dir ein paar neue Kleider! Wenn ich ein Mann wäre, und es wäre mein kostbarer kleiner Penis, der mir Beschwerden macht, ich würde nicht einfach so abgefertigt werden! Dann würden sie nicht zu mir sagen, ich soll zum Friseur gehen!« Sie sah sich um, erstaunt und verwirrt. »Warum haben wir angehalten?«
Joanne ließ den Motor sofort wieder an und fuhr auf die Straße hinaus. »Wir gehen einfach so lange zu Ärzten, bis wir rausgefunden haben, was los ist«, sagte sie mit fester Stimme. »Ich kenne dich. Ich weiß, wenn du dich beklagst, dann ist es, weil etwas nicht stimmt. Wir versuchen es so lange, bis wir wissen, was es ist.«
»Dann könnte ich schon längst tot sein«, sagte Eve. Plötzlich lachte Joanne laut auf. »Du findest etwas Lustiges an dieser Vorstellung, oder?« fragte Eve und wischte sich die letzten Tränen weg.
»Nein.« Joanne lächelte. »Natürlich nicht. Nur, wir führten dieses Gespräch genau anders herum an dem Nachmittag, als ich dich zum erstenmal ins Krankenhaus fuhr. Als ich die Zeitung an der Windschutzscheibe fand und du die Polizei anriefst und sie sagten, sie könnten nichts machen, bis der Kerl wirklich zuschlägt, und ich sagte: ›Dann könne ich schon längst tot sein‹ oder so was ähnliches. Kannst du dich nicht erinnern?«
Eve schüttelte den Kopf. »Hast du in letzter Zeit wieder Anrufe erhalten?« fragte sie. Joanne sah, daß sie nur widerwillig das Thema wechselte, die Aufmerksamkeit von sich selbst weglenkte.
»Zwei«, antwortete Joanne. »Ich habe aufgelegt, sobald ich die Stimme hörte.«
»Das ist gut«, meinte Eve zerstreut.
»Ich glaube nicht, daß es ein harmloser Idiot ist«, wagte Joanne sich langsam vor. Zum erstenmal äußerte sie ihre tiefsten Ängste laut. »Ich glaube wirklich, daß... daß es der ist, der diese

Frauen umgebracht hat. Ich glaube, daß er es diesmal auskosten will, daß er mich beobachtet, mit mir spielt... du weißt schon, wie eine Katze mit einer Maus spielt, bevor sie sie tötet.«

»Also komm, Joanne.« Eve lachte. »Findest du nicht, daß du eine Spur zu melodramatisch bist?«

Joanne zuckte mit den Achseln. Sie fühlte sich ein bißchen verletzt. Sie hatte Eve deren hochdramatische Szene gegönnt – war es zuviel verlangt, wenn sie für sich das gleiche in Anspruch nahm? Aber sie schwieg.

»Sag mal, Joanne«, forderte Eve sie mit einer sehr nüchtern klingenden Stimme auf, »ist eigentlich jemals irgend jemand mit dir im Haus, wenn du diese Anrufe bekommst?«

Joanne mußte kurz nachdenken. »Normalerweise bin ich allein, zumindest allein im Zimmer, wenn er anruft. Außer in der einen Nacht, als Lulu in meinem Bett schlief.«

»Aber sie hat nichts gehört.« Es war eine Feststellung, keine Frage.

»Na ja, sie ist nicht aufgewacht«, sagte Joanne zögernd. »Warum? Worauf willst du hinaus?«

Eve schüttelte den Kopf. »Auf nichts«, sagte sie und sah aus ihrem Seitenfenster.

»Was willst du denn damit sagen? Daß ich mir etwas einbilde?«

»Nein, das sage ich nicht.«

»Und was sagst du *dann*?«

»Manchmal spielt einem die Seele Streiche«, sagte Eve, dieselben Worte, die der Arzt kurz zuvor im Hinblick auf sie selbst gesprochen hatte. Joanne fragte sich, ob Eve diese Worte absichtlich gewählt hatte und ob sie sie absichtlich so grausam hatte klingen lassen.

»Hast du mit Brian darüber gesprochen?« fragte Joanne, nachdem sie beschlossen hatte, alle Anspielungen, die in Eves Bemerkung versteckt lagen, einfach zu ignorieren.

Eve blockte ab. »Natürlich habe ich mit Brian gesprochen«, erzählte sie Joanne, »schließlich hast du mich darum gebeten, oder? Er sagt dasselbe, was wir alle dir gesagt haben, daß du einfach auflegen mußt, wenn du obszöne Telefonanrufe von so einem Typen erhältst.«
»Ich bin mir ja nicht einmal sicher, ob es überhaupt ein *Mann* ist!« erinnerte Joanne sie. »Es ist eine so komische Stimme.«
»Aber natürlich ist es ein Mann«, stellte Eve kategorisch fest. »Keine Frau würde eine andere Frau mit obszönen Anrufen belästigen.«
»Es sind nicht einfach nur obszöne Anrufe!« korrigierte Joanne sie verärgert. »Er sagt, er wird mich umbringen! Er sagt, daß ich die nächste sein werde! Warum starrst du mich so an?«
Joanne entdeckte einen Augenblick lang Unsicherheit in Eves Blick. »Ich habe mich nur gerade gefragt, ob die Anrufe anfingen, bevor Paul wegging oder danach.«
Joanne schwieg. Sie fühlte, wie ihre Schultern und ihr Rücken in die mit Leder überzogene Polsterung des Autositzes sanken. Sie war zu verwirrt und zu sehr überrumpelt, um das, was ihre Freundin gesagt hatte, zu verarbeiten.
»Ich sage ja gar nicht, daß du keine Anrufe von jemandem erhältst«, wiederholte Eve entschuldigend, als Joanne in die Auffahrt zu ihrem Haus einfuhr. »Scheiße, ich weiß nicht, was ich daherrede. Joanne, schau mich an. Es tut mir leid. Schau mich an!« Joanne stellte den Motor ab und zog den Schlüssel heraus. Langsam wandte sie sich um und sah der Frau, die seit fast dreißig Jahren ihre Freundin war, ins Gesicht. »Bitte, vergiß alles, was ich dir gesagt habe. Ich wollte es nicht sagen. Ich war wütend auf diesen blöden Arzt und frustriert, weil niemand rauskriegt, was mit mir los ist, und dann habe ich es an dir ausgelassen. Der Arzt sagt mir, alle meine Probleme gibt es nur in meinem Kopf, also sage ich das gleiche zu dir. Für was hat man denn seine Freunde? Sehr reif, was? Gib der kleinen Psychologin einen Gut-Punkt in erwachsenem Benehmen. Bitte vergib

mir, Joanne. Ich wollte es nicht.« Joanne nickte. »Du weißt, daß ich dich liebe«, sprach Eve weiter. »Ich bin bloß so frustriert.«
»Ich weiß. Und ich verstehe es, wirklich.«
»Und *ich* weiß, daß du dir keine Sorgen zu machen brauchst«, sagte Eve. »Wenn hier jemand stirbt, dann ich, also stiehl mir nicht die Show!«
Joanne sah, daß Eve es ernst meinte, daß sie wirklich Angst hatte. »Du wirst nicht sterben. Da bin ich sicher.«
Eve zog ihre Freundin an sich und umarmte sie so fest, daß Joanne kaum mehr atmen konnte. »Bitte, sei mir nicht böse«, flüsterte sie.
»Nein, nein«, erwiderte Joanne ernst. Sie streichelte Eves Haar. »Das war unser erster Streit.« Sie lächelte.
»Ja, ich glaube, das stimmt.« Eves Hand strich über das Haar, das Joanne berührt hatte. »Es ist so trocken«, versuchte sie so locker wie möglich zu sagen. »Kannst du dich erinnern, ich hatte früher immer fettiges Haar.«
»Es wird schon alles gut werden«, sagte Joanne.
»Mit dir auch«, gab Eve zurück.
Sie stiegen aus dem Wagen. Beide Türen schlugen gleichzeitig zu.

## 14

Joanne stand nackt in der Mitte ihres begehbaren Kleiderschrankes. Zu ihren Füßen lag ein Haufen Kleider, die sie dorthin geworfen hatte. Sie runzelte die Stirn. Hier war einfach nichts, was sie tragen wollte. Jedes Kleidungsstück, das ihre Hand berührte, fühlte sich fremd und ungewohnt an, als ob es von jemand anderem gekauft worden wäre. Von jemandem, der absolut keinen Geschmack und keinerlei Stilgefühl besitzt, dachte Joanne, während sie ein blau-weißes Kleid vom Bügel nahm und es sich vor die schweißüberströmten Brüste hielt.

Warum schwitzte sie so? Sonst schwitzte sie nie. Das Haus hatte eine Klimaanlage; warum war ihr so heiß? Sie ließ das Kleid zu Boden fallen – es war nicht das richtige. Sie sah darin aus wie eine ältliche Matrone. Auch wenn du das im Grunde bist, sagte sie sich, willst du doch nicht so aussehen. Es war zu streng, zu steif, zu altmodisch mit seinem adretten kleinen Peter-Pan-Kragen und dem blauen Ledergürtel. Sie haßte dieses Kleid. Was war in sie gefahren, daß sie es überhaupt gekauft hatte? Wenn es ein Foto gäbe, auf dem ich mit diesem Kleid abgebildet bin, dachte sie, würden sie ganz bestimmt dieses Bild in allen Zeitungen verwenden, nachdem mein verstümmelter Leichnam entdeckt worden ist. Opfer Nummer vier, sah sie über ihrem lächelnden Gesicht geschrieben stehen. Attraktiv, würden die Leute sagen. Nett. Normal.

Vielleicht sollte sie jetzt rauslaufen, dachte sie übermütig, und sich in einem dieser Fotoautomaten, wo man für einen Dollar vier Schnappschüsse erhielt – oder was es heutzutage kostete –, fotografieren lassen, und zwar mit einem kleinen Zettel an den Peter-Pan-Kragen gesteckt, auf dem in großen schwarzen Druckbuchstaben stand: »Ich habe es euch ja gesagt«. Nein, berichtigte sie sich selbst und schob das Kleid mit dem Fuß beiseite, in *dunkelblauen* Buchstaben. Damit es zum Kleid paßte. Der Zettel mußte unbedingt zum Kleid passen.

Sie nahm ein weiteres Kleid vom Bügel, einen Ladenhüter, weißes Leinen, den die Verkäuferin von *Bergdorf Goodman's* ihr gegen ihr besseres Urteil aufgeschwatzt hatte. Was für ein besseres Urteil? fragte sie sich, als sie sich das Kleid vor den Körper hielt. Es war zweifellos das schickste Stück, das sie besaß, aber es war beinahe durchsichtig, deshalb würde sie einen Unterrock tragen müssen, und es war zu heiß, um einen Unterrock zu tragen, und außerdem knitterte Leinen viel zu schnell. Zwar hatte die Verkäuferin Joanne versichert, es müsse verknittert aussehen, aber Joanne hatte sich in verknitterten Kleidern immer unwohl gefühlt – sie war dann ständig versucht,

nach dem Bügeleisen zu greifen –, und es war schon schlimm genug, wenn sie sich unwohl fühlte, da wollte sie nicht auch noch danach aussehen. Sie wollte schön aussehen. Sie wollte, daß Paul einen einzigen Blick auf sie warf und sie sofort umarmte und ihr sagte, wie leid es ihm tue, welch ein Narr er gewesen sei, und ob sie ihm nicht bitte vergeben werde und ihn zurücknehme, den Rest seines Lebens werde er damit verbringen, es wiedergutzumachen – und das Ganze vor Robins Mathematiklehrer Mr. Avery, der dann lächeln und sagen würde, er sei sicher, daß Robins Probleme sich nun ganz von selbst lösen würden, und es tue ihm leid, daß er sie beunruhigt habe. Und sie würden ihm zulächeln, Tränen der Dankbarkeit würden ihre glücklichen Gesichter herabfließen, und sie würden ihm sagen, er brauche sich nicht zu entschuldigen, schließlich sei er derjenige, der sie wieder zueinander gebracht habe.
Joanne warf das weiße Leinenkleid zu Boden und fühlte eine Träne an ihrer Wange herablaufen. Nie wird das geschehen, dachte sie. Es würde deshalb nie geschehen, weil sie nichts anzuziehen hatte! In einer Stunde würden Paul und sie in Mr. Averys Büro zusammentreffen – mein Gott, in einer Stunde! –, und sie würde dieselben alten Sachen tragen wie die Frau, die er verlassen hatte, und Paul würde sie ansehen und lächeln – ihr schäbiges Aussehen würde seinen Entschluß, sie zu verlassen, nur noch verstärken –, und ohne sich zu berühren, würden sie nebeneinandersitzen, immer noch besorgte Eltern, wenn sonst schon nichts, und sie würden sich anhören, was Mr. Avery ihnen zu sagen hatte, und dann würden sie gemeinsam zu Mittag essen – Paul hatte ihrem Vorschlag, zu Mittag zu essen, zugestimmt, vielleicht war das ein Zeichen, daß er sie vermißte? – und würden über Mr. Averys Bedenken sprechen und herauszufinden versuchen, wie man Robins Probleme auf eine zivilisierte Art und Weise lösen könnte. Zivilisiert! Genau das war das Problem mit allen ihren Kleidern. Sie waren so zivilisiert. Sie konnte sich ohne weiteres in jedem einzelnen von ihnen begraben lassen.

Das Telefon klingelte.
Joanne stand nackt mitten in ihrem begehbaren Kleiderschrank und starrte in Richtung Telefon, ohne sich vom Fleck zu rühren. Er wußte, daß sie hier drin war, dachte sie und fühlte neuen Schweiß an sich ausbrechen. Irgendwie konnte er in diesen kleinen, fensterlosen Raum hineinsehen; er wußte, daß sie nackt war; selbst jetzt schätzte sein Blick sie ab, seine Finger bohrten sich in ihr Fleisch, wiesen auf die nur zu augenfälligen Makel hin. Starr stand Joanne da, wagte nicht zu atmen, damit das Geräusch ihres Atems sie nicht verriet, bis das Telefon endlich zu klingeln aufhörte. Dann begann sie wieder, durch den begehbaren Schrank zu wandern, und mit zitternden Händen griff sie nach einem türkisfarbenen Strandkleid, das wenigstens einen Anflug von Jugendlichkeit hatte, lief dann zur Kommode im Schlafzimmer, wobei sie sich am Fenster sorgsam duckte, obwohl gerade niemand im Garten arbeitete. Sie zog die oberste Schublade heraus, griff nach einem einfachen weißen Slip und einem passenden BH. Warum hatte sie nichts, das ein bißchen mehr sexy war? Sie hatte Schwierigkeiten mit dem Haken an dem weißen Baumwollbüstenhalter. Warum besaß sie keins von diesen knappen Spitzendingern, die Eve sich immer kaufte? Sie beschloß, sich bald mal eines anzuschaffen. Wenn genug Zeit blieb, konnte sie ja vielleicht auf dem Weg zu Robins Schule anhalten und es gleich besorgen. Sie sah auf ihr Handgelenk, merkte, daß sie die Armbanduhr nicht trug, und warf einen Blick hinüber zum Wecker, der am Bett, gleich neben dem Telefon, stand. Schon zehn vor zehn – es würde knapp werden.
Was sollte das Ganze eigentlich? Sie lachte – ein Stakkato-Lachen, das im Hals steckenblieb. Sie zog das türkisfarbene Kleid an. Ihre Unterwäsche interessierte Paul nicht. Er würde sie nicht sehen. In vierzig Minuten würden sie sich mit Robins Lehrer treffen, um über ihre älteste Tochter zu sprechen, und danach würden sie zu Mittag essen – auf *ihren* Vorschlag hin,

noch ein bißchen *weiter* über ihre älteste Tochter zu sprechen. Kein romantisches Tête-à-tête in einem Hotel in der Nähe als Dessert.
Joanne ging ins Bad und betrachtete sich prüfend im großen Spiegel. Ein kurzer Blick genügte, um sie davon zu überzeugen, daß der ihr seit beinahe zwanzig Jahren angetraute Mann bestimmt nicht überwältigt genug sein würde, um schleunigst nachzusehen, welche Unterwäsche sie für die Gelegenheit gewählt hatte.
Angewidert zog sie an einigen Haarsträhnen herum. Das Problem waren nicht ihre Kleider, dachte sie, es war ihr Gesicht. Sie brauchte einen neuen Kopf. Sie knurrte ihr Spiegelbild an. Sie sah so teigig aus. Sie ging zum Schlafzimmerfenster, zog ein Paar goldene geschlossene Sandalen an – was war bloß mit ihren Zehennägeln los? – und starrte hinaus auf den Saustall, der einst ein sehr gepflegter Rasen und Garten gewesen war. Mein Sommerhäuschen ohne Verkehr, dachte sie wehmütig. Zehn Tage war es her, daß ein Arbeiter hiergewesen war, vor sieben Tagen hatte man ihr kurz mitgeteilt, daß *Rogers Poole* in Konkurs gegangen sei, und vor fünf Tagen hatte Paul ihr gesagt, er werde versuchen, alles in Ordnung zu bringen.
Make-up, dachte sie plötzlich, ein bißchen Make-up. Sie lief ins Bad, riß die Tür des Medizinschränkchens auf und holte die teuren Tuben heraus, die Eve ihr einmal aufgeschwatzt hatte. Sie konnte sich nicht erinnern, wann sie das Zeug das letztemal verwendet hatte. Wer hübsch sein will, muß auch was dafür tun, hatte ihre Mutter stets gepredigt, und Paul hatte ihr immer wieder gesagt, Künstlichkeit jeder Art sei ihm verhaßt. Trotzdem, ein bißchen Make-up konnte nicht schaden. Nicht so viel, daß man es sah, gerade so viel, daß es einen Unterschied machte. Sie verteilte einen Hauch von Schminke auf den Wangen, fand, daß es noch nicht reichte, nahm ein wenig mehr. Jetzt war es zuviel. Sie wusch es rasch ab und begann von vorne. Nach vier solchen Versuchen war sie immer noch nicht

zufrieden. Sie mußte Eve einmal fragen, wie man das machte. Sie gab es auf, ihre Wangen zu schminken, griff zum Mascara und begann die kleine Bürste langsam und vorsichtig an ihren Wimpern entlang nach oben gleiten zu lassen.
Das Telefon klingelte. Das plötzliche Geräusch erschreckte sie, das Bürstchen fuhr ihr scharf ins Auge. Ihre Lider zuckten heftig; es hatte sehr weh getan. Sie preßte die Hand auf das rechte Auge, damit der stechende Schmerz aufhörte. Als sie sich einige Sekunden später im Spiegel betrachtete, sah sie, daß die Wimperntusche über ihre ganze rechte Gesichtshälfte verschmiert war. »Super«, sagte sie laut. Ihre Stimme zitterte, ihre Augen füllten sich mit Tränen des Selbstmitleids. »Ganz toll. Je näher sie kommt...«, murmelte sie, einen alten *Clairol*-Slogan zitierend, der sich auf eine junge, schöne Frau in einem Werbefilm bezog, die in Zeitlupe durch ein Blumenmeer lief, um ihren erwartungsvollen jungen Geliebten zu umarmen.
Immer noch klingelte das Telefon. »Du Arschloch!« schrie Joanne in seine Richtung. »Schau, was mir jetzt wegen dir passiert ist! Nicht genug, daß du mich umbringen willst, jetzt mußt du auch noch mein Make-up ruinieren!« Wütend schritt sie auf den Apparat zu und riß den Hörer von der Gabel. »Hallo!« bellte sie zornig hinein, aber schon versteifte sich ihr Körper in Erwartung des sonderbaren Krächzens, das ihr sofort das Blut in den Adern gefrieren lassen würde.
»Joanne?«
»Warren?« Einen Moment lang war sie völlig verwirrt. Warum rief ihr Bruder sie um diese Zeit an – es war noch nicht einmal sieben Uhr morgens in Kalifornien –, wenn nicht etwas Entsetzliches geschehen war? »Was ist los? Ist alles in Ordnung?«
»Uns hier geht es allen gut«, antwortete er schroff. »Du bist diejenige, wegen der ich anrufe.«
»Ich?«

»Himmel noch mal, Joanne, warum hast du mir nichts davon gesagt?«
Es dauerte einige Augenblicke, bis Joanne ihre Verwirrtheit überwunden und verstanden hatte, von was Warren überhaupt sprach. »Du meinst das mit Paul und mir?« fragte sie.
»Unter anderem. Warum hast du es mir nicht erzählt?«
»Ich wollte dich nicht beunruhigen. Ich hatte gehofft, die Sache würde sich zum jetzigen Zeitpunkt längst erledigt haben«, erklärte sie.
»Aber das ist nicht der Fall.«
»Nein«, gab sie zu, »zumindest noch nicht. Aber ich esse heute mit Paul zu Mittag, und...«
»Ich habe gestern mit Paul gesprochen.«
»Ja?« Dumme Frage, dachte Joanne, nachdem sie sie gestellt hatte. Wie hätte er sonst erfahren sollen, daß sie sich getrennt hatten? »Was hat er gesagt?«
»Nun, du kannst dir ja vorstellen, wie idiotisch ich mir vorkam«, begann Warren, ihre Frage völlig ignorierend. »Ich wähle deine Nummer und erfahre, daß darunter kein Anschluß mehr existiert, ich rufe daraufhin in Pauls Büro an und frage ihn, was los ist, es entsteht eine peinliche Pause, und dann sagt er schließlich: Joanne hat es dir also nicht erzählt? Ich sage: Was erzählt? Und dann klärt er mich über alles auf.«
»Über was?«
»Über was?« wiederholte er. »Daß ihr zwei euch getrennt habt, daß er eine eigene Wohnung in der Stadt hat, daß du mehrere obszöne Anrufe erhalten hast – Joanne, ist denn alles in Ordnung?«
Nichts ist in Ordnung, dachte Joanne. »Natürlich ist alles in Ordnung«, sagte sie. »Paul braucht Zeit, um... um über alles nachzudenken. Er ist ein wenig durcheinander, das ist alles.«
»Hättest du gern ein bißchen Gesellschaft? Gloria könnte auf ein paar Tage rüberfliegen...«
»Nein, mir geht es gut, wirklich.« Wenn sie zugab, daß sie Glo-

rias Besuch brauchte, würde ihr Bruder nur noch mehr alarmiert sein. Welchen Sinn hätte das?
»Gloria möchte kurz mit dir sprechen.«
»Hallo, Joanne.« Gloria klang immer so, als ob sie gerade etwas Unangenehmes röche. »Wie kommst du denn zurecht?«
Joanne versicherte ihr, daß es ihr gutgehe. Sie sagte nichts davon, daß ihre rechte Wange über und über mit Mascara verschmiert war, daß sie nichts Ordentliches zum Anziehen hatte, daß der Boden ihres Schranks mit Kleidungsstücken bedeckt war, die sie nicht tragen wollte, daß ihr Garten ein einziger Saustall aus Beton war, um den sich niemand mehr kümmerte, daß ihre beste Freundin kränkelte und daß sie immer stärker davon überzeugt war, das nächste Opfer des Vorstadtwürgers zu werden. Sie sagte, daß es ihr gutgehe, weil sie wußte: Das wollte Gloria hören.
»Na, dann ist es ja gut. Ich meine... ich weiß, es ist dein Leben«, fuhr Gloria fort, »aber versuch doch, alles nicht zu ernst zu nehmen. Du weißt schon, was ich meine.«

»Ich dachte, wir essen zusammen zu Mittag«, sagte Joanne.
»Ja, ich weiß, und es tut mir auch leid«, erklärte Paul in leicht schneidendem Ton. »Ich habe versucht, dich heute morgen zu erreichen, als sich diese Sache abzeichnete, aber niemand ist ans Telefon gegangen.« Joanne sah sich im Geiste mitten in ihrem begehbaren Kleiderschrank stehen und hörte das schrille Läuten des Telefons auf dem Nachtkästchen. »Tut mir wirklich leid, Joanne. Ich konnte nichts machen. Es ist ein wichtiger Klient, und wenn er vorschlägt, zusammen zu Mittag zu essen, dann ist das mehr als einfach so ein Vorschlag, du weißt schon, was ich meine.« Joanne sah zu Boden. (»Du weißt schon, was ich meine«, sagte ihre Schwägerin aus fünftausend Kilometern Entfernung noch einmal.) »Aber für eine Tasse Kaffee habe ich noch Zeit«, sagte er in freundlicherem Ton.
»Wo?« fragte Joanne. Ihr Blick glitt über den leeren High-School-Korridor.

»Hier ist doch eine Cafeteria, oder?«
»Hier? In der Schule?«
»Gibt es einen besseren Ort, um über Robins Probleme zu reden?«
Sein Raffinement ist bewundernswert, dachte Joanne, als ihr Mann sie am Arm nahm und die breite Treppe hinunter in die Cafeteria führte. Mit einem einfachen Satz hatte er alles gesagt: Sie waren hier, um über die Probleme ihrer Tochter zu reden, nicht über ihre gemeinsamen; er war nicht gewillt, weiterzugehen, der Versuch, mehr zu erreichen, würde in Anbetracht des Zeitpunkts und des Orts außergewöhnlich unpassend sein. Bleiben wir ganz locker, warnte er sie, ganz unkompliziert und, vor allem, emotionslos.
Joanne griff nach dem Treppengeländer, um sich zu stützen, nachdem Paul ihren Arm losgelassen hatte. Sie fühlte ihre Knie aneinanderschlagen und verlangsamte den Schritt; sie hatte Angst, zu fallen und ihn noch mehr in Verlegenheit zu bringen. Der Geruch von Essen begann sich mit anderen wohlvertrauten Gerüchen zu vermischen: mit dem Geruch von alten Socken und Turnsälen, Kreide und Tafeln, Erbitterung und Enthusiasmus. Mit dem Geruch von Jugend, wurde Joanne jetzt klar, und sie sah Eve und sich selbst in den beiden Mädchen, die kichernd neben ihren geöffneten Schulspinden standen, in deren Türen die Fotos der neuesten Teenager-Idole klebten.
»So«, sagte Paul, stieß die Doppeltür zur Cafeteria auf und trat zurück, um Joanne vorangehen zu lassen.
(»Hierher!« rief Eve ihr sofort zu, sprang auf und ab in ihrem Stuhl. »Du kannst das Sandwich haben, das meine Mutter mir gemacht hat – wieder Fleischwurst, ob du es glaubst oder nicht. Wir müssen Aktien von einer Fleischwurstfabrik besitzen! – Was hat deine Mutter dir für eins gemacht? Thunfischsalat, toll, tauschen wir!«)
»Was möchtest du?« Paul nahm ein Tablett vom Stapel und schob es auf der Stahlunterlage in Richtung Kasse.

»Nur Kaffee«, sagte Joanne, schnippte sich in die Gegenwart zurück und sah Eve in einem großen, schlanken, vielleicht fünfzehnjährigen Mädchen, deren dickes rotes Haar zu einem ungestümen Pferdeschwanz zusammengefaßt und von einem dunkelgrünen Band gehalten wurde.
Es waren nur wenige Schüler in dem großen Raum mit den in kerzengeraden Reihen aufgestellten Tischen. Einige schauten zu ihr herüber, als sie Paul zu einem Tisch am Fenster folgte. Das Fenster lag erhöht, so daß sie vom Schulhof nur Füße sahen. Paul nahm die zwei Becher von dem schmutzigen orangefarbenen Tablett, schob es auf den Nebentisch und begann, seinen Kaffee zu studieren, als ob er erwartete, daß man ihn jeden Moment darüber ausfragen werde. Jetzt erinnerte er Joanne sehr an die Tochter, über die zu sprechen sie hier saßen. »Nun, was denkst du über das, was Avery uns zu sagen hatte?« fragte er endlich.
»Ich glaube, er macht sich große Sorgen um Robin.«
»Du findest nicht, daß er ein bißchen übertreibt?«
Es ist ja nicht so, daß in letzter Zeit *jeder* übertreibt, wollte sie schon sagen; statt dessen antwortete sie: »Nein, finde ich nicht.«
»Ich denke halt nur, es ist Juni, mein Gott, die Kinder sind unruhig, bald ist Schluß mit der Schule, es finden nur noch die Abschlußprüfungen statt, und er hat ja zugegeben, daß Robin es auf jeden Fall schafft.«
»Er macht sich doch über das nächste Schuljahr Sorgen, über ihre Einstellung...«
»Bis zum Herbst wird alles wieder in Ordnung sein mit ihr.«
»Ja, meinst du? Wieso denn?« Joanne war von ihrer eigenen Antwort genauso überrascht wie ihr Mann. »Wird sich die Situation bis zum Herbst wirklich geändert haben?« fragte sie beharrlich weiter.
»Joanne...«
Joanne sah hinauf zu den Deckenfliesen. »Entschuldige«, sagte

sie schnell. »Aber ich finde, wir dürfen diese Sache nicht so locker sehen.«
»Niemand sieht die Sache locker. Ohne Frage müssen wir mit Robin sprechen und ihr die Tragweite ihrer Handlungen klarmachen, ihr sagen, daß sie es sich nicht leisten kann, das nächste Schuljahr so zu beginnen, wie sie dieses beendet hat, daß sie den Unterricht regelmäßig besuchen muß und daß Schwänzen völlig unakzeptabel ist.«
»*Wann* werden wir ihr das alles denn sagen?«
Paul schwieg und nippte lange an seinem Kaffee. »Ich rede mal am Wochenende mit ihr«, sagte er schließlich und sah dabei demonstrativ auf seine Armbanduhr.
»Paul, wir müssen miteinander sprechen.« Joanne hörte, wie ihre Stimme zitterte, und haßte sich für dieses Zittern.
»Das tun wir doch gerade«, sagte er, sie absichtlich mißverstehend. Er sah sie nicht an, nippte wieder lange an seinem Kaffee.
»Ich vermisse dich«, flüsterte sie.
In offensichtlichem Unbehagen wandte Paul den Blick von einer Seite zur anderen. »Wenn du irgend etwas brauchst...«
»Ich brauche dich.«
»Dies ist nicht der rechte Ort.«
»Welcher Ort ist denn der rechte? Andauernd sagst du, du wirst mich anrufen, aber nie tust du es. Ich hatte gehofft, wir könnten uns während des Mittagessens unterhalten.«
»Ich habe dir doch erklärt, warum es nicht geht.«
»Das ist jetzt nicht das Problem.«
»Das Problem ist, daß ich noch nicht genug Zeit gehabt habe«, sagte er, wie er es schon oft gesagt hatte. »Ich fange gerade erst an, mich ans Alleinsein zu gewöhnen.« Er hob den Blick und starrte ihr direkt in die Augen. Seine Stimme war jetzt leise, kaum hörbar. »Auch du mußt dich daran gewöhnen.«
»Ich will mich nicht daran gewöhnen«, erklärte sie ihm, erstaunt über die Deutlichkeit ihrer Worte.

»Du wirst es müssen«, wiederholte er. »Du mußt aufhören, mich wegen jedem kleinen Problem in der Kanzlei anzurufen, zum Beispiel damals wegen *Sports Illustrated*...«
»Ich wußte nicht, ob du dein Abonnement verlängern lassen wolltest.«
»Das hättest du entscheiden können.«
»Ich wollte nicht die falsche Entscheidung treffen!« Prompt brach sie in Tränen aus. »Tut mir leid«, schluchzte sie, nahm eine Papierserviette aus dem Aluminiumbehälter und schneuzte sich. »Ich wollte nicht zu weinen anfangen.«
»Nein«, sagte er sanft und langte plötzlich über den Tisch, um ihre Hand zu nehmen, »mir tut es leid.« Hoffnungsvoll starrte Joanne ihn an. Jetzt kommt es endlich: Er wird mir sagen, was für ein Idiot er gewesen ist, und er wird mich um Verzeihung bitten. Wenn ich ihn nur wieder aufnehme, wird er den Rest seines Lebens damit verbringen, alles wiedergutzumachen.
»Ich hätte gar nichts sagen sollen«, erklärte er statt dessen. »Ich wußte, dies ist weder der Ort noch die Zeit dafür. Mein Gott, Joanne, du gibst mir das Gefühl, ein richtiges Arschloch zu sein.«
Joanne legte die freie Hand über die Augen und biß sich so fest auf die Unterlippe, daß sie Blut schmeckte. »Sind meine Augen verschmiert?« fragte sie und entzog ihre Hand seinem Griff. Gedankenverloren strich sie sich übers Haar und spielte am Ausschnitt ihres Kleids herum.
»Nein«, sagte Paul. Sein Blick war sanft, seine Stimme klang zärtlich. »Du siehst wunderschön aus. Du weißt, dieses Kleid hat mir schon immer gefallen.«
Joanne lächelte. »Ich liebe dich«, sagte sie, ohne ihn anzusehen. Ihre Lippen bebten, obwohl sie ruhig zu bleiben versuchte.
»Ich liebe dich auch.«
»Was soll dann das alles?«
Er schüttelte den Kopf. »Ich weiß es nicht«, gab er zu.

»Komm wieder heim.«
Er warf einen Blick auf die Tür der Cafeteria. Gerade trat ein junges Paar ein. Laut, lachend, fröhlich neckten sie sich gegenseitig. »Ich kann nicht«, sagte er, und obwohl seine Worte in der plötzlichen Unruhe, die um sie aufkam, untergingen, brauchte Joanne nur in seine Augen zu sehen, die entschlossen auf seinen jetzt leeren Becher blickten, und sie wußte, was er gesagt hatte.

»Mrs. Hunter!« Die Stimme kam vom anderen Ende der Eingangshalle.
Joanne wandte sich abrupt um und stieß dabei fast gegen eine Frau im Tennisdreß, die gerade an ihr vorbeigehen wollte.
»Entschuldigung, ich wollte Sie nicht erschrecken«, sagte Steve Henry. Er schritt durch die in Grün und Weiß gehaltene Eingangshalle des Country Clubs auf sie zu.
»Habe ich etwas auf dem Platz vergessen?« fragte Joanne und griff automatisch in ihre Handtasche, um zu sehen, ob die Schlüssel da waren.
»Nein«, sagte er lachend. Ein Grübchen erschien auf seiner linken Wange. »Es hat gerade jemand eine Tennisstunde abgesagt, und da habe ich mir gedacht, ich frage Sie mal, ob Sie Lust hätten, eine Tasse Kaffee mit mir zu trinken. Wir könnten uns über die großen Fortschritte unterhalten, die Ihre Spielweise in den letzten paar Wochen gemacht hat.«
»Ich glaube nicht«, antwortete Joanne hastig.
»Sie glauben nicht, daß Ihr Spiel besser geworden ist, oder Sie glauben nicht, daß Sie einen Kaffee mit mir trinken möchten?«
»Beides, fürchte ich.« Für heute hatte sie genug von Gesprächen beim Kaffeetrinken. »Ich bin schon ziemlich spät dran.«
»Na klar«, sagte er locker und ging mit ihr in Richtungg Ausgang. »Was ist denn mit Ihrer Freundin, dem Rotschopf, los...«

»Eve?«
»Ja, Eve, die mit der schwachen Vorhand und dem verruchten Lachen.« Joanne lächelte zustimmend. Eves Lachen war tatsächlich verrucht, so als ob sie etwas wüßte, was dem Rest der Welt verschlossen blieb, sich vielleicht aber doch dazu überreden ließe, es zu verraten. »Werden wir sie denn hier mal wieder sehen?«
»Oh, ich bin überzeugt, sie nimmt den Unterricht wieder auf, sobald sie sich besser fühlt.«
»Hoffentlich«, sagte er. »Allerdings wird sie viel tun müssen, um mit Ihnen gleichzuziehen.«
»Das glaube ich nicht.«
»Wer ist hier der Lehrer?«
Joanne versuchte, sein Lächeln zu erwidern, aber irgend etwas an Steve Henrys blondem Haar, an seinem so lässig wirkenden guten Aussehen war ihr unbehaglich.
»Sie haben heute einige sehr schöne Bälle gespielt«, fuhr er fort. »Ich habe Sie über den ganzen Platz gejagt, und Sie haben alle erreicht.«
»Und sie direkt ins Netz befördert.«
»Sie ziehen immer noch nicht voll durch. Aber ich weiß nicht, ich habe heute nachmittag bei Ihnen eine neue Aggressivität gespürt.« Joanne mußte lachen. »Na, Sie wissen offensichtlich, was ich meine, oder?«
»Schauen Sie mal meine Zehen an«, jammerte Joanne. Sie wußte nicht, was sie sonst sagen sollte. Sie blickte hinunter zu den blauangelaufenen Nägeln ihrer großen Zehen, die unter den Lederstreifen der Sandalen herausschauten. »Sie sehen aus, als ob sie jeden Augenblick abfallen würden.«
»Sie werden die Nägel wahrscheinlich wirklich verlieren«, erklärte er ihr in nüchternem Ton. »Ihre Schuhe sind zu klein. Beim Tennisspielen braucht man eine halbe Nummer größere Schuhe. Ihre Zehen drängen in den Schuhen immer nach oben, weil sie keinen Platz haben, sich zu bewegen.«

»Es ist ein so schönes Blau.« Sie lächelte, als sie die Tür erreicht hatten.
»Wie Ihre Augen«, sagte er.
Oh, dachte Joanne, sofort überrascht und sprachlos, wir reden also doch nicht über Tennis.

## 15

»Ja, und was hast du dann gesagt?«
»Wie meinst du das? Gar nichts habe ich gesagt.«
»Joanne, um Gottes willen!« rief Eve ungeduldig. »Der gute Mann wollte ganz offensichtlich mit dir flirten. Er sagt dir, deine Zehennägel haben dieselbe Farbe wie deine Augen...« Plötzlich brachen beide Frauen in lautes Lachen aus. »Gut, gut, es ist nicht gerade das Romantischste, was er hätte sagen können, aber irgendwie ist es süß.«
»Meine Augen sind nicht blau, sie sind haselnußbraun.«
»Du bist vielleicht mäklig! Darum geht es doch gar nicht. Es geht darum, daß er dir gesagt hat, daß du schöne Augen hast. Wann hat dir das letztemal jemand so etwas gesagt?« Joanne lächelte in Erinnerung daran, daß sie sich dieselbe Frage vor nicht allzulanger Zeit selbst gestellt hatte. »Es geht darum«, sprach Eve weiter, »daß er offensichtlich an dir interessiert ist.«
»An mir«, stellte Joanne fest, aber es sollte zweifellos eine Frage sein.
»Warum nicht an dir?« wollte Eve wissen. Die beiden Frauen standen neben dem Herd in Eves Küche und betrachteten das Essen, das Eve gekocht hatte. »Werde ein bißchen lockerer, laß dir ein paar blonde Strähnchen ins Haar machen, dann bist du eine wunderschöne Frau!«
»Ich glaube, diese vielen Röntgenstrahlen haben dein Gehirn angegriffen«, meinte Joanne neckisch; im Grunde war sie dankbar für das Kompliment.

»*Du* bist hier die Verrückte, wenn du den Vorteil von Steve Henrys Angebot nicht annimmst.«
»Und der wäre?«
»Einer der hübschesten neunundzwanzigjährigen Körper, die ich je gesehen habe. Los, Joanne, wenn schon sonst aus keinem Grund, tu es für mich!«
Joanne lachte. »Ich kann nicht.«
»Warum denn nicht, verdammt noch mal?«
»Weil ich eine verheiratete Frau bin.«
Es entstand eine lange Pause. Dann begann Eve wieder zu sprechen. »Glaubst du, Paul sitzt nachts zu Hause und erzählt jeder, daß er ein verheirateter Mann ist?«
»Was meinst du damit?« Fast schon bevor die Frage ausgesprochen war, tat es Joanne leid, daß sie sie gestellt hatte.
»Schau, ich sage ja nicht, daß es etwas Ernstes ist...«
»Was soll das denn heißen?«
»Ich weiß nichts Genaues.« Eve versuchte, einen Rückzieher zu machen.
»Was hast du gehört?«
»Ein paar Leute haben ihn gesehen.«
»Mit wem?« Die Frage wurde von ihrem plötzlich rasenden Herzschlag aus der Kehle gestoßen.
»Irgendein Mädchen. Judy irgendwer. Keine, die man kennt.« Sie zuckte die Achseln, einen Ausdruck der Geringschätzung im Gesicht. »Eine Blondine natürlich.«
»Jung?«
»Mitte, Ende zwanzig.«
Joanne klammerte sich an Eves Küchentheke, um nicht zu Boden zu fallen.
»Hör zu«, sagte Eve schnell, »ich habe dir von dieser blonden Judy oder wie sie heißt nicht deshalb erzählt, weil ich dich beunruhigen will, sondern damit du endlich mal deinen Arsch hebst. Das ist eine einmalige Gelegenheit, Himmel noch mal! Wie viele solche Chancen, glaubst du denn, wirst du noch krie-

gen? Steve Henry ist ein absoluter Prachtkerl! Weißt du, welche Leistungskraft neunundzwanzigjährige Männer haben? Denk drüber nach, Joanne! Das ist alles, worum ich dich bitte.«
»Was ist denn los da drin, verdammt noch mal?« ertönte eine Männerstimme im Eßzimmer. »Ich dachte, es gibt hier was zum Abendessen.«
»Kommt schon«, rief Eve und begann die Töpfe auf dem Herd geräuschvoll hin und her zu schieben, ohne wirklich etwas zu tun. »Es geht doch darum, Joanne«, fuhr sie flüsternd fort, »daß Paul nicht jede Nacht in seiner Wohnung damit verbringt, alles zu überdenken, sondern er geht auch aus und... denkt dabei überhaupt nicht nach.« Eve stellte eine große Kasserolle mit Fleisch und einige Töpfe mit Beilagen auf den Tisch und begann das Essen in Schüsseln zu verteilen. »Brian ist in einer miesen Stimmung«, teilte sie Joanne mit, als sie sich der Tür zum nebenliegenden Speisezimmer näherten, jede mit diversen Köstlichkeiten in der Hand. »Bitte, sprich heute nicht über seine Arbeit, okay?«
Joanne nickte. Von Kopf bis Fuß – von ihrem ungekämmten braunen Haar bis zu ihren hellblauen Zehennägeln – hatte sie ein taubes Gefühl. Sie war nicht mehr hungrig, obwohl das Essen köstlich duftete, und sie bezweifelte, ob sie überhaupt ein Wort mit Brian sprechen können würde bei dem riesigen Kloß, der ihr im Hals steckte.
»Na, wie geht's den Mädchen?« fragte Brian mit vollem Mund.
»Gut geht es ihnen«, antwortete Joanne automatisch. »Das heißt, nein, eigentlich geht es ihnen nicht gut«, verbesserte sie sich und wandte den Blick von ihrem unberührten Teller: Auf chinesisch zubereitetes Rindfleisch mit Reis, für das Eve ohne Frage den ganzen Tag gebraucht hatte. »Ich meine, gesundheitlich ist alles in Ordnung, glaube ich. Aber Lulu macht mich verrückt mit ihrer Jahresabschlußprüfung, sie glaubt, sie wird

in jedem Fach durchfallen, und Robin macht mich verrückt, weil sie glaubt, sie schafft alles, ohne etwas dafür zu tun. Heute geht sie aus, weil es einfach nicht sein darf, daß sie in einer Samstagnacht zu Hause bleibt! Und Lulu, die im Gegensatz zu Robin daheim bleibt und lernt, heult, weil sie am Montag Prüfung in Geschichte hat, und das einzige Datum, das sie sich merken kann, ist der Ausbruch des Burenkrieges, und natürlich ist der Burenkrieg in diesem Schuljahr überhaupt nicht durchgenommen worden.«
Brian lachte. »Wieso der Burenkrieg?«
»Ach, das ist die Zahlenkombination unseres Alarmsystems.«
»Bei dir war ja heute morgen wieder falscher Alarm«, sagte Brian und nahm sich noch einmal vom Salat.
Joanne nickte. »Nachdem ich den Kindern millionenmal gesagt habe, sie sollen nachsehen, ob der Alarm auch wirklich ausgeschaltet ist, bevor sie morgens die Tür öffnen, darfst du dreimal raten, wer es prompt vergaß... Na ja«, sagte Joanne traurig lächelnd, »wenigstens habe ich dann meinem Großvater etwas zu erzählen.«
»Wie geht es ihm denn?«
»Nicht gut.« Joanne führte die Gabel an die Lippen, ließ sie dann aber wieder sinken, ohne einen Bissen genommen zu haben. »Langsam beginnt er an den Rändern ein bißchen grau zu werden.«
»Du läßt den Alarm sogar an, wenn du im Haus bist?« fragte Brian.
Joanne nickte. »Ich fühle mich dann sicherer, wegen der Anrufe.«
»Welche Anrufe?« fragte Brian.
Ein plötzliches lautes Geräusch – Eves Gabel war ihr aus der Hand gefallen und auf den Teller gekracht – lenkte die Aufmerksamkeit zurück zu Eve. Ungeschickt sprang sie auf und stieß dabei das Weinglas um, so daß der Rest des teuren Burgunders in den Salat floß. »O Gott«, schrie sie, »da ist wieder dieser stechende Schmerz.«

»Wo denn?« fragte Joanne, die sofort bei Eve war.
»An den üblichen Stellen«, keuchte Eve und versuchte zu lachen. »Im Herz, in der Lunge, im Magen, im Unterleib...«
»Was sollen wir tun?« fragte Joanne und sah Brian an, der auf seinem Stuhl sitzen geblieben war.
»Im Apothekenkästchen im Bad ist Valium«, begann er.
»Ich brauche kein Valium«, schrie Eve. »Ich brauche einen Arzt, der weiß, von was er redet! Scheiße, schau dir das Tischtuch an!« Joanne schielte zu dem hellen, blutähnlichen Fleck hin, der sich beinahe wie ein Set um Eves Teller herum ausbreitete.
»Schon gut, ich wasche es aus«, bot Joanne ihr an. »Vielleicht solltest du dich jetzt oben ein bißchen hinlegen.«
Eve blickte ihren Mann an, der teilnahmslos und unbeweglich auf seinem Stuhl saß. »Okay.«
»Ich helfe dir.«
»Nein, ich kann das schon alleine.« Sie wand sich aus Joannes stützender Umarmung und krümmte sich. »Ich komme gleich wieder runter«, versprach sie. »Eßt ihr fertig.«
»Willst du wirklich nicht, daß ich mit raufkomme?«
»Wasch du das verdammte Tischtuch aus, bevor es völlig ruiniert ist«, antwortete sie und versuchte zu lächeln. »Und ich will, daß du bei Steve Henry voll durchziehst, verdammt noch mal.« Mit einer wahrhaft dramatischen Gebärde war sie die Treppe hinauf verschwunden.
»Was hatte *das* denn zu bedeuten?« fragte Brian, während Joanne den verschütteten Wein mit ihrer Serviette aufzusaugen versuchte.
Joanne begann den Tisch abzuräumen. »Genau dasselbe wollte ich gerade dich fragen«, sagte sie, ohne ihn anzusehen.
»Setz dich mal hin«, bat er sie mit einem unüberhörbaren autoritären Ton in der Stimme. »Ich habe noch nicht fertiggegessen. Und du hast dein Essen nicht mal angerührt. Los – Eves Mutter wird geradezu glücklich sein, daß sie uns noch ein

Tischtuch kaufen kann. Sie hat so etwas Sinnvolles zu tun, und ich habe sie für zehn Minuten los. Iß jetzt!«
Widerwillig setzte sich Joanne zurück auf ihren Stuhl und starrte Eves Mann kalt an. Sein Gesicht war erstaunlich weich, ganz im Gegensatz zu seiner Stimme. Sie versuchte nicht, ihren Unwillen zu verbergen.
»Du findest, ich bin ein eiskaltes Arschloch, was?« sagte er.
»So hätte ich es wahrscheinlich nicht ausgedrückt, aber im Grunde ist es eine passende Beschreibung«, gab Joanne zu. Sie war überrascht von ihrer eigenen Deutlichkeit. Normalerweise hätte sie ihre Worte irgendwie abgemildert, aus Angst, seine Gefühle zu verletzen. Aber in diesem Moment bezweifelte sie, daß Brian Stanley überhaupt Gefühle hatte.
»Du kennst nicht die ganze Geschichte, Joanne«, sagte er trokken. Seine tiefliegenden Augen verrieten nichts. Polizistenaugen, dachte Joanne.
»Ich kenne die Tatsache, daß meine beste Freundin entsetzliche Schmerzen hat und daß ihrem Ehemann das schnurzegal zu sein scheint.«
Brian Stanley trommelte ungeduldig mit den Fingern auf dem Tisch. »Ich wiederhole«, sagte er mit fester Stimme, »du kennst nicht die ganze Geschichte.«
»Vielleicht kenne ich nicht die ganze Geschichte«, begann Joanne mit seinen Worten, »aber ich kenne sehr wohl Eve. Sie ist nicht die Frau, die wegen ein paar Wehwehchen hysterisch wird. Sie hatte sich immer unter Kontrolle. Sogar nachdem sie das Baby verloren hatte, raffte sie sich auf und lebte ihr Leben weiter.«
»Fandest du das nicht ein bißchen seltsam?«
Die Frage kam völlig überraschend für Joanne. »Was meinst du damit?«
»Eine Frau versucht sieben Jahre lang ein Baby zu bekommen, und endlich, mit vierzig, wird sie schwanger. Sie erfährt, daß das Kind ein Mädchen ist, sucht sofort – und gegen den lauten

Protest ihrer Mutter, wenn ich das hinzufügen darf – den Namen Jaclyn aus, verliert dann das Baby und macht sofort weiter mit ihrem Leben, so als ob nichts passiert wäre. Vergießt nicht *eine* Träne. Mein Gott, Joanne, *ich* habe geweint!«
»Eve war nie ein Mensch, der seine Gefühle in der Öffentlichkeit zeigt.«
»Ich bin nicht die Öffentlichkeit – ich bin ihr Mann!« Brian merkte, daß er lauter geworden war, holte ganz tief Luft und sah zur Treppe hin. »Es sind da noch andere Sachen.«
»Zum Beispiel?«
»Jede für sich betrachtet bedeutet nicht sehr viel«, gab er zu, »aber wenn man sie alle zusammen bedenkt... es ist ein bißchen so, wie wenn man ein Verbrechen aufdeckt.«
»Es ist kein Verbrechen, krank zu sein.«
»Ich sage ja nicht, daß es ein Verbrechen ist.«
»Und warum hilfst du ihr dann nicht?«
»Ich versuche es ja. Aber sie nimmt die Art von Hilfe, die ich ihr geben will, nicht an.«
»Was für eine Art von Hilfe ist das?«
»Ich will, daß sie zu einem Psychiater geht.«
»Warum? Weil ein Arzt gemeint hat, ihre Probleme seien psychosomatisch?«
»Nicht nur *ein* Arzt! Joanne, bitte, laß mich ausreden. Du bist vielleicht die einzige, die sie dazu überreden kann, sich so helfen zu lassen, wie sie es braucht. Du bist die einzige, auf die sie hört.« Er machte eine Pause, als ob er erwartete, daß Joanne jetzt etwas sagte, aber sie schwieg, wartete nur darauf, daß er fortfuhr. »Wie ich schon sagte«, begann er wieder, »es ist eine ganze Reihe von Sachen.«
»Was denn zum Beispiel?«
»Zum Beispiel, immer wenn wir ins Theater gehen, will sie unbedingt einen Außensitz.«
»Was!« Joanne konnte es nicht glauben. Was redete dieser Mann da? »Was ist denn daran so schlimm? Viele Leute sitzen lieber außen.«

»Aber weigern sie sich, ins Theater zu gehen, wenn sie nicht am Rand sitzen können?« Er machte eine Pause. »Verlassen sie das Kino, nachdem sie sich eine Stunde lang vor der Kasse angestellt hatten, bloß weil sie nicht den Sitz bekommen, den sie wollen? Sie benutzt nie einen Aufzug«, erzählte er im gleichen Atemzug, als ob er Angst hätte, Joanne könnte ihn wieder unterbrechen. »Sie steigt lieber zwanzig Treppen hinauf und hinunter, als einen gottverdammten Aufzug zu betreten.« Joanne wollte etwas einwenden. »Und sag jetzt nicht, viele Leute hätten Aufzugphobien. Das weiß ich. Ich selbst bin auch nicht verrückt nach Aufzügen. Aber das bedeutet nicht, daß ich keine Abendeinladungen annehme, wenn die Leute in einem Hochhaus wohnen, oder daß ich nirgendwohin gehe, wo ein Aufzug nicht gemieden werden kann.«
»Ich bin mir sicher, daß Eve sich von solchen Dingen nicht abhalten lassen würde.«
»Du lebst nicht mit ihr, Joanne. Ich weiß genau, von was ›diese Dinge‹ sie abgehalten haben. Wir gehen kaum noch irgendwohin! Mit den Jahren ist es immer schlimmer geworden. Wann, kannst du dich erinnern, sind Eve und ich das letztemal in Urlaub gefahren?«
»Dafür darfst du nicht Eve die Schuld geben. Du bist doch derjenige, der andauernd zu arbeiten hat.«
»Hat sie dir das gesagt?« Er stand auf und fuhr sich mit seiner riesigen Hand durch das lockige, braune Haar, das seit kurzem immer mehr von Grau durchsetzt war. »Schau mal, es ist wahr, ich arbeite schwer, und ich arbeite viel. Warum auch nicht? Um ganz ehrlich zu sein, in letzter Zeit gibt es nicht mehr sehr viel, um dessentwillen ich gerne heimkomme.« Er schwieg und sah auf den Tisch hinunter. Joanne war überrascht, wie verletzlich dieser massige, zähe Mann jetzt wirkte. Die Formulierung seiner nächsten Worte mußte er sich abringen, und noch schmerzlicher schien es für ihn zu sein, sie auszusprechen. »Eve liebt mich nicht«, sagte er langsam, als ob er diese Tatsache zum er-

stenmal sich selbst gegenüber zugäbe. »Wenn ich ganz ehrlich mit mir bin, dann muß ich sagen, ich glaube nicht, daß sie mich jemals geliebt hat. Ich glaube, sie hat mich geheiratet, weil sie wußte, daß es ihre Mutter zur Weißglut bringen würde, wenn du wirklich wissen willst, was ich glaube«, fuhr er, jetzt sehr aufgeregt, fort. »Aber das ist nicht das Problem. Das Problem ist, daß wir keine Beziehung miteinander haben, die diesen Namen verdient. Was Eve betrifft, so hat sie vor sieben Jahren einen wahnsinnigen Fehler gemacht, und jetzt will sie mit mir und meiner Welt sowenig wie möglich zu tun haben.«
»Brian, das kann doch nicht wahr sein! Sie hat, um Gottes willen, ein Kind von dir erwartet!«
»Um ihrer Mutter willen, meinst du!« Er hob in einer abwehrenden Geste die Hände in die Höhe. »Okay, okay, vielleicht übertreibe ich jetzt ein bißchen, vielleicht irre ich mich, vielleicht liebt sie mich doch...«
»Ich bin ganz sicher, daß sie dich liebt. Sie redet immer von dir. Sie ist sehr stolz auf dich, ganz bestimmt.«
»Woher weißt du das? Was sagt sie denn so?«
Joanne versuchte verzweifelt, sich an irgend etwas Positives zu erinnern, das Eve jemals über Brian gesagt hatte. Sie starrte in Brians so erstaunlich freundliches Gesicht. (»Sein Gesicht ist noch nicht das Beste an ihm, das kannst du mir glauben«, hörte sie Eve sagen.) »Na ja, natürlich hat sie nie irgendwelche Details erzählt«, stotterte sie ziemlich verlegen, »aber ich weiß, daß sie... deine Arbeit sehr interessant findet«, sagte sie schließlich, unfähig, Eves und Brians Intimsphäre anzusprechen.
»Meine Arbeit?« höhnte Brian. »Eve liebt Blut und Eingeweide! Das meiste an meiner Arbeit ist stinklangweilig. Meine Arbeit ist ihr scheißegal! Was hat sie dir über unser Sexleben erzählt?« fragte er, als ob er ihre Gedanken gelesen hätte.
»Nun, daß es um einiges mehr als bloß befriedigend ist«, antwortete Joanne leise und fügte rasch hinzu: »Geradezu super.«

»Unser Sexleben existiert überhaupt nicht!« stieß er hervor.
»Na ja, seit der Fehlgeburt ist sie wohl...«
»Mit der Fehlgeburt hat das nichts zu tun. Wir haben schon seit Jahren kein Sexleben mehr!« Er ließ sich schlapp auf einen Stuhl fallen. Beide schwiegen lange. »Du, ich habe keine Ahnung, wie und weshalb ich auf all das zu sprechen gekommen bin. Aber wie ich schon sagte, das ist nicht das Problem.« Er lachte bitter. »Mein Leben ist das Problem.« Joanne spürte, wie ihre Augen sich mit Tränen füllten. Zum erstenmal, seit er zu sprechen begonnen hatte, wußte sie ganz genau, was er meinte. (»Ich meine... ich weiß, es ist dein Leben«, hatte ihre Schwägerin gesagt, »aber versuch doch, alles nicht zu ernst zu nehmen.«)
»Ich habe dir ja erzählt, daß Eve und ich schon seit Jahren nicht mehr gemeinsam in Urlaub gefahren sind. Und nicht etwa, weil ich zuviel zu tun habe. Weil sie nicht fliegen will.«
»Viele Leute fliegen ungern«, beharrte Joanne stur.
»Sie fliegen ungern, aber sie fliegen! Ich habe nur zwei Wochen Urlaub im Jahr, Joanne. Ich habe nicht die Zeit, mit dem Schiff nach Europa zu fahren. Aber gut, geschenkt, lassen wir das mit dem Fliegen beiseite, aber es ist so, daß selbst, wenn ich vorschlage, irgendwohin mit dem Auto zu fahren, nach Boston meinetwegen oder nach Toronto, völlig egal, wohin, die Antwort nein lautet. Und willst du wissen, warum?« Joanne war sich ganz sicher, daß sie es nicht wissen wollte, und wußte gleichzeitig, daß er es ihr auf jeden Fall erzählen würde. »Weil sie nicht von ihrer Mutter weg will!«
»Was? Brian, das ist doch lächerlich! Eve hält es kaum mehr als zwei Minuten aus, in einem Zimmer mit ihrer Mutter zu sein.«
»Ich weiß. Ich weiß aber auch, daß sie sich aus irgendeinem Grund verantwortlich für sie fühlt und sie nicht alleine lassen will. Es ist eine sehr komplizierte Beziehung. Schuldgefühle spielen da eine große Rolle. Ach was, ich bin Polizist und nicht

Psychiater. Aber ich sage dir, in Eves Kopf spielt sich ganz schön viel ab, von dem wir keine Ahnung haben, und ihre Mutter hat ziemlich viel damit zu tun.«
»Okay«, sagte Joanne in dem Versuch, wieder einen klaren Gedanken zu fassen. »Vielleicht hat Eve Probleme. Ich gebe zu, ich war mir nicht darüber im klaren, wie stark einige ihrer Phobien sind, aber ich glaube immer noch nicht, daß die Schmerzen, die sie hat...«
»Ich habe mit allen diesen Ärzten gesprochen, mit einigen sogar mehrmals. Alle sagen dasselbe – daß physisch alles in Ordnung ist mit Eve, daß die Tests nichts Außergewöhnliches zeigen. Joanne, niemand erkrankt zur gleichen Zeit überall am Körper. Eve hat überall Schmerzen. Geht man mit ihr zu einem Arzt, sind es Schmerzen in der Brust. Geht man zu einem anderen, sind sie plötzlich im Unterleib. Ihr Magen funktioniert nicht richtig, sagt sie, sie nimmt ab, ihre Temperatur zu. Dabei ist die Rede von einem halben Pfund, einem halben Grad! Ich habe die verdammte Waage weggeworfen, sie hat eine neue gekauft. Ich sage ihr, sie soll endlich aufhören, andauernd Fieber zu messen, sie stiert mich bloß an. Sie ist wie besessen.«
»Sie hat Schmerzen!«
»Das bezweifle ich nicht. Glaub mir, ich bezweifle das nicht eine Sekunde lang. Was soll ich sagen?« Hilflos sah er im Zimmer umher. »Ich habe mit der Polizeipsychiaterin gesprochen. Ich habe sie gefragt, was sie darüber denkt.«
»Und?«
»Sie meinte, das Ganze sei ziemlich typisch für eine Post-partum-Depression, hervorgerufen durch die Fehlgeburt, das gleiche, was die Ärzte gefolgert haben. Sie sagte, ich soll mich nicht beeinflussen lassen und Eves Krankheit nicht durch mein Beunruhigtsein noch verstärken, sondern ich soll Eve sehr dazu raten, sich mal mit jemandem, der das gelernt hat, zu unterhalten, aber sie will natürlich nichts davon wissen. Sie sagt, sie weiß genug über Psychiater, um nichts mit ihnen zu tun haben

zu wollen. Sie sagt, sie muß sich doch nicht verteidigen oder bei mir entschuldigen, weil sie Schmerzen hat. Sie ist wütend auf mich, weil ich es gewagt habe, ihr vorzuschlagen, zu einem Psychiater zu gehen. Aber, Joanne, ist das denn so falsch? Seit fast zwei Monaten geht das nun schon so. Sie hat bereits die Hälfte aller Spezialisten New Yorks aufgesucht, und bei der anderen Hälfte ist sie schon angemeldet! Zu allen diesen Ärzten geht sie, warum nicht auch zu einem Psychiater? Ich meine, selbst wenn ich mich irre und es ist tatsächlich etwas Körperliches, das bei allen Untersuchungen übersehen wurde, was wäre so schlimm daran, sich mit jemandem darüber zu unterhalten und zu lernen, wie man damit fertig wird? Wenn du entsetzliche Schmerzen hättest, würdest du dann nicht alles tun, sie loszuwerden, auch wenn das heißt, daß du mit einem Klapsdoktor sprechen mußt?« Joanne starrte in seine Augen, sagte jedoch nichts. »Tut mir leid. Ich wollte nicht den ganzen Schutt auf dir abladen.«
»Eve ist meine beste Freundin. Ich möchte ihr helfen, wenn ich kann.«
»Dann überzeuge sie davon, daß sie zum Psychiater muß«, bat Brian. »Entschuldige, jetzt mache ich es schon wieder. Das kommt wahrscheinlich vom Polizeitraining. Es tut mir leid. Offenbar hast du selbst genug Sorgen zur Zeit. Was war das mit den Anrufen, die du bekommst?«
Der plötzliche Themenwechsel war zu schnell für Joanne. »Was?«
»Bevor Eve ihren Anfall bekam, hast du irgend etwas davon gesagt, daß du dich mit dem Alarmsystem sicherer fühlst – wegen der Anrufe.«
»Ja«, stimmte Joanne zu. Ihr Adrenalinspiegel stieg, wie verrückt versuchte sie, ihre Gedanken auf dieses Thema zu konzentrieren. »Ich bekomme seit einiger Zeit diese Drohanrufe. Hat Eve dir nichts davon erzählt?« fragte sie und sah, wie er langsam den Kopf schüttelte. »Na ja, vielleicht hat sie gesagt, es waren obszöne Anrufe.«

»Sie hat nie irgend etwas über irgendwelche Anrufe gesagt.«
»Bist du sicher?« Joanne wurde plötzlich leicht übel. »Sie versprach mir, dir davon zu erzählen, und sagte mir dann, sie hätte es getan.«
»Das einzige, worüber Eve und ich in den letzten Monaten geredet haben, waren ihre diversen Wehwehchen. Was für Drohanrufe sind das denn?«
Joanne erzählte ihm von den Anrufen, den Drohungen mitten in der Nacht, dem Stück Zeitung an der Windschutzscheibe, davon, daß sie ihre Telefonnummer hatte ändern lassen und trotzdem weiterhin diese Anrufe erhielt. »Und das alles hat Eve nie erwähnt?« fragte sie noch einmal, obwohl sie die Antwort schon kannte.
Er schüttelte den Kopf. »Möchtest du einen Drink?« Er ging zum Barschrank.
»Nein, danke.« Sie sah, daß er ziemlich viel Brandy in den Cognacschwenker goß. »Paul glaubt, ich übertreibe«, sagte sie. »Eve auch«, fügte sie hinzu. »Wahrscheinlich hat sie deshalb nichts gesagt.«
Brian lachte laut auf und nippte hastig an seinem Brandy. »Eve ist ja genau die Richtige, wenn es darum geht, andere Leute der Hysterie zu bezichtigen.« Er nahm noch einen, jetzt etwas größeren Schluck. »Aber wahrscheinlich hat sie insofern recht, als du dich nicht zu beunruhigen brauchst. Verrückte wie der Vorstadtwürger locken alle anderen Irren hinter dem Ofen hervor. Es müssen schon an die tausend Typen bei uns erschienen sein und die Morde gestanden haben.« Er stürzte den restlichen Brandy hinunter. »Und ich könnte gar nicht erst damit anfangen, die Frauen zu zählen, die uns solche Anrufe, wie du sie erhältst, gemeldet haben, obwohl...«
»Obwohl was?«
»Hast du noch dieses Stück Zeitung, das an deinem Wagen befestigt war?« Joanne schüttelte den Kopf. Sie hatte es schon lange weggeworfen. Brian zuckte die Achseln. »Wahrschein-

lich hätte es uns sowieso nicht weitergebracht.« Er griff nach der Brandyflasche, ließ sie aber sofort wieder los. »Ich bin ganz sicher, daß du dir keine Sorgen zu machen brauchst, Joanne«, versicherte er ihr schnell noch einmal, nachdem er den Anflug von Besorgnis in ihrem Blick gesehen hatte. »Es ist wahrscheinlich ein alberner Mensch, der andere Leute am Telefon erschrecken will, und leider sind uns die Hände gebunden, wie dir die Polizei ja bereits mitgeteilt hat. Der beste Rat, den ich dir geben kann, ist das, was Eve dir schon gesagt hat – sei ganz besonders vorsichtig, laß dir noch mal eine neue Nummer geben, und in der Zwischenzeit leg einfach auf, wenn er anruft.«
»Ich bin mir ja nicht einmal sicher, ob es ein Mann ist«, hörte Joanne sich fast reflexartig erwidern. Sie fragte sich, warum sie sich die Mühe dieser Erwiderung überhaupt machte.
Brian betrachtete sie mit unterschwelligem und doch unmißverständlichem Interesse. »Wieso?«
»Es ist irgend etwas an der Stimme. Weder Mann noch Frau. Aber«, fügte sie hinzu und versuchte zu lachen, weil sie selbst noch nicht genau wußte, worauf sie hinaus wollte, »der Vorstadtwürger kann ja wohl kaum eine Frau sein.«
»Weißt du da etwas, was wir noch nicht wissen?« fragte er.
Joanne war sich nicht sicher, ob er es ernst meinte oder nicht. »Ich verstehe nicht ganz«, stotterte sie. »Ich habe gelesen, daß die Opfer des Vorstadtwürgers vergewaltigt wurden.«
»Du hast gelesen, daß sie sexuell mißbraucht wurden. Das ist ein Unterschied.«
»Ich verstehe nicht ganz«, wiederholte Joanne.
»Ich fürchte, detaillierter kann ich es dir nicht erklären.«
»Soll das heißen, daß der Killer eine Frau sein könnte?«
»Das ist sicherlich eine sehr unwahrscheinliche Möglichkeit; sie müßte außergewöhnlich stark sein. Aber viele Frauen betreiben heutzutage Bodybuilding und Gewichtheben. Wer weiß? Möglich ist alles. Außerdem, von wem auch immer du diese Anrufe bekommst, er oder sie muß ja nicht unbedingt der

Killer sein. Wahrscheinlich ist es jemand, der nicht ganz richtig im Kopf ist und jetzt ausflippt, und das könnte sehr gut eine Frau sein.«
»Eve sagt, Frauen belästigen andere Frauen nicht mit obszönen Anrufen.«
»Eve sagt viel«, erwiderte Brian etwas geheimnisvoll. Er näherte sich ihr von hinten und schlang seine Arme um ihre Schultern – eine tröstlich gemeinte Geste. »Mach dir keine Sorgen. Ich spreche mit meinem Lieutenant darüber, mal sehen, ob wir nicht jemanden bekommen können, der in regelmäßigen Abständen an deinem Haus vorbeifährt. Und natürlich werde auch ich meine Augen offenhalten.«
»Danke«, sagte Joanne. Sie fühlte, daß es Zeit war, heimzugehen, aber sie genoß die Sicherheit, die diese sie umschlingenden Männerarme ausstrahlten. Sie tätschelte Brians behaarte Handrücken. »Dafür wäre ich dir sehr dankbar.«
»Sei vorsichtig«, riet er ihr einige Sekunden später, als er sie zur Haustür brachte.
»Sag Eve, daß das Essen hervorragend war und daß ich sie morgen anrufe.«
»Mach' ich«, sagte er und sah ihr dann nach, wie sie die Abkürzung über seinen Rasen hinüber zu ihrem nahm und die Stufen ihres Hauses hinauflief.
Sie winkte ihm zu und suchte mit der anderen Hand in ihrer Tasche nach den Schlüsseln. »Wo sind sie bloß?« murmelte sie. »Verdammt, ich muß sie bei Eve liegengelassen haben.« Sie blickte zurück, dorthin, wo Brian gerade noch gestanden hatte, aber er war schon ins Haus zurückgegangen und hatte die Tür geschlossen. Sie überlegte, ob sie zurücklaufen sollte. »Ach was, ich hole sie morgen«, beschloß sie, drückte auf den Knopf der Türklingel und wartete. Dabei suchte sie mit den Blicken sorgfältig die dunkle Straße ab. »Ein Auge wird er auf das Haus werfen«, murmelte sie und sah zu Eves Haus hinüber. Am Fenster des kleineren Schlafzimmers, das nach vorne lag, hatte sich

ganz kurz etwas bewegt. »Los, Lulu, wo bist du denn?« Noch einmal drückte sie auf den Klingelknopf. Sie hörte das Läuten. Plötzlich ertönte eine laute Stimme aus der Dunkelheit heraus. »Wer ist da?« brummte die Stimme. Joanne fühlte, wie sich ihre Nackenmuskeln schmerzhaft verhärteten, während sie vor Angst erschauderte. »Mein Gott!« schrie sie. Es war Lulus Stimme, und sie kam aus dem kleinen Kasten neben der Türklingel – Teil der neuen Sprechanlage, die erst vor kurzem eingebaut worden war.
»Ich bin's, Mommy«, antwortete sie. Ihr Herz schlug wie wild.
»Wo ist denn dein Schlüssel?« fragte das Kind, während es die Tür öffnete und zurücktrat, den Blick dabei beständig gesenkt.
Joanne mußte sie nur ansehen, um zu wissen, daß irgend etwas nicht stimmte.

16

»Was ist los?« fragte Joanne sofort.
Lulu schüttelte den Kopf und wandte sich ab. »Nichts«, murmelte sie.
Joanne streckte den Arm aus und faßte ihre Tochter an der Schulter. Langsam drehte sie das unwillige Mädchen herum und hob mit sanften Fingern sein Kinn. »Sag schon!« Lulu trat von einem Bein aufs andere, sah hin und her und vermied den durchdringenden Blick ihrer Mutter. »Was ist denn, Lulu? Was ist passiert?« Ganz kurz trafen sich ihre Blicke, bis Lulus Augen sich wieder auf die Wände richteten. Sie öffnete den Mund, als ob sie gleich zu sprechen beginnen würde, schwieg aber. »Hat jemand angerufen?« fragte Joanne und hielt den Atem an.
»Nein«, sagte Lulu, offensichtlich überrascht von der Frage.

»Wer soll schon anrufen?« Wieder begann ihr Körper sich rhythmisch vor und zurück zu wiegen.
»Lulu, irgend etwas stimmt nicht. Das habe ich in dem Moment gemerkt, als ich zur Tür hereinkam. Hast du dich wieder mit Robin gestritten, bevor sie ausging?« Lulu schüttelte heftig den Kopf. Zu heftig, dachte Joanne. »Was ist denn passiert, Lulu?« fragte sie geduldig. Langsam klang ihre Angst ab.
»Das möchte ich dir nicht sagen.«
»Das sehe ich. Ich sehe auch, daß es etwas mit Robin zu tun hat.« Lulu hob den Kopf, öffnete den Mund, um zu protestieren, senkte den Kopf jedoch rasch wieder und schwieg. »Hat sie etwas gesagt, was dich verletzt hat?« Lulu schüttelte den Kopf.
»Hat das, was geschehen ist, mit Scott Peterson zu tun?«
»Nein«, antwortete Lulu eine Spur zu unerbittlich. »Ja«, flüsterte sie.
»Hat er... hat er etwas getan, was dich durcheinandergebracht hat?« fragte Joanne sanft. Sie sah, daß Lulus Augen sich mit Tränen füllten. »Lulu, hat er dich auf eine Art berührt, die dir unangenehm war?« Lulu starrte zu Boden und wischte sich mit der rechten Hand eine Träne weg, die herabgekullert war.
»Lulu, rede endlich.«
»Er hat mich nicht angerührt!« schrie Lulu. Sie drehte sich um und rannte die Treppe zu ihrem Zimmer hinauf.
Joanne stand in der Diele und versuchte eine Entscheidung zu treffen: Sie konnte ihrer Tochter folgen und sie weiter mit Fragen löchern, bis sie eine befriedigende Antwort erhielt. Sie konnte warten und Robin mit der Sache konfrontieren, wenn diese nach Hause kam. Sie konnte aber auch zu Bett gehen und gar nichts tun – was sie, wenn sie ehrlich war, am liebsten getan hätte – und hoffen, daß sich das Problem von selbst erledigen werde. Irgendwie findet sich alles, versuchte sie sich einzureden und wandte sich zur Treppe.
Lulu stand oben am Treppenabsatz. »Robin und Scott haben Marihuana geraucht«, sagte sie leise.

Joanne fühlte ihren Körper taub werden. »Was?«
Lulu schwieg. Sie wußte, daß ihre Mutter ihre Worte sehr wohl verstanden hatte.
»Bitte nicht das«, flüsterte Joanne, mehr zu sich selbst als zu ihrer Tochter. Sie ging zur Treppe und ließ sich auf die unterste Stufe sinken. Sie fühlte, wie Lulu von hinten herankam und ihr beschützend einen Arm um die Schulter legte, während sie sich eine Stufe höher hinsetzte. »Was ist passiert?« fragte Joanne. Sie wollte die Antwort am liebsten gar nicht hören.
»Scott kam, um sie abzuholen, ein paar Minuten nachdem du gegangen warst. Robin machte sich noch zurecht. Scott sagte, er gehe mal rauf und sage ihr, daß sie sich beeilen soll. Er ging in ihr Zimmer, und ich versuchte zu lernen, aber sie waren so laut, Robin hat wie verrückt gekichert. Du kennst ja dieses Wiehern, wenn sie richtig lacht. Jedenfalls bin ich reingegangen und habe gesagt, sie sollen bitte leiser sein. Zuerst habe ich geklopft, aber sie hörten mich nicht. Da habe ich die Tür aufgemacht, und da saßen sie am Boden, neben dem Bett... und haben sich den Joint gereicht.«
»*Was* haben sie gemacht?«
»Du weißt schon, sich eine Marihuanazigarette gereicht.« Lulu preßte ihr Kinn in Joannes Schulter, daß es weh tat.
»Woher weißt du, wie man das nennt?«
»Mom«, rief Lulu erbittert, »das weiß doch jeder.«
Joanne setzte sich anders hin, um dem bohrenden Kinn ihrer Tochter zu entkommen, aber auch, um das Gesicht des Kindes zu sehen. »Und was geschah dann? Nachdem sie dich gesehen hatten?«
»Sie haben mir angeboten, einmal zu ziehen.«
»Sie haben dir angeboten, einmal zu ziehen«, wiederholte Joanne. Der Ausdruck war ihr fast ebenso zuwider wie die Sache selbst. »Das war ja überaus aufmerksam von ihnen.«
»Robin sah ziemlich ängstlich aus. Ich glaube, sie hatte Angst,

daß ich es dir erzähle, und sie dachte, wenn ich mitrauche, würde ich nichts sagen.«
»Robin ist ein cleveres Mädchen«, stimmte Joanne ihr zu. »Wenn sie nur in der Schule auch so clever wäre!«
Langsam wurde alles offensichtlich: Robins schulische Leistungen, ihre veränderte Einstellung, die schlechten Noten, das häufige Schwänzen. Die klassischen Anzeichen für Drogenmißbrauch, wie sie Joanne immer wieder im Radio zu hören bekam und von verschiedenen Freunden und Bekannten, wenn sie von ihren Kindern im Teenageralter sprachen. Nicht meine, hatte Joanne sich stets gedacht und die Warnungen nicht beachtet. Kinder perfekter Mütter rauchten nie Marihuana oder taten irgend etwas anderes, was sie nicht tun sollten. Wie konnte ich nur so selbstgefällig sein? Wo bin ich mein ganzes Leben hindurch überhaupt gewesen, verdammt noch mal?«
»Was ist denn, Mom?«
»Was?«
»Du zitterst am ganzen Körper.«
»Was ist dann passiert?« fragte Joanne.
»Nichts. Ich sagte nein, ich will nicht rauchen, dann ging ich zurück in mein Zimmer. Ein paar Minuten später kam Robin rein und sagte, ich soll dir nichts erzählen, es würde dich nur beunruhigen und daß du schon genug Sorgen hast, seit Dad weg ist.«
»Wie rücksichtsvoll sie ist!«
»Deshalb war ich so durcheinander. Ich wußte nicht, was ich tun sollte.«
»Du hast das Richtige getan«, versicherte ihr Joanne und strich eine Haarsträhne aus Lulus tränenverschmiertem Gesicht.
»Was machst du jetzt?« fragte das Kind schüchtern.
»Ich bin mir noch nicht sicher. Ich muß mit deinem Vater darüber sprechen.« Sie sah auf ihre Uhr. Es war fast elf. Zu spät, um ihn noch anzurufen? »Geh schlafen, Schatz. Es ist spät.«
»Ich muß noch lernen.«

»Du kannst morgen früh lernen. Geh schon, in ein paar Minuten komme ich rauf und decke dich zu.« Sie küßte ihre Tochter auf die Wange, die von den Tränen ein bißchen klebrig war, und sah ihr nach, wie sie die Stufen hinauflief. Versuch doch, es nicht zu ernst zu nehmen, ermahnte sie sich in Gedanken selbst, stand auf und bemühte sich, irgendeine Entscheidung zu treffen. »Denk dran, es ist nur dein Leben«, sagte sie laut. Eine Stunde später stand sie noch immer an derselben Stelle.

»Gute Nacht, Süße«, flüsterte sie, während sie sich hinabbeugte, um die Wange ihrer Tochter zu küssen, obwohl Lulu schon schlief. Auf Zehenspitzen ging Joanne von Lulus Zimmer über den Gang zu ihrem eigenen, zog sich aus und schleuderte die Kleidungsstücke wütend auf den Teppich. Erst in einer Stunde würde Robin nach Hause kommen. Sie hatte also sechzig Minuten, um zu überlegen, was sie sagen oder tun wollte. Sie dachte daran, ein Bad zu nehmen, um von dem heißen Wasser ihre Ängste wegschwemmen zu lassen, entschied sich dann aber dagegen. Sie suchte in ihrer Kommode nach einem T-Shirt, nahm eines heraus, zog es an und ging ins Bad. Sie wollte sich die Zähne putzen, einen Morgenmantel überwerfen – wann hatte sie begonnen, im Bett T-Shirts zu tragen? – und ganz ruhig unten warten, bis Scott Robin heimbrachte. Aber zuerst würde sie Paul anrufen, beschloß sie und drückte die widerspenstige Zahncreme aus der fast leeren Tube. Sie drückte zu fest, so daß die Paste die Borsten der Zahnbürste verfehlte und in die Mitte des sauberen weißen Waschbeckens plumpste. Joanne starrte auf den großen blauen Batzen, machte aber keine Anstalten, ihn wegzuwischen. »Also werden die Zähne eben nicht geputzt«, sagte sie trotzig und verließ das Badezimmer.
Sie saß zehn Minuten auf dem Bett, die Hand auf dem Telefon. Würde sie Paul aufwecken? Würde er überhaupt zu Hause sein? Würde er ungeduldig sein und ihr sagen, genau das sei es,

was er meine, wenn er sage, sie solle selbst Entscheidungen treffen und ihn nicht wegen jedes kleinen Problems anrufen? Konnte man das ein kleines Problem nennen? Würde er wütend auf sie sein, weil sie ihn störte? Joanne nahm den Hörer ab und wählte Pauls Nummer. Soll er wütend sein, dachte sie, während sie dem Summton lauschte. Es summte nur einmal, dann nahm er den Hörer ab, als ob er neben dem Apparat gesessen und ihren Anruf erwartet hätte.
»Hallo?« meldete sich eine fremde Stime. Die Stimme einer Frau.
Einen Moment lang schwieg Joanne, überzeugt, die falsche Nummer gewählt zu haben. Sie wollte gerade auflegen, da sprach die unbekannte Stimme weiter. »Wollten Sie mit Paul sprechen?« fragte sie freundlich.
Joanne wurde es kotzübel. »Ist er da?« hörte sie sich fragen.
»Na ja, *da* ist er«, kicherte das Mädchen, »aber im Augenblick kann er nicht ans Telefon kommen. Darf ich etwas ausrichten?«
»Sind Sie Judy?« hörte Joanne ihre ebenso fremd klingende Stimme nach einer scheinbar sehr, sehr langen Pause fragen.
»Ja.« Die Stimme klang hocherfreut, erkannt worden zu sein. »Wer ist denn da?«
Joanne ließ den Hörer an ihrem Hals entlanggleiten und sanft auf die Gabel fallen. »Nein!« schrie sie plötzlich, nahm Pauls Kissen vom Bett und warf es durch das ganze Zimmer, bevor sie auf die Knie fiel, ihren Körper hin und her warf und ihr heftiges Schluchzen zwischen ihren nackten Schenkeln begrub.
Das Telefon klingelte.
Sofort sprang Joanne auf. Das war Paul. Judy hatte ihm von dem seltsamen Anruf berichtet, und er hatte den Schluß gezogen, daß nur sie es gewesen sein konnte. Er würde sauer sein. Na und, dann ist er eben sauer! dachte sie und nahm den Hörer ans Ohr. Sie selbst war auch ziemlich sauer.
»Mrs. Hunter«, neckte sie die Stimme ölig, »Sie waren ja ein

ganz böses Mädchen, nicht wahr, Mrs. Hunter? Mit dem Mann ihrer besten Freundin rummachen.« Die Worte versetzten Joanne in eine sofortige Lähmung, so unerwartet war die krächzende Stimme gekommen. Er wußte, wo sie gewesen war! Er beobachtete sie! »Sie müssen bestraft werden, Mrs. Hunter«, fuhr die Stimme frohlockend fort. »Ich werde Sie bestrafen müssen.« Es folgte eine lange, frösteln machende Pause.
»O Gott«, stöhnte Joanne.
»Beginnen werde ich damit, daß ich Ihren Slip herunterziehe und Sie verhaue...«
»Fahren Sie zur Hölle!« kreischte Joanne und ließ den Hörer so hart auf die Gabel krachen, daß er wie eine Schlange wieder zu ihr hochsprang. Sie mußte ihn ein zweites Mal draufwerfen.
»Mom?« fragte eine ängstliche Stimme. Joanne drehte sich ruckartig um und sah ihre jüngere Tochter in der Tür stehen. Lulu starrte sie mit weit aufgerissenen Augen an. »Was ist denn los? Was machst du denn da?«
»Ich habe einen obszönen Anruf bekommen«, antwortete Joanne hastig. Ihre Stimme klang heiser, ihr Atem ging schnell. »Hast du nicht das Telefon klingeln hören?« fragte sie. Auf Lulus Gesicht erschien ein Ausdruck des Erstaunens.
Sie schüttelte den Kopf. »Ich habe nur dein Schreien gehört.« Eine Minute lang blieb Joanne auf dem Boden sitzen und verdaute diesen Satz. Dann stemmte sie sich hoch.
»Entschuldige, ich wollte dich nicht aufwecken.« Joanne begleitete ihre schlaftrunkene, verwunderte Tochter in ihr Zimmer zurück. »Geh wieder schlafen, meine Süße. Es tut mir leid, daß ich dich aufgeweckt habe.«
»Ist Robin schon heimgekommen?«
»Nein, noch nicht.«
»Zuerst habe ich gedacht, du schreist sie an«, erklärte Lulu, die, sobald ihr Kopf auf das Kissen gesunken war, ihre Augen geschlossen hatte. »Es ist so komisch, wenn man dich schreien hört«, flüsterte sie.

Joanne ging in ihr Schlafzimmer zurück, warf sich einen Bademantel über das T-Shirt und stieg langsam und schwerfällig die Treppe hinab, um unten auf die Rückkehr ihrer älteren Tochter zu warten.

»Sag ihm, er soll reinkommen«, bat Joanne mit ruhiger Stimme, als Robin gerade die Haustür schließen wollte.
»Du kommst wohl besser mit rein«, hörte sie Robin dem jungen Mann hinter ihr zuflüstern.
Scott Peterson schlürfte ins Haus und lächelte Joanne unschuldig zu.
»Schließen Sie die Tür«, sagte Joanne zu ihm. Sie hörte Robin tief Luft holen. »Vielleicht gehen wir besser ins Wohnzimmer«, schlug sie vor, und widerwillig folgte ihr das schweigende Paar dorthin. Joanne knipste das Licht an. »Ihr könnt euch hinsetzen, wenn ihr wollt«, sagte sie mit einer entsprechenden Handbewegung, aber keiner der beiden rührte sich von der Stelle. »Ich glaube, ihr beide wißt, um was es hier geht.«
»Ach, die kleine Petze«, höhnte Robin sofort, gerade laut genug, daß man es klar verstehen konnte.
»Fang ja nicht an, Lulu die Schuld zu geben«, warnte Joanne.
»Es war doch gar nichts...« protestierte Robin.
»Und sag mir nicht, es war doch gar nichts!« erwiderte ihre Mutter mit lauter werdender Stimme. Was sollte sie als nächstes sagen? Sie räusperte sich. Warum war Paul nicht hier, um ihr zu helfen? »Ich will nicht mit dir diskutieren«, sagte sie, wieder ruhig. »Von meiner Seite aus gibt es hier nichts zu diskutieren, ich glaube, ich habe ein ziemlich klares Bild davon, was vorgefallen ist. Du kannst mir widersprechen, wenn irgend etwas an dem, was ich sage, im wesentlichen falsch ist.« Das klang fair, fand sie und blickte von ihrer Tochter zu Scott Peterson, dessen Augen Löcher in sie zu bohren schienen. Jetzt war sie nicht unsichtbar, dachte sie, und wünschte fast, sie wäre es.

»Lulu hat erzählt, daß ihr heute am frühen Abend in deinem Zimmer wart und einen... Joint geraucht habt und daß ihr ihr angeboten habt, mitzurauchen.« Sie gratulierte sich selbst: gut gemacht. Paul würde stolz darauf sein, wie sie die Situation meisterte. Sie sah ihn, wie er ihr in unsichtbarer Zustimmung von seinem Platz am anderen Ende des Zimmers aus zunickte.
»Sie hatte nichts in meinem Zimmer verloren!« widersprach Robin lautstark.
»Wie bitte?« rief Joanne, einen Augenblick lang erstaunt über den Klang ihrer eigenen Stimme. »Wie bitte?« wiederholte sie, wie um zu bekräftigen, daß es tatsächlich ihre Stimme war, und betrachtete das Bild ihres verblüfften Mannes, der sich in bester Anwaltsmanier erhob, um Einspruch einzulegen. Bleib ruhig, sagte er ihr. Niemand macht einen Punkt, wenn er wütend ist. »Du findest, sie hatte in deinem Zimmer nichts verloren?« wiederholte Joanne Robins Worte in furchteinflößendem Ton. Angriff ist die beste Verteidigung – die Tochter ihres Vaters, nun gut, dachte sie. Außer – wo steckte der Vater ihrer Tochter jetzt? Zu beschäftigt mit zwanzigjährigen Blondinen, um für kleine Probleme wie dieses zur Verfügung zu stehen. Pauls Bild lächelte schüchtern. Eine großbusige Blondine erschien neben ihm. »Du findest, sie hatte in deinem Zimmer nichts verloren?« Joannes Stimme wurde noch lauter.
»Du mußt nicht alles zweimal sagen. Wir sind nicht taub!«
»Ich sage alles so oft, wie es mir – verdammt noch mal – gefällt!« Joanne hörte jemanden schreien – bestimmt sie selbst! Furchtsam umschloß die Blondine Pauls Taille mit den Armen. »Und, mehr noch, du wirst mir so lange zuhören, bis ich – verdammt noch mal – fertig bin!«
»Mom!«
»Mrs. Hunter, es ist wirklich keine so wahnsinnig große Sache.«
»Halt den Mund!« schrie Joanne die unsichtbare Blondine an, aber es war Robins Freund, der einen Schritt zurück tat. »Hier

entscheide ich, was eine große Sache ist. Wie können Sie es wagen, Rauschgift in dieses Haus zu bringen!« Wie kannst du es wagen, diese Frau hierherzubringen! »Wie können Sie es wagen, meinen Kindern Rauschgift anzubieten!« Wie kann sie es wagen, sich vor das Wohlergehen unserer Kinder zu stellen!«
»Robin ist im Grunde kein Kind mehr, Mrs. Hunter. Niemand hat ihr irgend etwas aufgezwungen. Sie hätte es nicht nehmen müssen.«
»Nein«, sagte Joanne mit einer plötzlichen eisigen Ruhe und beobachtete, wie Paul beschützend seinen Arm um die Schulter der jungen Blondine legte, »und ich muß es nicht hinnehmen. Verschwinden Sie aus diesem Haus«, fuhr sie mit stetig lauter werdender Stimme fort, »und versuchen Sie nie mehr, meine Tochter wiederzusehen, denn wenn Sie es tun und ich es herausfinde – und ich werde es herausfinden, daß Sie sich da keiner Illusion hingeben –, dann lasse ich Sie verhaften, haben Sie mich verstanden?« Paul kehrte dieser Frage schlicht den Rücken. »Habe ich mich verständlich ausgedrückt?«
»Mom!«
»Dies ist keine leere Drohung«, sagte Joanne mit stahlharter Stimme, als sie ihren Mann und seine Freundin langsam verschwinden sah.
»Der Höllen größtes Schrecknis: eine Mutterhenne«, spöttelte Scott sarkastisch. Er hatte sich bereits zur Tür gewandt.
»Verschwinden Sie aus meinem Haus!« befahl Joanne. Am ganzen Körper zitterte sie vor mühsam unterdrückter Wut.
»Aber gerne«, sagte der Junge höhnisch und ging an ihr vorbei, wobei er mit seiner knochigen Schulter an ihre Schulter stieß. Er öffnete die Haustür und trat, ohne noch einmal zurückzublicken, auf die Straße hinaus.
»Was hast du angerichtet?« kreischte Robin. Joanne starrte sie schweigend an. Sie hatte nichts mehr zu sagen. »Du hattest kein Recht, so mit ihm zu sprechen!«
»Bitte, sag mir nicht, welche Rechte ich habe.«

»Jetzt wird er überall rumerzählen, daß ich ein kleines Kind bin.«
»Genau das bist du auch. Und obendrein kein sehr kluges. Was ist bloß los mit dir?« fragte Joanne. Sie fühlte, wie sich ihr Zorn in hilflose Tränen aufzulösen begann. »Wie konntest du nur so dumm sein?«
»Es ist allein Lulus Schuld!«
»Es ist allein *deine* Schuld.«
»Sie hätte es dir nicht zu sagen brauchen.«
»Wirklich? Hast du ihr denn eine Wahl gelassen? Du hättest doch nicht vor ihren Augen Marihuana rauchen müssen. Hast du es darauf angelegt, erwischt zu werden?«
Diesmal erwiderte Robin nichts. »Und was passiert jetzt?« fragte sie nach einer langen Pause.
Joanne zuckte die Achseln. »Ich werde mit deinem Vater sprechen müssen«, flüsterte sie, während sie sah, daß Judy wieder erschienen war und ihr vom Kamin aus zuwinkte.
»Was? Ich habe dich nicht verstanden.«
»Ich sagte, ich werde mit deinem Vater sprechen müssen!« schrie Joanne und verscheuchte das Bild.
»Ist ja gut, du mußt mir nicht gleich den Kopf abreißen. Ich hatte dich nicht gehört, das war alles.« Joanne legte ihre Stirn in die Hand, schloß die Augen, versuchte alle weiteren unerwünschten Visionen abzublocken. »Mußt du es Daddy erzählen?«
Joanne nickte.
»Warum mußt du?«
»Weil er dein Vater ist und ein Recht hat, es zu erfahren«, antwortete Joanne und senkte den Kopf.
»Welche Rechte hat er denn noch?« fragte Robin.
»Er ist dein Vater.«
Sie hörte Robin höhnisch lachen.
»Wir werden uns gemeinsam eine angemessene Bestrafung überlegen«, erklärte Joanne und beobachtete, wie Robins Au-

gen sich mit Tränen füllten. »In der Zwischenzeit, bis ich mit ihm sprechen kann, hast du Hausarrest.«
»Was?«
»Du hast mich gehört. Keine Rendezvous, kein Ausgehen am Abend. Wenn du nicht für die Jahresabschlußprüfungen in der Schule bist, bist du zu Hause, und zwar zunächst mal, um zu lernen. Verstehst du?«
Robin sagte nichts; ihr ganzer Körper strahlte größte Nervosität aus.
»Verstehst du?«
»Ja«, bellte Robin. »Kann ich jetzt ins Bett gehen?«
»Geh ins Bett«, befahl Joanne ihr gleichzeitig.
Sie stand in der Mitte des jetzt leeren Wohnzimmers. »Na, da habe ich ja ganz schönen Mist gebaut«, sagte sie laut zu allen Geistern, die vielleicht noch zuhörten. Dann ging sie zur Haustür, schloß sie zweimal ab und drückte auf den untersten Knopf des Alarmsystems, um es zu entsichern. Dann zog sie sich in die kalte Behaglichkeit ihres leeren Betts zurück.

Sie träumte.
Sie wußte, daß es ein Traum war, denn es gab keinerlei Verbindungen, keine Und oder Aber oder Jedoch, die die unzusammenhängenden Gedanken miteinander verbanden. Jetzt stand sie vor ihrer Haustür und kramte in der Handtasche nach den Schlüsseln, im nächsten Augenblick war sie in der Küche und ließ den Inhalt zerbrochener Eierschalen in eine große Mixschüssel gleiten.
Wenn du sie für Paul machst, sagt die Blondine, brauchst du dich gar nicht weiter zu bemühen. Er haßt Zitronenbaiser-Pies, er hat sie immer schon gehaßt.
Ich mache sie nicht für Paul, sagt Joanne trotzig. Ich mache sie für mich.
Egoistisches Mädchen, du mußt bestraft werden, schimpft Eves Mutter, kommt näher und verschwindet dann wieder, nur ihre

Stimme bleibt, die Cheshire-Katze, die eine braunhaarige Matrone im mittleren Alter mit Alice verwechselt. Töchter sind nun mal so. Nie kann man ihnen genug geben. Nichts, was man tut, ist ihnen recht. Du versuchst es. Du arbeitest dir die Finger wund, und was bekommst du dafür?
Wunde Finger! fallen die Country-und-Western-Sänger aus dem Radio in Harmonie ein.
Mach das leiser, Mom, ich versuche zu lernen, jammert Lulu vom oberen Stockwerk her.
Entschuldige, mein Liebling, sagt Joanne schnell, dies sind laute Eier.
Im nächsten Augenblick schwimmt sie im tiefen Teil ihres Swimmingpools. Das Wasser ist warm; es ist ein sonniger Tag; ihre Schwimmstöße sind kräftig und rasch. Sie trägt einen Badeanzug, den sie noch nie gesehen hat, schwarz, mit Trägern in einem fluoreszierenden Orange; der Anzug umschließt ihren noch kaum pubertären Körper wie ein schwarzer Gummistrumpf. Sie hat keinen Busen, schmale Hüften, und ihre Knie reiben, wie bei vielen Heranwachsenden, linkisch gegeneinander. Wenn sie lächelt, wird ihre Zahnspange sichtbar. Sie raucht eine seltsame Zigarette, von der ihr schwindlig wird, was sich auf ihre Schwimmzüge auswirkt. Sie will sie ausspukken, aber die Zigarette verfängt sich in den Klammern der Zahnspange. Außerdem, wenn sie das dreckige Ding in den Pool spuckt, wird Paul wütend sein. Sie zahlen gutes Geld an Leute, die diesen Pool sauberhalten. Sie hebt den Blick. Einer der Arbeiter von *Rogers Pools* steht über ihr, der magere mit dem dunklen Haar, der Lulu so unheimlich ist. Sie müssen bestraft werden, sagt er zu ihr. Beginnen werde ich damit, daß ich Ihren Slip herunterziehe und Sie verhaue. Er beugt sich über sie, sein Arm ist ausgestreckt, um Joanne aus dem blauen Wasser zu ziehen – blau, sagt er, wie Ihre Augen.
Meine Augen sind haselnußbraun, verbessert sie ihn. Sie fühlt, wie ihr kindlicher Körper aus dem Wasser gezogen wird, ihre

Knie reiben gegen den rauhen Beton, während sie bäuchlings auf die zartrosafarbenen Steinplatten gelegt wird. Eigentlich, fährt sie fort, sind meine Zehennägel gar nicht mehr richtig blau. Sie sind jetzt eher lila.
Du bist vielleicht mäklig! sagt Eve, über Joanne gebeugt, die plötzlich auf dem Rücken liegt. Eves Grinsen ist breit, ihre Augen glitzern wie das Chlor im Wasser neben ihnen.
Habe ich meine Schlüssel bei dir vergessen? fragt Joanne. Eve schweigt. Mit einem schweren rosaroten Handtuch trocknet sie Joannes Beine ab. Warum hast du mich über dein Sexualleben angelogen? will Joanne wissen.
Wer sagt, daß ich gelogen habe? Eve ist empört.
Brian hat mir erzählt, daß ihr seit Jahren nicht mehr miteinander geschlafen habt.
Dummchen, tadelt Eve sie, während sie Joannes Beine kräftig trockenreibt. Weißt du denn nicht, daß man Brian kein Wort glauben darf? Er ist ein entsetzlicher Lügner. Sie rubbelt Joannes Oberschenkel so fest, daß Joanne zu bluten beginnt. Oh, schau mal, sagt Eve grausam lachend, du hast deine Periode bekommen. Hilflos starrt Joanne auf das Blut zwischen ihren Beinen. Hier sind deine Schlüssel, triezt Eve sie, steht auf und schleudert die silberne Schlüsselkette in den tiefen Teil des Pools. Spring rein, sagt sie lachend. Das Wasser ist wunderbar.
Wenn Eve dich bitten würde, von der Brooklyn Bridge zu springen, hört sie ihre Mutter fragen, würdest du es tun?
Joanne springt.
Im Wasser tauchend, hört sie das Telefon klingeln. Sie ertrinkt.
Beginnen werde ich damit, daß ich Ihren Slip herunterziehe und Sie verhaue, ruft ihr vom anderen Ende des Pools eine Stimme zu. Sie dreht sich um und sieht jemanden auf sich zuschwimmen; das Wasser zwischen ihnen ist voller Blasen. Sie kann nicht erkennen, wer es ist. Die Schneide eines langen

Messers fängt unter Wasser die Sonnenstrahlen auf. Sie wird geblendet. Sie weiß nicht mehr, aus welcher Richtung der Schwimmer auf sie zukommt. Plötzlich fühlt sie Arme um ihren Körper und die kalte Schneide des Messers an ihrer Kehle.
Es ist ein Traum, macht sie sich klar, zwingt sich, die Augen zu öffnen. Es ist ein Traum.

Als sie die Augen öffnete, klingelte das Telefon noch immer. Joanne beugte sich hinüber, ihr ganzer Körper schweißbedeckt, und hob den Hörer auf. Was bleibt mir schon übrig, dachte sie dumpf. Am Montag würde sie die Telefongesellschaft anrufen und um eine neue Nummer bitten. Bis dahin blieb ihr nichts anderes übrig, als jeden verdammten Anruf zu beantworten. Es konnte das Baycrest-Pflegeheim sein, sagte sie sich, aber sie wußte, das Pflegeheim war es nicht. Oder es war Paul.
»Beginnen werde ich damit«, sagte die dumpfe, rauhe Stimme, als wäre sie nie unterbrochen worden, »daß ich Ihren Slip herunterziehe und Sie verhaue, und aufhören werde ich damit«, fuhr sie fort, schwieg dann eine dramatische Pause lang, »daß ich Sie umbringe.«
Joanne erhob sich, den Hörer immer noch in der Hand, und ging ans Fenster. Sie zog die Vorhänge auf und starrte hinaus zu dem leeren Betonbecken, versuchte verzweifelt zu erkennen, wer die schemenhafte Gestalt war, die unerbittlich durch die Dunkelheit auf sie zuschwamm.

## 17

Immer noch klingelt das Telefon, als Joanne Hunter sich vom Boden des tiefen Teils ihres leeren, unfertigen Swimmingpools aufrafft und ins Haus zurückgeht. Die Mädchen sind ins Sommerlager gefahren. Zum erstenmal in ihrem Leben ist sie ganz allein. Sie hat das Haus für sich. Sie erwartet niemanden.

Sie schielt zum Telefon hinüber. Jetzt sind nur noch wir beide da, sagt er.
Ohne das beharrliche Klingeln zu beachten, schenkt Joanne sich ein großes Glas Magermilch ein. In letzter Zeit trinkt sie viel Milch, seit Eve ihr erklärt hat, daß Frauen mehr Kalzium als Männer benötigen, um ihre Knochen elastisch zu halten und deren Verhärten im Alter zu verhindern. Sie lacht, und ein Teil der Milch rinnt ihr aus den Mundwinkeln. Die Vision, wie sie als abgeschlachtete Leiche auf den zartrosafarbenen Steinplatten neben dem Swimmingpool liegt, kehrt zurück. Ums Alter wird sie sich keine Sorgen machen müssen, denkt sie. Sie trinkt den Rest der Milch und sieht das Spiegelbild ihres Großvaters in dem perlgrauen Belag, den die Milch am Boden des Glases hinterläßt. Wenigstens wird den Kindern meine Senilität erspart bleiben, denkt sie und beglückwünscht sich dazu, daß sie immer fähig ist, die beste Seite einer Situation zu sehen. Vielleicht sollte sie einen Antwortdienst beauftragen, überlegt sie, gibt die Idee aber wieder auf. Sie hat Paul erzählt, die Anrufe hätten aufgehört. Sie will sich nicht dadurch verdächtig machen, daß sie einen Antwortdienst beauftragt. Außerdem wäre es ihm sowieso egal – das hat er ihr gesagt. Das Telefon hört auf zu klingeln.
Das Haus ist jetzt völlig still, so still wie nie zuvor, obwohl sie schon oft allein war. Aber das war etwas anderes, denn es war nur für kurze Zeit. Ein paar Stunden vielleicht, niemals mehr als einen Tag. Immer war da jemand, für den sie verantwortlich war, dem sie antworten konnte. Jetzt ist niemand da. Sie hat keinen festgelegten Tagesablauf. Nichts hat sie, denkt sie, schlürft barfuß ins Wohnzimmer und plumpst auf das große, bequeme Sofa, das Paul und sie erst vor vier Jahren gemeinsam gekauft haben. Sofort ist ihr Körper umgeben von dem warmen Sonnenlicht, das in Streifen durch die Jalousien an den Südfenstern hereinscheint. Vor kurzem hat sie jede dieser weißen Metalleisten einzeln gesäubert, sie hat auch die verschiede-

nen Böden geputzt, bis sie glänzten, die Möbel poliert, daß sie sich darin spiegeln konnte, die Teppiche mit dem Staubsauger bearbeitet, bis sie wie neu aussahen, das Silber geputzt, bis ihre Hände wund waren. Ihre Tiefkühltruhe ist vollgestopft mit Pies, die sie in den letzten Wochen gebacken hat – für den Fall, daß Paul beschließt, nach ihrem Begräbnis ein paar Leute zu sich einzuladen. Sie lacht zynisch und überlegt, wann sie diesen ausgesprochen schwarzen Humor eigentlich entwickelt hat.

Karen Palmer hat ihr vorgeschlagen, eine Weile zu verreisen. Fahr nach Europa, hat sie gesagt. Aber Joanne hat immer davon geträumt, Europa gemeinsam mit Paul zu besichtigen, und der Gedanke, ganz allein loszufahren, behagt ihr nicht. Sie will ihre Erlebnisse mit jemandem teilen, will jemanden haben, mit dem sie sich am Abend bei einer Pizza oder bei Pommes frites unterhalten kann, mit dem sie lachen kann, der ihr hilft, Dinge zu sehen, die sie alleine vielleicht nicht gesehen hätte. Wenn sie in ein anderes Land zu fliehen versucht, wird sie sich nur noch einsamer fühlen, glaubt sie.

Eve gegenüber hat sie eine mögliche Reise angesprochen. Natürlich nicht über den ganzen Sommer, zwei Wochen nur, nur sie beide, Mädchenferien, vielleicht nicht einmal weiter als Washington oder in die Berge. Aber Eve ist bei mehreren Ärzten angemeldet, das wird sich bis Ende August hinziehen, und außerdem sei sie nicht in der Verfassung für eine Reise, hat sie gesagt.

Es gibt niemand anderen, mit dem Joanne verreisen möchte, niemanden, dem sie sich nahe fühlt, außer ihrer Familie und ihrer ältesten Freundin. Jetzt ist diese Freundin krank, und ihre Familie ist weg. Joanne überlegt, wie den Mädchen das Sommerlager in diesem Jahr wohl gefallen wird, vor allem wie Robin zurechtkommen wird. Sie grübelt darüber nach, ob die Entscheidung, Robin ins Lager zu schicken, richtig war oder nicht, und kommt zu dem Schluß, daß es jetzt sinnlos ist, weiter dar-

über nachzudenken. Was geschehen ist, ist geschehen. In vier Wochen ist Besuchstag, bis dahin wird sie ein Urteil über die Richtigkeit ihrer Entscheidung gefällt haben. Wenn sie dann noch am Leben ist, denkt sie und preßt ihren Hinterkopf gegen das Sofa. »Wer hätte das gedacht?« fragt sie laut. Sie versucht zu entscheiden, was sie mit dem Rest des Tages anfangen soll.
Sie könnte in den Club gehen, aber welchen Sinn hätte das? Sie denkt an Steve Henry. Die letzten beiden Stunden hat sie abgesagt, sie war nicht gewillt oder nicht fähig, die Zweideutigkeit seiner kürzlich gemachten Bemerkungen wegzustecken. Was will er eigentlich von ihr?
Offensichtlich ist ihm zu Ohren gekommen, daß ihr Mann sich von ihr getrennt hat, und vielleicht hat er sich daraufhin gedacht, sie sei ein leichter Aufriß. Die einsame geschiedene Frau mittleren Alters. Leichter zu befriedigen als die jungen, mit denen man es heutzutage zu tun hat. Dankbar statt kritisch, hocherfreut über alles statt anspruchsvoll.
Das Telefon beginnt wieder zu klingeln. Joanne springt auf, wie sie es bei dem einst so willkommenen Geräusch jetzt immer tut. Zweimal hat sie ihre Nummer ändern lassen, aber er hat Joanne wieder ausfindig gemacht. Sieben kurze Tage lang hat Ruhe geherrscht – eine Woche, in der sie spürte, wie ihr Körper sich entspannte, wie ihre Ängste nachließen –, und dann haben die Anrufe von neuem begonnen, aggressiver und beleidigender als zuvor, wenn das überhaupt möglich war. Ob sie glaube, sie könne ihm so leicht entwischen? fragte er. Ob sie glaube, sie habe es mit einem Idioten zu tun? Ändern Sie Ihre Nummer, so oft Sie wollen, höhnt er, beauftragen Sie doch einen Antwortdienst. Ich werde Sie immer wieder finden!
Joanne geht in die Küche. Sie bleibt vor dem Telefon stehen, bis das Klingeln aufhört. Dann nimmt sie den Hörer von der Gabel und wählt hastig Eves Nummer. Eve ist sofort dran, als ob sie Joannes Anruf erwartet hätte.
»Wie geht es dir?« fragt Joanne.

»Wie immer«, antwortet Eve. In ihrer Stimme schwingt der ganze Ärger mit, den sie über ihren Zustand empfindet. »Sind die Mädchen heute gefahren?«
»Paul hat sie heute morgen zum Bus gebracht. Inzwischen sind sie wohl schon auf halbem Weg zum Lager.«
»Hat Robin Schwierigkeiten gemacht?«
»Nein.« Sie sieht Robin vor sich, wie sie an der Treppe steht und sich beim Kuß ihrer Mutter verkrampft. »Ich glaube, im Grunde ist sie erleichtert, wegfahren zu können, obwohl ich nicht annehme, daß sie das zugeben würde. Ich hoffe bloß, daß wir das Richtige tun«, fährt sie fort. Sie hat sich doch vorgenommen, über all das nicht mehr nachzudenken.
»Aber sicher«, sagt Eve rasch, was Joanne erstaunt, denn sie hatte das Gefühl, Eve höre nicht richtig zu. »Ein paar Monate auf dem Land, die frische Luft, die vielen anderen Kinder, ununterbrochene Aufsicht durch Erwachsene...«
»Hoffentlich hast du recht.«
»Habe ich jemals nicht recht gehabt?«
Joanne lacht. »Hast du Lust, spazierenzugehen? Ich muß mal raus.«
»Bist du verrückt? Ich käme nicht weiter als bis zur nächsten Straßenecke.«
»Ach, komm«, bittet Joanne. »Es würde dir guttun. Es würde *mir* guttun«, verbessert sie sich sofort.
»Meine heutige gute Tat?«
»In fünf Minuten vor dem Haus«, sagt Joanne und legt auf, bevor Eve es sich wieder anders überlegen kann.

»Also, was für Untersuchungen stehen diese Woche an?« Joanne und Eve drehen gerade die dritte Runde um den Block. Sie haben bereits über die Wettervorhersage gesprochen – weiterhin sonnig – sowie über Joannes Zehennägel – weiterhin lila –, was zum Thema Tennis führte, zu Steve Henry und schließlich dazu, daß Joanne nach Eves Arztterminen fragt.

»Du lenkst vom Thema ab«, meint Eve.
»Da gibt es nichts zu sagen«, antwortet Joanne. »Warum soll ich teure Tennisstunden nehmen, wenn ich niemanden habe, mit dem ich spielen kann? Wenn es dir besser geht, fangen wir gemeinsam wieder mit dem Unterricht an. Ich verstehe nicht, warum du daraus eine so große Sache machst.«
»Steve Henry ist die große Sache! Bei dem bist du jetzt an der Reihe. Du brauchst bloß zuzugreifen.«
»Ich will ihn nicht.«
»Warte mal«, sagt Eve, bleibt plötzlich stehen und schlägt sich mit der flachen Hand auf ein Ohr. »Mit meinem Gehör stimmt offensichtlich auch etwas nicht mehr. Ich habe doch tatsächlich geglaubt, ich hätte gehört, wie du gesagt hast, du willst Steve Henry nicht.« Sie lacht, dann wendet sie ihr Gesicht Joanne zu, reißt die Augen weit auf und legt ihrer Freundin die Hände auf die Schultern. »Bitte sag, daß du das nicht gesagt hast.«
Joanne lacht und schüttelt den Kopf. »Warum denn nicht, Herrgott noch mal? Und bitte komm jetzt nicht mit dem deprimierenden Unsinn, du seist eine verheiratete Frau.«
»Ich liebe Paul«, flüstert Joanne. Was soll sie sonst schon sagen?
»Ja und?«
»Und also liebe ich nicht Steve Henry.«
»Niemand verlangt von dir, daß du den Mann lieben mußt! Um Himmels willen, wer hat denn von Liebe gesprochen? Das ist wahrscheinlich das letzte, an was Steve Henry denkt! Was natürlich nicht heißen soll, daß du nicht unendlich liebenswert bist.«
»Können wir bitte von etwas anderem sprechen?«
Eve schweigt.
»Du hast mir noch immer nicht gesagt, welche Untersuchungen diese Woche anstehen.«
»Am Montag beim Gynäkologen...«
»Du warst doch schon bei drei Gynäkologen.«

»Am Dienstag«, fährt Eve fort, ohne auf Joannes Zwischenruf einzugehen, »finden einige Tests in der St.-Francis-Herzklinik statt. Und am Donnerstag habe ich einen Termin bei einem Hautarzt in Roslyn, Dr. Ronald Gold heißt er, glaube ich, nein, warte mal, das ist nächsten Donnerstag, diesen Donnerstag sind es Röntgenaufnahmen im Jüdischen Krankenhaus.«
»Du gehst ja ausgesprochen ökumenisch vor.«
»Ich gebe eben jedem eine Chance.«
»Aber warum zum Hautarzt?«
Eve bleibt stehen und schiebt sich mit dem Handrücken das Haar aus dem Gesicht. »Mein Gott, Joanne, schau mich doch an. Ich bin grün im Gesicht!«
»Du hast noch nie einen rosigen Teint gehabt«, bringt Joanne ihr sanft in Erinnerung.
»Nein, aber wie verschimmeltes Brot habe ich auch nie ausgesehen.«
»So schaust du auch jetzt nicht aus.« Joanne lacht. »Ich finde, du siehst gut aus. Ein bißchen blaß vielleicht...«
»Liebe macht blind.« Sie reibt sich die Stirn. »Sieh dir das mal an!«
»Was denn?«
»Diese Hautschuppen! Und schau, hier!« Sie streckt Joanne die Hände mit den Innenflächen nach unten entgegen.
»Was soll ich denn da anschauen?«
»Die Adern, Menschenskind!«
Joanne sieht ein paar völlig normale blaue Adern, die durch Eves halb durchsichtige Haut scheinen. »Was ist denn los mit ihnen?« fragt Joanne und zeigt ihre eigenen Hände her.
Eve betrachtet sie lange. »Oh«, sagt sie, »deine Adern sind größer als meine.«
»Das ist ein sehr exotischer Zustand«, erzählt Joanne ihr, »man nennt ihn fortgeschrittenes Alter.«
»Ist das fortgeschrittene Alter auch dafür verantwortlich, daß mein ganzer Körper austrocknet?«

»Wie, was? Was meinst du damit?«
»Ich spreche von der Tatsache, daß in meinen Ohren kein Schmalz mehr ist und kein Schleim mehr in meiner Nase.«
»Wie meinst du das? Woher weißt du das?«
»Woher ich das weiß? Ich habe es geprüft. Woher soll ich es sonst wissen?«
»Was soll das heißen, du hast es geprüft?« fragt Joanne. »Sitzt du den ganzen Tag da und bohrst in der Nase und in den Ohren?«
»Das ist es ja gerade, es gibt nichts, wonach ich bohren könnte!«
»Eve, findest du nicht, daß dieses Gespräch geradezu lächerlich ist?«
»Joanne, schau mal«, bittet Eve. Ihre Stimme hebt sich immer wieder zu Betonungen. »Ich weiß ganz einfach nicht, was mit mir *los* ist. Vielleicht benehme ich mich ja *wirklich* ein bißchen seltsam, aber *irgend etwas* ist los mit mir. Mein Körper funktioniert nicht mehr. Ich habe ständig Schmerzen. Und niemand kann mir sagen, *was* es ist. Ich kenne meinen Körper, Joanne, ich weiß, was bei mir normal ist und was nicht.«
»Beruhige dich wieder«, rät ihr Joanne und legt den Arm um Eves Taille. »Bald wird es jemand herausfinden.« Eve lächelt, in Joannes Arm entspannt sich ihr Körper. »Du hast gesagt, du wirst zu einem gewissen Dr. Ronald Gold gehen.«
»Ja, Donnerstag in einer Woche. Warum?«
»In unserer Schule war ein Junge, der hieß Ronald Gold, erinnerst du dich?« Eve schüttelt den Kopf. »Ich würde gern wissen, ob es derselbe ist.«
Sie haben die vierte Runde beendet und stehen wieder vor ihren Häusern. »Ich glaube, ich gehe jetzt besser rein«, sagt Eve.
»Wieder Schmerzen?«
»Ein bißchen. Es ist, als ob... als ob mir jemand einen Gürtel um die Rippen festziehen würde, als ob etwas... ich weiß

nicht... an meinem Rippen *klebte*. Ich kann es nicht erklären. Je mehr ich es versuche, um so verrückter klingt es. Brian glaubt, daß ich übergeschnappt bin. Er will, daß ich zum Psychiater gehe.«
»Vielleicht ist das gar keine so schlechte Idee«, sagte Joanne. Sie sieht Feindseligkeit in Eves Augen aufblitzen. »Nur damit du damit umzugehen lernst«, fügt sie hastig hinzu.
»Ich will nicht damit umgehen«, informiert Eve sie barsch, »ich will es loswerden.« Sie wendet den Blick zu ihrem Haus. »Ach, entschuldige. Ich wollte dich nicht anfahren. Aber das ist einfach nicht dein Gebiet, und es ist nicht der Ratschlag, den ich von dir brauche. Glaub mir, wenn ich der Meinung wäre, ich brauchte einen Psychiater, dann hätte ich schon längst einen aufgesucht. Du, halt zu mir, hm? Sei meine Freundin, bitte.«
»Ich *bin* deine Freundin.«
»Ich weiß. Besuchst du heute nachmittag deinen Großvater?«
Joanne nickt.
»Gib dem alten Jungen einen Kuß von mir«, bittet Eve. Joanne sieht ihr nach, wie sie langsam die Treppen hinaufgeht und dann durch die vordere Eingangstür das Haus betritt. Sie wirft noch einmal einen Blick auf die großen Adern, die an ihrem Handrücken durch die Haut scheinen, dann geht auch sie ins Haus.
Als sie gerade durch die Haustür eintritt, klingelt das Telefon.
»Scheiße!« schreit sie wütend in die Richtung des Apparats, überrascht, wie einfach ihr so ein Wort über die Lippen geht.
»Es reicht!« Sie marschiert auf das Telefon zu, starrt es an, nimmt den Hörer aber nicht ab. Ist er ihr gefolgt? Ist es Zufall, daß er genau in dem Moment anruft, in dem sie das Haus betritt, so daß er über jeden ihrer Schritte unterrichtet zu sein scheint?
Beim fünften Klingelzeichen hebt Joanne den Hörer ab.
»Warum machen Sie das?« sagt sie, statt sich mit »Hallo« zu melden.
Ein kurze Pause. Dann: »Joanne?«

»Paul!«
»Wer hast du denn geglaubt, ist es?«
Joanne versucht zu lachen. »Ich weiß nicht.« Sie ist so froh, seine Stimme zu hören.
»Ich dachte, du hättest gesagt, daß du keine von diesen komischen Anrufen mehr kriegst?«
Joanne ist sich nicht sicher, was sie ihm antworten soll. Er hat schließlich nicht angerufen, um dieses Problem zu erörtern. Wie er zu diesem Thema steht, hat er bereits mehrmals dargelegt. Aus welchem Grund er auch immer anruft – Joanne glaubt, er will ihr sagen, daß die Mädchen sicher abgefahren sind –, das Gespräch soll nicht verdorben werden. Sie will ihn nicht dadurch verärgern, daß sie ihm die Wahrheit erzählt, nämlich daß sich nichts verändert hat, außer zum Schlechteren. Sie will nicht, daß er glaubt, sie rechne mit seinen Schuldgefühlen und versuche ihn an sich zu binden. Paradoxerweise, denkt sie, hat sie nur dann eine Chance, ihn zurückzubekommen, wenn sie ihm beweist, daß sie ihn nicht mehr braucht. Und das gerade jetzt, wo sie ihn sosehr braucht.
»Joanne, bekommst du noch immer diese Drohanrufe?« fragt er noch einmal.
»Nein«, sagt sie schnell. »Es ist nur einer, der mich wegen eines Theaterabonnements nervt.«
Er glaubt die Lüge sofort. »Dann ist es ja gut. Ich habe schon mal angerufen. Du warst nicht zu Hause.«
»Ich bin spazierengegangen. Dann war ich bei meinem Großvater. Sind die Mädchen gut losgekommen?«
»Alles ist völlig planmäßig verlaufen.«
»Hat Robin irgend etwas gesagt?«
»Nur auf Wiedersehen. Sie werden jetzt wirklich erwachsen. Kannst du dich noch erinnern, wie dein erster Tag im Sommerlager war?« fragte er plötzlich.
»Ich bin nie ins Lager gefahren. Wir hatten doch das Sommerhäuschen.«

»Ach ja, stimmt. Glaubst du, den Mädchen ging etwas ab dadurch, daß wir kein Sommerhaus hatten?« fragt er nach einer kurzen Pause. Joanne ertappt sich dabei, wie sie in den Garten hinausstarrt, auf ihr leeres, unvollendetes »Sommerhaus ohne Verkehr«. Hätte es einen Unterschied gemacht?
»Die Mädchen waren immer gern im Sommerlager«, antwortet sie, unsicher, was sie sonst sagen soll. Sie ist gespannt, wohin dieses Gespräch führen wird. Weiß er auch nicht so recht, was er tun soll, so wie sie, jetzt, wo die Mädchen weggefahren sind?
»Bei diesen Kosten tun sie gut daran, gern dort zu sein! Das ist ja wie zwei Monate in einem exklusiven Kurort. Zu meiner Zeit war das anders. Wir schliefen in Zelten, in Schlafsäcken, Mensch!«
»Das stimmt nicht! Ich habe die Fotos von deinem Lager gesehen, die wunderschönen Blockhütten, und ich erinnere mich, daß deine Mutter sich beklagt hat über die hohen Preise, genau wie du jetzt.«
Er lacht laut und locker. »Ich glaube, du hast recht. Ich muß das mit den Kanufahrten verwechselt haben.«
Wieder eine lange Pause. »Paul...?« fragt Joanne, hat das Schweigen gebrochen, verfällt ihm aber sofort wieder.
»Ja?«
Wartet er, daß sie beginnt? Daß *sie* den Vorschlag macht, sich zu sehen? Ist es das, was er will? Es ist das, was *sie* will, wird ihr klar. Sie überlegt, wie eine solche Bitte am besten zu formulieren ist. Hast du Lust, auf einen Plausch rüberzukommen? hört sie sich selbst fragen, aber die Frage bleibt unausgesprochen. Willst du wieder nach Hause kommen? Willst du, daß ich *das* sage? Ich will es sagen, weiß Gott. Aber etwas hält sie davon ab – die Gewißheit, daß er ihr diese Bitte abschlagen wird, wie er es früher schon getan hat. Sag mir, was ich zu diesem Mann, mit dem ich seit zwanzig Jahren verheiratet bin, sagen soll. Ich habe immer geglaubt, ich könnte ihm alles sagen.

In ihrem Kopf wirbeln Gedanken und Bilder herum. Sie sieht ihren Mann am Küchentisch sitzen, er trinkt seinen Morgenkaffee und schimpft über die Kanzlei. Sie spürt ihn neben sich, sein Atem strömt warm gegen ihren Nacken, seine Arme umschlingen ihre Taille. Dann fühlt sie andere Arme um ihren Hals, hört die bekannte krächzende Stimme.
»Joanne?« fragt Paul.
»Ja, entschuldige, hast du etwas gesagt?«
»Nein. Du wolltest mich etwas fragen?«
»Habe ich eine Lebensversicherung?« Die Frage überrascht sie selbst ebensosehr wie ihn.
Einen Augenblick lang herrscht Schweigen. »Nein«, antwortet er. »Aber *ich* bin hoch versichert. Warum?«
»Ich finde, ich sollte eine haben.«
»Gut«, erklärt er sich gleich einverstanden, »wenn du unbedingt willst. Ich könnte einen Termin mit Fred Normandy für dich vereinbaren.«
»Dafür wäre ich dir dankbar. Ich halte dich jetzt besser nicht mehr auf.«
»Joanne?« fragt er.
»Ja?«
Stille, dann, beinahe schüchtern: »Hast du heute abend schon etwas vor?«

Sie ist nervöser als jemals zuvor in ihrem Leben, nervöser als bei ihrem ersten Rendezvous, wenn das überhaupt möglich ist. Seit zwei Stunden richtet sie sich her. Sie hat sich in der Badewanne beinahe aufgeweicht, ihre Nägel lackiert, dann noch einmal neu lackiert, sich die Haare gewaschen und frisiert, wieder ausgekämmt, um sie neu zu frisieren, dann noch einmal naß gemacht und wieder anders frisiert. Sie ist immer noch mit den Haaren beschäftigt, da beginnt sie ihr Gesicht im Spiegel zu betrachten.
Sie sieht verängstigt aus, findet sie, hebt den Arm, um Deodo-

rant unter der Achsel zu verreiben, schlägt die Arme auf und ab wie ein aufgescheuchtes Huhn die Flügel, damit das Deo trocknet. Ihre Brüste wackeln hin und her in ihrem neuen weißen Spitzen-BH, den sie heute nachmittag in fliegender Eile besorgt hat, ein Modell, das man vorne auf- und zumacht. Das ist so viel leichter, denkt sie. Warum hat sie solche BHs nicht schon früher gekauft? Und der Slip, aus feiner Seide, mit einem weichen rosa Bändchen, das oben am Gummi entlangläuft. Mit diesem Slip fühlt sie sich hübsch. Sie beschließt, nächste Woche noch ein paar zu kaufen, obwohl sie wahnsinnig teuer sind.
Du bist unartig gewesen, hört sie eine schreckliche Stimme in ihr Ohr flüstern, unsichtbare Augen werfen abschätzende Blicke auf ihren Körper, unsichtbare Finger greifen nach ihrem neuen Slip. Sie müssen bestraft werden. Beginnen werde ich damit, daß ich Ihnen den Slip herunterziehe und Sie verhaue... »Nun«, sagt sie schroff und schlägt die Stimme mit Hilfe ihrer eigenen in die Flucht, »zumindest wirst du da etwas Hübsches zum Runterziehen haben.«
Sie überlegt, ob das Männermagazin, das sie vor einigen Monaten gefunden hat, wohl noch immer in dem Schränkchen liegt oder ob Paul es mitgenommen hat. Sie beschließt, nicht nachzusehen. Egal, ob es noch da ist oder nicht, es würde sie auf jeden Fall deprimieren. Nicht nur, daß sie da ganz einfach nicht mithalten kann, das ist von vornherein klar. Selbst vor zwanzig Jahren wäre sie keine ernst zu nehmende Konkurrenz für diese Models gewesen. Nein, was sie an diesen Magazinen so deprimiert, ist die Tatsache, daß erwachsene Männer so scharf darauf sind und daß es offensichtlich einen nie endenden Nachschub an jungen Mädchen gibt, die für so etwas posieren.
Sie stellt sich Robin und Lulu in ein paar Jahren vor, über achtzehn, vom Gesetz her alt genug, ohne schriftliche Einwilligung der Eltern für solche Fotos zu posieren. Würden sie es tun? Würden sie es als Demütigung oder als Privileg betrachten,

wenn man sie fragen würde, ob sie es tun wollen? Früher, denkt Joanne, während sie sich im Spiegel betrachtet, durften wir älter werden. Jetzt gibt es keine Entschuldigung mehr dafür. Es ist kein Platz mehr da fürs Älterwerden.
»Was, zum Teufel, ist das?« fragt sie plötzlich und preßt die Nase gegen den Spiegel. »Ein Pickel?« Sie weicht vor dem, was sie da sieht, zurück. »Es kann doch kein Pickel sein!« Beinahe ehrfürchtig starrt sie auf die Mitte ihrer Wange. »*Jetzt* mußt du rauskommen?« fragt sie laut und beginnt schon zu überlegen, ob es etwas in ihren vielen Make-up-Tuben gibt, das dieses häßliche Ding überdecken kann. Jetzt weiß sie, wie Robin sich fühlt, wenn wenige Minuten vor einem Rendezvous Pickel auftauchen, wie nichtig ihre Versicherung – »Mach dir keine Sorgen, Liebling, er wird es nicht bemerken« – in Wahrheit ist. Natürlich wird er es bemerken! Er kann dieses Ding ja gar nicht übersehen! »Ich kann einfach nicht glauben, daß ich einen Pickel habe«, murmelt sie, und sie murmelt es immer noch, als sie eine halbe Stunde später die Türglocke läuten hört und ihr wieder einfällt, daß sie immer noch in der Unterwäsche dasteht und sich noch etwas mit ihren Haaren einfallen lassen muß.


18


»Deine Frisur gefällt mir.«
»Ach, das sagst du nur so!«
Sie sitzen am Fenster eines schönen, ja romantischen Restaurants in Long Beach und sehen auf den Atlantik hinaus. Der Raum ist nur spärlich beleuchtet, rhythmisch brandet der Ozean unter ihnen an die Felsen – wie im Film, denkt sie –, eine flackernde Kerze trennt ihre nervösen Hände voneinander. Es war ein stiller Abend. Joanne hat sich große Mühe gegeben, ihrem Mann die Initiative bei den Gesprächen zu überlassen, nur zu antworten, wenn sie angesprochen wurde, alle Themen zu

vermeiden, die bei ihm auch nur ein leichtes Unbehagen hervorrufen könnten. Zeig ihm, daß du dich für das, was er sagt, interessierst. Sie erinnert sich an diesen Ratschlag, den ihre Mutter ihr gegeben hat, als sie, Joanne, ein junges Mädchen war, und den sie selbst jetzt ihren eigenen Töchtern gibt. Ist es denn wirklich ein so schlechter Ratschlag? überlegt sie. Das, was er sagt, interessiert mich ja wirklich. Er sagt, meine Frisur gefällt ihm, wird ihr bewußt, als er es zum zweitenmal ausspricht.
»Nein, wirklich, ich finde sie toll. Ich wollte dir das schon heute morgen sagen, als ich die Mädchen abholte.« Automatisch hebt Joanne ihre Hand, um das Haar glattzustreichen. »Nein, mach das nicht!« Sofort läßt Joanne ihre Hand in den Schoß fallen. »Es geht so eine Art sorgloser Gelassenheit davon aus... ich weiß nicht...«
Joanne lacht. »So bin ich... sorglos und ge... verlassen.« In der jetzt folgenden Stille prallt ihr das ganze Gewicht des eben Gesagten entgegen. »Das wollte ich nicht sagen, ehrlich.« Ihre Stimme geht in ein Flüstern über. Ihr ganzes vorsichtiges Gespräch von einem einzigen sorglos dahingesagten Satz zerstört!
»Ist schon gut«, sagt er, und Joanne merkt, daß er gleich zu lachen beginnen wird. »Eigentlich war es eine ziemlich witzige Bemerkung.« Plötzlich wird er ernst. »Auf jeden Fall eine, die ich verdient habe.«
Joanne schweigt. Worauf will er hinaus? Es tut mir leid? Vergib mir? Wenn du mich wieder nach Hause kommen läßt, werde ich den Rest meines Lebens damit verbringen, alles wiedergutzumachen?
»Ich bin noch nicht so weit, daß ich heimkommen kann«, sagt er statt dessen. »Ich mußte das jetzt sagen, denn ich wollte dir keinen falschen Eindruck vermitteln...«
»Ich verstehe.«
»Ich möchte ehrlich sein.«

»Dafür bin ich dir dankbar.«
»Ich liebe dich, Joanne.«
»Ich liebe dich auch.« Bitte heul nicht, fleht sie sich selbst an. Der Mann sagt dir gerade, daß er dich liebt. Verdirb nicht alles durch Heulen!
»Bitte weine nicht«, sagt er.
»Es tut mir leid, ich will eigentlich gar nicht weinen.« Hör auf mit dieser verdammten Flennerei!
»Ich weiß, es ist sehr schwer für dich.« Sie schüttelt den Kopf und wischt sich ein paar Tränen weg. »Ich denke zur Zeit viel über uns nach, über unsere Situation...«
Der Kellner kommt und fragt, ob sie jetzt das Dessert bestellen wollen. Joanne schüttelt den Kopf und starrt beständig in ihren Schoß. Unmöglich kann sie jetzt etwas essen, ohne Gefahr zu laufen, völlig unromantisch draufloszukotzen.
»Zwei Kaffee«, sagt Paul, während Joanne sich verstohlen mit ihrer Serviette über die Augen wischt. »Habe ich dir schon gesagt, daß mir dein Kleid gefällt?« fragt Paul plötzlich, und Joanne muß an sich hinuntersehen, um wieder zu wissen, was sie gerade trägt. »Ist es neu?«
»Nein«, antwortet Joanne. Sie spielt an einem der Knöpfe herum. »Ich habe es letzten Sommer gekauft. Ich habe es nur nie getragen, weil es aus Leinen ist und so schnell verknittert.«
»Es soll ja knittern.«
»Ja, das hat die Verkäuferin auch gesagt.«
»Weiß ist eine günstige Farbe für dich. Es bringt deine Bräune zur Geltung.«
Joannes Hand gleitet von den Knöpfen hinauf zu ihrem Gesicht. »Es ist Make-up«, erklärt sie ihm. War es gut, das zu sagen? Paul mag Make-up nicht besonders. Wieder entsteht eine ungemütliche Pause. Der Kellner kommt mit zwei Tassen Kaffee, stellt sie auf den Tisch und verschwindet diskret.
»Ich brauche mehr Zeit«, fährt er fort, als wäre das Gespräch

nie unterbrochen worden. »Ich habe soviel zu tun im Augenblick...«
»Du meinst deine Arbeit?«
Er nickt. »Ich weiß gar nicht mehr, wo mir der Kopf steht.«
»In welcher Beziehung?«
»Ich weiß nicht genau, ob ich das erklären kann. Es ist nicht nur die Belastung durch die Arbeit. Damit werde ich fertig. Ich meine, ich habe viel zu tun, zu viel. Aber ich hatte immer schon zuviel zu tun. Jetzt ist es aber so, daß ich die ganze Zeit so *müde* bin. Egal, wie lange ich schlafe, das scheint überhaupt keinen Einfluß darauf zu haben.«
Wie lange hat die kleine Judy dich wohl schlafen lassen? denkt sich Joanne, aber sie fragt es nicht laut. Statt dessen sagt sie: »Bist du beim Arzt gewesen?«
»Philips hat mich von Kopf bis Fuß untersucht, hat sogar einen Streß-Test mit mir gemacht. Im Prinzip bin ich in Top-Form für mein Alter. Mein Herzrhythmus ist gut, der Blutdruck ist auch in Ordnung. Mehr Bewegung sollte ich haben, hat er gesagt, und jetzt habe ich mit ein bißchen Gymnastik und Gewichtheben angefangen.«
»Ich hab's gemerkt.«
Er betastet seine Arme, die jetzt unter dem hellblauen Sakko verborgen sind. »Wie findest du es?« fragt er schüchtern, mit einem Anflug von Stolz in der Stimme.
Joanne zuckt die Achseln und kichert. Sie fühlt sich wie ein Teenager. »Du hast mir mal gesagt, du könntest nie Muskeln kriegen«, sagt sie und beobachtet, wie sein Grinsen immer breiter wird.
»Was? Was sagst du da?«
»Du hast mir mal erzählt, deine Arme seien deshalb so dünn, weil du als Junge hingefallen bist und sie dir mehrfach gebrochen hast, und deshalb würden sie sich nie so entwickeln wie sonst bei Männern.«
»Das habe ich nie gesagt!« protestiert er. Seine lachenden Augen verraten ihn.

»Doch!«
»Na ja, ich habe mir die Arme wirklich ein paarmal gebrochen, das ist schon wahr, aber das hat nichts mit den Muskeln zu tun.« Er nippt an seinem Kaffee. »Aber ich habe das dir gegenüber behauptet, was?«
»Das war eines der Dinge, derentwegen ich mich in dich verliebte«, sagt Joanne leise. Sie ist sich nicht sicher, ob sie schon zu verwegen war, zu weit gegangen ist. Er sieht sie fragend an. »Es war das eine Loch in der Rüstung«, erklärt sie, nachdem sie sich entschlossen hat, gleich alles zu sagen. Das unerwartete Eingeständnis scheint ihn zu interessieren, er wirkt sogar geschmeichelt. »Du warst dir bei allem, was du gemacht hast, bei allem, was du machen wolltest, immer so sicher. Du hast so gut ausgesehen... *siehst* so gut aus«, verbessert sie sich und kehrt dann sofort wieder zur behaglicheren Vergangenheit zurück, »aber du hattest keine Muskeln, und ich fand das immer seltsam. Die meisten Jungen deines Alters hatten Muskeln, und eines Tages, wir müssen gerade darüber gesprochen haben, hast du mir von den Armbrüchen erzählt. Und plötzlich bist du mir so verletzlich erschienen, daß ich mich in dich verliebt habe.« Sie grinst. »Und jetzt sagst du mir, daß es gar nicht gestimmt hat!« Ihre Blicke begegnen sich, jeder sieht in den Augen des anderen das Spiegelbild der eigenen Jugend. Schnell senkt Joanne den Blick und starrt auf ihren Kaffee.
»Also, ich war mir meiner Sache immer sehr sicher, ja?« fragt er.
»Immer.«
»Ziemlich unangenehm wahrscheinlich.«
»Mir gefiel es. Ich war immer das genaue Gegenteil.«
»Du hast dein Licht stets unter den Scheffel gestellt. Das tust du heute noch.«
»Eve sagt das auch.«
Paul trinkt seine Tasse aus und gibt dem Kellner ein Zeichen, daß er nachgeschenkt bekommen möchte.

»Du kannst stolz auf dich sein, Paul«, fährt Joanne fort. »Du bist ein guter Rechtsanwalt.«
»Ich bin ein hervorragender Rechtsanwalt«, korrigiert er sie und schafft es, dabei nicht allzu angeberisch zu klingen.
»Wo liegt dann das Problem?«
Er schaut sich im ganzen Raum um, als könne er dort die richtigen Worte finden, dann richtet er den Blick wieder auf Joanne. »Im College erzählen sie dir, daß nicht jeder, den du vertrittst, unschuldig ist. Außerdem erzählen sie dir, daß es nicht deine Aufgabe ist, herauszufinden, ob einer schuldig oder unschuldig ist. Das machen der Richter und die Geschworenen. Die einzige Aufgabe eines Rechtsanwalts ist es, den Klienten so gut wie irgend möglich zu verteidigen. Was sie dir nicht sagen – oder vielleicht sagen sie es, aber in deinem jugendlichen Idealismus hörst du es nicht –: daß deine Vorgehensweise, die sich im Lauf der Zeit herausbildet, unweigerlich deine eigene Persönlichkeit widerspiegelt, daß du dazu tendierst, Klienten anzuziehen, die dir auf vielleicht vielfältigere Weise, als du zugeben willst, ähnlich sind. Ich kann das nicht so gut erklären...«
»Ich finde, daß du es sehr gut erklärst.«
»Viele Leute, die in meine Kanzlei kommen... Ich weiß nicht«, er stockt, dann spricht er weiter. »Manchmal bin ich wirklich stolz auf das, was ich tue, ich meine, es gibt Dinge, die ich getan habe und auf die ich sehr stolz bin, weil ich weiß, daß niemand sie besser hätte tun können, aber dann gibt es Zeiten, da hat man einen Klienten, von dem man weiß, daß er das Blaue vom Himmel herunterlügt, und dann soll man da reingehen und diesen Idioten verteidigen...«
»Obwohl du weißt, daß er lügt.«
»Ja – und nein. Wenn du davon überzeugt bist, daß er lügt, ist die Antwort nein, denn dann kannst du ihn unmöglich so gut wie möglich verteidigen, wie es ihm von Rechts wegen zusteht. Aber es ist so einfach, dir selbst einzureden, daß du dich irren könntest, daß du schließlich nicht der Richter oder die Jury bist,

daß der Idiot – verdammt noch mal – *tatsächlich* die Wahrheit sagen könnte, vor allem wenn dabei ein schönes fettes Honorar rausspringt.«
»Und hast du dir das immer eingeredet?«
»Ich weiß nicht.« Er trinkt die zweite Tasse Kaffee aus. »Das ist eines der Dinge, über die ich mir klarzuwerden versuche.«
»Vielleicht könntest du in einen anderen Bereich überwechseln?«
»Wohin denn? Notariat? Scheidungsrecht? Joanne, ich bin ein erstklassiger Verteidiger in Strafsachen. Ich komme besser vorbereitet in den Gerichtssaal als drei Viertel der anderen, und deshalb gewinne ich meistens, und deshalb habe ich soviel zu tun. Als Kind dachte ich, das Tollste auf der Welt wäre es, die amerikanische Lebensweise vor Gericht zu verteidigen.«
»Und, ist es nicht das Tollste?«
»Doch. Mir war nur nicht bewußt, wieviel andere Scheiße da mit im Spiel ist.«
»Welche andere... Scheiße?« fragt Joanne und nimmt schnell einen Schluck Kaffee.
Er schüttelt den Kopf. »Reden wir über was anderes.«
»Warum?«
»Warum? Weil das unmöglich interessant für dich sein kann.«
»Aber ja«, sagt Joanne wahrheitsgemäß. »Über so etwas haben wir noch nie gesprochen, und ich glaube, das ist eine sehr wichtige Sache.«
»Ich habe nie gern meine Arbeit mit nach Hause gebracht.«
»Nein, deine Arbeit nicht, aber mir ist es wichtig zu wissen, was du über deine Arbeit denkst. Bitte, sag es mir. Welche... Scheiße?«
Paul atmet tief aus. »Wir haben Probleme mit einigen unserer Partner... Es gefällt ihnen nicht, wie die Kanzlei geführt wird, sie wollen McNamara loswerden.«
»Wieso denn?«

»Sie sagen, er geht zu milde mit einigen der weniger erfolgreichen Partner um.«
»Und? Stimmt das?«
»Vielleicht. Schau mal, wir sprechen hier von einem größeren Kanzleiunternehmen in Wall Street, nicht von irgendeinem kleinen Rechtsanwaltsbüro irgendwo weit draußen. So ist das nun mal mit Konzernen. Wenn du erfolgreich sein willst, mußt du was bringen. Natürlich ist der Druck enorm. Wie könnte es anders sein?«
»Beginnst du diesen Druck jetzt zu spüren?«
»Unter diesem Druck blühe ich auf! Zumindest war das bis jetzt immer so.« Er lacht. »Ich nehme an, das nennt man eine typische Midlife-Crisis. Wieso hatten nur unsere Eltern nie eine Midlife-Crisis?«
»Sie wußten nicht, daß man von ihnen erwartete, eine zu haben«, sagt Joanne, und sie lachen. Joanne wird bewußt, daß sie heute abend zweimal etwas gesagt hat, was ihn zum Lachen brachte. Ihr wird auch bewußt, daß sie heute abend zum erstenmal seit langer Zeit wieder gemeinsam lachen. »Kannst du dich erinnern, wie du mich zum erstenmal in ein Broadwaystück ausgeführt hast?« fragt sie plötzlich. »Ich wollte immer eine Kutschenfahrt durch den Central Park machen, und nach dem Stück habe ich andauernd davon gesprochen, bis du die Anspielungen endlich kapiert und gesagt hast, daß wir eine Fahrt machen.« Er beginnt zu lachen; offensichtlich kann er sich jetzt daran erinnern. »Ich werde nie vergessen, wie du während der Kutschenfahrt mit Tränen in den Augen dagesessen hast, und ich dachte, mein Gott, er ist so sensibel, so romantisch...«
»So allergisch...« wirft er ein.
»Und das restliche Wochenende mußtest du im Bett verbringen. Warum hast du mir nicht gesagt, daß du allergisch gegen Pferde bist?«
»Ich wollte dir nicht den Spaß verderben.«

»Und dann hat deine Mutter mich angeschrien, ich solle besser auf dich aufpassen.«
»Sie hätte dir sagen sollen, daß du so schnell wie möglich weglaufen sollst.«
»Zu spät. Ich war schon verliebt.«
»Mit meinen Allergien und den dünnen Armen«, sagt er, und Joanne nickt zustimmend. »Und ich glaubte immer, mein wunderbarer Verstand und mein gutes Aussehen hätten es bewirkt.«
»Komisch, in was man sich alles verliebt«, meint Joanne, als Paul dem Kellner zu verstehen gibt, daß sie gehen möchten.

»Ich glaube, ich komme besser nicht mit rein«, sagt er an der Haustür. Joanne nickt, obwohl sie gerade das Gegenteil vorschlagen wollte. »Nicht daß ich nicht möchte«, fügt er schnell hinzu. »Ich glaube bloß nicht, daß es gut wäre.«
»Finde ich auch«, flüstert Joanne.
»Die erste Nacht, in der du ganz allein bist«, sagt er, während sie in ihrer Handtasche nach den Schlüsseln kramt.
»Irgendwann muß ich mich ja wohl daran gewöhnen. Ich bin doch jetzt ein großes Mädchen.« Triumphierend holt sie ihren Schlüsselbund hervor.
»Neuer Schlüsselanhänger?«
»Ich habe den anderen Schlüsselbund verloren«, erzählt sie und beginnt aufzusperren. »Kannst du dir das vorstellen? Ich lasse alle Schlösser auswechseln, und dann verliere ich die blöden Dinger. Ich dachte, ich hätte sie bei Eve vergessen, aber sie schwört, bei ihr sind sie nicht. Sie sagt, ihre Mutter hat das ganze Haus nach ihnen abgesucht und sie nicht gefunden. Ich habe einen Schlosser kommen lassen, aber der meinte, es würde ein Vermögen kosten, alle Schlösser noch mal auswechseln zu lassen, vor allem mit den ganzen Riegeln, und da niemand wissen kann, wem die Schlüssel gehören – es ist keine Adressenangabe oder irgendwas dran –, habe ich beschlossen,

es gut sein zu lassen. Ich habe ja die Alarmanlage, falls jemand versuchen sollte, reinzukommen.« Sie öffnet die Tür, geht schnell zu dem Alarmkasten in der Diele und drückt die entsprechenden Knöpfe. Das grüne Licht ganz unten an dem Kästchen verlischt, der Alarm ist ausgeschaltet. »Jedesmal, wenn ich das mache, bin ich nervös«, gesteht sie.
»Du machst es sehr gut.« Er lächelt. Joanne starrt ihn erwartungsvoll an. Will er ihr einen Gutenachtkuß geben? Soll sie ihn gewähren lassen? Ist es gut, sich nach dem ersten Rendezvous zu küssen, wenn der fragliche Mann der seit zwanzig Jahren Angetraute ist? »Es war ein wunderschöner Abend, Joanne«, sagt er, versetzt sie mit diesen Worten zurück in frühere Zeiten. Und Joanne merkt, daß er es ernst meint, daß er es nicht einfach nur sagt, um ihr eine Freude zu machen.
»Für mich auch.«
»Danke.«
»Für was denn?«
»Fürs Zuhören. Ich glaube, ich habe wirklich jemanden gebraucht, mit dem ich reden konnte.«
»Ich bin immer da«, sagt sie. Eine leise Stimme ertönt in ihrem Inneren: Das ist es, Joanne, spiel die Spröde, zier dich!
»Ich würde es gerne wieder mal machen.« Joanne will schon fragen, wann, stoppt sich aber noch rechtzeitig. »Ich rufe dich an.« Er beugt sich vor und küßt sie flüchtig auf die Wange.
Ich liebe dich – lautlos bewegen sich ihre Lippen, während sie ihm nachsieht, wie er in seinen Wagen steigt und losfährt.

Es ist fast zehn Uhr, als Joanne am nächsten Morgen die Augen aufschlägt. Sie braucht einige Sekunden, um ganz wach zu werden, sich daran zu erinnern, daß sie allein ist, daß die Mädchen im Sommerlager sind. Sie überlegt, was Paul wohl gerade macht, ob er schon wach ist. Sie muß aufhören, zu optimistisch zu sein, zuviel in das, was er gestern abend gesagt hat, hineinzuinterpretieren.

Sie setzt sich auf und streckt sich. Trotz ihrer eigenen Warnungen hat sie zum erstenmal seit Monaten ein gutes Gefühl in bezug auf die Zukunft. Paul wird zurückkommen, sagt sie sich, schlägt die Decke zurück und schwingt die Beine über die Bettkante. Es ist nur eine Frage der Zeit, und sie wird ihm so viel Zeit geben, wie er braucht. Dafür hat er ihr Hoffnung gegeben.
Noch ein wenig steif in den Gelenken, geht sie hinüber zum Schlafzimmerfenster. Wieder ein schöner Tag, denkt sie, während sie die Vorhänge zurückzieht. Sie starrt in den Garten hinaus.
Er steht neben dem Pool. Groß, mager, sein dunkles, lockiges Haar reicht einige Zentimeter über den Hemdkragen hinaus, seine Hände hat er überheblich in die Hüften gestemmt, er kehrt ihr den Rücken zu, er steht auf den zartrosafarbenen Steinplatten, die zu legen er mitgeholfen hat, und starrt in die große leere Grube, die zu graben er mitgeholfen hat. Was tut er da? wundert sie sich, läßt den Vorhang los und bewegt sich vom Fenster weg, zur Wand. Sie spürt, wie ihr Atem gegen ihre Brust strömt.
Sofort rennt sie in ihren begehbaren Schrank, zieht eine ausgebeulte Baumwollhose an, steckt das T-Shirt, in dem sie geschlafen hat, in die Hose, erinnert sich erst an der Treppe, daß sie ja keinen BH trägt. An dem blaßrosafarbenen T-Shirt zeichnen sich ihre Brustwarzen ab. Sie überlegt, ob sie zurücklaufen soll, entscheidet sich dagegen und geht in die Küche. Erst vor der gläsernen Schiebetür fällt ihr ein, daß sie keine Ahnung hat, was sie tun soll. Hat sie vor, den Mann zur Rede zu stellen? Will sie eine endgültige Aussprache? He, Sie da in meinem Garten, sind Sie das, der mich ständig anruft? Sind Sie hier, um mich zu ermorden? Was machen Sie hier? Oder noch besser: Was mache *ich* hier?
Sie tritt ein paar Schritte von der Glastür weg, aber es ist schon zu spät. Er hat sie gesehen. Er lächelt ihr zu. Ihr wird klar, daß

er darauf wartet, daß sie kommt. Langsam, wie in Trance, entriegelt Joanne die beiden Schlösser an der Tür. Sie schiebt die Glasscheibe zur Seite. Erst jetzt wird ihr bewußt, daß sie vergessen hat, den Alarm abzuschalten. Sie weiß, daß es bereits zu spät ist. Schrill ertönen die Sirenen, klingen durch das ganze Viertel, bis zur nächsten Polizeiwache.
Joanne weiß nicht, ob sie verärgert oder erleichtert sein soll. Dies ist das drittemal, daß sie einen falschen Alarm ausgelöst hat – diesmal wird sie fünfundzwanzig Dollar Strafe zahlen müssen. Aber wenigstens ist sie noch am Leben und kann es zahlen, denkt sie und wird mutiger, tritt auf die Terrasse hinaus, um sich ihrem grinsenden Feind zu stellen. Bestimmt ist er nicht so dumm, daß er jetzt noch etwas versucht.
Sein Grinsen wird immer breiter, während sie sich ihm nähert.
»Vergessen abzuschalten?« fragt er, obwohl die Antwort völlig offensichtlich ist.
»Ich schalte den Alarm jede Nacht an, bevor ich zu Bett gehe«, erklärt sie – warnt sie? »Was machen Sie hier?«
»Ich war gerade in der Gegend«, antwortet er locker und nimmt die Hände von den Hüften. »Ich dachte mir, ich schaue mal nach, ob sich irgendwas getan hat.«
»Nicht das geringste.« Joanne fragt sich, ob diese Unterhaltung wirklich stattfindet. Möglicherweise ist es ein Traum. Es ist wie ein Traum, mit den jaulenden Sirenen überall. Sie weiß, daß sie hineingehen und den Alarm abschalten müßte. Aber die Sirenen garantieren ihr Sicherheit, und sie beschließt, sie anzulassen. Die Polizei kommt auf jeden Fall, egal, ob sie den Alarm nun abschaltet oder nicht, und wieder werden die Beamten den Kopf schütteln, wenn sie Joanne unverletzt antreffen.
»Das tut mir wirklich leid«, sagt der Mann. Den Alarm ignoriert er einfach, er hat auch keine Eile, sich zu verabschieden. »Wir haben so gute Arbeit geleistet. Auf den hier war ich richtig stolz.« Er sieht sich um. »Das geht mir nicht immer so. Manchmal sind die Pools, die wir bauen, nicht besonders inter-

essant. Die Leute haben keine Phantasie. Aber der hier war was anderes, diese Bumerangform und der tiefe Bereich da. Den würde ich gern fertig sehen.«
»*Rogers Pools* ist also immer noch pleite?« Schon während sie es ausspricht, merkt Joanne, wie dumm es ist. Warum steht sie überhaupt hier draußen und redet mit diesem Mann? Warum ist er hier? War er wirklich gerade in der Gegend? Wollte er sich wirklich nur mal ansehen, wie weit der Pool gediehen ist?
»Ich weiß nichts über *Rogers Pools*«, sagt er. »Ich mache das freiberuflich; ich habe mit allen möglichen Unternehmen Zeitverträge. Wer weiß, vielleicht bin ich mit einer anderen Firma wieder hier, wenn Sie den Pool fertigstellen lassen. Hoffentlich.« Er zwinkert ihr zu. »Sieht ja nicht so aus, als ob sie ihn diesen Sommer noch viel benutzen könnten.« Wieder läßt er seinen Blick durch den Garten wandern. Versucht er sich über die Lage des Hauses zu informieren? »Wirklich schade«, fährt er fort. »Wo dieser Sommer doch so heiß werden soll.« Er lächelt. Joanne sieht seine eng beieinanderstehenden Zähne. Verlegen tritt sie mit ihren nackten Füßen auf der Stelle und lenkt damit, ohne es zu wollen, seine Aufmerksamkeit auf sie.
»Was ist denn mit Ihren Zehen passiert?« fragt er.
»Ich habe in zu kleinen Schuhen Tennis gespielt«, erklärt sie, jetzt beinahe überzeugt davon, das Ganze zu träumen.
Er sieht zum Himmel und schüttelt den Kopf. »Sie sollten besser auf sich aufpassen.« Sekunden später ist er verschwunden. Erst nach fünfzig Minuten trifft die Polizei ein.

## 19

»Du kommst zu spät«, sagt Eves Mutter, als Joanne Eves Haus durch die Vordertür betritt.
Joanne wirft einen Blick auf ihre Armbanduhr. »Bloß um fünf Minuten«, sagt sie, entschlossen, sich nicht schuldig zu fühlen. »Wo ist Eve?«

»Ich habe sie wieder raufgeschickt, damit sie sich hinlegt.« Die Anspielung ist unvermeidlich – warum soll Eve leiden, wenn ihre Freundin unpünktlich ist? –, aber Joanne erwidert nichts. Schon vor langer Zeit hat sie gelernt, daß dies die beste Methode ist, mit Eves Mutter fertigzuwerden. »Eve«, ruft deren Mutter die Treppe hinauf, »deine Freundin ist jetzt endlich da.«
»Also wirklich, Mutter«, sagt Eve, als sie die Treppe herunterkommt, »findest du nicht, daß du eine Spur zu grob bist?«
»Ja, haltet nur zusammen«, meint Eves Mutter, als Eve und Joanne wissende Blicke tauschen. »Und hört auf, so zu lächeln. Ihr denkt wohl, ich sehe das nicht!« Die beiden Frauen verlassen das Haus. »Fahrt vorsichtig!« ruft sie ihnen nach.
»Ach, ich habe mein *People*-Heft vergessen«, sagte Eve, während sie in Joannes Auto steigt. »Du weißt doch, die Ärzte setzen einem nur diese gräßlichen Spießerblättchen vor.«
»Willst du zurückgehen und es holen?«
Eve betrachtet ihre Mutter, die an der Tür steht und mit ihrem kleinen, gedrungenen Körper eine furchteinflößende Schranke bildet. »Ich glaube nicht, daß mein gebrechlicher Körper das überstehen würde.«
»Wie lange will sie denn diesmal bleiben?« Joanne fährt von der Auffahrt auf die Straße.
»Ich glaube, entweder bis es mir besser geht oder bis ich gestorben bin.« Sie lachen beide. Eves Mutter, die immer noch vor der Haustür steht, zuckt zusammen. »Da, hast du das gesehen?«
»Was denn?«
»Diese leichte Versteifung ihrer Schultern und wie sie ihre Lippen verzogen hat, die ganze Zeit über dieses tapfere Lächeln, obwohl sie dich ganz offensichtlich für eine miserable Autofahrerin hält, die ihr Baby höchstwahrscheinlich getötet haben wird, bevor wir um die Ecke gebogen sind. Ich sage dir, die Frau war zu etwas anderem berufen!«

»Hätte sie Schauspielerin werden sollen?«
»Sie hätte Königin werden sollen.«
»Wenn sie dich so aufregt, warum sagst du ihr dann nicht ganz einfach, daß sie wieder in ihre eigene Wohnung ziehen soll?«
Eve zuckt die Achseln. »Ich habe nicht mehr die Kraft, mich mit ihr herumzustreiten. Und ich muß ehrlich sagen, seit sie vor zwei Wochen mit Sack und Pack hier eingezogen ist, ist das Haus sauber wie noch nie. Sie kocht, wäscht, sie putzt sogar die Fenster! Eine gute Haushaltshilfe ist heutzutage schwer zu finden. Und der Preis ist günstig.«
»Also ich weiß nicht«, bemerkte Joanne. Sie findet, der Preis könnte vielleicht doch zu hoch sein. »Wie steht Brian dazu, daß sie jetzt die ganze Zeit bei euch ist?«
»Ich glaube, er ist erleichtert«, sagt Eve. »Er braucht keine Schuldgefühle mehr zu haben, weil er so gut wie überhaupt nicht mehr nach Hause kommt. Und wenn er mal heimkommt, steht immer ein warmes Essen auf dem Tisch. Es würde mich nicht überraschen, wenn er, nachdem ich gestorben bin, meine Mutter heiraten würde. Es sind schon weit seltsamere Dinge passiert, weißt du.«
»Du wirst nicht sterben.«
»Alle sagen mir das immer wieder.«
»Aber du glaubst ihnen nicht?«
»Ich glaube dem, was mein Körper mir sagt. Erinnerst du dich an Sylvia Resnick?« Das verschwommene Bild eines kleinen blonden Mädchens lächelt Joanne freundlich von den Seiten ihres High-School-Jahrbuchs entgegen. »Sie hatte immer ein paar Pfund zuviel, und ihre Blusen sahen aus, als wären sie monatelang nicht gewaschen worden.« Sylvia Resnicks Grinsen – sie schaffte es, ihre Mundwinkel beim Lächeln herabzuziehen – wird in Joannes Erinnerung langsam deutlich, ihr strähniges Haar und ihre schmutzig-weiße Bluse. Joanne nickt. »Sie ist gestorben.«
»Was?«

»Jawohl. Neununddreißig Jahre alt. Vier Kinder. Geht eines Abends mit ihrem Mann ins Kino und ist plötzlich mausetot. Gehirnaneurisma.«
»Wann ist das passiert?«
»Vor ein paar Monaten. Ich habe es von Karen Palmer gehört. Die redet ausgesprochen gern über solche Sachen. Ich schwöre dir, ich konnte durchs Telefonkabel hindurch sehen, wie sie lächelte. ›Wie geht's dir denn?‹ flötet sie, und im gleichen Atemzug erzählt sie mir, daß Sylvia Resnick tot umgefallen ist!«
Joanne sagt nichts. Einen Augenblick lang ist sie wie betäubt von dieser Nachricht und versucht, zwischen dem, was mit Sylvia Resnick geschehen ist, und dem, was mit Eve geschieht, eine Verbindung herzustellen. »Ich glaube, wenn du ein Gehirnaneurisma hättest, wäre es längst entdeckt worden.«
»Ich glaube nicht, daß ich ein Gehirnaneurisma habe«, sagt Eve ungeduldig. »Ich meine nur, man kann nie wissen. Du fühlst dich wohl, und eine Minute später bist du tot. Wir sind jetzt in dem Alter, wo alles schiefzugehen beginnt, weißt du.«
»Ich bin ganz sicher, daß du kein Gehirnaneurisma hast«, wiederholt Joanne. Sie würde gern über etwas anderes sprechen. Sie hat das Gefühl, daß Eve und sie in letzter Zeit nur noch über Eves Gesundheitszustand reden, was verständlich, aber auch leicht ermüdend ist. »Hast du eine Lebensversicherung?« fragt Joanne sie plötzlich.
»Wie kommst du denn darauf?« Argwöhnisch sieht Eve sie an, als wisse Joanne etwas, was sie, Eve, nicht weiß.
»Ich habe eine abgeschlossen.«
»Wirklich? Warum denn?«
»Ich dachte mir, das ist eine gute Idee. Falls mir etwas passieren sollte...«
»Dir wird nichts passieren«, sagt Eve und würgt gleichzeitig mit dieser Möglichkeit auch das jetzt zu erwartende Gesprächsthema ab. Joanne hat bemerkt, daß Eve nicht gern über die Anrufe spricht, die Joanne bekommt. Sie läßt das Thema fallen

und beschließt, Eve nichts davon zu erzählen, daß ihre neue Versicherungspolice eine Zusatzklausel über eine Doppelentschädigung enthält. »Die Ärztin, die mich vor Abschluß der Versicherung untersuchte, sagte, ich hätte ein bißchen Blut im Urin«, erzählt sie statt dessen und bringt das Gespräch damit indirekt wieder auf Eves Gesundheit zurück. Blut im Urin haben die Ärzte auch bei einem der vielen Tests entdeckt, denen Eve sich unterzogen hat. »Es ist nicht schlimm, hat sie gesagt«, erklärt Joanne. »Sie meinte, das haben viele Frauen, es kommt auf den Zeitpunkt innerhalb des Monats an und so.«
»Klar«, erwidert Eve zynisch, »schieb alles auf den Zeitpunkt innerhalb des Monats.« Gedankenverloren sieht Eve aus ihrem Seitenfenster. »In *People* habe ich über diesen Typen gelesen, der wegen Krebs ein Bein verlor. Der rennt jetzt durch ganz Nordamerika. Das machen ja heutzutage viele. Ich habe da so eine Vision: Alle diese einbeinigen Läufer prallen auf Amerikas Highways aufeinander.«
Joanne ertappt sich dabei, wie sie über diese reichlich groteske Vorstellung zu lachen beginnt. »Ich nehme an, die einen werden besser mit Problemen fertig als die anderen«, sagt sie. Sie meint es ganz allgemein.
»Was soll das heißen?« Eves Ton ist schneidend.
»Nichts«, antwortet Joanne der Wahrheit entsprechend, überrascht von der plötzlichen Feindseligkeit in Eves Stimme. »Nur so eine Bemerkung.«
»Du, diese Bemerkungen kannst du dir sparen.« Joanne fühlt, wie sich ihre Augen mit Tränen füllen, als hätte Eve ihr ins Gesicht geschlagen. »Entschuldige«, sagt Eve sofort. »Herrgott, jetzt mache ich es schon wieder. Joanne, es tut mir leid. Bitte, wein nicht. Ich wollte es nicht. Du weißt doch, daß ich das gar nicht sagen wollte.«
Joanne nickt ganz langsam in dem Versuch, Eve klarzumachen, daß sie sie sehr gut versteht. Aber in Wahrheit versteht sie von Tag zu Tag weniger, was mit ihrer besten Freundin los ist.

»Mein Gott, du bist so gut zu mir. Du fährst mich überall hin, du begleitest mich von einem sinnlosen Arzttermin zum anderen, du bist immer da, wenn ich dich brauche.« Sie stockt. »Ich glaube, es ist wahr, wenn man sagt, daß man immer denen am meisten wehtut, die man liebt.« Joanne ringt sich zu einem Lächeln durch. »Also«, sagt Eve und wechselt das Thema, »du glaubst wirklich, daß dieser Dr. Ronald Gold der gleiche Typ ist, mit dem wir zur Schule gegangen sind?«

»Ich bin so bald ich kann bei Ihnen«, sagt der Dermatologe, während er aus seinem Behandlungszimmer in das überfüllte Wartezimmer tritt. Er ist etwa einen Meter siebzig groß, hat einen Schopf rotblonder Haare und zeigt ein gewinnendes Lächeln. Ohne Frage ist er derselbe Ronald Gold, mit dem sie in der Schule waren. Joanne beobachtet, wie er ungeschickt in dem Terminkalender, der auf dem unordentlichen Schreibtisch liegt, herumblättert, und erinnert sich, daß er das früher mit seinem Chemiebuch auch immer so gemacht hat. Er ist überhaupt nicht älter geworden, findet sie, und fragt sich, ob er wohl dasselbe von ihr denkt, falls er überhaupt Zeit hat, ausreichend Notiz von ihr zu nehmen. »Ich möchte mich entschuldigen«, sagt er, an sein Publikum gewandt, das zum großen Teil aus Teenagern besteht, dazwischen ein paar Erwachsene. »Ich entschuldige mich für dieses Chaos«, fährt er fort, während er offensichtlich einen Kugelschreiber sucht. »Ich weiß doch, daß ich ihn hier irgendwo hingelegt habe«, murmelt er. »Meine Sprechstundenhilfe hat letzte Woche aufgehört«, verkündet er der Runde seiner Patienten, »und ich rief eine Agentur an, damit man mir eine Aushilfskraft schickt, aber die Dame ist nie erschienen. Dabei habe ich wahrscheinlich sogar noch Glück gehabt. Diese Aushilfen machen einem manchmal mehr Ärger, als daß sie eine Hilfe sind. Den ganzen Tag muß man ihnen alles erklären, und am nächsten Tag schicken sie jemand anderen, und das Ganze geht von vorn los. Ich kann diesen ver-

dammten Kugelschreiber nicht finden.« Schüchtern hebt er den Blick vom Schreibtisch. »Kann mir einer von Ihnen einen leihen?«
Joanne geht an seinen Schreibtisch, holt den silbernen Kugelschreiber, den sie schon die ganze Zeit über gesehen hat, unter einem Berg von Papieren hervor und reicht ihn dem Jungen, der in Chemie immer hinter ihr saß, die Knöchel krachen ließ und am laufenden Band Witze riß.
»Wollen Sie einen Job?« fragt er sofort, und dann: »Kenne ich Sie nicht?«
»Wir sind zusammen zur Schule gegangen. Joanne Mossman, das heißt, ich *war* Joanne Mossman, jetzt heiße ich Hunter.«
Wirklich? fragt sie sich.
Sein Grinsen wird immer breiter, bis die Mundwinkel fast an den Ohren sind. »Ach, Joanne Mossman«, ruft er, »ich hätte dich nicht erkannt – du siehst jetzt viel besser aus wie als Kind.«
Joanne lacht, es ist ein Lachen voller Dankbarkeit. »Ich meine es ernst. Ich versuche nicht, dir was vorzumachen. Ich meine, du warst schon immer hübsch, aber du warst immer etwas steif, du weißt schon, was ich meine. Der hundertprozentige Perlenkettentyp. Jetzt siehst du ein bißchen lockerer aus. Deine Frisur gefällt mir.« Joanne merkt, daß sie rot wird. »Hey, du wirst ja immer noch rot. Das gefällt mir auch.« Er legt ihr den Arm um die Taille und gibt mit dem anderen Arm ein Zeichen, das die Aufmerksamkeit der Patienten auf ihn lenken soll. »Alle mal herhören, das ist die kleine Joanne Mossman. Wie heißt du jetzt noch mal?«
»Hunter.«
»Die kleine Joanne Hunter. Immer noch dein erster Mann?« Joanne nickt. »Wir sind zusammen zur Schule gegangen. Schon damals hatte sie eine reine Haut.« Er betrachtet ihr Gesicht. »Was ist das? Ein Pickel?« Seine Expertenfinger fahren über ihr Gesicht. »Nichts Ernstes«, meint er. »In ein paar Minuten nehme ich mich deiner an.«

»Ich bin ja gar nicht hier, um mich untersuchen zu lassen«, sagt Joanne rasch. Sie merkt, daß ihnen noch immer alle anderen Leute im Wartezimmer zuhören. »Ich habe eine Freundin hierher begleitet.« Sie deutet auf Eve, die mit einem Stapel Zeitschriften auf dem Schoß und einem verärgerten Gesichtsausdruck in einem Sessel sitzt.
»Ist das die kleine Eve Pringle?« fragt Dr. Ronald Gold, während Eve sich erhebt. Sie überragt ihn um gut fünf Zentimeter. »Und ihr seid immer noch zusammen, ihr beide, was?«
»Eve Stanley heiße ich jetzt«, erklärt ihm Eve. »Wir hatten vor zwanzig Minuten einen Termin.«
Wenn er den beabsichtigten Sarkasmus bemerkt hat, so ignoriert er ihn. »Ja, nun, ich bedaure die Verspätung, aber meine Sprechstundenhilfe hat gekündigt, und meine Laborantin liegt mit einer Erkältung im Bett.« Das Telefon klingelt. »Und andauernd klingelt das Telefon.« Er beugt sich vor und nimmt den Hörer ab. »Für dich«, sagt er zu Joanne. Die reißt die Augen auf. »Kleiner Witz«, sagt er schnell, als er ihren Schreck bemerkt. »Was? Du hast also jemandem meine Nummer gegeben? Ja, hier ist Dr. Ronald Gold«, spricht er in den Hörer. »Natürlich kann ich Sie untersuchen, Mrs. Gottlieb. Für Sie bin ich immer da. Kommen Sie doch heute nachmittag vorbei, dann sehe ich Sie mir mal an. Machen Sie sich keine Sorgen, bis zur Bar-Mizwa-Feier am Samstag wird der Schönheitsmakel verschwunden sein.« Er legt den Hörer auf und richtet den Blick wieder auf Eve. »Ich nehme dich gleich dran. Michael!« ruft er einen Jungen, dessen Gesicht vor lauter Akne fast nicht mehr zu erkennen ist. Er dreht sich zu Joanne um. »Und nach deiner Freundin möchte ich noch einen Blick auf dich werfen.«

»Wann hast du die denn zum erstenmal bekommen?« fragt er Joanne, die auf dem Untersuchungstisch liegt. Ihr Gesicht ist kalt von der Trockeneisbehandlung, die der Arzt gerade durchgeführt hat. Ronald Golds Finger drücken fest auf ihr Kinn.

»Erst im letzten Monat«, erzählt sie. »Ich konnte es gar nicht glauben. Frauen in meinem Alter bekommen doch keine Pickel.«
»Zeig mir mal, wo geschrieben steht, daß Frauen deines Alters – unseres Alters – keine Pickel bekommen. Frauen unseres Alters bekommen Pickel, das kannst du mir glauben. Es kommen viele vierzigjährige Frauen zu mir, auch fünfzigjährige.«
»Toll. Das ist ja etwas, auf das man sich richtig freuen kann.«
Er piekst ihr eine Nadel in die Haut, ein kleiner stechender Schmerz. »Ich injiziere nur ein bißchen Cortison in diesen hier. Sag mal, was hast du in letzter Zeit mit deiner Haut gemacht?«
»Wie meinst du das?«
»Hast du irgend etwas Neues angewendet?«
»Ich benutze seit kurzem eine neue Feuchtigkeitscreme, die mir Eve empfohlen hat...«
»Ach, ist Eve Hautärztin?«
»Nein, aber sie meinte, ich solle mal anfangen, meine Haut mehr zu pflegen.«
»Tust du immer noch alles, was Eve dir sagt? So wie früher?«
Joanne versucht zu lächeln, aber sein Arm liegt über ihrem Mund. Er beschäftigt sich gerade mit einem weiteren potentiellen Pickel. »Na ja, ich habe mich eben vorher nie um meine Haut gekümmert, ich meine, ich habe sie nie gepflegt...«
»Und du hattest vorher nie Probleme, oder?«
»Nein.«
»Sagt dir das nichts?« Er tritt einen Schritt zurück. »Du verstopfst dir alle deine Poren, kleine Joanne Mossman Hunter. Alle diese tollen, teuren Cremes verursachen bei dir Pickel. Hör auf, sie weiter zu benutzen.«
»Und was soll ich statt dessen tun?«
»Wasch dir einmal pro Tag – einmal! –, und zwar am Abend, mit einer milden Seife das Gesicht, mehr ist nicht nötig. Feuchtigkeitscreme brauchst du nicht. Ich gebe dir eine Vitamin-A-

Creme, die trägst du auf, bevor du schlafen gehst. Wenn du Make-up benutzen willst, nimm eines auf Feuchtigkeitsbasis, und trage Puder-Rouge auf, kein Creme-Rouge, das verstopft die Poren. Und hör auf, diese Frauenzeitschriften zu lesen. Die wissen über richtige Hautpflege ungefähr genausoviel wie deine verrückte Freundin Eve. Wo liegt eigentlich ihr Problem?« fragte er im selben Atemzug.
»Wir hofften, du würdest uns das sagen.«
»Ich bin Hautarzt. Ich bin für die Außenseite des Kopfes zuständig, nicht für innen.«
»Du meinst, es ist ein seelisches Problem?«
Er hebt die Schultern. »Die Psychiatrie ist der Schuttabladeplatz der Mediziner. Ein Arzt kann nichts Physisches finden – da nimmt er einfach an, es ist etwas Psychisches. Ich kann dir nicht sagen, was mit Eve los ist, nur daß es nichts mit ihrer Haut zu tun hat. Die ist ein bißchen trocken, das ist alles. Mehr kann ich dir dazu nicht sagen.« Er macht einen Schritt zurück und betrachtet ihr Gesicht, als wolle er sie porträtieren. »Das müßte reichen«, sagt er. »Du willst also einen Job?«
Joanne lacht. Dann merkt sie, daß er es ernst meint. »Soll das ein Witz sein?«
Er schüttelt den Kopf. »Du hast meinen Kugelschreiber gefunden, du schaffst alles. Los, nenn deinen Preis!«
»Ich kann nicht.«
»Warum denn nicht? Babys zu Hause? Einen Mann, der nicht will, daß seine Frau arbeitet? Sag ihm, daß sich die Zeiten geändert haben. Mensch, meine Frau ist Zahnärztin. Die arbeitet mehr als ich.«
»Das ist es nicht«, sagt Joanne. Sie weiß nicht genau, was es ist.
»Was dann? Reizt es dich nicht?«
»Meinst du es wirklich ernst?«
»Sehe ich aus wie ein Mann, der Witze macht? Ich sehe doch eher aus wie einer, der verzweifelt eine gute Sprechstundenhilfe sucht.«

»Was müßte ich denn machen?«
»Telefonanrufe entgegennehmen, die Patienten empfangen, die Termine abstimmen, über meine Witze lachen. Wenn du ganz brav bist, lasse ich dich vielleicht sogar ein paar Pickel ausdrücken. Was meinst du? Ist das nun ein Angebot, das du nicht ausschlagen kannst, oder nicht?«
»Kann ich es mir noch überlegen?« fragt Joanne. Sie ist von sich selbst überrascht. Was gibt es da zu überlegen? Sie kann doch nicht ernsthaft in Erwägung ziehen, für diesen Mann zu arbeiten! Warum eigentlich nicht? fragt sie sich. In ihrem Kopf prallen die Gedanken aufeinander wie Hunderte von einbeinigen Läufern auf den Highways Amerikas.
»Klar. Denk drüber nach, besprich es mit deinem Mann und ruf mich am Montag an. Ich will dich nicht unter Druck setzen, verstehst du.« Er lächelt.
»Warum willst du, daß ausgerechnet ich für dich arbeite?«
»Warum nicht du?« fragt er. »Stimmt irgendwas nicht mir dir?« Sein jungenhaftes Grinsen verschwindet, seine graublauen Augen sehen sie warm an. »Ich mag dich«, sagt er einfach. »Du erinnerst mich an meine Jugend. Hey, ich habe das irgendwo gelesen – weißt du, was das wirklich Erschreckende am Älterwerden ist?« Sie schüttelt den Kopf. »Wenn du eines Morgens aufwachst und dir klar wird, daß die Kinder aus deiner Klasse im Land das Sagen haben.«

Eves Mutter wartet an der Tür – hat sie die ganze Zeit über dort gestanden? –, als Joanne in die Auffahrt einbiegt. Die beiden Frauen gehen zu Eves Haus hinüber.
»Das hat aber lange gedauert«, begrüßt Eves Mutter sie mit einem anschuldigenden Ton in der Stimme. »Warum habt ihr denn so lange gebraucht?«
»Wir mußten beinahe eine Stunde warten«, sagt Eve und geht an ihrer Mutter vorbei ins Haus. »Der gute Mann war ziemlich durcheinander. Mein Gott, was hast du denn mit den Möbeln

gemacht?« ruft sie, als sie das plötzlich fremd wirkende Wohnzimmer betritt und darin unruhig auf und ab zu gehen beginnt.
»Ich habe ein paar Sachen umgestellt.«
»Ein paar Sachen! Ist hier überhaupt noch etwas, das du *nicht* angerührt hast?«
»Nun, du warst so lange weg, da bin ich nervös geworden; ich hatte nichts zu tun.«
»Mal ein Buch in die Hand zu nehmen, fällt dir wohl nicht ein?« fragt Eve. »Wie hast du nur dieses Sofa ganz allein vom Fleck bewegen können, Himmel noch mal? Das ist wirklich zuviel«, sagt sie ungläubig, halb lachend, halb weinend. »Das halte ich nicht aus.«
»Geh rauf und leg dich hin«, empfiehlt Mrs. Cameron ihrer Tochter, die den Raum bereits verlassen hat und auf halber Treppe zu ihrem Zimmer ist. »Du bleibst«, flüstert sie Joanne zu. »Ich will mit dir reden.«
»Danke, Joanne«, ruft Eve von der Treppe hinunter. »Bis später.«
»Und? Was war?« fragt Eves Mutter sofort.
»Nicht viel«, antwortet Joanne, folgt der alten Frau in die Küche und setzt sich ihr gegenüber an den Tisch. »Offensichtlich hat der Arzt sie ziemlich gründlich untersucht. Er meint, mit ihrer Haut ist alles in Ordnung, außer daß sie ein bißchen trocken ist.«
»Hat sie ihm gesagt, daß sie früher immer fettige Haut hatte?«
»Er hat gesagt, daß die Haut sich verändert, wie alles andere auch. Er meinte, es könnten ihre Hormone sein, die Schwangerschaft, die Fehlgeburt. Ich weiß nicht genau. Eve kann es Ihnen besser erklären.«
»Aber es ist nichts Schlimmes?«
»Mrs. Cameron«, fragt Joanne ganz geduldig, »wie schlimm kann trockene Haut denn schon sein?«

»Hast du das Eve gesagt?«
»Ich habe es versucht.«
»Und?«
»Sie sagt, die trockene Haut sei nur ein Symptom des größeren Problems.«
Unruhig trommelt Eves Mutter mit den Fingern auf den Tisch. Sie hat den Kopf gesenkt. Plötzlich merkt Joanne, um wieviel älter Eves Mutter zur Zeit aussieht. Zum erstenmal verraten ihre Gesichtszüge die bald sieben Jahrzehnte. Die Ringe unter ihren Augen sind geschwollen und hängen herab. An einem Mundwinkel hat sie einen leichten Tic. Joanne sieht, daß Arlene Pringle Hopper Cameron, die drei Männer zu Grabe getragen hat, kurz davor ist, in Tränen auszubrechen. »Ich weiß nicht, was ich tun soll«, schluchzt sie leise und schlägt die Hände vors Gesicht.
»Warum gehen Sie nicht nach Hause?« sagt Joanne sanft. Diese Gelegenheit muß genutzt werden. »Sie sehen müde aus. Sie müssen sich ausruhen.«
»Ich kann nicht heimgehen«, erwidert die Frau, den Blick auf Eve gerichtet. »Eve braucht mich hier.«
»Eve kommt sehr gut allein zurecht, Mrs. Cameron«, drängt Joanne. »Zweimal in der Woche kommt die Putzfrau, und ich wohne ja gleich nebenan. Ich werde mit Brian sprechen, er muß dann eben mehr Zeit zu Hause verbringen. Vielleicht wäre es sogar ganz gut, wenn Eve mehr im Haushalt zu tun hätte. Das würde sie von den Schmerzen ablenken.«
»Meinst du etwa, ich hätte das Eve noch nicht vorgeschlagen?« fragt Mrs. Cameron. Joanne ist überrascht. Allerdings, das hätte sie nicht gedacht. »Ich habe selbst Probleme mit dem Herzen, weißt du. Glaubst du vielleicht, das hier ist leicht für mich? Ich führe mein eigenes Leben, ich habe meinen Bridge-Club und meine Mah-jongg-Damen. Ich weiß, das klingt ziemlich banal, aber was soll's? Das Leben mancher Menschen ist eben weniger bedeutend als das anderer. Ich bin zu alt, um

Kindermädchen zu spielen. Aber jedesmal, wenn ich Eve gegenüber andeute, daß ich jetzt wieder heimgehe, daß sie versuchen soll, sich selbst zu helfen, wird sie wütend. Dann schreit sie: ›Was bist du bloß für eine Mutter, daß du deine eigene Tochter im Stich läßt, wenn sie dich am dringendsten braucht?‹ Was soll ich tun? Sogar wenn ich nur mal einen Nachmittag lang ausgehen will, wird sie schon hysterisch.« Sie schüttelt den Kopf. »Ich bin nicht vollkommen, Joanne, weiß Gott nicht. Ich habe viele Fehler gemacht. Aber ich habe immer versucht, mein Bestes zu geben. Du bist die einzige, auf die sie hört – sag du mir, was ich tun soll! Sie ist meine Tochter, und ich habe sie lieb, ich will nicht, daß sie unglücklich ist. Ich weiß nicht, wie ich ihr helfen soll.« Sie trocknet sich mit einem Papiertaschentuch die Augen. »Sie ist vierzig, aber sie ist immer noch mein Kind. Man hört nicht auf, Mutter zu sein, bloß weil die Kinder älter werden. Na, das brauche ich dir ja nicht zu sagen. Wie geht es denn deinen Mädchen?« fragt sie und versucht ein Lächeln.

»Gut«, antwortet Joanne – eine Unterstellung, denn sie hat noch keine Post von ihnen erhalten. Sie erhebt sich und legt der alten Frau eine Hand auf die Schulter. »Warum legen Sie sich nicht selbst mal eine Weile hin? Sie haben alle Möbel rumgeschoben, Sie müssen ja völlig erschöpft sein.«

»Wird Eve wieder gesund werden?« fragt Eves Mutter an der Haustür leise.

»Ich bin überzeugt, daß sie wieder gesund wird«, antwortet Joanne und wundert sich, wie überzeugend ihre Stimme klingt, denn in Wahrheit ist sie überhaupt nicht sicher.

»Ich weiß nicht, warum ich mich von dir dazu überreden ließ.«
»Hey, das ist mein Spruch!«
»Das letzte, was ich jetzt sehen möchte, ist ein aufwendiges Broadway-Musical«, schmollt Eve und starrt aus dem Autofenster hinaus auf den Abendhimmel.
»Es soll wundervoll sein«, erzählt Joanne. »Die Kostüme sind unglaublich, heißt es, tolle Tanzszenen, und die Songs kann man tatsächlich mitsummen.«
»Wer sagt das? Wieder der gute Onkel Doktor?«
Joanne fühlt ihre Schultern sinken, strafft sie wieder und versucht sich zum Lächeln zu zwingen. »Um ehrlich zu sein: ja«, antwortet sie. Hoffentlich läßt sich ein Streit vermeiden. Sie gibt den Versuch mit dem Lächeln wieder auf. Jedesmal, wenn zwischen ihr und Eve die Rede auf Joannes neuen Chef kommt, beginnen sie unweigerlich zu zanken. »Ron und seine Frau haben es sich letzte Woche angesehen, und er hat überhaupt nicht mehr aufgehört, davon zu schwärmen.«
»Wenn es wirklich so gut ist, wieso haben wir dann Karten bekommen?«
»Ich habe dir doch erzählt, daß sein Bruder...«
»Ach ja«, unterbricht Eve sie, »sein Bruder treibt es mit der Produktionsassistentin.«
Joanne zuckt zusammen. »Er ist mit der Produktionsassistentin *befreundet*.«
»Genau dasselbe – sei doch nicht so naiv.« Mürrisch sieht Eve aus dem Fenster.
»Also, wenn es wirklich eine solche Qual für dich ist, dann drehe ich jetzt um, und wir fahren einfach nach Hause.«
»Jetzt? Wir sind schon fast da, Mensch! Wegen dir habe ich mich angezogen und alles. Wer hat denn irgendwas von heimfahren gesagt? Mein Gott, du bist so empfindlich!«

»Ich habe bloß keine Lust, im Freitagabendverkehr nach Manhattan reinzufahren, wenn du dich den ganzen Hinweg und den ganzen Rückweg über beklagst.«
»Wer beklagt sich?« Eve rutscht unruhig in ihrem Sitz hin und her und drapiert sich ihre silberne Stola um die nackten Schultern. »Mein Gott, du bist heute vielleicht in einer komischen Stimmung!«
»Meine Stimmung war ausgezeichnet.«
»War? Soll das heißen: Ist nicht mehr?«
Joanne fühlt, wie sich ihre Schultern entspannen. »Ist schon gut. Das Autofahren auf dem Highway macht mich immer ein bißchen nervös«, lügt sie.
»Glaubst du nicht, daß dieser Job zuviel für dich ist?« fragt Eve nach einer kurzen Pause.
»Wie meinst du das?«
»Na ja, du weißt schon, du bist es nicht gewöhnt zu arbeiten, ich meine, du hast doch noch nie außer Haus gearbeitet, oder?«
Joanne schüttelt den Kopf. Sie hat keine Ahnung, worauf Eve hinaus will. »Und plötzlich arbeitest du jeden Tag von neun bis fünf, das ist eine ziemliche Umstellung. Da mußt du ja müde sein.«
»Ich bin nicht müde.«
»Du siehst müde aus.«
Joanne schielt zu ihrer Freundin hinüber, die so tut, als konzentriere sie sich auf die vor ihnen liegende Straße. »Wirklich?« Joanne ertappt sich dabei, wie sie ihr Gesicht im Rückspiegel anstarrt. Die Falten um ihre Augen scheinen nicht tiefer als sonst zu sein. Wenn überhaupt, dann hat sie seit Monaten nicht besser ausgesehen – und sich nicht besser gefühlt – als jetzt. »Ich bin nicht müde«, wiederholt sie. »Im Gegenteil, ich fühle mich sehr wohl. Der Job gefällt mir sehr gut...«
»Wie kann einem nur ein Job gefallen, bei dem man jeden Tag in Pickelgesichter starren muß?«
Joanne versucht zu lachen, aber es klingt mehr wie ein Grun-

zen. »Die Leute hinter diesen Pickeln sind sehr nett. Alle sind freundlich. Einen netteren Chef als Ron gibt es nicht...«
»Das sagst du andauernd. Passiert da irgendwas, das ich wissen sollte?«
»Was denn zum Beispiel?« Joanne beginnt sich sehr unbehaglich zu fühlen. Dies ist nicht das erstemal, daß Eve darauf anspielt, zwischen Joanne und ihrem neuen Arbeitgeber könnte sich etwas ausgesprochen Berufswidriges abspielen.
»Ich habe doch gesehen, wie er dich damals in der Praxis angeschaut hat. Der kleine Ronnie Gold und die kleine Joanne Mossman zum erstenmal wieder vereint!«
»Joanne *Hunter*«, korrigiert Joanne in scharfem Ton, »und langsam beginnt mich dieses Gespräch zu ärgern.«
Eve ist völlig verblüfft über Joannes plötzliche Deutlichkeit, ebenso wie Joanne selbst. »Beruhig dich wieder. Ich habe doch nur Spaß gemacht.«
»Ron ist glücklich verheiratet, und ich bin eine verheiratete Frau«, sagt Joanne. Der gar nicht so subtile Unterschied ist ihr durchaus bewußt. »Er ist mein Chef, und ich mag ihn und respektiere ihn. Das ist alles, und mehr wird da nie sein.«
»Mir scheint, die Dame widerspricht zu sehr«, murmelt Eve kaum hörbar. Bevor Joanne Protest erheben kann, fährt Eve fort: »Du glaubst also, daß du weiterarbeiten wirst, wenn die Mädchen wieder daheim sind?«
»Das glaube ich nicht«, antwortet Joanne und versucht, ihren Ärger zu unterdrücken. »Ich hatte mich nur einverstanden erklärt, den Job den Sommer über zu machen. Bis die Mädchen aus dem Lager zurück sind, wird Ron bestimmt jemand anderen gefunden haben, der ihm zusagt, und Paul und ich werden hoffentlich...« Sie bricht mitten im Satz ab. Es ist zwei Wochen her, daß sie ihren Mann das letztemal gesehen hat.
»Paul und du, ihr werdet, hoffentlich...?«
»Wer weiß?« Joanne hebt die Schultern. Sie möchte das Thema einer möglichen Aussöhnung nicht weiter diskutieren. Wäh-

rend der folgenden Stille wird ihr bewußt, daß es jetzt weniger und weniger Themen gibt, über die sie mit ihrer ältesten und besten Freundin noch gerne spricht.
Eve windet sich in ihrem Sitz und zupft an ihrer Stola herum. »Du hast doch dafür gesorgt, daß wir einen Sitz am Rand haben, oder?« fragt sie.
»Das hast du mich schon einmal gefragt.«
»Und wie lautete deine Antwort?«
»Ja, ich habe dafür gesorgt, daß wir einen Sitz am Rand haben.«
»Gut.«
Sie versinken in tiefes Schweigen.

Sie finden erst etwa acht Straßenzüge vom Theater entfernt einen Parkplatz und müssen laufen, um nicht zu spät in die Vorstellung zu kommen, die um acht Uhr beginnt. Die Menschenmenge vor dem Barrymore-Theater schiebt sich langsam hinein, als Eve und Joanne lachend und außer Atem ankommen.
»Ich weiß gar nicht, was so lustig ist«, keucht Eve und faßt sich an den Hals. »So bin ich nicht mehr gerannt seit dem Leichtathletiktag am Ende des vorletzten High-School-Jahres, als ich erste wurde. Erinnerst du dich? Ich kam mit gut zehn Metern Vorsprung ins Ziel.«
»Na, mich hast du auf jeden Fall geschlagen«, gibt Joanne nach Luft schnappend zu. »Du warst damals ziemlich gut in Form.«
Eves Körper versteift sich plötzlich. »Was soll das heißen?«
Joanne weiß nicht, was sie antworten soll – das passiert ihr jetzt immer öfter, wenn sie mit Eve zusammen ist. Ihre Hände wedeln tolpatschig durch die Luft, sie bekommt den Mund nicht auf.
Im Inneren des Theaters wird zum Einnehmen der Plätze geläutet. »Ich glaube, wir müssen jetzt rein«, sagt Eve mit wieder etwas freundlicherer Stimme. »Ist das nicht Paul?« fragt sie plötzlich.

»Was? Wo?«
»Er ist gerade reingegangen. Zumindest glaube ich, daß es Paul war. Ich habe ihn nur von der Seite gesehen. Es könnte auch jemand anderer gewesen sein.«
Joanne fühlt, wie ihr Herz wild zu schlagen beginnt, und weiß, daß das nichts mit der körperlichen Anstrengung des Laufens zu tun hat. Sie kommt sich vor wie ein Teenager, wie einer aus der Masse von Pickligen, die sie jeden Tag tröstet. Wie sieht sie aus? Sie versucht, in den Glastüren ihr Spiegelbild zu erkennen. Eve sagte, sie sehe müde aus. Stimmt das? Sie trägt ein neues rot und weiß gestreiftes Baumwollkleid, das vorn ziemlich kühn geschnitten ist und am Saum Rüschen hat, die ihre Knie zart umspielen. Es ist ganz anders als alles, was sie je an Kleidern besessen hat, und sie hat es von dem ersten Geld bezahlt, das sie selbst verdiente. Ihre Haut ist wieder rein, aber die Haare sind vom Laufen ganz zerzaust. Aber in letzter Zeit sind sie immer zerzaust, und jeder sagt ihr, wie hübsch das aussehe; auch Paul hat es gesagt. Sie wirkt jetzt ein bißchen dünner, findet sie. Sie wird durch die Tür ins Foyer geschoben. Sie reicht dem Mann am Eingang die Karte und wird sofort in den Zuschauerraum gedrängt. Daß sie dünner wirkt, ist wohl nur dem optischen Effekt der Längsstreifen zu verdanken, sagt sie sich, obwohl sie, seit sie zu arbeiten begonnen hat, wirklich ein paar Pfund abgenommen hat. Neue Diät? hat Eve gefragt. Ja, dachte sich Joanne damals, die Angstdiät. Aber eigentlich ist sie jetzt von Tag zu Tag weniger ängstlich.
Sie finden ihre Plätze und setzen sich. Eve reckt ihren langen, eleganten Hals, um zu sehen, wer noch alles da ist. »Ich sehe ihn nirgends«, sagt sie und meint damit offensichtlich Paul.
»Wahrscheinlich war er es gar nicht«, erwidert Joanne, aber instinktiv weiß sie, daß er es war. »Paul hatte nie viel fürs Theater übrig...«
»Ich konnte nicht sehen, mit wem er war«, sagt Eve, während das Licht ausgeht und das Orchester zu spielen beginnt.

Die Musik ist laut, der Rhythmus mitreißend. Das ganze Publikum scheint sich darin zu wiegen, die Erwartung steigt. Joanne fühlt den Klang der Musik immer intensiver werden; ihre Füße klopfen den Takt mit. Sie sieht, wie sich der Vorhang teilt und ein überwältigendes Bühnenbild zum Vorschein kommt. Die Kostüme sind unglaublich, Joanne bleibt fast die Luft weg. Sie hört Stimmen, die sich in klarer, fröhlicher Zuversicht erheben. Aber alles, was sie hört, sieht und denkt, ist: Ich konnte nicht sehen, mit wem er war.
Warum ist sie nicht gleich darauf gekommen? Wenn Paul hier ist, dann niemals allein. Also mit wem? Wahrscheinlich mit einem Klienten. Bitte, mach, daß es ein Klient ist. Vielleicht mit einem Freund. Mach, daß es ein Freund ist, keine Freundin. Am wahrscheinlichsten aber mit einer Frau, die er ausführt. Am allerwahrscheinlichsten mit einer jungen, attraktiven. Höchstwahrscheinlich mit der kleinen Judy, Nachname unbekannt.
Ich konnte nicht sehen, mit wem er war.
Joanne versucht sich auf die grandios erleuchtete Bühne zu konzentrieren. Sie fragt sich, wie die viele Theaterschminke und das starke Licht sich wohl auf die Haut der Tänzerinnen und Sängerinnen auswirken. Sie schielt zu Eve hinüber. Auf ihrem Gesicht liegt das Silber und Gold, auf ihrem Haar das Eisblau der Bühnenbeleuchtung. Ihre Augen sind schwarz und leer.
Wieder sieht Joanne nichts, fühlt nichts.
Ich konnte nicht sehen, mit wem er war.
Plötzlich ist die Bühne in helles, blendendes Zitronengelb getaucht. Joanne schließt die Augen vor diesem Licht, das wie die Sonne blendet. Sie fühlt die Hitze des runden gelben Balls. Sie wirft wieder einen Blick zu Eve hinüber und sieht, daß Eves Gesicht in dem warmen Sonnenlicht ganz besonders kalt wirkt, skelettartig treten ihre Züge hervor, lassen sie beinahe grausam aussehen. Gelb hat mir noch nie gestanden, hört sie Eve sagen, aber Eve sagt nichts. Jetzt brennt die Sonne auf Joannes

Haut, auf ihrer Stirn bricht Schweiß aus. Die Sonne ist zu heiß, denkt sie; sie würde gerne an die frische Luft gehen. Bitte schaltet die Sonne ab! In dem Versuch, ihre wachsende Angst zu bekämpfen, konzentriert Joanne all ihre Aufmerksamkeit auf die Bühne und sieht, daß die Frauen dort oben jetzt nackt sind – waren sie es schon die ganze Zeit? –, bedeckt nur von den irisierenden Lichtstreifen.

Plötzlich fällt der Vorhang. Der erste Akt ist vorbei. Das Licht im Zuschauerraum geht wieder an. Das Publikum bricht in lang anhaltenden Beifall aus. Um sie herum stehen alle Leute auf, um sich die Beine zu vertreten. »Ich kann gar nicht glauben, wie schnell das ging«, hört Joanne sich sagen. Ihr ist bewußt, daß sie die meiste Zeit mit den Gedanken ganz woanders war.

»Soll das ein Witz sein?« fragt Eve. »Das war der längste beschissene erste Akt, den ich jemals durchsessen habe. Sag bloß nicht, dir hat das gefallen! Soviel zu den Empfehlungen des lieben Onkel Doktors. Komm, wir gehen raus.«

»Ich glaube, ich bleibe lieber sitzen«, sagt Joanne und denkt daran, daß sie sich noch vor wenigen Minuten nichts sehnlicher gewünscht hat, als an die frische Luft zu kommen.

»Wir gehen raus«, wiederholt Eve. Damit ist die Diskussion beendet.

Auf dem Weg ins Foyer hört Joanne Worte wie »innovativ« und »originell«, »atemberaubend« und »wunderbar«. Nur Eves Mund drückt beständige Verbiestertheit aus. »Eine entsetzliche Aufführung«, sagt sie, laut genug, daß jeder, an dem sie vorbeigehen, es hören kann. »Das Schlechteste, was ich seit Jahren gesehen habe.« Sie sind im Foyer. »Da ist er ja. Es *ist* Paul.« Joanne sieht sich um. Paul steht ganz allein an der tiefroten Wand. »Willst du ihn nicht begrüßen?« Bevor Joanne antworten oder widersprechen kann, hebt Eve eine Hand und beginnt zu winken. Paul sieht es, sie gibt ihm ein Zeichen, daß er zu ihnen kommen soll. »Da kommt er schon.«

Joanne holt tief Luft. Ihr ist leicht übel. Sie spürt, wie die Leute neben ihr sich umstellen, um dem Neuankömmling Platz zu machen, sie weiß, daß Paul jetzt neben ihr steht. Widerwillig wendet sie ihm ihr Gesicht zu.
Er trägt einen grauen Anzug, ein blaßrosafarbenes Hemd und eine kastanienbraun gestreifte Krawatte, und obwohl er lächelt, sieht er nicht aus, als fühle er sich wohl. »Hallo, Joanne«, sagt er leise. »Wie geht es dir, Eve?«
Joanne nickt, während Eve ihm antwortet. »Ich sterbe langsam vor mich hin«, sagt sie mit flacher, humorlos klingender Stimme.
»Du siehst gut aus«, sagt er. Eve knurrt.
»Das kannst du auf meinen Grabstein schreiben«, erwidert sie.
»Und wie geht's dir?« fragt er, während er sich an Joanne wendet.
»Gut«, antwortet sie. Sie meint es ernst. »Ich habe einen Job.«
»Einen Job? Was für einen Job?« Er ist überrascht, interessiert.
»Ich bin... so was wie eine Sprechstundenhilfe... für einen Hautarzt... den Sommer über... bis die Mädchen aus dem Ferienlager zurück sind.«
»Das klingt ja toll.«
»Es gefällt mir sehr gut.«
Einen Augenblick lang schweigen sie. »Ich wollte dich anrufen«, sagt er verlegen. Er weiß, daß Eve das Gespräch sorgfältig überwacht.
»Ist schon gut...«
»Ich hatte sehr viel zu tun...«
»Macht nichts«, sagt Joanne.
»Ich dachte, wir könnten ja am Besuchstag zusammen zum Lager hinausfahren. Das heißt, natürlich nur, wenn du nicht schon etwas anderes vorhast.«

»Das wäre schön«, erklärt sie sich hastig einverstanden. »Den Mädchen würde es sicher auch gefallen.«
»Hast du etwas von ihnen gehört?«
»Noch nicht. Und du?«
»Nicht eine Zeile. Typisch für die beiden, nehme ich an.« Er läßt den Blick umherwandern. Warum wirkt er so unruhig? »Tolle Aufführung«, schwärmt er und macht einen Schritt zurück, als Eve höhnisch auflacht. »Du findest das nicht?«
»Nein, das kann ich nicht behaupten«, erklärt Eve und setzt schon zum Weitersprechen an, wird aber durch das Erscheinen einer jungen, attraktiven – etwas zu stark geschminkten – Blondine unterbrochen, die aus dem Nirgendwo aufgetaucht ist und Paul fest am Arm packt.
Paul lächelt in ihre Richtung; Eve lächelt in ihre Richtung; Joanne lächelt in ihre Richtung. Die junge Blondine lächelt zurück. Da stehen sie alle mitten im Foyer und lächeln sich gegenseitig an wie ein Haufen Idioten. Joanne fühlt, wie die Bühnenlampen sie abwechselnd in blaues, gelbes und lila Licht baden. Sie fühlt sich, als wären sie alle plötzlich auf die Bühne gehievt und nackt ausgezogen worden. Sie fühlt sich in den Knien schwach werden, fühlt, daß sich ihr der Magen umdreht. Jetzt weiß sie, weshalb Paul so unruhig ist. Sie fragt sich, ob er sie wohl miteinander bekanntmachen wird, und wie. Judy (denn dies muß die kleine Judy sein), ich möchte dir meine Frau vorstellen; Joanne, das ist die kleine Judy.
Es läutet; die Pause ist zu Ende. Erlöst von der Glocke, denkt sich Joanne und weiß gleichzeitig, daß sie jenseits aller Erlösung ist.
»Ich rufe dich an«, sagt Paul leise (so daß seine kleine Judy es nicht hören kann?) und führt die junge Blondine weg, ohne sie verlegen vorgestellt zu haben. Hat er der kleinen Judy nicht gesagt, wie sehr er Künstlichkeit haßt? Hat er sie nicht davor gewarnt, zuviel Rouge aufzulegen? Ist es Creme- oder Puder-Rouge? fragt Joanne sich und hofft, daß es Creme-Rouge ist.

»Alles in Ordnung mit dir?« fragt Eve, als das Foyer sich allmählich leert.
Joanne schüttelt den Kopf.
»Willst du gehen?«
Joanne nickt. Wenn sie jetzt versucht zu sprechen, bricht sie zusammen. Dumm, dumm, dumm! beschimpft sie sich selbst, während Eve sie in die Nachtluft hinausführt.
»Ich wußte gar nicht, daß Paul einen so gewöhnlichen Geschmack hat«, bemerkt Eve. Sie beginnen in Richtung Wagen zu gehen. Eve hat sich bei Joanne untergehakt.
»Sie ist sehr hübsch«, gelingt es Joanne herauszuquieken.
»Sie ist sehr gewöhnlich«, korrigiert Eve ungehalten. »Wasch ihr das Gesicht, nimm die blonden Haare und die großen Titten weg, was bleibt dann noch übrig? Im Grunde«, fährt Eve mit ihrer Analyse fort, »hast du dann dich vor zwanzig Jahren.«
Joanne bleibt stehen. Sie versucht das, was Eve gerade gesagt hat, zu verdauen, aber sie schafft es nicht. »War das eine Beleidigung oder ein Kompliment?« fragt sie.
Eve geht über die Frage hinweg, indem sie plötzlich fast zu laufen beginnt. »Damit will ich nur sagen, daß du einen Idioten geheiratet hast.«
»Das finde ich nicht«, erwidert Joanne und bleibt abermals stehen.
»Hörst du jetzt endlich auf, andauernd stehenzubleiben? Wir sind hier in New York, verdammt noch mal! Hier kannst du überfallen werden, wenn du so rumhängst und streitest!«
»Paul ist kein Idiot«, wiederholt Joanne.
»Mach, was du willst. Er ist *dein* Mann.«
»Ja, er ist mein Mann, und ich finde es sehr seltsam, daß ich ihn vor dir in Schutz nehmen muß.«
»Dann laß es bleiben«, erwidert Eve trocken. »Ich bin auf deiner Seite, erinnerst du dich?«
»Bist du wirklich auf meiner Seite?«
Jetzt ist Eve mit dem Stehenbleiben an der Reihe. »Was soll das denn nun heißen?«

»Das fragen wir uns in letzter Zeit andauernd.«
»Und wie lautet deine Antwort?«
Joanne geht weiter. »Ich weiß nicht.«
»Du«, sagt Eve auf der Rückfahrt nach Long Island, »machen wir diese Sache nicht schlimmer, als sie ist? Du hast deinen Mann gesehen, als er mit einer anderen Frau ausging. Natürlich regt dich das ein bißchen auf...«
»Eve, bitte sprechen wir nicht darüber.«
»Ich versuche ja nur, dir zu sagen, daß du es dir nicht zu nahegehen lassen darfst.«
»Warum denn nicht?« fragt Joanne, fährt den Wagen an den Straßenrand und steigt voll auf die Bremse. »Warum soll ich es mir nicht nahegehen lassen? Ich liebe meinen Mann. Im Oktober feiern wir unseren zwanzigsten Hochzeitstag. Ich hoffe verzweifelt, daß wir wieder zueinander finden. Warum soll es mir nicht nahegehen, wenn ich ihn mit einer anderen Frau ausgehen sehe? Warum ist alles, was mir widerfährt, so verdammt belanglos, und alles, was dir passiert, so weltbewegend wichtig? Warum ist mein Schmerz irgendwie weniger wert als deiner?«
»Joanne, sei nicht albern. Schließlich steht dein Leben nicht auf dem Spiel.«
»Deins auch nicht!«
»Ach, wirklich? Und du weißt das ganz genau, ja?«
Joanne holt tief Luft. Irgendwie, denkt sie, kehrt das Gespräch immer wieder zu Eve zurück.
»Ja«, sagt Joanne entschieden. »Ja, das weiß ich ganz genau. Eve, bei wie vielen Ärzten warst du? Bei dreißig? Bei vierzig?«
Eve weigert sich, sie anzusehen. »Du warst bei jedem Spezialisten in New York; du hast jede Untersuchung über dich ergehen lassen, die es überhaupt gibt. Wie oft muß man dir noch sagen, daß dir nichts fehlt?«
»Wage es ja nicht, mir zu sagen, daß mir nichts fehlt! Ich habe am ganzen Körper Schmerzen!«

»Genau darum geht es! Niemand ist in der Lage, deine Schmerzen zu benennen. Du hast alles! Rippen, Brust, Unterleib, Adern, dein Gewicht, deine Verdauung, deine Haut, deine Haare, deine Ohren- und Nasensekrete, deine Körpertemperatur, deine Augen, dein Hals! Entschuldige, wenn ich etwas ausgelassen haben sollte. Eve, kein Mensch wird am ganzen Körper krank!« Sie bricht ihren Redefluß ab, fühlt den Haß, der von Eves fest geballten Fäusten ausgeht. »Ich sage nicht, daß gar nichts mit deinem Körper passiert ist. Du hattest eine Fehlgeburt, du hast viel Blut verloren. Dein ganzer Körper ist aus dem Rhythmus gekommen; vielleicht entstand dann ein chemisches Ungleichgewicht, ich weiß nicht, ich bin kein Arzt...«
»Da hast du verdammt recht...«
»Aber ich weiß, daß das, was immer mit deinem Körper geschehen ist, nicht tödlich sein kann.«
»Woher willst du das wissen?«
»Nun gut, ich weiß es nicht! Nehmen wir einmal an, es ist tödlich! Nehmen wir einmal das Allerschlimmste an! Du hast noch sechs Monate zu leben! Was tust du dagegen?«
»Von was redest du da? Ich will nicht sterben!«
»Natürlich nicht. Und du wirst auch nicht sterben. Ich will damit nur sagen, daß du, wenn du tatsächlich eine tödliche Krankheit hast, nicht viel dagegen unternehmen kannst, außer das Beste aus der Zeit, die dir noch bleibt, zu machen! Ich glaube nicht, daß du sterben wirst. *Keiner* außer dir glaubt, daß du sterben wirst. Wäre es denn so schlimm, mal zum Psychiater zu gehen?«
»Es wäre reine Zeitverschwendung.«
»Was hast du denn in den letzten Monaten anderes getan?«
»Ich habe *körperliche* Schmerzen!«
»Ja, aber körperliche Schmerzen können eine seelische Ursache haben. Niemand kann da den Unterschied feststellen.«
»Ich kann es.«

»Dann bist du der einzige Mensch auf der Welt, der diese Fähigkeit besitzt.«
»Joanne, *ich* bin es doch nicht, die gerade einen Nervenzusammenbruch erleidet...«
»Niemand sagt, daß du einen Nervenzusammenbruch hast.«
»Und nicht ich bin es, die sich seltsame Anrufe einbildet.«
Es dauert einige Sekunden, bis Joanne diesen Satz versteht. »Ich habe mich schon gefragt, wann du wohl darauf zu sprechen kommen wirst«, sagt sie.
»Nicht ich bin diejenige, deren Mann sie nach zwanzig Jahren verlassen hat und die jetzt glaubt, sie muß Geschichten über ein paar verrückte Telefonanrufe erfinden, um Aufmerksamkeit zu erregen.«
Joanne spricht mit ganz leiser Stimme. »Glaubst du wirklich, daß ich das tue?«
Plötzlich schlägt Eve die Hände vors Gesicht und bricht in Tränen aus. Eine Sekunde später wirft sie den Kopf zornig aufkeuchend zurück, schluckt den Schrei, drängt ihn zurück.
»Laß es raus«, drängt Joanne sie leise. Langsam verschwindet ihr eigener Zorn. »Da ist soviel Wut drin, Eve, laß ein bißchen davon raus!«
Eve lehnt sich in ihren Sitz zurück. »Verdammt«, murmelt sie immer wieder. »Verdammt, verdammt, verdammt.« Sie blickt Joanne an. »Warum streitest du dich mit mir herum? Du weißt doch, daß ich jedem immer gleich an die Kehle springe.«
»Mir bist du bis jetzt noch nie an die Kehle gesprungen.«
»Du hast dich bis jetzt auch noch nie gewehrt.«
»Vielleicht spielen sich die Anrufe tatsächlich in meinem Kopf ab«, gibt Joanne nach langem Schweigen zu, während dem keine der Freundinnen die andere ansah. »Weißt du was?« Sie lacht, ohne es zu wollen. »Wenn du zum Psychiater gehst, gehe ich auch. Wir können dann immer zusammen in die Stadt zu unseren Sitzungen fahren. Können den Abend in Manhattan verbringen, zum Essen und ins Kino gehen. Vielleicht schleifst

du mich dann wieder in so einen Horrorfilm. Na, wie klingt das?«
Eve lacht nicht; sie lächelt nicht einmal. »Ich brauche keinen Psychiater«, sagt sie.

21

Das Telefon klingelt.
»Praxis Dr. Gold«, zwitschert Joanne in den Hörer und lächelt gleichzeitig einem untersetzten jungen Mann zu, der gerade die Praxis betritt. »Gleich bin ich für Sie da«, flüstert sie in seine Richtung. »Tut mir leid, Dr. Gold hat die nächsten zwei Monate keine freien Termine. Den frühesten, den ich Ihnen geben könnte, wäre der einundzwanzigste September. Ja, ich verstehe, daß Ihnen das nicht weiterhilft, aber das einzige, was ich für Sie tun kann, ist, Sie anzurufen, wenn jemand seinen Termin absagt. Ja, das kommt vor. Ja, ich werde es versuchen. Inzwischen trage ich Sie für den einundzwanzigsten September um Viertel nach zwei ein. Wie ist Ihr Name, bitte? Marsha Fisher? Und Ihre Telefonnummer? Ja, okay, ich rufe Sie sofort an, wenn sich ein früherer Termin ergibt.« Joanne legt den Hörer auf und blickt den jungen Mann an, der vor ihr steht. Er wirkt schüchtern. »Kann ich etwas für Sie tun?«
»Ich möchte zu Dr. Gold«, nuschelt er, das Kinn gegen die Brust gedrückt. Irgendwie kommt ihr die Stimme bekannt vor.
»Ihr Name?« fragt Joanne. Ihr ist unbehaglich zumute, sie ist froh, daß viele Leute im Raum sind.
»Simon Loomis«, antwortet er. Joanne wirft einen Blick auf den Terminkalender.
Zuerst kann sie den Namen nicht entdecken, aber dann findet sie ihn. »Sie sind erst um drei Uhr an der Reihe«, erklärt sie und dreht sich nach der Uhr um, die hinter ihr an der Wand hängt. »Es ist jetzt noch nicht einmal zwei. Sie sind sehr früh gekommen.«

»Hab' nichts Besseres zu tun«, sagt er achselzuckend. Eine Strähne seines hellbraunen Haars fällt ihm über die tiefliegenden Augen.
»Na ja, wenn es Ihnen nichts ausmacht zu warten... Unten im Haus ist ein Restaurant, falls Sie Lust auf eine Tasse Kaffee haben.«
Er läßt seinen kleinen, zäh wirkenden Körper in den einzigen leeren Stuhl fallen, der sich genau ihr gegenüber befindet. Joanne schätzt sein Alter auf achtzehn bis fünfundzwanzig Jahre und wundert sich, daß er keinen Job hat. Vielleicht ist seine ganze Art schuld daran. Mit seiner offensichtlichen Befangenheit macht er alle anderen Leute ebenso befangen. Joanne beginnt die Zahlungen durchzugehen, die sie mit der Nachmittagspost erhalten hat. Sie merkt, daß die Augen des jungen Mannes noch immer auf sie gerichtet sind. Sie sieht zu ihm auf und lächelt. Seine Mundwinkel zucken kurz nach oben, der Rest seines unscheinbaren Gesichts bleibt bewegungslos. »Waren Sie schon einmal hier?« fragt sie, denn ihr ist eingefallen, daß neue Patienten einen Fragebogen ausfüllen müssen. Er schüttelt den Kopf. »Dann darf ich Ihnen das hier geben.« Sie streckt ihm das Blatt Papier entgegen. »Es erleichtert dem Doktor die Arbeit, wenn Sie das hier vor der Untersuchung ausfüllen.«
»Was ist das?« Argwöhnisch bewegt Simon Loomis sich mit ausgestrecktem Arm auf sie zu.
»Nur ein paar grundlegende Informationen, um die wir Sie bitten. Kinderkrankheiten, Medikamentenallergien, solche Dinge. Name, Dienstgrad, Seriennummer«, fügt sie hinzu, aber er lacht nicht. »Hier haben Sie einen Kugelschreiber.«
»Hab' selber einen«, sagt er, setzt sich wieder hin und zieht einen Filzstift aus der Tasche seines Hemds.
Joanne widmet sich wieder ihrer Arbeit. Das Telefon klingelt; sie nimmt den Hörer ab. »Praxis Dr. Gold.« Wieder fühlt sie die Augen des Jungen auf sich gerichtet. »Ja, Renee. Wann ist

das passiert? Okay, ich schaue mal im Terminkalender nach. Okay, wie wäre es mit morgen um eins? Ich schiebe Sie schnell rein, dann kann er Sie sich mal ansehen. Okay, Wiedersehen.«
Joanne sieht wieder zu Simon Loomis hin. Der starrt sie immer noch an. »Brauchen Sie Hilfe bei einer der Fragen?« Er schüttelt den Kopf. Der Stift in seiner Hand ist immer noch ungeöffnet.
Aus dem Behandlungszimmer tritt Ronald Gold, gefolgt von einem etwa vierzehnjährigen Mädchen, dessen Gesicht mit Wattebäuschen gesprenkelt ist und das Tränen in den Augen hat. »Tut mir leid, daß ich dir weh tun mußte, Kleine«, sagt er und legt dem Mädchen tröstend den Arm um die Schulter. »Verzeihst du mir das?« Trotz der Tränen gelingt ihr ein Lächeln. »Geben Sie Andrea einen Termin in sechs Wochen. Das wird schon wieder, Mrs. Armstrong«, beteuert er der ängstlich wirkenden Frau, die sich gerade von ihrem Stuhl am Fenster erhoben hat und jetzt beschützend neben ihrer Tochter steht. »Was soll ich Ihnen sagen? Die Pubertät! Da muß jeder durch.« Er deutet auf Joanne. »Wir sind zusammen zur Schule gegangen«, sagt er. »Ihre Haut war eine Katastrophe, das können Sie sich überhaupt nicht vorstellen. Durch ihre Haut wurde ich überhaupt dazu angeregt, diesen Beruf zu ergreifen! Und jetzt – sehen Sie nur, was für eine Schönheit aus ihr geworden ist! Das ist *ein* Grund, weshalb ich sie angestellt habe. Na, wie kommst du zurecht?« fragt er und blinzelt Joanne zu.
»Renee Wheeler hat angerufen. Sie hat eine Art Furunkel...«
»Iiih, Furunkel – hasse ich«, ruft Ronald Gold aus. Die kleine Andrea Armstrong bricht in lautes Lachen aus.
»Ich habe ihr gesagt, sie soll morgen gegen eins vorbeikommen.«
»Aber bitte nicht zu mir! Ich will keine ekligen Furunkel sehen.« Jetzt lacht auch Andreas Mutter. »Soll ich Ihnen einen Witz erzählen?« fragt der Arzt, bemerkt den mürrischen Jun-

gen, der Joanne gegenübersitzt, und geht ein paar Schritte in seine Richtung, um ihn in die Gruppe der Auserwählten mit einzubeziehen. »Ein katholischer Priester, ein evangelischer Priester und ein Rabbi diskutieren darüber, wann das Leben beginne, und der katholische Priester sagt: ›Das Leben beginnt im Augenblick der Empfängnis.‹ Der evangelische Priester erwidert: ›Entschuldigen Sie, aber das Leben beginnt im Augenblick der Geburt‹, und der Rabbi meint: ›Entschuldigung, aber Sie haben beide unrecht. Das Leben beginnt, wenn die Kinder das Haus verlassen und der Hund stirbt.‹« Joanne lacht auf. »Das ist der andere Grund, weshalb ich sie angestellt habe«, bemerkt Ronald Gold schnell. »Wer ist der nächste?«
»Susan Dotson.«
»Susan Dotson, meine Lieblingspatientin!« ruft der Doktor, als ein säuerlich dreinblickender, übergewichtiger Teenager augenrollend an ihm vorbeistolziert. »Sie ist ganz verrückt nach mir«, flüstert Ronald Gold und folgt dem Mädchen in eine der kleinen Untersuchungskabinen, während Andrea Armstrong und ihre Mutter die Praxis verlassen.
»Ist der immer so?« fragt Simon Loomis und wippt mit dem Stuhl, so daß seine Füße den Boden nicht mehr berühren.
»Ja, immer«, antwortet Joanne. Wieder klingelt das Telefon. »Praxis Dr. Gold. Hallo, Eve! Wie war die Untersuchung? ... Mein Gott, das klingt ja schrecklich. Mußtest du dich übergeben? ... Was hat der Arzt gesagt? ... Wieder? Warum denn? Ich meine, wenn er schon beim erstenmal nichts festgestellt hat und dir ist schlecht geworden... Nein, ja, natürlich mußt du tun, was du für nötig hältst... Okay, bis später. Versuch dich ein bißchen auszuruhen. Ich rufe dich an, wenn ich zu Hause bin.« Sie legt den Hörer auf. Sie fühlt sich hilflos und ist deprimiert wie immer in letzter Zeit, wenn sie mit Eve gesprochen hat. Sie wirft einen Blick dorthin, wo Simon Loomis sitzt. Sein Stuhl ist leer. Joanne sieht sich hastig im ganzen Wartezimmer um. Der Junge ist verschwunden. Vielleicht wollte er

doch nicht warten, überlegt sie, froh, daß er weg ist. Es gefiel ihr nicht, wie er sie anstarrte, und irgend etwas an seiner Stimme war ihr unheimlich. Du bist albern, tadelt sie sich sofort und versucht sich auf die vor ihr liegenden Rechnungen zu konzentrieren.
Es war eine ruhige Woche, denkt sie, während sie langsam die Papiere auf ihrem Schreibtisch ordnet. Ihr Bruder, Warren, rief am Sonntag an und fragte, wie es ihr gehe. Am selben Nachmittag rief Paul aus demselben Grund an. Er war freundlich und warmherzig. Daß sie sich am Abend zuvor gesehen hatten, erwähnte er gar nicht. Er sagte auch nichts darüber, ob sie sich vor dem Lager-Besuchstag noch einmal sehen würden. Heute morgen hat sie drei Briefe von Lulu bekommen. Von Robin hat sie noch immer nichts gehört, aber Lulu berichtet, daß ihre Schwester Spaß zu haben scheint. Vielleicht hat Paul einen Brief von ihr erhalten; vielleicht sollte sie ihn anrufen...
Sie legt die Hand auf den Telefonhörer und übt im Geiste ihre ersten Worte: Hallo, Paul, ich dachte mir, es interessiert dich sicher, daß wir endlich Post bekommen haben. Sie will den Hörer schon abheben, da beginnt das Telefon zu klingeln. »Hallo, hier Praxis Dr. Gold«, sagt sie hastig. Wieder eine Bitte um einen Termin. »Es tut mir leid, die nächsten zwei Monate über ist kein Termin bei Dr. Gold mehr frei. Gut, danke schön, auf Wiederhören.« Sie legt den Hörer auf, beschließt, Paul doch nicht anzurufen, und versucht sich auf die vor ihr liegenden Rechnungen zu konzentrieren. Aber jetzt sieht sie Paul in dem leeren Stuhl ihr gegenüber, sieht, wie eine junge Blondine sich vorbeugt und ihm etwas ins Ohr flüstert, hört Warren fragen, wie er sie letzten Sonntag gefragt hat: Seit wann geht das so, Joanne?
Ich weiß nicht, wie lange das so geht, hat sie ihm gesagt. So lange wie nötig, nehme ich an.
Wieder klingelt das Telefon. »Praxis Dr. Gold.«

»Mrs. Hunter...«
»Mein Gott!« Joanne schreckt auf. Sie weiß, daß sie jetzt auflegen müßte, aber ihre Hand ist wie gelähmt.
»Sie sehen gut aus in letzter Zeit, Mrs. Hunter«, teilt die krächzende Stimme mit.
»Wie haben Sie mich gefunden?« flüstert sie.
»Ach, Sie sind so leicht ausfindig zu machen, Mrs. Hunter. Bei Ihnen ist es bis jetzt am einfachsten gewesen.«
»Lassen Sie mich in Ruhe!«
»Ich habe Sie doch schon seit längerem in Ruhe gelassen. Ich wollte nur nicht, daß Sie glauben, ich hätte Sie vergessen oder das Interesse an Ihnen verloren... wie Ihr Mann. Oder etwa nicht, Mrs. Hunter? Hat Ihr Mann sich etwa nicht ein anderes Liebchen zugelegt?«
Joanne schmettert den Hörer auf die Gabel.
»Wird's dir zuviel?« fragt ihr Chef, der gerade hereingekommen ist, mit hochgezogenen Augenbrauen.
»So ein Verrückter«, erklärt sie ihm. Sie versucht sich zu fassen. Wie hat er sie nur gefunden?
»Meine Frau bekommt solche Anrufe in letzter Zeit öfter. Ich glaube, jeder bekommt sie.«
»Was für eine Art Verrückter ruft bei deiner Frau an?« fragt Joanne neugierig.
»Willst du Details hören?« Er lacht. »Das Übliche.« Er beugt sich zu ihr herab und flüstert ihr heiser zu: »Nichts Originelles, die übliche Fick-Blas-Routine. Sehr langweilig! Meine Frau mag es gern pervers. Was soll ich sagen? Ich habe Glück!« Er sieht sich um. »Was ist aus unserem Charming Boy geworden?«
»Keine Ahnung. Plötzlich war er weg. Er ist erst in einer Stunde dran.«
»Wahrscheinlich hat ihn der Witz, den ich erzählt habe, abgeschreckt. Ich muß mir mal ein paar neue zulegen. Wo sind die Benzyl-Peroxid-Proben?«

»Raum zwei, unterste Schublade.«
»Da habe ich schon nachgesehen. Nichts.«
Joanne stößt ihren Stuhl zurück, steht auf und folgt dem Doktor in Raum zwei. Sie kniet sich hin – ihr Rocksaum wandert dabei über ihre Knie hinauf –, öffnet die unterste Schublade und stöbert einige Sekunden lang darin herum. Als sie ihre Hand wieder herausnimmt, ist diese mit kleinen Probepäckchen Benzyl-Peroxid gefüllt.
»Wie konnte ich sie bloß übersehen?« fragt er, während sie ihm die Päckchen gibt.
»Du mußt deine Augen aufmachen. Manchmal mußt du sogar noch etwas anderes aufmachen.«
»Jetzt klingst du wie meine Frau. Und die klingt wie meine Mutter.« Er lächelt. »Aber du hast die hübschesten Beine.«
»Ron, geh wieder an die Arbeit«, mahnt Joanne scherzhaft. »Susan Dotson wartet auf dich.«
»Ach ja, Susan Dotson, meine Lieblingspatientin! Die ist ganz verrückt nach mir!«
Als Joanne an ihren Schreibtisch zurückkehrt, steht Simon Loomis dahinter und blättert in ihrem Terminkalender.
»Was machen Sie da?« fragt sie, völlig verblüfft. Sie spricht lauter, als sie eigentlich will.
»Wollte nur mal sehen, ob Sie wirklich so ausgebucht sind, wie Sie andauernd behaupten.« Der Junge tritt vom Schreibtisch zurück, aber sein schmieriges Grinsen ist alles andere als entschuldigend. Er nimmt einen großen Schluck aus dem Styropor-Becher, den er, wie sie erst jetzt bemerkt, in der linken Hand hält.
Joannes Blick sucht den Schreibtisch daraufhin ab, ob irgend etwas fehlt. »Ich wäre Ihnen dankbar, wenn Sie von jetzt an auf der anderen Seite des Schreibtisches bleiben würden«, erklärt sie schroff. Er nimmt wieder einen Schluck aus dem Styropor-Becher. Plötzlich beginnt, noch während Joanne ihn ansieht, seine Hand zu zittern, und ein Teil des Kaffees ergießt sich über sein Handgelenk.

»O Gott, das ist heiß!« jault er. »Warum starren Sie mich so an?« fragt er vorwurfsvoll. »Glauben Sie, ich habe etwas gestohlen? Ich habe doch gesagt, ich habe nur mal...«
»Haben Sie mich angerufen?« fragt sie mit erstaunlich sicherer Stimme. Ist es möglich, daß er so frech, so dreist ist?
»Sie angerufen? Natürlich habe ich Sie angerufen! Wie hätte ich denn sonst einen Termin kriegen sollen?«
»Das meine ich nicht. Ich meine jetzt, gerade eben. Als Sie den Kaffee holen gingen. Sie wissen schon, was ich meine.«
»Ich weiß überhaupt nicht, von was Sie reden. Warum hätte ich Sie anrufen sollen? Ist in dieser Praxis alles übergeschnappt? Ein Arzt, der glaubt, er ist ein Clown, und eine Sprechstundenhilfe, die sich einbildet, daß sie von jemandem angerufen wird, der vor ihr steht...«
»Ich habe Sie etwas gefragt.«
»Und ich habe Ihnen geantwortet. Was werfen Sie mir eigentlich vor?«
Joanne sieht sich hilflos im ganzen Raum um. Alle starren den Jungen und sie an. Was hat sie da nur angerichtet! Sie kennt diesen Simon Loomis nicht, und er kennt sie nicht. Warum sollte er derjenige sein, von dem die Anrufe kamen? Woher sollte er alle Informationen haben? »Es tut mir leid«, sagt sie und läßt sich langsam auf ihrem Stuhl nieder. »Nehmen Sie doch Platz. Der Doktor wird sich so schnell wie möglich um Sie kümmern.« Sie wirft noch einmal einen Blick auf ihren Schreibtisch. Fehlt etwas?
»Ich glaube, ich warte lieber draußen und komme später wieder«, sagt der Junge.
»Ihr Termin ist um drei«, sagt Joanne, ohne den Kopf zu heben.
»Danke schön.« Der Sarkasmus dieser Worte liegt noch in der Luft, nachdem sich die Tür hinter ihm geschlossen hat. Joanne atmet tief durch, bevor sie nachsieht, ob er auch wirklich gegangen ist. Sie merkt, daß der Kugelschreiber in ihrer rechten Hand zittert.

Das Telefon klingelt. Wieder schießt ihr Blick zur Tür. Unmöglich, sagt sie sich, dazu hatte er nicht genug Zeit.
»Praxis Dr. Gold«, meldet sie sich und hält die Luft an. »Ach, hallo, Johnny. Oh, okay. Wie wäre es...« Sie geht den Terminkalender durch. »...Wie wäre es mit der darauffolgenden Woche? Ja, genau. Dieselbe Zeit, eine Woche später. Am dreizehnten, statt am sechsten. Okay. Gute Reise! Bis dann.« Sie legt den Hörer auf und sieht, daß ihre Hand immer noch zittert. Ihr Herz pocht schnell. Sie schlägt mit der Faust seitlich gegen den Schreibtisch. »Verdammt«, flüstert sie. »Ich will nicht jedesmal durchdrehen, wenn das Telefon klingelt! Ich will nicht durchdrehen!«
»Redest du wieder mit dir selbst?« fragt Ron Gold, der gerade aus einem der Untersuchungszimmer herauskommt. Ihm folgt die immer noch mürrische Susan Dotson. »Gib Susan einen Termin in acht Wochen. Meine Mutter hat oft Selbstgespräche geführt«, fährt er fort. »Sie sagte immer: ›Wenn du dich mit einem intelligenten Menschen unterhalten willst, mußt du mit dir selber sprechen.‹« Joanne lacht. »Wer ist der nächste?«
»Mrs. Pepplar.«
»Mrs. Pepplar? Meine Lieblingspatientin!« Eine große, dunkelhaarige Frau erhebt sich von ihrem Stuhl. »Wenn Sie bitte mitkommen wollen, Mrs. Pepplar.« Joanne gibt Susan Dotson eine Karte, auf der der nächste Termin vermerkt ist, während Ron Gold mit Mrs. Pepplar den schmalen Gang hinunter und in einem der Behandlungsräume verschwindet.
»In acht Wochen wieder«, sagt Joanne zu dem jungen Mädchen, das den Terminvermerk jetzt einsteckt und die Praxis verläßt. Das Wartezimmer erscheint nun merkwürdig still, obwohl es voller Leute ist. Aber sie haben sich wieder ihren Illustrierten und ihren eigenen Problemen zugewandt. Den kurzen Disput zwischen Joanne und Simon Loomis, dessen Zeugen sie geworden sind, haben sie wahrscheinlich bereits vergessen. Würde auch nur einer von ihnen fähig sein, ihn der Polizei zu

beschreiben, wenn das notwendig werden würde? überlegt sie. Sie öffnet ihre Handtasche, die sie unter den Schreibtisch gestellt hatte, nimmt Lulus Briefe heraus und liest sie schnell noch einmal durch. »Hi, Mom. Das Lager ist toll. Das Essen ist miserabel. Die Kinder in meiner Hütte sind in Ordnung, außer einer, die glaubt, sie ist eine Prinzessin. Sie tut uns einen großen Gefallen damit, daß sie mitmacht. Das Wetter ist super. Nur eben das Essen ist miserabel. SCHICK FRESSALIEN! Ich habe mein neues T-Shirt zerrissen. Robin scheint Spaß zu haben, obwohl wir nicht viel miteinander reden. Wir sehen uns am Besuchstag. SCHICK FRESSALIEN! Alles Liebe. Lulu. P. S. Wie geht es Dir? Viele Grüße an Dad.«

»Viele Grüße an Dad«, liest Joanne noch einmal, nimmt den Hörer auf und drückt schnell die entsprechenden Tasten, bevor sie es sich wieder anders überlegen kann. »Paul Hunter«, sagt sie der Telefonistin. »Paul, hier ist Joanne«, meldet sie sich hastig, sobald sie verbunden ist. Sie will nicht riskieren, daß er glaubt, es sei jemand anderer.

»Wie geht es dir?« Er klingt so, als sei er froh, daß sie sich mal wieder meldet. »Ich wollte dich heute anrufen.«

»Ja?«

»Ich habe heute morgen einen Brief von Lulu bekommen.«

»Ich auch«, sagt sie schnell, um ihre Enttäuschung darüber zu verbergen, daß dies vielleicht der einzige Grund ist, weshalb er sie anrufen wollte. »Genauer, ich habe drei bekommen. Sie kamen alle gleichzeitig.«

»Sie scheint sich zu gut zu amüsieren – außer über das Essen.«

»Hat sie dir das auch geschrieben?«

»Wir können ihr ja ein paar Sachen mitbringen, wenn wir rauffahren. Und von Robin noch nichts?«

»Nein. Du auch nicht?«

»Nein, aber Lulu schreibt, daß alles in Ordnung ist mit ihr.«

»Ja.« Joanne lächelt. »Genau dasselbe hat sie mir auch geschrieben.« Es folgt eine Pause.

»Bist du in der Arbeit?« fragt er schließlich.
»Ja. Es war heute sehr viel los hier.«
»Hier auch. So, ich muß jetzt...«
»Paul?«
»Ja?«
Joanne zögert. Was wird sie jetzt sagen? »Möchtest du dieses Wochenende zu mir zum Abendessen kommen? Entweder Freitag oder Samstag abend, wann es dir besser paßt.«
Noch bevor sie den Satz zu Ende gesprochen hat, fühlt sie das Unbehagen, das ihre Worte am anderen Ende der Leitung hervorgerufen haben. »Tut mir leid, ich kann nicht«, sagt er leise. »Ich fahre übers Wochenende raus aus der Stadt.«
»Oh.« Allein? Ich wette, daß du nicht allein fährst.
»Aber wir sehen uns ja am Sonntag darauf, beim Besuchstag im Ferienlager...«
»Ja, klar. Ist schon gut.«
»Ich rufe dich an.«
Joanne legt auf. Erst dann merkt sie, daß sie vergessen hat, sich von ihm zu verabschieden.

Warum bin ich hier? fragt sie sich, während sie ihren Wagen in eine Lücke auf dem Parkplatz des *Fresh Meadows Country Club* fährt. Was soll ich jetzt tun? Sie steigt aus dem Auto und geht am Clubhaus entlang zu den Tennisplätzen hinüber. Es ist fast sechs Uhr abends. Ist er noch da? Was mache ich hier? Alle Plätze sind besetzt. Auf dem ersten spielen zwei Frauen mit einer Sicherheit, die Joanne verblüfft. Wie können Frauen nur so sicher sein? Sie beobachtet, wie sie sich konzentrieren, in die Knie gehen, mühelos den Ball treffen, in gleitenden Bewegungen durchziehen. »Aus!« ruft eine von ihnen. Der Ball ist ganz klar innerhalb des Feldes aufgeschlagen.
Joanne sagt jedoch nichts, sondern läßt ihren Blick zum nächsten Platz wandern. Gemischtes Doppel mit unterschiedlichen spielerischen Fähigkeiten. Ein Mann tadelt seine Frau gerade

wegen eines unnötigen Fehlers: »Wenn du schon jeden Ball verziehst, dann bring ihn wenigstens übers Netz!«
Joanne geht hinter dem Maschendrahtzaun weiter zum dritten Platz, wo vier Frauen wild drauflosschlagen. Sie sieht, daß keine von ihnen gut spielt, und denkt, in diese Gruppe würde sie gut passen. Sie lachen und haben ihren Spaß, schlagen fröhlich wieder und wieder daneben. Die Mühe, zu zählen, machen sie sich erst gar nicht. »Jetzt aber mal ernsthaft«, schreit eine von ihnen immer wieder, aber sie lacht genauso wie die anderen, und Joanne vermutet, daß dies das Ernsthafteste ist, was die vier zustande bringen.
Er beobachtet sie vom letzten Platz aus; sein Blick folgt ihr, während sie am Maschendrahtzaun entlanggeht. Der Korb mit den hellgrünen Bällen steht neben seinen Beinen, er nimmt einen Ball und schlägt ihn übers Netz, zu dem jungen Mann, dem er gerade Unterricht gibt. »Gut so!« ruft er. »Den Ball anschauen! Nicht jedesmal einen Punkt machen wollen. Konzentrieren Sie sich darauf, den Ball übers Netz zu kriegen!« Unsichtbar bestätigt er ihr, daß er sie gesehen hat. Gleich werde ich mich um Sie kümmern, verspricht er ihr, ohne ein Wort zu sagen, warten Sie auf mich. Natürlich, denkt Joanne, schweigend erklärt sie sich einverstanden. Warten – das kann ich am besten.
Sie setzt sich auf eine Bank und läßt den Blick wahllos von Platz zu Platz wandern. Ihre Gedanken sind ein hellgrüner Tennisball, der zwischen diesen Minuten und dem frühen Nachmittag hin- und herfliegt. Sie hört Pauls Stimme – Nächstes Wochenende habe ich schon etwas vor –, sieht Simon Loomis' Gesicht vor sich – Hier bin ich jetzt zu meinem Drei-Uhr-Termin –, erinnert sich an Rons besorgten Gesichtsausdruck – Ist alles in Ordnung mit dir? Du wirst mir doch nicht etwa krank werden? Sie hört das Telefon klingeln. Praxis Dr. Gold. *Mrs. Hunter.* Wie haben Sie mich gefunden? Ach, Sie kann man so leicht ausfindig machen. Hier bin ich jetzt zu meinem Drei-Uhr-Ter-

min. Wie haben Sie mich gefunden? Ich fahre übers Wochenende raus aus der Stadt. Ist alles in Ordnung mit dir. *Mrs. Hunter. Mrs. Hunter.*
»Mrs. Hunter?«
»Was?«
»Entschuldigung«, sagt Steve Henry. Sein gebräunter Körper steht direkt vor ihr und wirft seinen Schatten auf sie. »Ich wollte Sie nicht erschrecken.«
Joanne springt auf. Warum ist sie überhaupt hier? »Störe ich Sie beim Unterricht?«
»Die Stunde ist schon vorbei. Ich habe jetzt ein paar Minuten Pause. Ich nehme an, Sie sind gekommen, um mit mir zu sprechen.« Es ist ebensosehr eine Feststellung wie eine Frage.
»Ich habe einen Job«, sagt sie. Warum erzählt sie ihm das? »Deshalb bin ich in letzter Zeit nicht mehr gekommen und habe die letzten Stunden abgesagt.«
»Ich gebe bis neun Uhr abends Stunden«, erklärt er lächelnd. Merkt er, wie unbehaglich sie sich fühlt? »Sind Sie deswegen gekommen? Möchten Sie Termine für weitere Stunden ausmachen?« Joanne schweigt. Ja, weshalb ist sie hier? »Mrs. Hunter?«
»Bitte, nennen Sie mich Joanne«, sagt sie. Sie hört noch eine andere Stimme, eine Stimme, die immer wieder ihren Namen sagt. *Mrs. Hunter. Mrs. Hunter.* »Ich dachte mir, vielleicht hätten Sie Lust, am Wochenende zum Abendessen zu mir zu kommen«, spricht sie hastig weiter. »Entweder Freitag oder Samstag abend, wenn Sie Zeit haben.« Joanne fühlt ihren Herzschlag bis in die Füße hinunter. Warum sage ich so etwas? Warum, um Himmels willen, lade ich ihn zum Abendessen ein? Was mache ich hier überhaupt?
»Sehr gerne«, antwortet er. »Samstag abend paßt es ausgezeichnet.«
»Ich bin eine gute Köchin«, sagt sie, und er lächelt.
»Ich würde auch dann kommen, wenn Sie keine gute Köchin wären.«

»Ich wohne...«
»Ich weiß, wo Sie wohnen.«
»Ja?«
»Ihre Adresse ist in der Kartei vermerkt.«
Sie nickt. Was tut sie hier? Was hat sie dazu gebracht, diesen Mann zum Abendessen einzuladen? Weil ich meinen Mann gefragt habe, ob er kommt, und weil er geantwortet hat, er habe schon etwas vor! sagt eine kleine Stimme, und weil irgendwo dort draußen ein Irrer ist, der mir nicht mehr sehr viel Zeit auf dieser Welt lassen wird, und weil ich es, verdammt noch mal, langsam müde werde, auf ihn zu warten, und warum sollte ich diesen Mann nicht zum Abendessen einladen? »Was?«, sie schreit fast. Er hat etwas gesagt.
»Ich habe gefragt, um wieviel Uhr ich kommen soll.«
»Um acht? Oder geben Sie da noch Stunden?«
»Samstags nicht. Acht Uhr ist okay.« Sie dreht sich um und geht, weiß nicht, was sie sonst tun sollte. »Joanne«, ruft er ihr nach, und sie bleibt sofort stehen. Hat er es sich anders überlegt? »Ihr neuer Job bekommt Ihnen, Sie sehen toll aus.« Sie lächelt. »Bis Samstag.«
Joanne fährt zurück zu ihrem Haus. Ich muß wirklich verrückt sein, denkt sie.


22


»Ich bin zu früh gekommen«, sagt er, als sie die Haustür öffnet und einen Schritt zurück macht, um ihn in die hellerleuchtete Diele treten zu lassen.
»Kommen Sie rein«, sagt sie gequält.
Lächelnd steht Steve Henry vor ihr. Seine rechte Hand hat er hinter dem Rücken versteckt. Sein blondes Haar ist aus der Stirn gekämmt. Er wirkt entspannt und selbstsicher in seiner engen weißen Hose und dem blaßrosafarbenen Polohemd.

»Hab' Ihnen was mitgebracht«, sagt er, zieht die Hand hervor und streckt ihre eine Flasche Pouilly-Fuissé entgegen. »Ich wußte nicht, ob Sie lieber roten oder weißen mögen, und ich wußte auch nicht, was es zu essen geben würde, aber ich dachte mir, weiß ist am sichersten.«
»Wunderbar. Vielen Dank.« Joanne nimmt die Flasche. Sie hat keine Ahnung, was sie nun damit tun soll – was sie mit *ihm* tun soll, jetzt, wo er tatsächlich hier ist. In ihren Phantasien ist sie nur bis hierher gekommen.
In den letzten paar Tagen hat sie sich diese Szene in hundert Varianten ausgemalt, hat ihn an der Tür klopfen hören, sich überlegt, was er wohl tragen werde, hat sein Haar auf jede nur denkbare Art gescheitelt gesehen, seinen Begrüßungsworten gelauscht. Über diesen Punkt hinauszugehen, hat sie ihrer Phantasie verboten. Und jetzt steht Steve Henry in der Mitte ihrer hellerleuchteten Diele – hat sie mit den Lampen übertrieben? –, hat ihr gerade eine Flasche teuren Weißwein überreicht, und sie sieht, daß sein Haar aus seinem süßen – ja, süßen! – Gesicht gekämmt ist, daß er eine enge weiße Hose trägt (womit sie gerechnet hat) und ganz offensichtlich annimmt, er könne zum Abendessen dableiben. (Und ist es etwa nicht so? Hat sie nicht den ganzen Vormittag und den größten Teil des Nachmittags damit verbracht, zu kochen?) Und jetzt weiß sie nicht, was sie mit im anfangen soll. (Danke für den Wein, es war ein netter Abend!)
»Möchten Sie nicht Platz nehmen?« hört sie sich fragen. Die Hand, die die teure Flasche Wein hält, deutet zum Wohnzimmer hin.
»Sie haben ein sehr schönes Haus«, sagt er, betritt leichten Schritts das Wohnzimmer, läßt sich in einen der cremefarbenen drehbaren Sessel fallen – ironischerweise Pauls Lieblingssessel.
Joanne bleibt in der Diele stehen. Sie ist sich nicht sicher, ob sie ihm in das hellerleuchtete Wohnzimmer folgen oder erst den

Wein in die Küche bringen soll. »Hatten Sie Schwierigkeiten, hierherzufinden?« fragt sie und beschließt, den Wein in den Kühlschrank zu stellen.«
»Nein, ich war schon mal hier«, antwortet er, während sie in die Küche verschwindet.
»Wirklich?« Joanne stellt den Wein in den Kühlschrank und bleibt wie angewurzelt auf dem gefliesten Fußboden stehen.
»Na ja, nicht direkt hier. Meine Eltern haben Freunde, die drüben in der Chestnut Street wohnen. Kann ich Ihnen irgendwie helfen?«
»Nein, danke. Ich komme gleich.« Sie rührt sich nicht vom Fleck.
»Ihre Bilder gefallen mir. Wann haben Sie begonnen, Kunst zu sammeln?«
Joanne hat keine Ahnung, von was er spricht. Welche Bilder? Sie kann keinen klaren Gedanken fassen. An den Wänden kann sie nichts entdecken.
»Joanne?«
»Entschuldigung. Was haben Sie gefragt?« Sie muß jetzt ins Wohnzimmer gehen – sie kann doch nicht die ganze Zeit in der Küche bleiben. Das ist ja albern. Sie benimmt sich wie eine Idiotin. Trotzdem, wenn sie nur lange genug hier stehenbleibt, versteht er die Anspielung vielleicht und geht wieder. Sie hätte ihn gar nicht erst einladen dürfen. Die Flasche Wein kann sie dann im Lauf der Woche ja immer noch in den Club zurückbringen. Sie könnte einen geistreichen kleinen Entschuldigungsbrief daran befestigen, in dem sie ihr unmögliches Verhalten kurz erklärt, so daß er sie dann noch liebenswerter findet, sich aber keine Hoffnungen mehr auf sie macht. Noch ein Feind – das ist das letzte, was sie jetzt brauchen kann. Automatisch schielt sie zum Telefon hinüber.
»Ich habe Sie nach Ihren Bildern gefragt«, sagt er, vor der Küchentür stehend. »Wie lange sammeln Sie denn schon?« wiederholt er lächelnd.

»Wir haben vor ein paar Jahren begonnen«, erzählt sie und verfällt unbewußt in den Plural.
»Ihr Geschmack gefällt mir.« Er macht einige Schritte in die Küche hinein.
»Es ist vor allem Pauls Geschmack«, erklärt sie. Er bleibt stehen. »Das Essen ist noch nicht ganz fertig. Möchten Sie einen Drink?«
»Ja. Scotch mit Wasser, bitte.«
»Scotch mit Wasser«, wiederholt Joanne und überlegt, ob sie Scotch im Haus hat und wenn ja, wo.
»Wenn Sie keinen haben...«
»Ich glaube, wir haben welchen.« Sie läuft an ihm vorbei ins Eßzimmer und zu dem Büfett, in dem Paul die Alkoholika aufbewahrt. Das ist immer Pauls Sache gewesen – sie hat es mit dem Trinken nie gehabt. Auf den Knien versucht sie sich einen Überblick über die verschiedenen Flaschen zu verschaffen. Bis zu diesem Augenblick wußte sie gar nicht, daß sie soviel zu trinken im Haus hatten.
»Hier«, sagt er. Sein Arm berührt ihre Schulter, als er sich über sie beugt, um die richtige Flasche herauszunehmen. »Jetzt brauche ich nur noch ein Glas.« Sofort geht Joanne zu dem Schrank an der gegenüberliegenden Wand und entnimmt ihm ein passendes Glas. »Und ein Lächeln«, sagt er, als sie ihm das Glas in die ausgestreckte Hand drückt. Sie ertappt sich dabei, wie sie in seine Augen starrt, während ihr Mund die geforderte Form anzunehmen versucht. »Schon besser«, sagt er. »Ich glaube, das war das erstemal, daß Sie mich richtig angesehen haben, seit ich das Haus betreten habe.«
Joanne will schon etwas erwidern, da wird ihr klar, daß er wahrscheinlich recht hat. Sofort sieht sie weg.
»Nein, tun Sie das nicht! Schauen Sie mich an!« bittet er sie. Widerwillig richtet sich ihr Blick wieder auf ihn. »Sie sehen wunderbar aus«, sagt er. »Das wollte ich Ihnen schon die ganze Zeit sagen, aber irgendwie waren wir immer in verschiedenen

Zimmern.« Sie merkt, daß sie, ohne es zu wollen, zu lächeln begonnen hat. »Sie haben Ihre Frisur verändert.«
Automatisch fährt Joannes Hand zu ihrem Kopf hinauf. »Ich habe mir ein paar Strähnchen hineinmachen lassen«, erklärt sie und wird sofort verlegen. »Sind es zu viele? Ich habe ihm gesagt, er soll nur ein paar reinmachen.«
»Es ist wunderschön. Genau richtig. Es gefällt mir.«
»Danke.«
»Auch was Sie anhaben gefällt mir gut.«
Joanne sieht an sich hinab. Sie trägt eine enge graue Seidenhose, eine gelbe Baumwollbluse mit Schulterpolstern, und um die Hüften hat sie, so wie es ihr die Verkäuferin gezeigt hat, einen gelb-grauen Seidenschal geschlungen. Alles ist neu, auch die cremefarbene Satinunterwäsche mit Spitzen. Bei dem Gedanken daran wird Joanne rot.
»Warum sind Sie denn so nervös?« fragt er.
Sie versucht die Frage abzutun, wegzulachen. Wer, ich? Nervös? Seien Sie doch nicht albern! Statt dessen erwidert sie: »Sie machen mich nervös.«
»Ich? Aber wieso denn?«
»Ich weiß nicht, warum, es ist einfach so.« Abrupt dreht sie sich um und geht in die Küche zurück. Er folgt ihr. »Ich kenne mich mit Drinks nicht aus«, sagt sie abwehrend. »Ich fürchte, Sie werden sich ihn selber mixen müssen.«
Wortlos tut er es. Das rinnende Leitungswasser ist das einzige Geräusch. Joanne hat den Blick starr auf das Glas in Steve Henrys Hand gerichtet, folgt ihm wie unter Hypnose ins Wohnzimmer.
»Und Sie wollen wirklich nichts trinken?« fragt er, nachdem er es sich wieder in Pauls Lieblingssessel bequem gemacht hat. Sie sitzt verkrampft auf dem äußersten Rand des Sofas.
»Nein, danke. Ich mache mir nicht viel aus Alkohol.«
»Sie haben mir immer noch nicht gesagt, warum ich Sie nervös mache.« Er hält sich das Glas vor den Mund, so daß sie den

Blick heben muß. Sie sieht, daß er lächelt. »Glauben Sie, ich werde mich auf Sie stürzen?«
»Haben Sie das vor?«
»Ich weiß nicht. Wollen Sie, daß ich es tue?«
»Ich weiß nicht.«
Wer sind diese Leute? fragt sie sich einen Augenblick lang. Von was reden sie?
»Warum haben Sie mich zum Essen eingeladen?« fragt er.
»Ich weiß nicht genau.«
»Soll das eine Steigerung von ›Ich weiß nicht‹ sein?«
»Entschuldigen Sie, ich muß Ihnen wie eine richtige Idiotin vorkommen«, ruft Joanne halb lachend, halb weinend. »Ich meine, ich bin einundvierzig und führe mich kindischer auf als die meisten der Mädchen, mit denen Sie sicherlich befreundet sind...«
»Ich bin nicht mit Mädchen befreundet«, korrigiert er sie, »sondern mit Frauen.«
»Was heißt das?«
Er lacht. »Das heißt, daß ich finde, die meisten Frauen werden erst dann richtig interessant, wenn sie über Dreißig sind.«
Joanne starrt in ihren Schoß. »Und Männer? Wann werden die interessant?«
»Das müssen Sie mir sagen.«
Hektisch sieht Joanne nach links und rechts. »Hoffentlich mögen Sie Hühnchen«, sagt sie, weil ihr nichts Besseres einfällt.
»Ich liebe Hühnchen.«
»Ich bin eine gute Köchin.«
»Das haben Sie mir schon gesagt.«
Sie läßt den Kopf wieder sinken. »Es war ein Fehler«, sagt sie schließlich. »Ich hätte Sie nie einladen dürfen.«
»Wollen Sie, daß ich gehe?«
Ja. »Nein... ja!« Nein.
»Was nun?«
»Nein«, flüstert Joanne nach einer Pause. Es ist die Wahrheit.

»Ich will, daß Sie bleiben.« Sie versucht zu lachen. »Ich habe den ganzen Tag gekocht.«
»Den ganzen Tag?«
»Na ja, fast den ganzen Tag. Am Nachmittag habe ich mich ein paar Stunden losgeeist und meinen Großvater besucht.« Steve Henry sieht sie interessiert an. »Er ist fünfundneunzig«, fährt sie fort, obwohl sie nicht weiß, warum sie ihm das erzählt, aber es tut gut, seine Aufmerksamkeit von ihr weg zu lenken. »Er lebt in einem Pflegeheim. Im Baycrest-Pflegeheim, drüben in der...«
»Ich weiß, wo es ist.«
»Ja?«
Er nickt und nippt an seinem Drink.
»Ich besuche ihn jeden Samstag nachmittag«, erzählt Joanne weiter. Der Klang ihrer eigenen Stimme läßt sie sicherer werden. »Die meiste Zeit über weiß er nicht, wer ich bin. Er glaubt, daß ich meine Mutter bin... Sie ist tot... Sie starb vor drei Jahren... mein Vater auch... Jedenfalls besuche ich meinen Großvater jeden Samstag nachmittag. Ich erzähle ihm, was die Woche über alles los war, ich versuche ihn auf dem laufenden zu halten. Alle denken, das muß mir schwerfallen, aber in Wirklichkeit genieße ich es. Er ist so was wie mein Beichtvater, ich erzähle ihm alles, und dann fühle ich mich besser.« Was soll das Geschwätz? Was kümmert Steve Henry ihre Beziehung zu ihrem Großvater? »Leben Ihre Großeltern noch?« fragt sie.
»Alle vier«, sagt er lächelnd.
»Da haben Sie Glück.«
»Ja, das stimmt. Unsere Familie hält fest zusammen.«
»Sind Sie nie verheiratet gewesen?« Warum fragt sie das jetzt? Warum lenkt sie das Gespräch wieder auf dieses Gebiet?
Er schüttelt den Kopf. »Einmal war ich nahe dran, aber es hat nicht geklappt. Wir waren zu jung.« Er leert sein Glas. »Wie alt waren Sie, als Sie heirateten?«
»Einundzwanzig«, antwortet sie. »Das war wohl auch ziemlich

jung, aber wir fanden es richtig.« Ihre Stimme ist immer leiser geworden. »Ich glaube, ich trinke jetzt doch etwas«, sagt sie plötzlich.
»Was darf es sein?« Er ist schon aufgesprungen.
»Ist Dubonnet da?« Sofort kommt sie sich wieder idiotisch vor. Der Mann ist heute zum erstenmal in ihrem Haus, und sie fragt ihn nach den Alkoholbeständen!
Er verschwindet ins Eßzimmer. Flaschen werden umhergeschoben, dann hört Joanne, daß ein Glas eingeschenkt wird, es folgen Schrittgeräusche und schließlich das Plätschern von Leitungswasser aus der Küche. Einige Minuten später kehrt Steve Henry, in jeder Hand ein frisch gefülltes Glas, ins Wohnzimmer zurück. Er reicht ihr eines. »Sind das Ihre Töchter?« fragt er und deutet auf ein Foto von Robin und Lulu, das in einem Rahmen auf dem Kaminsims steht. Das Bild ist zwei Jahre alt; die Mädchen haben sich gegenseitig die Arme um die Taille geschlungen und schneiden der Kamera ein Gesicht.
»Ja. Links, das ist Robin, sie ist jetzt fünfzehn, fast sechzehn, im September wird sie sechzehn, und die andere ist Lulu... eigentlich Lana, ihr richtiger Name ist Lana, aber wir nennen sie alle Lulu. Sie ist elf.«
»Sie sehen süß aus.«
Joanne lacht. »Also, ich glaube, als ›süß‹ würde ich sie nicht bezeichnen.« Sie schüttelt den Kopf, sie muß an einige Begebenheiten der letzten Monate denken. »An manchen Tagen sind sie wunderbar, da würde ich sie nicht für alles Geld der Welt eintauschen, aber an anderen Tagen könnte ich sie beide für einen Apfel und ein Ei verkaufen. Sie sind den Sommer über im Ferienlager. Neulich habe ich einen Brief von Lulu bekommen... Robin ist keine große Briefeschreiberin, leider...« Abrupt hört sie auf zu sprechen. »Warum erzähle ich Ihnen das alles? Es interessiert Sie bestimmt nicht besonders.«
»Wieso sollte es mich nicht interessieren?«
»Wieso sollte es Sie interessieren?«

»Weil alles, was Sie interessiert, auch mich interessiert.«
»Wieso?«
»Weil *Sie* mich interessieren.«
»Wieso?«
»Wieso nicht?«
Joanne führt ihr Glas zum Mund, nimmt einen großen Schluck und versucht dabei einigermaßen Ordnung in ihre Gedanken zu bringen. »Also, erstens einmal bin ich zwölf Jahre älter als Sie. Ich weiß, daß Sie der Meinung sind, Frauen werden erst interessant, wenn sie die Dreißig überschritten haben«, fügt sie hastig hinzu. »Das ändert jedoch nichts an der Tatsache, daß ich ein Teenager war, als Sie noch in den Windeln lagen.«
Er lacht. »Jetzt bin ich aus den Windeln heraus.«
»Was wollen Sie von mir?« fragt sie.
»Ein Abendessen?« sagt er schelmisch und sieht lächelnd zu, wie Joanne den Rest ihres Drinks hinunterkippt.

»Das ist der beste Zitronen-Baiser-Pie, den ich je gegessen habe«, sagt er, nachdem er mit dem zweiten Stück fertig ist, und schiebt seinen Teller in die Mitte des langen, rechteckigen Eichentisches. »Ich würde ja gerne noch ein drittes Stück nehmen, aber dann könnte ich mich nicht mehr von der Stelle bewegen, ganz zu schweigen davon, daß ich dann jemals wieder fähig wäre, auf dem Tennisplatz zu brillieren.«
Joanne lächelt, froh, daß das Essen vorüber ist und ein Erfolg war. Steve Henry sitzt rechts neben ihr. Er hat sein Set vom entgegengesetzten Ende des Tisches hierher, auf diesen Platz geschoben. Er hat die Art, wie sie den Tisch gedeckt hat, das Essen und sogar den Kaffee gelobt. Sie haben über Tennis gesprochen und über die aktuelle Weltpolitik. Er war freundlich und aufmerksam und überhaupt ein sehr angenehmer Gast. Warum wünscht sie dann verzweifelt, er möge gehen?
»Wir wäre es mit einem Likör?« fragt er, schiebt seinen Stuhl zurück und geht ganz ungezwungen zum Barschrank.

»Nein, danke.« Zur Bekräftigung ihrer Worte schüttelt sie den Kopf.
»Drambuie, Benedictine, Grand Marnier«, liest er von den verschiedenen Etiketten ab. »Ich glaube, ich genehmige mir einen kleinen Tia Maria. Kann ich Sie wirklich nicht überreden, einen mitzutrinken?«
Joanne zögert. Likör war ihr immer zu süß. »Vielleicht einen kleinen Schluck Benedictine...« Benedictine hat Paul immer getrunken.
»Also, einen Schluck Benedictine!«
Eine Minute später prosten sie sich zu. »Auf heute abend«, sagt er.
Schweigend nickt Joanne und nimmt ein winziges Schlückchen. Sofort wärmt die dicke Flüssigkeit ihr Inneres, sie schmeckt süß und seltsam scharf zugleich. »Das ist gut«, muß sie zugeben.
»Erzählen Sie mir alles über Ihren Mann«, sagt Steve Henry.
Sie ist verdutzt. Beinahe fällt ihr das kleine Glas aus der Hand, sie kann es gerade noch am Rand fassen. Hat er es bemerkt?
»Was soll ich da erzählen?« fragt sie, bemüht, ihn nicht anzusehen. »Er ist Rechtsanwalt, sehr klug, sehr erfolgreich...«
»Vielleicht sehr erfolgreich. Sicherlich nicht sehr klug.«
»Warum sagen Sie das?«
»Wenn er Köpfchen hätte, säße ich jetzt nicht hier.«
»Ich möchte nicht, daß Sie so etwas sagen.«
»Warum nicht?«
»Weil es nicht schön ist, so etwas zu hören«, antwortet sie, rutscht dabei unruhig auf ihrem Stuhl hin und her und nimmt dann noch einen Schluck von ihrem Benedictine. Sofort fühlt sie ihre Kehle warm werden.
»Warum hören Sie nicht gern Komplimente?«
»Weil sie zu oberflächlich sind«, sagt sie mit fester Stimme. »Es tut mir leid, ich will nicht unhöflich sein, aber in diesen Dingen war ich noch nie sehr gut...«

»In was für Dingen?«
»In diesen... Spielen! Rendezvous! Die habe ich schon mit zwanzig nicht beherrscht, und jetzt bin ich noch schlechter.«
»Bin ich der erste Mann, mit dem Sie sich seit der Trennung von Ihrem Mann getroffen haben?«
Joanne nickt. Sie fühlt ihre Wangen rot werden.
»Ich bin geschmeichelt.«
»Ich bin halb tot vor Angst.«
»Wegen mir?«
»Mhm.«
Er lacht. »Haben Sie deshalb jede Lampe im ganzen Haus angeknipst?«
Jetzt muß sie lachen. »Raffinesse war noch nie meine Stärke.«
»Was ist denn Ihre Stärke?«
»Sie haben es gerade gegessen.«
»In Ihnen steckt mehr als eine ausgezeichnete Zitronen-Baiser-Pies-Bäckerin.« Er lächelt.
»Warum sind Sie sich da so sicher?«
»Ich bin ein guter Menschenkenner.«
Sie lacht. »Ich bin eine miserable Menschenkennerin.«
»Beschreiben Sie sich mit drei Begriffen!«
»Ach, kommen Sie...«
»Nein, ich meine es ernst. Tun Sie mir den Gefallen. Drei Begriffe.«
Sie legt das Kinn in die linke Hand und dreht den Kopf weg von seinem durchdringenden Blick. »Ängstlich«, flüstert sie schließlich. »Durcheinander.« Sie atmet tief aus. »Einsam. Na, was sagen Sie zu dieser gigantischen Selbsteinschätzung?«
»Jämmerlich«, antwortet er, und plötzlich küßt er sie, sanft drückt er seine Lippen gegen ihre. Der würzige Duft von Tia Maria dringt in ihre Nase, und sie schmeckt es auf der Zungenspitze. »So, und wie fühlen Sie sich jetzt?«
»Ängstlich«, erwidert sie ruhig. »Durcheinander.« Sie lacht. »Nicht mehr ganz so einsam.«

Er beugt sich vor, um sie wieder zu küssen.
Sofort führt sie ihr Glas an die Lippen.
»Was ist los?«
»Ich glaube, ich bin noch nicht bereit für so etwas.«
»Noch nicht bereit für was?«
»Für... wozu dies hier auch immer führen mag.«
»Und das wäre?«
Sie schüttelt den Kopf. »Ich komme mir so dumm vor.«
»Warum? Warum kommen Sie sich dumm vor?«
»Bitte, spielen Sie nicht mit mir. Ich habe Ihnen doch gesagt, daß ich nicht gut bin in diesen Dingen.«
»Sie mögen keine Spiele? Okay, ich sage Ihnen geradeheraus, wohin ich will, daß dies hier führt«, sagt Steve Henry. »Ich will, daß es nach oben führt. Ich will, daß es in Ihr Bett führt. Ich will mit Ihnen schlafen. Ist das deutlich genug?«
»Können wir nicht über etwas anderes sprechen?« bittet Joanne, steht auf und beginnt den Tisch abzuräumen.
»Natürlich. Wir können reden, über was Sie wollen. Hier, ich helfe Ihnen.« Er nimmt seinen leeren Teller in die Hand.
»Ich mache das schon«, sagt sie.
»Lassen Sie mich Ihnen doch helfen.«
»Lassen Sie doch den verdammten Teller los«, schreit sie und schlägt plötzlich die Hände vors Gesicht.
Sofort steht er neben ihr und umarmt sie, sein Mund ist in ihren weichen Locken vergraben. »Laß mich dir helfen«, sagt er noch einmal, seine Lippen finden zu ihren, er preßt sich an sie.
»Du verstehst das nicht«, versucht sie ihm zu erklären.
»Doch, ich verstehe es...«
»Ich habe Angst...«
»Ich weiß.«
»Nein«, sagt sie und befreit sich aus seiner Umarmung. »Sie wissen überhaupt nichts!« Sie spürt, daß ihr Tränen die Wangen herablaufen. »Sie glauben, ich habe Angst, weil Sie der erste Mann sind, mit dem ich mich treffe, seit ich von meinem

Mann getrennt lebe, aber es ist mehr als das.« Hilflos sieht sie sich im Raum um. »Ich habe mit einundzwanzig geheiratet. Mein Mann war der erste feste Freund, den ich hatte. Verstehen Sie, was das heißt? Paul ist der einzige Mann, mit dem ich je geschlafen habe, der einzige Mann, den ich je näher gekannt habe. Ich bin einundvierzig und habe in meinem ganzen Leben nur mit einem einzigen Mann geschlafen! Und der hat mich verlassen! Ich habe ihn enttäuscht. Und jetzt kommen Sie daher mit Ihrem perfekten neunundzwanzigjährigen Körper, und ich weiß nicht, was Sie sich von mir erwarten, außer...«
»Ja?«
»Sie werden enttäuscht sein von mir.«
Er zieht sie mit sich in die Diele. »Komm, gehen wir rauf«, sagt er.
»Ich kann nicht.«
Wieder hat er seine Arme um ihre Taille gelegt, und er drückt sie gegen die Wand. Ihr Körper beginnt einem Gefühl nachzugeben, das sie bis jetzt nur im Zusammensein mit Paul empfunden hat. Sie sieht, wie Steve Henry den Arm hebt und das Licht ausknipst, sieht, wie die Diele plötzlich in Dunkelheit versinkt, fühlt, wie seine Lippen ihren Mund berühren. Plötzlich macht er einen Schritt zurück. Ihre Augen suchen im Halbdunkel nach seinen.
»Ich werde dich nicht zu etwas zwingen, was du nicht tun willst«, sagt er. »Wenn du möchtest, daß ich gehe, dann sag es. Sag mir, daß ich gehen soll.«
Ihr Blick ist in seine Augen vertieft. Langsam bewegen sich ihre Lippen zu einem Wort. »Bleib«, sagt sie.

# 23

Joanne kann nicht fassen, was mit ihr geschieht.
Sie sind im Schlafzimmer. Sie kann sich vage erinnern, die Treppe hochgetragen worden zu sein, die Arme um ungewohnt junge Schultern geschlungen, den Mund auf Lippen gepreßt, die voller waren als die, an die sie sich gewöhnt hatte, zwei ungleiche Körper, die an den Hüften aneinandergewachsen schienen, so stolperten sie ins Bad. Jetzt stehen sie am Schlafzimmerfenster, und es bleibt ihr kaum genug Zeit, die Vorhänge zuzuziehen, da ist dieser Fremde schon wieder bei ihr, seine starken Hände streicheln zärtlich ihre ausgestreckten Arme, die er jetzt um seine schmalen Hüften legt, während sein Mund nach ihrem sucht und seine Beine sich zwischen ihre Beine schieben. Ihr ist ein bißchen schwindlig, und sie muß gegen den jetzt so unpassenden Wunsch ankämpfen, in lautes Lachen auszubrechen. Sex ist doch etwas Lustiges, denkt sie, aber sie weiß, er würde das nicht verstehen. Die jungen Leute nehmen Sex so ernst. Sie müssen das Witzige am Sex erst noch entdecken. Sie fühlt sichere Hände an ihren Brüsten, schließt ganz fest die Augen und stellt sich vor, es seien Pauls Hände. Sie atmet in kurzen, keuchenden Stößen, als ob er ihr ein Kissen aufs Gesicht pressen würde. Sie versucht sich aus seiner Umklammerung zu lösen, aber er läßt sie nicht los.
»Ganz ruhig«, beschwichtigt er, während er sie mit sich zum Bett zieht. Seine Finger zerren an den Knöpfen ihrer Bluse.
Einen Augenblick lang ist sie abgelenkt. Das ist eine neue Bluse, überlegt sie. Sie hat beinahe hundert Dollar dafür bezahlt. Es sind ganz besondere Knöpfe, in der Form einer Blume, wahrscheinlich hat er deshalb solche Schwierigkeiten damit. Sie fühlt seine Ungeduld und hofft, daß er die Knöpfe nicht einfach abreißen wird. Es würde schwierig sein, sie wieder anzunähen; die Bluse ist noch neu, es wäre jammerschade, wenn sie nach nur einmaligem Tragen zerrissen wäre.

Irgendwie hat er es geschafft, die Bluse aufzuknöpfen, und streift sie langsam von Joannes Schultern. Ihr wird klar, daß die Bluse zu Boden fallen wird und daß Steve und sie in den nächsten paar Minuten darauf herumtrampeln werden. Sie wird sie am nächsten Tag waschen und bügeln müssen. Vielleicht sollte sie sie in die Reinigung geben. Am Morgen wird sie sich mal das Schildchen ansehen.
Seine Hände gleiten an ihrem neuen BH entlang. Kann er ihn in der Dunkelheit überhaupt sehen? Hat er eine Ahnung, was diese Dinger heutzutage kosten? O Gott, was macht er denn? denkt sie, nachdem er den vorne angebrachten Haken mühelos gefunden hat und den weichen Stoff von ihren bloßen Brüsten wegschiebt. »Du bist schön«, hört sie ihn murmeln. Er fährt mit dem Mund an ihrem Hals entlang. Sie bedeckt ihre Augen mit den Händen, so daß ihre Arme die Sicht auf ihre bloßen Brüste versperren.
»Entschuldige«, sagt sie hastig, aber sie versteckt weiterhin ihre Brüste.
Er schweigt, drückt ihr die Arme sanft auseinander und hält sie hinter ihrem Rücken fest zusammen, während seine Lippen zu ihren Brüsten zurückkehren und ihre Brustwarzen küssen.
Hilflos schaut Joanne sich im Zimmer um. Sie sucht jemanden, der sie rettet. In der Dunkelheit sieht sie Eve, die sie von der Tür aus beobachtet. Nicht schlecht, sagt Eve. Entspann dich. Viel Spaß!
Hilf mir, bittet Joanne, aber Eve lächelt nur und macht es sich in dem großen blauen Sessel bequem, der am Fußende von Joannes Bett steht. Entspann dich, Dummchen! So eine Chance kriegst du nie wieder. Genieße es!
Steve Henrys Hände sind am Knopf von Joannes Hose angelangt. Joanne wünscht sich, er würde diesen Unsinn lassen und lieber mit dem Küssen weitermachen. Das machte Spaß und war nicht annähernd so aufreibend. Man brauchte dafür nicht soviel Konzentration, es war relativ einfach, die Augen zu

schließen und sich vorzustellen, die Lippen, die sie küßte, seien die von Paul. Wenn es um den ganzen Körper geht, ist es schon schwieriger, sich in Phantasien zu flüchten – besonders wenn dabei ganz neue Techniken angewandt werden.
Als ob er ihre Gedanken erraten hätte, preßt Steve Henry seinen Mund jetzt wieder auf ihren. Seine Zunge wird drängender. Paul würde nicht so rabiat vorgehen, denkt sie, als ihre Hose zu Boden gleitet. Sie hört, wie das duftige Kleidungsstück zur Seite gekickt wird. Ob er wohl seine Schuhe ausgezogen hat? Seide zu reinigen ist so teuer, überlegt sie erschrocken. Wo sie nur diese praktische Ader her hat? Sie wünscht, sie könnte sich fallenlassen und sich in dem, was hier geschieht, verlieren.
Aber genau das ist das Problem – *daß* es geschieht. Das hier ist keine Phantasie. Es ist die Realität. Und die Realität dieser Situation ist, daß sie mit einem Mann, den sie nicht liebt, auf dem Weg ins Bett ist – mit einem Mann, den sie kaum kennt, von dem sie nur weiß, daß er nicht Paul ist, wie fest sie ihre Augen auch schließt und sich das Gegenteil einzubilden versucht.
Ist doch egal, was es ist, hört sie Eve sagen, ist doch gar nicht übel. Mach mit, Mädchen! Realität oder Illusion – wen kümmert's? Genieße es!
Ich kann nicht, schreit Joanne schweigend, als Steve Henry sie aufs Bett wirft. Seine Hände streicheln ihren nackten Bauch. Ich bin es nicht gewöhnt, so berührt zu werden, versucht sie ihm zu sagen, aber sie sagt nichts. Es kitzelt, und ich bin sehr kitzlig. Paul versteht das. Er weiß genau, wie er mich berühren muß. Er weiß, was er tun muß, damit ich mich entspanne, damit sich meine Verlegenheit verliert, anstatt stärker zu werden.
Seine Finger ziehen an ihrem Slip, rollen ihn an ihren Schenkeln hinunter. Ich könnte sterben vor Peinlichkeit, denkt Joanne und vergräbt ihr Gesicht so gut es geht seitlich ins Kissen. Seine Hände spreizen ihre Beine.

»Das wird dir gefallen«, flüstert er. Sie fühlt, wie er mit der Zunge an den Innenseiten ihrer Schenkel entlangfährt.
Das ist typisch für die junge Generation, denkt sie in diesem Augenblick, daß sie sich einbildet, sie habe den oralen Sex erfunden. All diese Rocksänger, die sich auf den Konzertbühnen der Welt krümmen und unter dem geschockten Gekreische ihrer pubertären Fans und deren entsetzter Eltern so tun, als führten sie eine Fellatio aus. Die wären ihrerseits geschockt, überlegt Joanne, wenn sie entdeckten, daß ihre Eltern und so gut wie jeder andere Mensch das schon jahrelang getan hatten, bevor sie selbst überhaupt geboren waren, und daß das einzige Schockierende an der Sache ihre kollektive Naivität ist, die sie annehmen läßt, sie seien die erste Generation, die auf diese Idee gekommen ist.
Sie zieht ihn an den Haaren, so daß er den Kopf heben muß. Er mißversteht es als einen Ausdruck von Leidenschaft, interpretiert ihr Unbehagen als Aufregung, ja Ungeduld. Sie hört das Rascheln von Stoff. Jetzt zieht er sich das Hemd aus. Eve im blauen Sessel lehnt sich vor, um es besser sehen zu können. Joanne hält die Augen fest geschlossen. Er nimmt ihr Hand in seine und führt sie an den Reißverschluß seiner Hose.
»Ich weiß, wo er ist«, sagt sie plötzlich. Ihre Stimme macht einen Schnitt durch die Stille wie ein Messer durch einen Pie.
»Was?« fragt er mit heiserer Stimme, als ob sie ihn gerade wachgerüttelt hätte. Vielleicht *hat* sie das auch.
Ihre Hand umfaßt die Wölbung vorne an seiner Hose. »Ich sagte, ich weiß, wo er ist«, wiederholt sie. »Du mußt es mir nicht erst zeigen.«
Er setzt sich abrupt auf und nimmt ihre Hand von sich weg. Er klingt traurig, merkwürdig. »Was ist los?«
Sie schüttelt den Kopf und setzt sich ebenfalls auf. »Nichts ist los.«
»Du klingst sauer.«
»Ich bin nicht sauer.«

Genau das bin ich: sauer, denkt sie. Sauer auf mich, weil ich mich in diese Situation hineinmanövriert habe; sauer auf dich, weil du nicht der Mann bist, der ich will, daß du bist, weil du der Mann gar nicht sein kannst, der du sein sollst, weil der Mann, den ich will, mich nicht mehr will, weil ich dumm und alt und unnütz und häßlich bin...

»Wenn du nicht sauer bist«, sagt er, »dann leg dich zurück, hier neben mich.« Er schubst sie wieder aufs Bett, seine Finger sind wieder an ihren Brustwarzen. »Entspann dich«, sagt er.

»Ich kann mich nicht entspannen«, sagt sie ungeduldig und schiebt seine Hand weg.

»Warum denn nicht?«

»Weil ich das, was du da tust, als ablenkend empfinde.«

»Ablenkend?«

»Ich kann mich nicht konzentrieren, wenn du das tust.«

»Du sollst dich ja auf nichts anderes konzentrieren als darauf«, erklärt er ihr. »Was ist denn los, Joanne? Was geht hier vor, ohne daß ich es bemerke?«

Sie zieht die Tagesdecke herauf und bedeckt ihren nackten Körper damit. »Es ist nicht dein Fehler. Es liegt nicht an dir.«

»An wem denn sonst?« fragt er. »Wer ist noch hier?«

»Zu viele Gespenster«, erwidert sie nach einer Pause hilflos.

Eve erhebt sich aus dem blauen Sessel. Entsetzt schüttelt sie den Kopf, wirft den Arm in einer Geste des Besiegtseins in die Luft und verschwindet.

»Es tut mir leid«, sagt Joanne, während Steve Henry sein blaßrosa Polohemd überzieht. Einen Augenblick lang verheddert er sich in den Ärmeln. »Ich wollte ja. Ich dachte, ich könnte es.«

»Vielleicht hast du gedacht, du könntest es«, erklärt er, im Dunkeln nach seinen Schuhen suchend, »aber ganz bestimmt hast du es nicht gewollt. Hast du was dagegen, wenn ich hier mal Licht mache? Ich sehe überhaupt nichts.«

Joanne zieht sich die Tagesdecke höher hinauf, so daß sie ihr bis ans Kinn reicht. »Nein, ich habe nichts dagegen.«

Er rührt sich nicht von der Stelle. »Wo ist denn die Lampe?« fragt er. Er klingt wie ein kleiner Junge, der Angst vor der Dunkelheit hat.
»Ich mach's schon«, sagt Joanne, beugt sich zum Nachtkästchen hinüber und knipst die Lampe an.
Sofort hat Steve Henry seine Schuhe gefunden. Joanne schielt zum Radiowecker hinüber. Es ist erst halb elf.
»Bist du sauer?« fragt sie.
»Ja«, antwortet er ehrlich. »Aber ich werd's überleben.«
»Es hat nichts mit dir zu tun, wirklich.«
»Das hast du schon mal gesagt.« Er ist jetzt ganz angezogen. Er dreht sich zu ihr um und sieht sie an. »Ich bin mir nicht ganz sicher, wie ich die Sache nehmen soll, wenn ich ehrlich bin. Was genau bedeutet das alles?«
»Daß ich meinen Mann liebe«, sagt sie leise. »Es ist vielleicht idiotisch und altmodisch und vielleicht rührend, ich weiß nicht, aber irgend etwas in mir sagt mir, daß es für Paul und mich noch Hoffnung gibt, und daß... wenn ich diesem... dieser Sache nachgebe, daß ich uns dann irgendwie aufgebe, daß ich dann einen neuen Weg einschlage, einen Weg, den ich nicht mehr zurückgehen kann, und soweit bin ich noch nicht. Ich weiß nicht, ob das einen Sinn ergibt...«
Er schüttelt den Kopf. »Ich bin Tennislehrer«, sagt er, »was weiß ich schon von Sinn?«
Sie lächelt. »Ich mag dich.« Sie meint es ehrlich. Sie hofft, daß er es merkt.
»Ich mag dich auch.«
Sie lachen.
»Du bist ein netter Junge.«
»Mann«, verbessert er.
Sie nickt.
»Ich finde schon allein hinaus.« Joanne sieht die Frage in seinem Blick. Er überlegt, ob er ihr einen Gutenachtkuß geben soll. »Auf Wiedersehen«, sagt er schließlich, nachdem er sich

dagegen entschieden hat, und verläßt das Zimmer. Joanne lauscht seinen Schritten, hört, wie die Haustür geöffnet und gleich darauf wieder geschlossen wird und das Haus in Stille versinkt. Sie zieht die Knie ans Kinn hinauf, läßt das Gesicht in die Hände sinken und rauft sich in stiller Verzweiflung die Haare.
Das Telefon klingelt.
»Nein!« schreit sie, springt aus dem Bett, rennt ins Bad und wirft die Tür hinter sich zu. Das beharrliche Klingeln des Telefons verfolgt sie, während sie an die Badewanne geht und wie wild die Hähne aufdreht, um so das Läuten zu übertönen. »Hör auf!« kreischt sie. »Hör auf! Ich halte das nicht mehr aus!« Das Telefon aber klingelt weiter.
Joanne reißt die Badezimmertür auf. »Los, komm schon! Komm doch!« schreit sie. »Aber hör auf, mit mir zu spielen!« Irgendwo dort draußen ist er und beobachtet mich, denkt sie und dreht sich mit einem Ruck um. Dort draußen versteckt er sich, den ganzen Abend hindurch hat er sich versteckt und darauf gewartet, daß Steve Henry das Haus verläßt. Dort draußen ist er jetzt – jetzt, in dieser Sekunde. Er weiß, was ich getan habe. Er weiß, daß ich leichtsinnig war. Bald wird er mich dafür bestrafen.
Sie läuft zum Telefon und reißt den Hörer von der Gabel. Sie sagt gar nichts, wartet bloß.
»Joanne?«
»Eve?« Joanne läßt sich aufs Bett fallen. Ihre Augen füllen sich mit Tränen.
»Warum bist du so lange nicht ans Telefon gegangen? Was ist denn los? Ist Steve Henry gegangen?«
»Ich war in der Badewanne«, antwortet Joanne. »Nichts ist los. Er ist heimgegangen.«
»Was heißt das, er ist heimgegangen? Kommt er wieder zurück?«
»Nein, er kommt nicht zurück.«

»Ihr seid schon fertig?«
»Es ist nichts passiert, Eve.«
»Bitte, sag das nicht, Joanne, du bringst mich um den Schlaf. Was soll das heißen: es ist nichts passiert?«
Joanne zuckt die Achseln. Sie ist froh, Eves Stimme zu hören, aber nur widerwillig bereit, Details zu erzählen. Diese Nacht will sie so schnell wie möglich vergessen.
»Du meinst, er hat gegessen, und dann ist er gegangen? Keine Anmache? Überhaupt nichts?«
»Nichts«, bestätigt Joanne.
»Nichts? Ich kann es nicht fassen! Du verschweigst mir etwas, Joanne, das spüre ich.«
»Er hat mich angemacht«, gibt Joanne zu. »Ich habe nein gesagt.«
»Du hast nein gesagt? Bist du wahnsinnig?«
»Vielleicht. Ich weiß es nicht.«
»Wenn du es nicht weißt, dann sage ich es dir: Du bist verrückt! Ich kann einfach nicht glauben, daß du diesen Wahnsinnstypen ausgelassen hast. Als ich sein Auto wegfahren sah, habe ich mir gesagt, es kann doch nicht sein, daß sie ihn gehen läßt. Vielleicht holt er Zigaretten, vielleicht hat er seine Zahnbürste vergessen und will sie bei sich zu Hause holen, aber ganz bestimmt, *ganz bestimmt* hat sie ihm nicht gesagt, daß er gehen soll!«
»Du beobachtest also mein Haus?« fragt Joanne plötzlich.
»Ich habe nicht dein Haus beobachtet«, erwidert Eve abwehrend. »Ich warf gerade ganz zufällig einen Blick aus dem Fenster und sah, wie er mit dem Wagen wegfuhr. Das hat doch nichts mit Beobachten zu tun! Was soll das denn?«
»Nichts«, sagt Joanne schnell. Wirklich, was soll das? »Wo ist Brian?«
»Schläft.«
»Warum schläfst du nicht?«
»Ich kann nicht. Ich bin zu nervös.«

»Weswegen?«
»Wegen der Tomographie Montag vormittag.«
»Versuch einfach, nicht daran zu denken. Komm doch am Montag in die Praxis, wenn du es hinter dir hast, dann gehen wir zusammen essen.«
»Ich kann nicht.«
»Wieso denn nicht?«
»Ich kann einfach nicht. Du, wir sprechen morgen weiter. Geh wieder in die Wanne zurück und denk darüber nach, was für eine Idiotin du bist!«
Joanne starrt den Hörer an. Die Leitung ist tot.

Was mache ich hier? wundert sich Joanne, als die frische Luft wie eine Katze ihre Beine zu umschleichen beginnt. Wie bin ich überhaupt hierhergekommen?
Sie steht in ihrem Garten. Vor dem tiefen Teil des leeren, unfertigen Swimmingpools. In der Dunkelheit sieht er aus wie ein gigantisches offenes Grab. Mein Grab, denkt sie, für mich, wenn er kommt.
Sie hält irgend etwas in ihrer rechten Hand. Joanne hebt den Arm in die Höhe. Lautlos schneidet der Tennisschläger durch die Luft. Zieh durch, hört sie Steve Henry sagen. »Verdammt!« flucht sie in die Stille hinein. »Verdammt!« Sie läßt den Schläger sinken, fühlt sein Gewicht schwer in ihrer Hand.
Was macht sie hier draußen? Warum steht sie mitten in der Nacht in ihrem Garten, mit nichts bekleidet als ihrem Slip und einem grellrosa T-Shirt, auf dessen Vorderteil »Picasso« steht – ein Überbleibsel aus dem Jahr 1980, von der Ausstellung im Museum of Modern Art –, und umklammert einen Tennisschläger? Warum schläft sie nicht?
Sie schläft nicht, weil sie nicht einschlafen konnte. Nach einem heißen Bad, von dem sie sich Entspannung erhoffte, das ihre Unruhe aber nur noch steigerte, und nachdem sie sich eine Stunde lang ruhelos im Bett hin und her geworfen hatte, war

sie hinuntergegangen, hatte den Tisch im Eßzimmer abgeräumt, das schmutzige Geschirr in die Spülmaschine gestellt und sich dann eine Tasse Kaffee gemacht. Die ganze Zeit über hatte sie die Ereignisse der Nacht im Geiste wieder und wieder durchgespielt wie schlechte Fernsehwiederholungen.

»Du bist eine Idiotin«, flüstert sie. Sie fühlt, wie ihre Zehen den Rand des Pools umklammern, sie zuckt zusammen, als ihr die kleine Ansprache wieder einfällt, die sie vor Steve Henry hielt, bevor er ging. Ich kann die Hoffnung nicht aufgeben, hört sie sich sagen, oder was für eine dumme Phrase sie benutzte. »Welche Hoffnung?« fragt sie halblaut. Die Hoffnung, daß dein Mann zurückkommen wird? Dein Mann kommt nicht zurück! Er ist übers Wochenende weggefahren. Du kannst alles darauf wetten, daß er jetzt nicht vor irgendeinem leeren Swimmingpool steht und an seine Frau denkt, die bald seine Ex-Frau sein wird! Über was sollte er sich auch Sorgen machen? Er weiß ja, daß sie auf ihn wartet für den Fall, daß er einmal genug hat von allen kleinen Judys dieser Welt und heimkommen will.

Eve hat recht – ich bin wirklich eine Idiotin! Eine Idiotin mittleren Alters, die nicht genug Grips hat, um einem schönen jungen Mann zu erlauben, ihr eine Nacht lang Lust zu bereiten. Idiotin! hört sie Eve meckern. Voll durchziehen! drängt Steve Henry.

Sie hebt den Schläger und schleudert ihn mit voller Wucht in den tiefen Teil des Pools. Er kracht gegen die Betonwand, springt mehrere Male vom Boden hoch und bleibt dann, nach einigen langsamen Drehungen, liegen. Sie kann nicht genau sehen, wo er liegengeblieben ist, und es ist ihr auch egal. Sie braucht keinen Tennisschläger mehr. Da steht sie allein in der Dunkelheit und denkt, daß dieses leere Betonloch das perfekte Symbol für ihr Leben abgibt.

Erst Minuten später registriert sie die Geräusche, ein Knacken von Zweigen, ein leises Rascheln von Gras. Geräusche, die

nicht zu den natürlichen Geräuschen der Nacht passen. Irgend etwas ist da. Sie fühlt instinktiv, daß sie nicht allein ist.
Er ist also gekommen, denkt sie. Ihr Herz beginnt zu rasen. Genau auf diese Gelegenheit hat er gewartet, und jetzt hat sie sie ihm kampflos geliefert. Sie sieht schon die Schlagzeile der Morgenzeitung, fragt sich, wo die Polizei ihre Leiche wohl finden wird, versucht sich die letzten Sekunden ihres Lebens auszumalen. Kannst du dir vorstellen, was in diesen letzten Minuten in ihr vorgegangen sein muß? Karen Palmers Frage geht ihr durch den Kopf.
»Mrs. Hunter.« Unheimlich durchschneidet die Stimme das nächtliche Schweigen.
Joanne schreit auf, schließt die Augen, um das von ihr sofort wiedererkannte dumpfe Krächzen abzuwehren. »Was wollen Sie von mir?«
Wo ist er? Joanne öffnet die Augen und blickt angestrengt in die Dunkelheit, versucht herauszufinden, aus welcher Richtung die Stimme kommt. Irgendwo links von sich hört sie ein Geräusch, fühlt, daß jemand auf sie zukommt.
»Mrs. Hunter«, ruft die Stimme ganz nahe bei ihr.
Joanne dreht sich ruckartig um und sieht eine große Gestalt, die sich aus der sie umgebenden Schwärze löst. Ganz allmählich erkennt sie die vertraute Form eines langen, hageren Gesichts, das von welligem Haar umrahmt ist.
»Eve!«
Eves Lachen klingt fast wie ein Kreischen. »Du müßtest dein Gesicht sehen!« Sie jauchzt auf. »Obwohl es dunkel ist, sehe ich, daß du dir gleich in die Hose scheißt!«
»Verdammte Scheiße, was machst du hier?« schreit Joanne. Erst als sie ihre Worte in der nächtlichen Stille widerhallen hört, wird ihr bewußt, daß sie geflucht hat.
Eves Lachen ist jetzt fast hysterisch. »Du hättest deine Stimme hören müssen – ›Was wollen Sie von mir?‹« äfft sie Joanne nach. »Super! Du warst großartig!«

»Von was redest du da? Was machst du hier?« wiederholt Joanne. Plötzlich geben ihre Knie nach, sie bricht zusammen, liegt schluchzend auf dem Boden. »Du hast mich zu Tode erschreckt!«
»Also komm«, erwidert Eve. Es gelingt ihr, so zu tun, als sei sie die Leidtragende. »Wo bleibt dein Humor?« Das Lachen ist aus ihrer Stimme verschwunden. »Ich warf gerade einen Blick aus dem Schlafzimmerfenster und sah dich aus dem Haus kommen. Ich dachte, vielleicht hättest du gern Gesellschaft.«
»Bist du verrückt?« Joanne kann Eve jetzt ganz klar sehen, als ob irgend jemand alle Lichter angeknipst hätte. Sie sieht, wie Eves Lächeln langsam erstirbt, wie ihr Gesicht erstarrt. »Warum hast du versucht, mir solche Angst einzujagen?«
»Ich hätte nie gedacht, daß du es so ernst nimmst«, antwortet Eve; wieder klingt es, als sei ihr Böses zugefügt worden. »Mir war entfallen, daß du von der Sache besessen bist.«
»Besessen?«
»Ja, besessen. Du solltest dich mal selber hören, wenn du darüber sprichst, da klingst du jedesmal absolut plemplem.« Ihre Stimme fällt wieder in das unheimliche Krächzen zurück. »›Mrs. Hunter‹«, imitiert sie, »›ich komme und hole Sie, Mrs. Hunter...!‹«
»Hör auf!«
»Also, Joanne, es tut mir leid, daß ich dich erschreckt habe. Ich hätte wirklich nicht gedacht, daß du so eine Affäre daraus machen würdest.«
Joanne schweigt. Plötzlich befällt sie eine überwältigende Erschöpfung. Sie bringt kein Wort heraus.
»Bist du jetzt eingeschnappt?« fragt Eve.
Joanne schüttelt den Kopf.
»Also, ich gehe jetzt zurück ins Bett«, sagt Eve, macht aber keine Anstalten, zu gehen. »Geschieht dir ganz recht. Das ist die Strafe dafür, daß du Steve Henry hast gehen lassen«, fügt sie hinzu. Es sollte ein kleiner Scherz sein.

»Eve«, beginnt Joanne zu sprechen. Mit jedem folgenden Wort wird ihre Stimme schriller. »Hau ab, bevor ich dich in den beschissenen Pool stoße!« Sie steht langsam auf.
Eine Männerstimme durchschneidet die Dunkelheit. »Was ist denn da unten los, verdammt noch mal?«
Beide Frauen drehen sich nach der Stimme um, richten den Blick aufwärts, aber sie sehen nur die Umrisse von Eves Haus. Joanne erkennt Brians Stimme. Sie ist froh, diese Stimme zu hören.
»Joanne, ist alles in Ordnung? Ist Eve bei dir?«
Joanne schluckt. Ihr ist schwindlig, ihr Kopf ist leer. Sie fühlt sich einer Ohnmacht nahe.
»Alles in Ordnung«, antwortet Eve für sie.
»Was macht ihr denn, um Gottes willen? Dies ist kaum die richtige Zeit für eine Weiberfete. Es ist nach Mitternacht! Stimmt irgend etwas nicht?«
»Alles in Ordnung«, sagt Eve matt. »Hör endlich auf zu schreien, sonst weckst du die ganze Gegend. Ich komme gleich.« Sie dreht sich zu Joanne um. »Du bist doch nicht mehr sauer, oder?« fragt sie in wehleidigem Ton.
»Doch, ich bin noch immer sauer!« erwidert Joanne in einem frustrierten, ungläubigen Flüstern.
Eve zieht die Augenbrauen hoch; ihr Gesicht wird hart. Wortlos dreht sie sich um und verschwindet in der Nacht.


24


»Bist du müde?« fragt er.
Joanne schließt die Augen vor der hellen Morgensonne – ihre Sonnenbrille hat sie auf dem Küchentisch liegenlassen – und lehnt den Kopf gegen den mit dunkelbraunem Leder bezogenen Autositz. Es ist lange her, seit sie das letztemal auf dem Beifahrersitz im Wagen ihres Mannes gesessen hat. Ein gutes Gefühl,

findet sie. Sie wirft einen Blick zu ihm hinüber. »Ein bißchen«, gibt sie zu. »Ich habe letzte Nacht nicht viel geschlafen. Ich glaube, ich bin ziemlich nervös.«
»Brauchst du nicht zu sein«, sagt Paul. »Kommt schon alles in Ordnung.«
»Hoffentlich hast du recht.«
»Du hast doch die Sachen zum Essen dabei, um die sie gebeten haben, oder?«
»Das ganze ungesunde Zeug, das sie unbedingt haben wollen.«
»Na, da werden sie aber glücklich sein!«
Joanne lächelt und versucht selbstsicher zu wirken. Werden die Mädchen sich über ihren Besuch freuen? In Gedanken sieht sie Lulu schon auf das Auto zulaufen, sieht, wie Robin langsam nachtrottet, in ihren Augen dieselbe Unerbittlichkeit wie vor einem Monat, ihre Körperhaltung drückt dieselbe Unnahbarkeit aus wie damals.
»Kaum zu glauben, daß der Sommer schon zur Hälfte vorüber ist«, sagt Paul.
Joanne nickt. Die Zeit vergeht schnell, wenn man Spaß hat, denkt sie und wirft einen Blick auf ihre Armbanduhr. Es ist fast acht. Sie sind jetzt eine Stunde gefahren, trotz des regen Verkehrs sogar ziemlich zügig. Falls nichts Unvorhergesehenes passiert, werden sie in etwa zwei Stunden in Massachusetts sein und um zehn Uhr in Camp Danbee ankommen, wenn sie dort die Tore für die Besucher öffnen. Ob Robin sie am Eingang begrüßen wird?
Sie hat in den vergangenen Wochen nur einen einzigen Brief von ihrer ältesten Tochter erhalten, von Lulu dagegen fünf. Der Brief war kurz, nur bedingt informativ und ausgesprochen formell gehalten: »Liebe Mom, wie geht es Dir? Mir geht es gut. Das Wetter ist gut. Ich nehme an allen Sportaktivitäten teil. Im Schwimmen bin ich schon viel besser geworden. Die Mädchen in meinem Blockhaus sind ziemlich nett. Die Be-

treuer sind okay; das Essen ist nicht okay. Dein neuer Job scheint interessant zu sein.« Unterschrieben einfach mit »Robin«.
Wenigstens etwas, denkt Joanne, während sie die Landschaft entlang des Highways betrachtet. Wie grün alles ist, wie wunderschön in der frühen Morgensonne, obwohl der Wettermensch im Autoradio für den späten Nachmittag Regen ankündigt.
»Hast du gestern deinen Großvater besucht?« fragt Paul.
Joanne nickt. »Er hat die ganze Zeit geschlafen.«
»Und Eve? Wie geht's der?«
Joanne spürt, wie sie sich verkrampft; ihre Finger ballen sich zu Fäusten, die Nägel graben sich ins Fleisch. »Ich habe sie die ganze Woche über nicht gesehen«, erzählt sie. Sie bemerkt seinen überraschten Gesichtsausdruck.
»Wirklich? Wieso nicht? Sind Brian und sie endlich mal in Urlaub gefahren?«
»Nein«, sagt Joanne. Sie würde ihm gern erklären, was vorgefallen ist, aber sie weiß nicht, welchen Sinn das hätte. »Wir hatten diese Woche beide sehr viel zu tun.«
»Dein Job hält dich wohl ziemlich auf Trab, was?«
»Nicht eine Sekunde Langeweile.« Wie wunderbar Paul aussieht! Sein Gesicht ist tief gebräunt, seine Beine in den weißen, über den Knien abgeschnittenen Jeans sind schlank und muskulös. In Shorts hat er schon immer gut ausgesehen. »Machst du noch immer jeden Tag Bodybuilding?« fragt sie.
Ein kurzes Lächeln umspielt seine Lippen. »Nicht jeden Tag«, gesteht er verlegen. »Ich habe es versucht. Eine Woche lang machte es Spaß, aber dann... Ich weiß nicht... Ich kann mich da einfach nicht so reinsteigern wie diese jungen Kerle. Du, das tut wirklich weh! Wenn ich morgens aufwache, sind meine Beine ganz steif, in den Armen habe ich einen Muskelkater, im Rücken höllische Schmerzen, und dann denke ich mir eben, was soll's? Ich habe das Trainingsprogramm nicht völlig aufge-

geben«, fügt er hinzu, »aber der Enthusiasmus nimmt doch merklich ab. Es ist einfach zu anstrengend, Muskeln heranzubilden. Schließlich bin ich ja bis jetzt immer ohne ausgekommen.« Er lächelt. »Außerdem werden sich meine Arme nie voll entwickeln... Diese Unfälle als Kind...« Er wirft ihr einen verschmitzten Blick zu, und sie beginnen beide zu lachen. »Du siehst toll aus«, sagt er ernsthaft. »Wie hast du das denn angestellt?«
»Ich habe mir ein paar Strähnchen ins Haar färben lassen.«
Er schüttelt den Kopf. »Das allein ist es nicht.«
»Ich habe ein paar Pfund abgenommen. Ich bin in letzter Zeit ziemlich viel gejoggt...«
Sie fühlt seinen Blick auf ihren Beinen. »Und die Tennisstunden?«
»Damit habe ich aufgehört.« Sie räuspert sich nervös.
»Ach?«
»Meine Zehen wurden zu sehr strapaziert.« Ihr Blick folgt seinem an ihren Beinen entlang zu den Füßen in den offenen Sandalen. »Ich glaube, die Nägel werden demnächst abfallen.«
Er zuckt zusammen. »Und dann?«
»Ron sagt, wahrscheinlich sind schon neue darunter.«
»Ron?«
»Ron Gold, der Arzt, für den ich arbeite. Habe ich dir doch erzählt. Wir sind zusammen zur Schule gegangen.«
Paul zuckt mit den Achseln und richtet den Blick wieder auf die Straße. »Kenne ich ihn?« fragt er, und Joanne hört in seiner Stimme das vertraute Bemühen, locker zu wirken. Vertraut deshalb, weil es ein Klang ist, den sie mit ihrer eigenen Stimme in Verbindung bringt.
»Ich glaube nicht«, sagt sie.
»Der Name kommt mir bekannt vor. Wie sieht er denn aus?«
Joanne muß ein Lächeln unterdrücken. Sie kann direkt fühlen, wie unwohl Paul sich fühlt. Ist er eifersüchtig? »Er ist nicht besonders groß«, beginnt sie. »Er hat rotblondes Haar. Eigentlich

sieht er genauso aus wie vor fünfundzwanzig Jahren. Ein gutaussehender Mann«, fügt sie hinzu, ohne genau zu wissen, weshalb.
»Verheiratet?«
»Ja.«
»Hast du immer noch vor, die Arbeit Ende des Sommers aufzugeben?«
»Ja«, antwortet Joanne nach einer Pause.
»Klingt nicht sehr überzeugend.«
»Ron will nicht, daß ich aufhöre. Er sagt, ohne mich sei er aufgeschmissen.« Sie lacht. »Ich glaube, da hat er recht.«
»Du denkst also daran, weiterzumachen?«
Joanne nimmt sich eine Minute Zeit, um ernsthaft über diese Frage nachzudenken. »Nein, eigentlich nicht«, sagt sie schließlich.
Sie verfallen in Schweigen. Den Rest der Fahrt über sprechen sie nur das Nötigste. Die leichte Musik aus dem Radio ist der geeignete Hintergrund für ihrer beider Tagträume.
Was denkt er jetzt? überlegt Joanne. Sie ist seltsam entspannt, die frühmorgendliche Nervosität ist gänzlich verschwunden. Oder hat sie sich nur von ihrem Körper in seinen verlagert? Ist es allen Ernstes möglich, daß Paul eifersüchtig ist? Wahrscheinlich ist er nicht eifersüchtig, korrigiert sie sich, sondern nur neugierig, vielleicht ein bißchen beunruhigt. Der Gedanke, daß es in ihrem Leben noch einen anderen Mann geben könnte, ist ihm offensichtlich nie gekommen. Bis zu diesem Augenblick war sicher, daß sie nichts tun würde, um den Status quo zu verändern, daß sie verfügbar bleiben würde, bis er über ihr Schicksal entschieden hätte, voller Zuversicht, sehr viel Zeit für seine Entscheidung zu haben. Jetzt ist er sich nicht mehr ganz so sicher. Denkst du über mich nach? fragt sie ihn in Gedanken. Sie schielt zu ihm hinüber.
Er sieht sie an und lächelt herzlich. Erstaunlicherweise wendet sie den Blick als erste ab, lehnt den Kopf gegen die Kopfstütze

und schließt langsam die Augen. Irgend etwas ist los, das fühlt sie, aber sie weiß nicht, was es ist.
Als sie die Augen wieder öffnet, fahren sie nicht mehr auf dem Highway, sondern auf einer anderen Straße.
»Wir sind gleich da«, sagt er. Sie setzt sich aufrecht hin und hält Ausschau nach den Toren zum Camp. »Nur noch ein paar Kilometer«, erklärt er. »Hast du gut geschlafen?«
»Wunderbar«, antwortet sie, überrascht, daß sie einfach so weggesackt ist. In der vergangenen Nacht war sie sich völlig sicher, daß sie den nächsten Tag nie und nimmer überstehen werde, und jetzt hat sie fast die Hälfte dieses Tages verschlafen. So einfach müßte alles sein, sagt sie sich. Jetzt sieht sie die Tore von Camp Danbee. »Wie spät ist es?« fragt sie und registriert erst jetzt, daß sie in einer langen Autoschlange stehen.
»Zehn Uhr vorbei. Wir sind gerade recht gekommen.«
»Siehst du sie schon irgendwo?« fragt sie und läßt den Blick über die Kindermenge schweifen, die sich an den Toren des Ferienlagers versammelt hat.
»Nein, noch nicht.«
Paul biegt in die beschilderte Parkfläche ein. Joanne sieht sich immer wieder nach ihren Töchtern um; ihre früheren Befürchtungen kehren heftiger denn je zurück. Wird Robin hier sein, um sie zu begrüßen? Wird man mit ihr reden können, oder wird sie sich ihnen entziehen? Wie wird der Tag werden? Wie wird die Rückfahrt werden? Werden sie je wieder eine richtige Familie sein?
Der Wagen hält, und Paul zieht den Zündschlüssel heraus. Betont langsam wendet er sich ihr zu und nimmt ihre Hände.
»Alles wird gut werden«, sagt er sanft, als ob er ihre Gedanken erraten hätte. Und dann fügt er leise hinzu: »Ich liebe dich, Joanne.«
Joannes Herz macht einen Sprung. Die üppige Landschaft, die sie umgibt, verschwindet; der Lärm, den die dreihundert Mädchen machen, verklingt. Joanne sieht nur Paul, spürt nur den

Druck seiner Finger auf ihren Händen, hört nur seine Stimme.
»Mom!« hört sie jemanden rufen. Sie dreht sich um. Lulu klopft wild an die Scheibe des Beifahrerfensters. Wie lange steht sie da schon?
»Liebling!« ruft Joanne, öffnet die Wagentür und nimmt ihre jüngere Tochter in die Arme. »Laß dich anschauen. Ich glaube, du bist hier zehn Zentimeter gewachsen!« Sie streicht ihr die Haare aus den Augen. »Und deine Augen sind auch größer geworden!« Sie lacht.
»Das sieht bloß so aus, weil der Rest von mir langsam verschwindet«, sagt Lulu. »Habt ihr was zum Essen mitgebracht?«
»Ja, wir haben was zum Essen mitgebracht«, antwortet Paul lachend. »Du siehst großartig aus. Hast du viel Spaß hier?«
»Es ist super. Alle sind nett, und die Betreuer sind ganz toll. Ihr werdet sie ja kennenlernen.« Sie hakt sich bei ihren Eltern ein. »Ich habe euch vermißt! Ihr seht toll aus!«
»Wo ist Robin?« fragt Paul. Vor dieser Frage hat Joanne sich gefürchtet.
»Sie ist am See«, sagt Lulu. »Sie nimmt an der Segelregatta teil. In ein paar Minuten beginnt es. Wenn ihr sie segeln sehen wollt, führe ich euch hin.«
»Natürlich wollen wir sie segeln sehen«, sagt Joanne. Sie hat den Arm ganz fest um Lulu gelegt. »Zeig uns, wo es ist!«
»Was ist mit den Fressalien?«
»Später«, sagt Paul.
Sie gehen zum See. Joanne ist glücklich, zuversichtlich, selig. Zwischen ihr und Paul hat sich irgend etwas geändert. Sie werden wieder eine Familie sein, denkt sie, als sie das Wasser und die vielen weißen Segel erblickt.

»Da habe ich zu ihr gesagt – also, ich wollte eben nett sein, und da habe ich gesagt: ›Weißt du, daß du dein Sweatshirt verkehrt herum anhast?‹ und sie sagt so richtig trotzig: ›Natürlich weiß ich das. Es soll ja verkehrt herum sein. Jeder trägt es so.‹ Ich sage: ›Also, ich habe noch nie jemanden gesehen, der sein Sweatshirt verkehrt herum trägt‹, und sie sagt: ›*Jeder* in Brown trägt sie so‹ – als ob *sie* an der Brown University wäre und nicht ihr älterer Bruder!«

Joanne hört Lulus Erzählung zu, aber sie beobachtet dabei Robin, die den ganzen Vormittag über nur sehr wenig gesprochen hat. Die vier sitzen auf einer großen rot-blauen Decke, essen Hamburger und trinken Limonade. Die Eltern haben sich eine Segel- und eine Bogenschießvorführung sowie ein Baseballspiel angesehen. Jetzt sind sie zum Mittagessen eingeladen und haben Gelegenheit, sich mit ihren Kindern zu unterhalten. Seit sie sich hinsetzten, hat Lulu pausenlos geredet; Robin dagegen hat, seit sie ihre Eltern höflich, aber reserviert begrüßte, so gut wie nichts erzählt. Verglichen damit, war ihr Brief geradezu überschwenglich, denkt Joanne. Sie weiß nicht, wie sie sich in dieser Situation verhalten soll, und beschließt, die Sache einfach zu übergehen. Irgendwie findet sich alles, hört sie ihre Mutter sagen.

»Will noch jemand einen Hamburger?« fragt Paul.

»Ich!« schreit Lulu sofort.

»Sonst noch jemand?«

»Nein, danke«, sagt Joanne. Robin schüttelt den Kopf.

»Auf meinen Hamburger Senf und eine Scheibe Gurke«, bittet Lulu ihren Vater, der gerade aufsteht. »Und eine Scheibe Tomate«, fügt sie hinzu, als er sich schon zum Gehen wendet.

»Du kommst wohl besser mit«, sagt Paul, den Blick auf Joanne gerichtet. Lulu nimmt seine ausgestreckte Hand.

Er will, daß wir einen Moment lang ungestört sind. Joanne hat es verstanden und nickt ihm leicht zu. Sie sieht Robin an, die den Blick neugierig erwidert. Ganz offensichtlich wartet sie darauf, daß ich etwas sage, denkt Joanne.

»Also«, beginnt sie zögerlich, »es gefällt dir hier, ja?«

»Es geht.« Robin zuckt mit den Achseln.
»Es hat uns sehr beeindruckt, wie gut du schon segeln kannst.«
Robin nimmt das Kompliment entgegen, aber sie sagt nichts.
»Deine Betreuer scheinen ja sehr nett zu sein.«
»Ja, sie sind nett.«
Die Unterhaltung versickert. Joanne läßt den Blick über die vielen anderen picknickenden Menschen schweifen in der Hoffnung, irgendwelche Satzfetzen aufzuschnappen, die ihr vielleicht als Anregung zu weiteren Gesprächsthemen dienen könnten. Aber sie hört nichts.
»Wie sind denn die Jungen von Camp Mackanac dieses Jahr?« fragt sie schließlich. Hoffentlich war das unverfänglich genug. Robin soll nicht glauben, ihre Mutter wolle sie ausfragen.
»Sind ganz okay.«
»Nur okay?« Sofort bereut Joanne diese Zusatzfrage. Sie ist zu weit gegangen – ihre Frage wird unweigerlich mißverstanden werden.
Robin starrt auf ihren Schoß. »Ein Junge ist dabei, der ist ganz süß«, sagt sie.
Joanne schweigt.
»Er heißt Ron«, erzählt Robin weiter.
»Ach? Mein Chef heißt genauso.«
Ein leichtes Lächeln erscheint auf Robins Gesicht, verschwindet wieder. »Wie ist dein Job?« fragt sie.
»Toll«, antwortet Joanne enthusiastisch.
Robin starrt in Richtung See, obwohl das Wasser von der Picknickwiese aus gar nicht zu sehen ist. »Wie steht es denn nun zwischen dir und Dad?« fragt sie leise.
»Besser«, antwortet Joanne.
Robin wischt einen fiktiven Käfer von der Decke. »Es gefällt mir hier im Lager«, sagt sie mit einem kaum erkennbaren Kopfnicken. Sie starrt immer noch in dieselbe Richtung, sorgfältig darauf bedacht, dem Blick ihrer Mutter auszuweichen.

»Es war gut, daß ich hierhergefahren bin. Ihr hattet recht. Nicht nur mit dem Ferienlager...«
Soll ich sie jetzt in die Arme nehmen? überlegt Joanne. Sie würde es gerne tun, aber sie fürchtet sich davor. Sie ist mein Kind, denkt sie, und ich habe Angst, meinen Arm um sie zu legen, habe Angst, ihre Zeichen nicht richtig zu deuten.
»Joanne!« Die Stimme kommt von irgendwo über ihr.
Joanne führt die Hand an die Stirn, beschattet die Augen, sieht, daß sich am Himmel Wolken angesammelt haben. »Hab' ich mir doch gedacht, daß du es bist!« sagt eine Frau, die neben ihr steht. »Ellie«, sagt die Frau, »Ellie Carlson. Wahrscheinlich erkennen Sie mich deshalb nicht, weil ich so stark abgenommen habe«, fügt sie hoffnungsvoll hinzu.
»Mein Gott, ja, Sie haben recht«, bestätigt Joanne und erhebt sich. »Sie müssen ja fünfzig Pfund abgenommen haben!«
»Sechzig«, sagt Ellie Carlson stolz. »Danach bin ich ins Krankenhaus gegangen und habe mir den Bauch liften lassen«, flüstert sie ihr zu.
»Sie sehen ja wunderbar aus!« Joanne hat keine Ahnung, was sie sonst sagen soll. Sie weiß nichts über diese Frau, außer daß Robin und Lulu und Ellie Carlsons Töchter früher einmal während eines Sommerlagers in denselben Stockbetten schliefen. »Wie viele von Ihren Kindern sind denn jetzt hier?« fragt sie, weil ihr absolut nichts anderes einfällt.
»Nur eins, meine Kleinste.« Ellie Carlson zieht die Stirn in Falten. »Mit den beiden älteren Mädchen haben wir zur Zeit Sorgen«, vertraut sie Joanne an. »Sie wollten heuer nicht ins Lager. Sie lungern in unserem Einkaufszentrum herum, tragen alte Kleider von der Heilsarmee, und die Köpfe haben sie sich rasiert! Offensichtlich sehnen sie sich nach dem einzigen, was wir ihnen nicht bieten können.«
»Was denn?«
»Armut.«
Joanne lacht laut auf. Die Frau klopft ihr zum Abschied auf die

Schulter und macht sich auf den Weg zu den Tischen mit den Hamburgern.
»Ist das die Mutter von Carol Carlson?« fragt Robin ungläubig, als Joanne sich wieder neben sie setzt.
»Sie hat sechzig Pfund abgenommen und sich den Bauch liften lassen«, erzählt Joanne. Sie ist kurz davor, laut loszuprusten. »Ich überlege mir manchmal, was mit diesen Frauen, die sich straffen lassen, wohl passiert, wenn sie wieder zunehmen. Was meinst du, explodieren die dann?«
»Mom!« Robin ist ganz entsetzt, aber dann beginnt sie zu lachen. »Das ist ja wirklich grauslig!«
Von irgendwoher dringt lauter Lärm zu ihnen, ein knallender Auspuff vielleicht oder ein Luftballon, der gerade zerplatzt.
»Hör mal«, quiekt Joanne, »jetzt zerreißt es gerade eine!«
»Mom!«
»Was ist denn hier los?« fragt Paul, während Lulu und er sich wieder auf der Decke niederlassen. Sie wollen mitlachen, sie spüren, daß sich irgend etwas geändert hat.
»Ich glaube, Mom ist zu lange in der Sonne gewesen«, meint Robin, aber es klingt nicht spöttisch, sondern liebevoll. Joanne lehnt sich vornüber und nimmt Robins Hand. Robin zieht sie nicht zurück.

»Nun, was meinst du?« fragt er, nachdem sie tränenreich Abschied von ihren Töchtern genommen haben.
Joanne wischt sich die letzten Tränen aus den Augen und lächelt. »Ich finde, es ist prima gelaufen.«
»Finde ich auch. Robin scheint sich wieder gefangen zu haben.«
»Sie hat mir erzählt, daß es ihr in der ersten Woche sehr schlecht ging, sie hatte sich einfach vorgenommen, keinen Spaß zu haben, aber sie waren alle so lieb zu ihr, und es gab so viel zu tun, da konnte sie gar nicht anders, als Spaß zu haben. Und dann hat sie da ja diesen Jungen kennengelernt, Ron – ko-

misch, daß er Ron heißt«, fügt sie hinzu. Sie sieht, wie Paul zusammenzuckt. »Der hatte bestimmt etwas mit ihrem Stimmungsumschwung zu tun.«
»Ich habe nie verstanden, welchen Sinn ein reines Mädchencamp hat, wenn daneben ein reines Jungenlager liegt«, sagt Paul und schaltet die Scheibenwischer ein.
»Gut, daß es erst jetzt regnet.«
»Die Heimfahrt wird schlimm werden«, erklärt er. »Wir fahren direkt in einen Sturm hinein.«
»Hast du Hunger?« fragt sie ihn einige Minuten später. Der Regen trommelt gegen die Windschutzscheibe.
»Eigentlich nicht«, antwortet Paul. »Ich habe zum Mittagessen drei Hamburger verdrückt.«
»Ich finde, wir könnten doch in einem dieser Motels hier haltmachen und etwas essen und abwarten, bis der Regen nachläßt.« Sie sieht zu Paul hinüber. Er starrt sie an. Sie fühlt, wie ihr Körper zu zittern beginnt. »Wir könnten doch zu Abend essen... oder so«, fügt sie schnell hinzu.
Er biegt auf den Parkplatz des nächsten Motels ein. »Oder so«, sagt er.

Seit Monaten hat sie davon geträumt, und sie betet darum, daß dies kein Traum ist. Er ist auf ihr und über ihr und in ihr und überall um sie herum, er füllt sie aus und liebt sie und sagt ihr, daß er sie braucht, und sie sagt ihm dasselbe.
Seit einigen Stunden sind sie schon in diesem Zimmer mit dem entsetzlichen roten Bettvorleger und der schäbigen violetten Tagesdecke. Es hat aufgehört zu regnen, aber wenn Paul es gemerkt hat, so hat er es ignoriert.
Zuerst hatte sie Angst, Angst, er könnte sie lächerlich oder rührend finden, sie war sich nicht sicher, wie ihm ihr Körper wohl gefallen werde, wie er sich für Paul anfühlen werde, nachdem er es monatelang mit dem Körper der kleinen Judy zu tun gehabt hatte, aber bald hatte er ihr zugeflüstert, wie schön sie

sei, seine Hände waren zärtlich und aufmunternd und vertraut, und sie hatten nichts von dem vergessen, was sie im Lauf ihrer zwanzig gemeinsamen Jahre gelernt hatten. Sie wußten immer noch genau, wo sie Joanne berühren mußten und wie. Das ist die Technik des Herzens, denkt sie. Steve Henry kann das nicht verstehen. Und bald war jede Verlegenheit und alle Angst verschwunden, und sie hatte sich im Liebesakt verloren – denn sie war erzogen worden, zu glauben: daß es ein Akt der Liebe war. Nachdem sie das erstemal fertig geworden waren, als sie zum erstenmal merkte, daß der Regen aufgehört hatte und schon fürchtete, jetzt werde er sagen, die sollten weiterfahren, da hatte er sich einfach zu ihr hinübergebeugt und sie wieder an sich gezogen, und sie hatten sich noch einmal geliebt, und für Joanne war es das schönste Mal in allen ihren gemeinsamen Jahren.

Und jetzt ist er wieder auf ihr, in ihr und überall um sie. Sie drehen sich um sich selbst, ändern die Stellungen, lachen, wenn sie sich unbequem ineinander verfangen haben, liegen sich endlich verschwitzt und erschöpft in den Armen. Er schmiegt sich an sie, damit sie gut einschlafen kann. Joanne fühlt, daß sich ihr Körper langsam entspannt, aber sie weiß, daß sie unmöglich schlafen kann. Es macht nichts. Sie liegen gemeinsam in einem Bett. Und wenn er aufwacht, wird sie neben ihm sein.

»Mußt du um neun in der Kanzlei sein?« fragt sie, als er am nächsten Morgen in die Auffahrt zu ihrem Haus einbiegt. Es ist schon fast neun, und er muß noch den ganzen Weg in die Stadt zurückfahren.
»Nein. Ich habe ihnen gesagt, sie sollen mich nicht vor zehn erwarten.«
Joanne fühlt eine seltsam stechende Angst. Er hat am Freitag in der Kanzlei gesagt, er werde am Montag nicht vor zehn erscheinen? Hatte er da schon gewußt, was sich zwischen ihnen ereig-

nen würde? War er sich so sicher gewesen? Sie schiebt den unangenehmen Gedanken fort. Es ist doch unwichtig. Offensichtlich hatte er geplant, sich an diesem Wochenende auszusöhnen; denn das wollte er damit doch ausdrücken. Warum nur ist sie so unruhig? Warum ist sie unruhig, seit er an diesem Morgen aufstand, hastig duschte und sich anzog? Während der Fahrt nach New York hatte er nur wenig gesprochen und sie immer dann, wenn er ihrem Blick nicht mehr ausweichen konnte, schuldbewußt angestarrt.

Paul begleitet sie zur Tür. Er trägt die Taschen mit den Sachen, die die Mädchen ihnen mitgegeben haben, Dinge, die sie nicht mehr brauchen. Paul setzt die Taschen vor der Tür ab.

»Hast du noch Zeit für eine Tasse Kaffee?« fragt sie. Soll sie ihn jetzt fragen, wann er wieder einziehen wird?

»Besser nicht. Ich muß mich ja noch umziehen und rasieren«, erklärt er.

»Sehen wir uns heute abend?« wagt sie sich vor. Die Worte bleiben ihr in der Kehle stecken. Warum drückt sie sich so vorsichtig aus?

»Joanne...«

»Was ist denn los, Paul?« fragt sie, als sie die Spannung nicht länger erträgt.

»Ich hoffte, du würdest das mit gestern nacht verstehen...«

»Was verstehen? Ich habe verstanden, daß wir uns geliebt haben, daß du mir gesagt hast, du liebst mich...«

»Ich liebe dich ja auch.«

»Und was gibt es da noch zu verstehen?«

»Daß es nichts an der Sache ändert«, sagt er, und Joanne merkt, wie sie sich gegen die Tür stemmt, um seinen Worten zu entkommen. »Vielleicht hätte ich das gestern nacht nicht geschehen lassen sollen«, fährt er fort, »aber ich wollte, daß es geschieht – und sei doch mal ehrlich, Joanne, *du* wolltest es doch auch. Wir sind erwachsene Leute, die sich einig waren...«

»Was soll das heißen?«

»Daß das, was letzte Nacht geschehen ist, nichts ändert«, wiederholt er. »Daß ich noch nicht soweit bin, wieder nach Hause zu kommen.«
»Letzte Nacht...«
»Ändert nicht das geringste.«
Joanne beginnt hektisch in ihrer Handtasche herumzuwühlen. »Ich kann meine Schlüssel nicht finden.«
»Es war nicht meine Absicht, dich irrezuführen.«
»Warum hast du mir das alles dann nicht gesagt, bevor wir miteinander ins Bett sind?« Sie wirft ihre Handtasche auf den Boden. Sie bleibt neben den Taschen mit den Sachen liegen, die die Mädchen nicht mehr brauchen. Wie passend! denkt Joanne. Sie hört, wie ihre Stimme vor Zorn schrill wird. »Ich kann meine verdammten Schlüssel nicht finden!« Sie vergräbt ihr Gesicht in den Händen.
»Joanne...«
»Laß mich in Ruhe!«
»Ich kann dich doch nicht einfach weinend hier auf der Treppe lassen, mein Gott.«
»Dann such meine Schlüssel, dann heule ich drinnen. Dann mußt du nicht zuschauen.«
»Joanne...«
»Such meine Schlüssel!« kreischt sie.
Paul hebt die Handtasche auf und kramt darin herum. Innerhalb von Sekunden hat er die Hausschlüssel gefunden und reicht sie Joanne. »Du hast den alten Schlüsselbund also wiedergefunden«, sagt er gedankenverloren.
Joanne reißt sie ihm aus der Hand und starrt die Schlüssel an, die sie schon lange verloren zu haben glaubte.
»Es ist ein Wunder, daß du da drin überhaupt irgend etwas findest«, sagt er in dem Versuch, witzig zu sein.
Hilflos stochert Joanne mit dem Schlüssel im Schloß herum. Plötzlich spürt sie Pauls Hand auf ihrer Hand. Er dreht den Schlüssel für sie um. Sie hört ein Klicken, fühlt, wie die Tür

aufschwenkt. Sie steht in der Tür. Er zieht seine Hand zurück. Sie ist unfähig, sich zu bewegen. Auftrag ausgeführt, denkt sie, höchste Zeit für einen sauberen Abgang.
»Mußt du jetzt nicht die Alarmanlage abstellen?« fragt er.
Wie ein Roboter geht Joanne zum Alarmkästchen, während Paul die diversen Taschen ins Haus trägt.
»Es tut mir leid, Joanne«, bittet er sie um Verzeihung, als klar wird, daß sie nicht gewillt ist, irgend etwas zu sagen, das ihm den Abschied erleichtern könnte. »Ich rufe dich an«, sagt er kleinlaut.
Joanne sagt nichts. Sie wartet, bis sie ihn wegfahren hört; dann stößt sie mit dem Bein die Tür zu.

### 25

Als Joanne das Zimmer betritt, schläft er gerade.
Joanne starrt auf das alte Gesicht, auf den welken Körper, der von der schmutzig-weißen Bettdecke vollständig verhüllt ist. Neben ihm auf dem Kissen liegt die Baseballmütze mit dem Schriftzug NEW YORK YANKEES; auf dem eiförmigen Kopf wachsen nur einige wenige weiße Haare. Sie setzt sich neben den schlafenden alten Mann.
An einem Montag war sie noch nie da. Seit drei Jahren hat sie dieses Zimmer immer nur samstags betreten, wenn die Gänge mit den Angehörigen der Patienten voll waren. Sie hätte nicht geglaubt, daß es hier unter der Woche so still ist. Heute kommt es ihr ganz besonders ruhig vor. Außer den Schritten der Pflegeschwestern und einem gelegentlichen Schrei in einem der Krankenzimmer ist kaum ein Geräusch zu hören. Obwohl es noch nicht einmal ein Uhr mittags ist, schlafen die meisten der alten Heiminsassen. Sie ist in ihrer Mittagspause hierhergekommen. Ron sagte ihr, sie solle sich den Rest des Tages freinehmen, solle sich so viel Zeit lassen, wie sie brauche.

Er hatte nur einen einzigen Blick auf ihre roten, verschwollenen Augen werfen müssen, um zu wissen, daß sie geweint hatte. Sprich dich aus, sagte er und führte sie aus dem überfüllten Wartezimmer in den einzigen Untersuchungsraum, der noch leer war. Ihr Zuspätkommen sprach er mit keinem Wort an, fragte sie nur, was denn los sei. Sie brach in Tränen aus und erzählte ihm alles, was zwischen Paul und ihr vorgefallen war. Dann wartete sie darauf, daß er irgend etwas sagte. Statt dessen nahm er sie in die Arme und hielt sie fest. Nimm dir den Rest des Tages frei, drängte er sie. Ich komme schon zurecht. Da fingen sie beide an zu lachen. Also gut, gab er hastig zu, ich würde ohne dich *nicht* zurechtkommen – mach dir einfach eine verlängerte Mittagspause. Nimm dir so viel Zeit, wie du brauchst.
Aber beim Mittagessen brachte sie nichts hinunter, konnte nicht schlucken, konnte den wieder aufgebrochenen, unendlich scheinenden Tränenstrom nicht zum Versiegen bringen. Und so war sie in ihren Wagen gestiegen und drauflos gefahren, ohne genau zu wissen, wohin, bis sie das Pflegeheim vor sich gesehen hatte.
Und jetzt sitzt sie hier neben einem alten Mann, der ihr einst einen wahren Schatz von Erinnerungen geschenkt hat, der jetzt aber nicht einmal mehr weiß, wer sie ist. Sie weiß es ja selber nicht mehr genau. Sie sieht sich in dem Zimmer um. Was hat sie in einem Zimmer verloren, in dem zwei schlafende alte Männer liegen, von denen keiner merkt, daß sie überhaupt da ist?
Der alte Mann schlägt die zittrigen Lider auf. Während er sie anstarrt, formen sich die vielen Falten in seinem Greisengesicht zu einem kleinen Lächeln. »Joanne?«
»Großvater!« Die Tränen, die Joanne die ganze Zeit über nur mit Mühe zurückgehalten hat, strömen an ihren Wangen herab. »Kennst du mich?«
Er sieht sie verdutzt an und versucht sich aufzusetzen.
»Warte, ich helfe dir«, sagt sie schnell und stellt sich hinter ihn, um die Kissen aufzuklopfen.

»Ich glaube, dort unten am Bett ist etwas, das man drehen kann«, sagt er mit klarer Stimme.
Sofort ist Joanne am unteren Teil des Betts und kurbelt das Kopfteil hoch, damit ihr Großvater bequem sitzen kann. Die Baseballmütze fällt vom Kissen auf seinen Schoß. Er nimmt sie und setzt sie sich auf. Seine Augen strahlen vor Freude.
»Dieses Jahr gewinnen wir die Meisterschaft!« Er lächelt. Joanne sieht, daß er sein Gebiß nicht trägt. Er scheint es gar nicht zu bemerken, und wenn er es bemerkt, so stört es ihn offensichtlich nicht. »Warum weinst du?« fragt er.
»Weil ich glücklich bin«, erklärt ihm Joanne. Es ist wahr, sie ist glücklich. Er hat sie erkannt. »Es freut mich so, daß ich dich sehen kann.«
»Du solltest öfter kommen. Deine Mutter kommt jede Woche.«
»Ich weiß. Es tut mir leid. Ich werde versuchen...«
»Ich habe Durst.«
»Möchtest du ein Glas Wasser?«
»Auf dem Tisch steht ein Glas.« Er deutet auf das Nachtschränkchen, auf dem ein Glas mit Strohhalm steht. Es ist halb voll mit Wasser.
»Ich hole dir frisches Wasser«, sagt Joanne und nimmt das Glas.
»Nein, das da tut's schon. Ich möchte mir nur die Lippen ein bißchen feuchtmachen.« Er saugt an dem gebogenen Strohhalm und gibt Joanne das Glas zurück. »Sie werden immer trocken. Hier ist nicht genug Luftfeuchtigkeit. Seit Jahren beschwere ich mich schon deswegen. Sieh mal an«, sagt er plötzlich und beobachtet, wie sie das Glas auf den Nachttisch zurückstellt. »Du bist ja richtig erwachsen geworden.« Joanne lacht und wischt sich ein paar Tränen aus dem Gesicht. »Wie alt bist du denn jetzt?«
»Einundvierzig«, antwortet Joanne.
»Einundvierzig?« Er schüttelt den Kopf. »Dann müßte deine Mutter ja... wie alt sein?«

»Siebenundsechzig«, sagt Joanne rasch.
»Siebenundsechzig! Meine kleine Linda ist siebenundsechzig! Ich kann das nicht glauben. Wie geht es deinem Mann?« Die Fragen kommen jetzt in immer kürzeren Abständen, als ob er wüßte, daß er nur wenig Zeit hat, sie alle zu stellen.
»Gut«, erwidert Joanne automatisch. »Gut geht es ihm.«
»Und deinen Kindern? Wie viele hast du gleich?«
»Zwei.«
»Zwei. Entschuldige, manchmal vergesse ich es. Sie heißen...?«
»Robin und Lulu. Eigentlich Lana, aber wir nennen sie Lulu.«
»Die kleine Lulu, ja, ja, ich erinnere mich. Hast du Fotos von ihnen?«
Joanne kramt in ihrer Handtasche. »Nur die hier.« Sie zieht ein altes kleines Taschenalbum hervor. »Sie sind schon ein paar Jahre alt.« Sie wischt den Staub von dem Plastik, unter dem die zwei Bilder stecken. »Sie sind inzwischen schon größer. Vor allem Robin hat sich ziemlich verändert.« Sie macht eine Pause, um zu sehen, ob ihr Großvater noch zuhört. »Sie sind den Sommer über im Ferienlager. Gestern haben wir sie besucht. Sie haben sehr viel Spaß dort. Sie lassen dich schön grüßen«, fügt sie hinzu. Sein Lächeln wird breiter. »Wenn sie wieder zurück sind, bringe ich sie mit, damit sie dich besuchen. Hättest du das gern?«
Er nickt. Das Schild seiner Baseballmütze fällt ihm über die Augen. Hastig schiebt Joanne es wieder hinauf.
»Minnie hat mir diese Mütze mitgebracht«, erzählt er stolz. Minnie ist Joannes Großmutter. »Obwohl sie selbst immer ein *Dodger*-Fan war.« Er schließt die Augen. Einen Moment lang befürchtet Joanne, daß er wieder in seine angenehmere Welt zurückgekehrt ist, aber als er die Augen öffnet, sehen sie sie immer noch direkt, ja fast schelmisch an. »Hast du Zeit, ein bißchen Rommé mit mir zu spielen?« fragt er.
Joanne schrie auf vor Freude.

»Ist hier drin alles in Ordnung?« ertönt eine Stimme vom Gang. »Ach, hallo, Mrs. Hunter«, sagt die Schwester, als sie Joanne erkennt. »Ich habe Sie heute gar nicht erwartet. Geht es Ihrem Großpapa gut?«
»Haben Sie Spielkarten hier?« fragt Joanne hastig.
»Spielkarten?«
»Für Gin-Rommé, wissen Sie. Karten«, wiederholt Joanne.
»Ich glaube, Ihr Großpapa hat welche in der Schublade«, sagt die Schwester nach kurzem Nachdenken. »Ich habe hier mal welche rumliegen sehen. Schauen Sie mal in der Schublade nach. Wenn da keine sind, versuche ich welche aufzutreiben.«
»Hier sind sie«, ruft Joanne und zieht eine Schachtel mit speckigen alten Karten aus der Schublade. »Ich habe sie.«
»Sie sehen heute sehr gut aus, Mr. Orr«, sagt die Schwester, geht auf den alten Mann zu, nimmt seine Hand und fühlt ihm den Puls. »Sehr schön«, sagt sie und blinzelt Joanne zu. »Viel Spaß, ihr beide. Besiegen Sie sie nicht allzu oft, Mr. Orr!«
Noch bevor Joanne die Karten auf der schmutzig-weißen Bettdecke ausgeteilt hat, ist die Schwester verschwunden. Joannes Hände zittern. Zu aufgeregt, um sich richtig konzentrieren zu können, ordnet sie ihre Karten.
Sie kann nichts anderes denken, als daß sie tatsächlich mit ihrem Großvater Karten spielt. Und plötzlich ist sie wieder zehn Jahre alt, und sie sitzen an dem runden Tisch im Wohnzimmer des kleinen Häuschens ihrer Großeltern. Draußen strömt der Regen. Wenn das Fenster offen ist, kann sie die Blätter im Wind rascheln hören. Sie riecht den Grasduft, hört das Pfeifen des in der Ferne vorbeifahrenden Zugs.
An den Wochenenden, wenn die Männer aus der Stadt zurückgekehrt sind, vermischen sich die Sommerdüfte mit einem anderen Geruch – dem von Alkohol, den ihr Großvater sich nach dem Rasieren in Unmengen ins Gesicht schüttet. Wegen dieses Geruchs fühlt Joanne sich, anders als die meisten Menschen, anders als Eve, in Arztpraxen und Krankenhäusern so wohl.

Der gespenstische Klang des pfeifenden Zugs und der scharfe Geruch von Alkohol – das gibt ihr Sicherheit. Sie denkt an Paul – dünne Ärmchen und Allergien. Seltsam, in was man sich alles verlieben kann.
»Nimmst du die Karte?« fragt ihr Großvater ungeduldig. Joanne merkt, daß sie einige Sekunden lang die Herz-Zwei angestarrt hat, ohne zu registrieren, um welche Karte es sich handelt. »Nein«, sagt sie. Sofort denkt sie, daß sie die Karte hätte nehmen sollen. Zu spät. Schnell nimmt ihr Großvater sie und legt eine Karo-Sieben ab. Gewissenhaft sieht Joanne ihre Karten durch, um sicherzugehen, daß sie die Karo-Sieben nicht brauchen kann. Dann nimmt sie eine Karte vom Talon. Es ist die Pik-Zehn. Sie ordnet sie zwischen die Acht und den Buben derselben Farbe ein. Jetzt braucht sie die Neun.
Ihr Großvater kneift vor Konzentration die Augen zusammen. Er nimmt eine Karte vom Talon, legt sie schnell ab und beobachtet, wie Joanne dasselbe macht, greift nach der nächsten Karte, die sie abgelegt hat, beobachtet, wie sie seine abgelegte Karte nimmt. Joanne betrachtet, was sie in der Hand hält. Eine einzige Karte fehlt ihr noch zum Gin – die Pik-Neun. Sie überlegt, ob sie eine Karte, die sie eigentlich braucht, ablegen soll, um das Spiel in die Länge zu ziehen und ihren Großvater gewinnen zu lassen, damit er noch mehr Auftrieb bekommt. Und sie selbst auch.
»Gin!« ruft ihr Großvater plötzlich und zeigt voller Stolz seine Karten vor. Ungläubig starrt Joanne ihn an. »Du hast geglaubt, ich würde dir die hier geben, was?« fragt er verschmitzt und hält ihr seine Gin-Karte, die Pik-Neun, vor die Nase.
»Ich kann es nicht glauben«, sagt Joanne verblüfft. Dann fragt sie ihn: »Meinst du, du schaffst das ein zweites Mal?«
»Ich versuch's«, antwortet er.
Das nächste Spiel geht genau wie das erste aus. »Gin!« ruft ihr Großvater, aber seine Stimme klingt jetzt etwas schwächer.
»Noch eins, Großvater?« fragt Joanne.

»Teil die Karten aus«, sagt er leise.
»Wir können auch aufhören, wenn du dich ein bißchen ausruhen möchtest.«
»Teil aus!«
Joanne gibt jedem zehn Karten. Schnell sortiert sie ihre, merkt dann, daß ihr Großvater nichts dergleichen tut. »Die Pik-Vier, Großvater«, sagt sie und wendet den Blick von der offenen Karte. »Willst du sie?« Er schüttelt den Kopf. »Dann nehme ich sie«, sagt sie lächelnd; er nickt. Sie legt eine Herz-Acht ab. »Eine Acht, Großvater, willst du eine Acht?« Er schüttelt den Kopf. »Nimm eine Karte«, fordert sie ihn sanft auf. Irgend etwas ist los. Sie spielen jetzt ein anderes Spiel.
Sie sieht zu, wie seine Hand mit den hochliegenden Adern eine Karte vom Talon nimmt. Er hält sie sich vor die Augen und betrachtet sie, als ob sie ein seltsamer Gegenstand wäre. »Willst du diese Karte, Großvater?« fragt sie. Sie will sich nicht eingestehen, daß er sie gar nicht mehr sieht. Er zieht die Schultern hoch. »Dann leg sie ab«, sagt sie, und er tut es. »Das ist die Pik-Drei, Großvater. Bist du sicher, daß du sie nicht brauchen kannst?«
Er schüttelt den Kopf und starrt sie verwundert an.
»Nun, dann nehme ich sie«, redet sie trotzig weiter, während sie die Karte aufhebt. »Und gebe dir dafür den Herz-König. Großvater, willst du den König?«
Sie starrt ihn an. Der lange Hals schmiegt sich in das Kissen, die Augen fallen dem alten Mann zu. »Großvater!« schreit sie. Noch einmal reißt er kurz die Augen auf. »Bitte, Großvater. Bitte, laß mich nicht allein, ich brauche dich!«
Mit zitternden Händen schiebt sie die Karten zusammen und verstaut sie in der alten Schachtel. Einige Sekunden lang steht sie am Fuß des Betts, dann kurbelt sie den Kopfteil in seine ursprüngliche Lage zurück. Sie nimmt die Hand ihres Großvaters und ist erstaunt, wie leicht sie sich anfühlt.
»Bitte, wach wieder auf, Großvater«, fleht sie, obwohl sie ge-

nau weiß, daß er nicht aufwachen wird. »Ich weiß nicht mehr, was ich tun soll. Ich habe dich angelogen. Du hast mich gefragt, wie es Paul geht, und ich sagte, es gehe ihm gut. Ja, es geht ihm gut... bloß, er ist weg. Das habe ich dir schon einmal erzählt. Ich habe dir erzählt, daß er mich verlassen hat... Aber ich habe immer geglaubt, er werde zurückkommen. Ich habe geglaubt, ich brauchte nur zu warten und ihm Zeit zu lassen. Ich liebe ihn so sehr, Großvater. Zwanzig Jahre lang war er alles für mich. Jetzt will er ein neues Leben, und ich weiß nicht, was ich tun soll. Ich weiß nicht einmal mehr, wer ich bin. Kannst du das verstehen? Alles löst sich auf. Ich verliere meine Kinder, sie werden erwachsen. Sie entfernen sich von mir. Und Eve... erinnerst du dich an Eve? Du weißt schon, die, die rechts und links immer verwechselt. Also, irgend etwas stimmt nicht mit Eve. Irgend etwas ist los mit ihr. Sie ist überzeugt davon, sterbenskrank zu sein. Sie war schon bei tausend Ärzten. Sie sagen, alles sei in Ordnung, aber sie akzeptiert das nicht. Sie benimmt sich so sonderbar. Ich kann es nicht richtig erklären. Dreißig Jahre lang war sie meine beste Freundin, und plötzlich weiß ich nicht mehr, wer sie ist. Ich vertraue ihr nicht mehr. Ich habe Angst vor ihr!« Von den eigenen Worten erstaunt, hört Joanne einen Moment lang auf zu sprechen. »Das habe ich noch nie laut gesagt. Ich glaube, ich habe es bis jetzt noch nicht einmal gedacht. Aber es stimmt. Ich habe Angst vor ihr. Ich bekomme diese Telefonanrufe, Großvater, entsetzliche, perverse Anrufe. Eine Stimme droht mir, mich umzubringen. Und letzte Woche bin ich nachts in den Garten gegangen, und da hörte ich diese Stimme, sie rief meinen Namen, und ich bekam solche Angst, ich dachte, jetzt ist er da und bringt mich um... Aber es war Eve! Es war ihre Stimme! Und das war irgendwie schlimmer als alles, was ich erwartet hatte. Ich kann nicht vergessen, wie sie mich angeschaut hat! Ich habe Angst, Großvater, Angst, daß Eve es war, die mich ständig angerufen hat! Ich habe Angst, daß sie mir weh tun will! Ich bin so durcheinander,

ich weiß nicht mehr, was ich tun soll! Bitte, hilf mir, Großvater!«
Langsam schlägt er die Augen auf. »Möchtest du mit mir tauschen?« fragt er freundlich.
Joanne läßt sich auf den Stuhl neben dem Bett fallen. Seine Worte dröhnen ihr in den Ohren.
Plötzlich ist das Zimmer von Lärm erfüllt: »It's a long way to Tipperary!« grölt Sam Hensley im Nachbarbett.
Wie gelähmt sitzt Joanne bei ihrem Großvater. Sie fühlt sich wie der Bestandteil eines surrealistischen Gemäldes, irgend etwas von Dali oder Magritte. »It's a long way to Tipperary...«
Möchtest du mit mir tauschen?
»To the sweetest girl I know...«
»Linda?« fragt ihr Großvater, von dem plötzlichen Lärm irritiert.
»It's a long way to go...«
»Linda?«
Joanne steht auf, beugt sich hinunter und küßt ihren Großvater auf die Wange. »Nein, Großvater«, flüstert sie. Langsam schließt er die Augen und schläft ein. »Ich heiße Joanne.«

Als sie in ihre Auffahrt einbiegt, glaubt Joanne Eve aus deren kleinem Schlafzimmer an der Vorderseite des Hauses herunterstarren zu sehen. Joanne steigt aus dem Wagen und sieht auf die Uhr. Es ist fünf. Sie ist den ganzen Nachmittag herumgefahren. In ihrem Kopf hallten ausgesprochene Worte und unausgesprochene Gedanken wider, prallten aufeinander. Einbeinige Läufer auf Amerikas Highways. Jetzt will sie nur noch ein Bad nehmen und ins Bett gehen. Aber irgend etwas zieht sie zu Eves Haus hinüber.
Während sie über den Rasen geht, wirft sie noch einmal einen Blick auf das Fenster des kleinen Schlafzimmers, das zur Straße hinaus liegt, jenes Zimmer, das Eve für das nie geborene Baby eingerichtet hatte. Niemand steht dort. Niemand beobachtet

sie. Hat Eve gesehen, daß sie kommt? Geht sie gerade die Treppe hinunter, um die Tür zu öffnen?
Joanne klopft ein paarmal und drückt dann auf den Klingelknopf. Niemand kommt, obwohl sie Stimmen hört. Sie streiten sich. »Eve!« ruft sie. »Ich weiß, daß du da bist. Ist alles in Ordnung?«
Sie hört näher kommende Schritte. Die Tür geht auf. Eves Mutter steht vor Joanne. »Eve will dich nicht sehen«, sagt sie trocken.
»Warum denn nicht?« Joanne schluckt schwer.
»Sie sagt, sie hat es satt, sich jedem gegenüber zu verteidigen. Wenn du wirklich ihre Freundin wärst, müßte sie sich nicht verteidigen.«
»Ich *bin* ihre Freundin!«
»Ich weiß.« Mrs. Cameron nickt traurig. »Und ich glaube, im Innersten weiß sie es auch, aber...«
»Ich bin müde, Mrs. Cameron«, hört Joanne sich sagen, »zu müde zum Streiten. Ich habe selbst einen schlimmen Tag hinter mir. Ich steige jetzt in die Badewanne, und dann gehe ich ins Bett. Sagen Sie Eve, daß ich hier war, und... sagen Sie ihr, daß ich sie liebhabe.« Sie versucht zu lächeln, aber es gelingt ihr nicht, und sie bricht den Versuch hastig ab.
»Ich werde dafür sorgen, daß sie dich anruft.«
Joanne läuft die Treppe hinunter und nimmt die Abkürzung über den Rasen. Auf der Treppe vor ihrem Haus nimmt sie zwei Stufen auf einmal, dreht den Schlüssel im Schloß, drückt die Tür auf und streckt den Arm aus, um den Alarm auszuschalten. Nur – er ist gar nicht eingeschaltet.
Unwillkürlich weicht Joanne einen Schritt zurück. Das grüne Licht brennt nicht, und wenn das grüne Licht nicht brennt, heißt das, der Alarm ist nicht eingeschaltet. Ist es möglich, daß sie vergessen hat, ihn anzuschalten?
Sie versucht sich an den Morgen zu erinnern. Es ging ihr nicht gut, als sie das Haus verließ, sie war müde und deprimiert we-

gen Paul. Das ändert überhaupt nichts, hatte er gesagt. In Gedanken sieht sie sich nach ihrer Handtasche greifen und die Haustür hinter sich zumachen. Es ist völlig ausgeschlossen, daß sie vergessen hat, die Alarmanlage einzuschalten. Blödsinn! denkt sie und beschließt, besser erst einmal die Fenster und Türen zu kontrollieren. Es ist ja möglich, daß jemand versucht hat einzusteigen. Brian hatte ihr zwar versichert, er werde das Haus überwachen lassen, aber sie hat in der Nähe des Hauses nie irgendwelche patrouillierenden Streifenwagen gesehen.

Der Gedanke an Brian führt zu Gedanken an Eve. Was ist nur mit ihrer Freundin los? überlegt sie, während sie sich vorsichtig der gläsernen Schiebetür zur Küche nähert. Das Schloß ist zu. Niemand hat daran herumgefummelt. Joanne entspannt sich wieder, findet sich albern, aber sie geht trotzdem ins Wohnzimmer und dann ins Eßzimmer. Alles ist unberührt. Die Fenster sind fest verschlossen.

Mit leichtem Widerwillen steigt sie die Treppe ins unterste Stockwerk hinunter. Rasch sieht sie an der gläsernen Schiebetür im Hobbyraum nach. Auch sie ist fest verschlossen. Hier war niemand.

Dasselbe in den Schlafzimmern. Nachdem sie sich vergewissert hat, daß niemand die Fenster im oberen Stock zu öffnen versucht hat, läßt Joanne sich aufs Bett fallen. Vielleicht sollte sie doch kein Bad nehmen. Vielleicht sollte sie einfach unter die Decke kriechen und versuchen zu schlafen.

Als sie gerade einzudösen beginnt, klingelt das Telefon.

Schon beim ersten Läutton nimmt Joanne den Hörer ab.

»Hallo, Eve?«

»Böses Mädchen«, sagt die Stimme tadelnd. »Flittchen! Hure!«

Joanne knallt den Hörer auf die Gabel und vergräbt das Gesicht in den Händen. Eine Sekunde später rast sie in die Küche hinunter und durchblättert fieberhaft ihr Adreßbuch, bis sie

Brians Büronummer gefunden hat. Mit zittrigen Händen wählt sie die Nummer, verwählt sich bei der letzten Ziffer, wählt noch einmal von vorn.
»Sergeant Brian Stanley bitte«, sagt sie dem Polizeibeamten am anderen Ende der Leitung.
»Er ist gerade nicht da. Vielleicht kann ich Ihnen helfen.«
»Wer spricht denn da?«
»Officer Wilson.«
»Ich muß mit Sergeant Stanley oder seinem Vorgesetzten sprechen«, erklärt Joanne.
»Das wäre Lieutenant Fox.«
»Gut. Kann ich bitte mit ihm sprechen?«
»Einen Augenblick.«
Eine andere Stimme meldet sich, tiefer als die erste. »Lieutenant Fox am Apparat. Was kann ich für Sie tun?«
»Hier spricht Joanne Hunter. Ich bin die Nachbarin von Brian Stanley.«
»Ja?« Er wartet, daß sie weiterspricht.
»Ich bekomme seit einiger Zeit Drohanrufe, und Brian, Sergeant Stanley, sagte mir, er werde mit Ihnen darüber sprechen, ob es nicht möglich wäre, daß ein Streifenwagen mein Haus im Auge behält. Nun habe ich nie irgendeinen Polizeiwagen gesehen, und gerade habe ich wieder einen Drohanruf erhalten. Wahrscheinlich ist es nichts Schlimmes, aber ich hätte gerne gewußt, wann denn das letztemal die Polizei hier vorbeigefahren ist...«
»Langsam, langsam, bitte. Sie sagten, Sergeant Stanley hat Ihnen gesagt, er hätte mich gefragt, ob wir Ihr Haus durch einen Streifenwagen im Auge behalten könnten?«
»Na ja, er sagte, er würde Sie fragen, aber das ist schon eine Weile her... Vielleicht hat er es vergessen, oder vielleicht hatte er keine Zeit dazu.« Sie verstummt für ein paar Sekunden. »Ihnen gegenüber hat er nie etwas erwähnt?« fragt sie. Aber sie kennt die Antwort bereits.

»Wie war doch gleich Ihr Name?« fragt der Lieutenant, während Joanne den Hörer auflegt.
»Ich heiße Joanne«, sagt sie.

## 26

»Schmeckt köstlich, Joanne. Vielen Dank.«
Brian Stanley lächelt ihr über den Küchentisch hinweg zu. Er sieht aus, als habe er mindestens fünf Pfund abgenommen und sei um zehn Jahre gealtert, seit Joanne das letztemal hier war. Er ißt gerade das letzte Stück von dem Himbeer-Pie, den Joanne am Nachmittag gebacken und den Stanleys gebracht hat.
»Genau das, was du brauchst.« Eve lächelt und läßt ihre Stimme ganz cool klingen. »Cholesterin.«
»Für den Teig habe ich Vollkornmehl genommen«, sagt Joanne. »Und nur halb soviel Zucker, wie im Rezept angegeben.«
»Wie rücksichtsvoll!« bemerkt Eve sarkastisch.
»Hör auf, Eve«, sagt Brian matt.
»Ach, dieses tolle Bullengehabe. Finde ich großartig. Du nicht, Joanne?«
Joanne starrt auf ihren Teller. Das kleine Stück Pie, das sie sich selbst genommen hat, liegt immer noch unberührt da. Sie hat keinen Appetit. Warum ist sie heute abend überhaupt hierhergekommen? Warum hat sie sich in diese Situation gebracht?
»Es war sehr nett von dir, an uns zu denken«, sagt Brian, als ob er ihre Gedanken erraten hätte. »Ich liebe Himbeeren.«
»Du liebst doch alles, was dich an Blut erinnert«, fährt Eve dazwischen.
»Ich mag Himbeeren auch sehr gerne«, sagt Joanne. Sie ist entschlossen, ein normales Gespräch aufrechtzuerhalten. »Das waren schon immer meine Lieblingsfrüchte. Sie sind nur leider sehr teuer...«

»Sollen wir dir für den Pie etwas zahlen?« fragt Eve.
»Eve, um Gottes willen!«
»Na los, Brian«, fährt Eve fort, »bitte meine Mutter um ein bißchen Geld!«
»Herrgott, Eve!« ruft Brian und schlägt mit der Gabel an den Rand seines Tellers.
»Ich gehe jetzt wohl besser...« sagt Joanne zögernd.
»Bitte, bleib«, fleht Brian sie an.
»Ja, bitte, bleib«, äfft Eve ihn nach. »Wir brauchen dich. Oder etwa nicht, Brian?«
Joanne starrt ihre Freundin an. Sie erkennt die Frau, die sie den größten Teil ihres Lebens gekannt und geliebt hat, kaum wieder. Genau wie Brian, hat auch Eve abgenommen, und ihre Gesichtszüge, die früher so attraktiv waren, sind jetzt ganz spitz. Das rote Haar, das schon lange aus dem schicken Schnitt herausgewachsen ist, paßt nicht zu diesem Gesicht. Die grünen Augen strahlen nicht mehr wie früher. Eve sieht so hart und unwirsch aus, wie sie klingt. Die vertraute Freundin ist zu einer angsteinflößenden Fremden geworden.
»Hattest du diese Woche noch Untersuchungen?« fragt Joanne mit größter Anstrengung.
»Hatte ich diese Woche noch Untersuchungen?« wiederholt Eve schneidend. »Was geht dich das an? Du bist doch zur Zeit viel zu sehr mit deinem eigenen Arzt beschäftigt, um dich noch um mich zu kümmern.«
»Ich kümmere mich sehr wohl um dich.«
»Du hast nicht mal angerufen und bist auch nicht herübergekommen.«
»Ich *habe* dich angerufen. Ich *bin* rübergekommen. Ich bin jetzt hier.«
»Wann hast du angerufen?«
»Ich habe diese Woche mehrere Male angerufen. Deine Mutter sagte, du willst nicht mit mir sprechen. Am Montag war ich hier; du wolltest mich nicht sehen.«

»Warum auch?« ruft Eve. »Von dir höre ich ja nichts anderes, als daß ich verrückt sei.«
»Ich habe nie gesagt, daß du verrückt bist.«
»Du sagst es, wann immer du den Mund aufmachst.« Eves Blick schnellt von Joanne zu Brian. »Er hat dich einer vollständigen Gehirnwäsche unterzogen, was? Wie oft habt ihr euch denn hinter meinem Rücken getroffen?«
»Eve, halt den Mund!« sagt Brian Stanley scharf.
»Ah, ist ja wunderbar, du toller Hecht. Beschimpf mich nur. Ich liebe es, von dir beschimpft zu werden.«
»Eve, du weißt ja nicht, was du daherredest«, sagt Joanne.
»Ach nein? Ich habe keinerlei Probleme mit den Augen. Ich sehe ganz genau, wie ihr beide euch Blicke zuwerft. Ich sehe doch, wie du aufblühst, wie du dich aufgetakelt hast...«
»Eve, du hast mir doch seit Jahren gesagt, ich soll mir Strähnchen ins Haar färben lassen.«
»Aber du hast es erst jetzt gemacht. Wieso denn?«
Joanne zögert. »Ich weiß nicht«, antwortet sie ehrlich. »Ich kenne mich überhaupt nicht mehr aus.«
»Herzlich willkommen in unserem Club!« sagt Eve und bricht in Tränen aus. »Ach, Scheiße!« Sie versucht, wieder Haltung zu gewinnen.
»Weine, Eve«, drängt Joanne sie. »Laß es raus. Das tut dir gut.«
»Woher willst du wissen, was mir guttut?« fragt Eve böse. »Warum willst du sehen, wie ich in einen Weinkrampf ausbreche? Genießt du diesen Anblick? Gibt dir das ein Machtgefühl?«
»Natürlich nicht. Es tut mir weh, dich so zu sehen. Ich will dir doch nur helfen.«
»Wie denn? Indem du Kalorienbomben hierherbringst, von denen du genau weißt, daß mein Magen sie nicht verträgt? Indem du mir den Mann wegzunehmen versuchst, weil du es nicht geschafft hast, deinen eigenen bei der Stange zu halten?«

»Eve!« Brian springt auf. »Joanne, es tut mir so leid.«
»Wage es ja nicht, dich für mich zu entschuldigen!« brüllt Eve. »Dazu hast du kein Recht.« Sie vergräbt das Gesicht in den Händen.
»Eve...« Joanne legt sanft ihre Hand auf Eves Arm.
»Weißt du, was er getan hat, Joanne?« fragt Eve. Ihre Stimme hat plötzlich etwas Kindliches. »Er hat meine Mutter weggeschickt. Gestern. Er hat ihr gesagt, sie soll nach Hause gehen.«
Brian setzt zu einem Erklärungsversuch an. »Die Frau war einem Zusammenbruch nahe.«
»*Ich* bin hier diejenige, die zusammenbricht!«
»Du läßt dir ja nicht helfen.«
»Er verbietet mir, mich einer Operation zu unterziehen, die mein Leben retten könnte!« schluchzt Eve. Erstaunt sieht Joanne Brian an.
»Sie war diese Woche bei so einem Quacksalber...«
»Er ist kein Quacksalber!«
»Er ist der zehnte Gynäkologe, bei dem du warst, und der einzige, der eine Hysterektomie empfahl.«
»Er ist eben der einzige, der weiß, von was er spricht!«
»Was hat er denn gesagt?« fragt Joanne, völlig überrumpelt von dieser neuen Wendung der Dinge.
Mit aller Macht umklammert Eve Joannes Hand. »Er sagt, ich habe etwas am Gebärmutterhals und eine Geschwulst...«
»Eine kleine Geschwulst, von der wir seit Jahren wissen«, unterbricht Brian sie.
»Und er sagt, daher könnten die schrecklichen **Schmerzen** im Unterleib kommen.«
»Und was ist mit den Schmerzen in der Brust, im Rücken, im Bauch?« fragt Brian.
»Ganz zu schweigen von den Schmerzen durch deine Nackenschläge!« fügt Eve beißend hinzu, den Blick voll auf die Augen ihres Mannes gerichtet.

»Was sagt er denn über die anderen Schmerzen?« fragt Joanne.
»Über die anderen Schmerzen sagt er überhaupt nichts«, erklärt Eve ungeduldig. »Er ist Frauenarzt! Er kennt sich mit Gebärmüttern und Eierstöcken aus. Er behauptet nicht, über alles andere auch Bescheid zu wissen.«
»Er hat zu einer Totaloperation geraten? Ist das nicht ein bißchen drastisch?«
»Was soll ich denn tun, Joanne?« fragt Eve flehentlich. »Glaubst du, ich würde so etwas auch nur in Erwägung ziehen, wenn ich nicht so entsetzliche Schmerzen hätte? Du weißt doch, wie ich Krankenhäuser hasse.«
Joanne schüttelt den Kopf. »Ich weiß nicht, was ich dir raten soll«, gibt sie offen zu.
»Sag ihr, daß dieser Arzt genauso verrückt ist wie sie«, sagt Brian trocken. »Sag ihr, daß, wenn sie zu genügend Ärzten geht, darunter immer ein paar sein werden, die ihr sagen, was sie hören will. Ein Chirurg operiert gern, verdammt noch mal. Das ist seine Existenzberechtigung! Sie haben Schmerzen im Unterleib, gut! Wir operieren ihnen alles raus. Was, Ihr Magen tut Ihnen weh? Okay, weg damit! Sie leiden unter Kurzatmigkeit? Wer braucht schon zwei Lungenflügel?«
»Halt den Mund, Brian«, befiehlt Eve. »Du machst dich lächerlich.«
»Sachte, sachte, Eve«, versucht Joanne sie zu besänftigen.
»Warum bist du eigentlich gekommen?« fragt Eve plötzlich. »Besuchst du nicht sonst am Samstag immer deinen Großvater?«
»Ich war heute nachmittag bei ihm.« Joanne senkt den Kopf. »Er schlief. Er ist nicht aufgewacht.«
»Genau davor habe ich solche Angst«, flüstert Eve. Joanne sieht sie mit fragendem Blick an. »Ich habe Angst, daß ich, wenn ich meine Augen schließe und einschlafe, nie mehr aufwachen werde.«

»Natürlich wachst du wieder auf.«
»Ich habe Angst vor dem Einschlafen«, wiederholt Eve.
»Du mußt schlafen, Eve.«
»Ich habe Angst, ich könnte sterben!«
»Du stirbst nicht.«
»Ich will nicht sterben, Joanne!«
»Du stirbst bestimmt nicht.«
»Was ist denn dann los mit mir? Warum kann mir keiner sagen, was los ist mit mir?«
»Weil überhaupt nichts mit dir los ist, verdammt noch mal!« schreit Brian.
»Brian...« beginnt Joanne.
»Nein, Joanne, hör auf, sie ständig zu bemitleiden! Sie kriegt dich sonst noch rum. Dich versucht sie rumzukriegen, ihre Mutter, mich – jeden, der sich um sie sorgt.«
»Du sorgst dich nicht um mich!« kreischt Eve.
»Und damit muß es ein Ende haben«, spricht Brian weiter, ohne auf den Ausbruch seiner Frau einzugehen. »Je mehr wir dieser fixen Idee nämlich nachgeben, je mehr wir Eve Gehör schenken, um so mehr glauben wir ihr zum Schluß. Deshalb habe ich ihre Mutter weggeschickt, und deshalb bitte ich dich, mit deinem Mitleid aufzuhören. Eve braucht Hilfe...«
»Wozu denn? Du bist hier doch der Verrückte!«
»Ich *werde* noch verrückt, wenn das so weitergeht.«
»Warum haust du nicht einfach ab?« höhnt Eve. »Das willst du doch, oder etwa nicht?«
»Ich will es nicht.«
»Darauf läuft das alles doch hinaus, nicht wahr? Na los, hau schon ab. Du bist ja sowieso nie da. Geh! Geh rüber zu Joanne. Die hat eine ganze Tiefkühltruhe voll mit selbstgebackenen Pies und ein schönes großes Bett mit viel Platz...«
»Eve, beruhige dich«, bittet Joanne.
»Er ist sehr gut im Bett, weißt du«, erklärt Eve. »Er hat so eine hübsche kleine Spezialität mit der Zunge...«

»Mein Gott, Eve...«
»Und er hat einen langen Schwanz, Joanne. Nicht sehr dick, aber ganz schön lang.«
»Halt's Maul!« brüllt Brian, während er mit geballten Fäusten auf seine Frau zugeht.
»Und einen netten harten Hintern. Manchmal will er, daß ich meinen Finger hinein...«
Was jetzt geschieht, verschwimmt vor Joannes Augen: Brian öffnet die Faust, er holt mit der flachen Hand aus und schlägt Eve ins Gesicht. Eves Kopf zuckt zurück, ihr rotes Haar fällt über die gerötete Wange, ihr Körper rutscht seitlich über den Stuhl. Joanne fängt sie auf.
»Hör auf, Brian!« schreit Joanne und versucht, Eves Stuhl in der Balance zu halten, damit er nicht umkippt. In ihrem Blick liegen Angst und Ungläubigkeit. Sie kann die Gewaltszene, deren Zeugin sie geworden ist, nicht fassen.
Brians Hand ist immer noch in der Luft. Er schwankt hin und her. Einen Augenblick lang glaubt Joanne, er wird in Ohnmacht fallen, aber er sieht sich nur fragend um, als ob irgend jemand etwas gesagt hätte, das er nicht versteht. Plötzlich dreht er sich mit einem Ruck um und rennt schweigend in sein Zimmer.
Joanne wendet sich wieder ihrer Freundin zu.
Eve starrt sie mit unverhohlenem Haß an. »Geh nach Hause«, sagt sie.

Joanne ist in der Küche, als es klopft. Seit einer Stunde sitzt sie bewegungslos am Tisch. In ihrem Kopf ist wieder und wieder dieselbe Szene abgelaufen: wie Brian Eve schlug; die Leere in Brians Augen; der Haß in Eves Augen. Geh nach Hause, hört sie Eve noch einmal sagen. Geh nach Hause.
Immer noch klopft es an der Tür. Dann läutet es. Mühsam steht Joanne von ihrem Stuhl auf und geht zur Gegensprechanlage. Sie drückt auf den Sprechknopf. »Wer ist da?« fragt sie.

Sie weiß, daß man ihre Stimme in der ganzen Straße hören kann.
»Ich bin es, Brian«, kommt die Antwort.
Joanne läßt den Knopf der Sprechanlage los und starrt auf den Boden. Was will er? Was gibt es jetzt noch zu sagen? Sie geht zur Tür, aber plötzlich bleibt sie stehen. Warum hat er nicht mit Lieutenant Fox gesprochen, wie er es angekündigt hatte?
Sein massiger Körper füllt die Tür fast ganz aus.
»Ich bringe dir deine Pie-Form zurück«, sagt er und gibt sie ihr. »Ich habe sie abgewaschen.«
»Danke.«
»Kann ich reinkommen?«
»Findest du es gut, wenn Eve jetzt allein ist?«
»Eve hat sich im Badezimmer eingesperrt.«
»Glaubst du, sie wird sich etwas antun?«
Brian bekommt fast einen Lachkrampf. »Spinnst du? Das tut die nur über unsere Leichen.« Er bemerkt Joannes Bestürzung. »Bitte, Joanne, kann ich reinkommen?«
Joanne weicht zurück, damit er eintreten kann. Er schließt die Tür hinter sich und folgt ihr in die Küche. »Möchtest du Kaffee?« fragt Joanne. Sie hofft, er wird nein sagen.
Er schüttelt den Kopf. »Ich werde auch ohne Kaffee die ganze Nacht wachbleiben.« Er starrt durch die gläserne Schiebetür hinaus in die Nacht. »Noch nie zuvor habe ich eine Frau geschlagen«, sagt er nach einer Weile. Joanne erwidert nichts. »Ich weiß nicht, wie das geschehen konnte«, fährt er fort. Joannes Anwesenheit nimmt er gar nicht mehr richtig wahr. »Bei mir hat es einfach ein paar Minuten lang ausgesetzt. Ich habe immer wieder diese fremde Stimme gehört, die entsetzliche Dinge sagte, und da ist irgend etwas in mir ausgerastet... Ich wollte sie nicht schlagen, Joanne, ich weiß nicht, wie das geschehen konnte.«
»Was soll ich sagen?« fragt Joanne. »Ich weiß nicht, was ich dazu sagen soll.«

»Vielleicht soll ich tun, was Eve sagt. Vielleicht soll ich abhauen.«
»Das kannst du nicht machen!«
»Ich kann sie doch nicht jedesmal schlagen, wenn sie ausflippt.«
»Nein, das kannst du nicht. Aber du kannst sie auch nicht verlassen. Was soll sie denn dann tun? Wie soll sie dann zurechtkommen?«
»Ihre Mutter würde zurückkommen.«
»Glaubst du, daß das gut wäre?«
»Ich weiß nicht. Aber ich *weiß*, daß ich das nicht mehr lange aushalte. Ich sage dir ganz ehrlich: Ich bin zur Zeit selbst nahe daran, auszuflippen. Ich meine, gerade habe ich meine Frau geschlagen! Ich hätte sie vielleicht umgebracht, wenn du nicht da gewesen wärst!« Er lacht. »Wem mache ich hier eigentlich was vor? *Sie* hätte mich vielleicht umgebracht.«
»Vielleicht ist es besser, wenn sie diese Totaloperation durchführen läßt«, sagt Joanne.
»Was? Wieso denn?«
»Vielleicht braucht sie es.«
»Kein Mensch braucht eine unnötige Operation.«
»Vielleicht kannst du sie, wenn sie erst mal im Krankenhaus ist, dazu überreden, mit dem Psychiater dort zu sprechen... Und wenn tatsächlich die Fehlgeburt die Ursache ihrer Ängste ist, nun ja, vielleicht verschwinden alle anderen Probleme auch, wenn erst einmal der Körperbereich ihres Hauptproblems beseitigt ist.«
»Das bedeutet, ein sehr großes Risiko einzugehen, findest du nicht?«
»Ich weiß nicht, was ich finden soll.«
»Vielleicht trinke ich jetzt doch einen Kaffee, wenn es dir nichts ausmacht«, sagt Brian. Joanne geht zur Kaffeemaschine. Sie hofft, daß ihr Gesicht nicht den Ärger ausdrückt, den sie über diese Bitte empfindet.

Wieso will er jetzt Kaffee? Er hat doch schon zwei Tassen getrunken, als sie den Pie aßen. Warum ist er hierher gekommen? Warum geht er nicht nach Hause? Sie macht sich Sorgen um Eve, um alle macht sie sich Sorgen. Wie leicht man die Kontrolle verlieren kann, denkt sie. Wie wenig Kontrolle wir im Grunde über uns haben.

»Hast du Paul in letzter Zeit gesehen?« fragt Brian, als sie ihm einen Becher Kaffee an den Tisch bringt.

»Letztes Wochenende«, antwortet sie leise, mit gesenktem Blick. »Wir haben die Mädchen im Ferienlager besucht.«

»Das klingt ja vielversprechend.«

Joanne schweigt.

»Irgendein Fortschritt?«

»Eigentlich nicht.« Sie will darüber nicht reden. Sie will, daß er schnell seinen Kaffee austrinkt und heimgeht.

»Ich kann es nicht fassen, daß Paul so idiotisch war, dich zu verlassen«, sagt Brian. »Hast du einen neuen Freund?«

Joanne starrt ihn verwundert an. So gesprächig hat sie Brian noch nie erlebt. Worauf will er hinaus? »Nein«, sagt sie hastig.

»Was ist mit dem Tennislehrer?«

»Was soll mit ihm sein?«

»Ich dachte...«

»Er war einmal zum Abendessen hier«, antwortet Joanne gereizt. »Er ist früh heimgegangen.«

»Nicht aus eigenem Entschluß, nehme ich an.«

Joanne zieht die Stirn in Falten. Was will Brian damit sagen?

»Mit einer Sache hat Eve recht«, sagt er. »Du siehst in letzter Zeit toll aus.«

»Ich fühle mich beschissen«, sagt Joanne trocken. Die Worte gehen ihr ganz glatt über die Lippen. »Offenbar tut der Schönheit nichts so gut wie eine gewaltige Dosis Trübsal.«

»Wie kommst du denn zurecht?« Er hat den Becher mit dem Kaffee abgestellt und geht um den Tisch herum zu ihrem Platz.

»Nun, ich weiß, wo sich der Sicherungskasten befindet. Ich kann auch ganz alleine eine Glühbirne auswechseln. Und ich habe unser Abo von *Sports Illustrated* gekündigt.«
Seine Hände liegen auf ihrer Schulter.
»Ich finde, ich komme ganz gut zurecht«, fährt sie fort. Durch den dünnen Pullover hindurch spürt sie die Wärme seiner Finger.
»So ganz allein nach all den vielen Jahren – das muß schwer sein.«
Joanne schiebt ihren Stuhl zurück, so daß Brian ihre Schultern loslassen muß. Sie steht auf. »Die Männer sind nicht so toll, wie sie immer hingestellt werden«, erklärt sie. »Möchtest du noch Kaffee?«
»Nein«, sagt er und geht auf sie zu.
Joanne fühlt den Einbauschrank im Rücken. »Brian«, setzt sie zum sprechen an, aber es ist zu spät. Sein Mund ist nur noch wenige Zentimeter von ihrem Mund weg, seine Arme sind um ihre Taille geschlungen, ziehen Joanne fest an ihn, seine Lippen pressen sich auf ihren Mund. Was, zum Teufel, soll ich bloß machen? denkt Joanne. Warum passiert ihr das alles? Ein Tennislehrer, der zwölf Jahre jünger ist als sie, der Mann ihrer verrückten Freundin, irgendein Wahnsinniger, der sie verprügeln will, bevor er sie umbringt... Welches Geheimnis steckt hinter ihrer seltsamen Anziehungskraft?
Sie schielt zum Telefon hinüber, während Brian in ihren Mund drängt. Warum rufst du jetzt nicht an, du Scheißkerl? schreit sie schweigend, während Brians Zunge nach ihrer Zunge sucht.
»Brian...«
»Bitte, laß mich weitermachen, Joanne. Ich brauche dich.«
»Brian...«
»Du brauchst mich.«
Es gelingt Joanne, sich aus seiner Umarmung zu befreien. »*Das* hier brauche ich überhaupt nicht!« brüllt sie. »Ich brauche wie-

der mal ein bißchen Normalität in meinem Leben. Daß man mich in Ruhe läßt, das brauche ich! Warum hast du Lieutenant Fox nicht gefragt, ob er mein Haus von einem Streifenwagen bewachen lassen würde?« fragt sie plötzlich. Sie selbst ist ebenso überrascht wie Brian.
»Was?«
»Du hast gesagt, du würdest ihn fragen.«
»Von was redest du überhaupt, Joanne.«
»Du hast gesagt, du würdest deinen Lieutenant bitten, öfter mal einen Streifenwagen zu meinem Haus zu schicken.«
Er scheint sich zu erinnern. »Ich habe ihn ja gefragt.«
»Nein, du hast ihn nicht gefragt. Ich habe nämlich mit Lieutenant Fox gesprochen. Er wußte überhaupt nicht, von was die Rede war.«
»Joanne...«
Wütend wendet sie sich von ihm ab, froh, daß sie jetzt ein Thema hat, mit dem sie ihn ablenken kann. »Warum hast du ihn nicht gefragt?«
Brian antwortet lange nicht. »Ich konnte nicht«, gesteht er schließlich.
»Warum nicht? Glaubst du mir auch nicht? Glaubst du, ich bilde mir diese Anrufe ein?«
»Nein.«
»Warum dann? Findest du, daß meine Sorgen unberechtigt sind? Dachtest du dir, laß sie reden?«
»Nein.«
»Warum dann?«
»Weil ich Angst habe«, murmelt Brian und wendet sich von ihrem zornigen Blick ab.
Dieses Wort hat Joanne nicht erwartet.
»Angst? Angst vor was?«
Wieder macht Brian eine lange Pause. »Angst davor, daß Eve der Anrufer sein könnte«, sagt er mit kaum hörbarer Stimme.
Joanne schweigt. Seine Worte sind nur das Echo ihrer eigenen Gedanken.

»Du willst doch damit nicht sagen, daß Eve der Vorstadt-Würger sein könnte, oder?« flüstert Joanne ungläubig.
Er schüttelt heftig den Kopf; einmal mehr erschallt sein unpassendes Lachen. »O Gott, nein!« Offensichtlich findet er diese Vorstellung sehr lustig. »Aber ganz egal, wer der Anrufer ist, er ist nicht der Killer. Das eine hat mit dem anderen nichts zu tun, glaube ich.« Traurig lächelt er Joanne an. »Ich finde, wir sollten das Ganze wieder ein bißchen zurückschrauben. Offenbar werden wir alle verrückt.« Er hebt die Hände. »Was soll ich sagen? Es tut mir leid, Joanne. Alles. Daß ich nicht mit Fox gesprochen habe, der Vorfall bei uns drüben vorhin und das, was vor ein paar Minuten hier geschehen ist...«
Das Telefon klingelt.
»Willst du, daß ich rangehe?« fragt Brian. »Ich würde Eves Stimme erkennen, egal, wie gut sie sich verstellt. Du hast doch einen Apparat im Schlafzimmer«, fährt er fort, bevor Joanne überhaupt antworten konnte, und ist schon auf der Treppe.
»Warte noch. Laß es noch dreimal klingeln. Heb nach dem dritten Kingeln von jetzt an ab.«
Das Telefon klingelt weiter. Joanne hört Brians Schritte über sich. Nach dem vierten Klingeln streckt sie langsam den Arm aus, nimmt den Hörer ab und hört sich wie in Trance die Mitteilung der Stimme am anderen Ende der Leitung an.
Sofort ist Brian wieder bei ihr in der Küche. »Es tut mir so leid, Joanne«, sagt er mit einer hilflosen Geste.
»Früher oder später mußte es passieren«, erwidert Joanne. »Er war vierundneunzig.«


27

Joannes Blick irrt über die kleine Trauergemeinde. Sie selbst mitgerechnet sind sechs Personen im Raum. Ihr Bruder Warren und seine Frau Gloria sind vor zwei Tagen von Kalifornien

hergeflogen und sitzen jetzt mit gefalteten Händen neben ihr. Direkt hinter ihr ist ihr Chef, Dr. Ronald Gold. Auf der anderen Seite der kleinen Kapelle sitzen Joannes Mann Paul und Eves Mutter. Eve ist nicht da; sie ist zu krank. Brian hat zuviel zu tun. Joanne war überrascht, als sie Eves Mutter sah; jetzt ist sie ihr dankbar. Sie lächelt der alten Frau zu. Paul lächelt zurück.
Die Mädchen sind nicht da. Joanne fand, es sei sinnlos, sie aus dem Lager zu holen, obwohl Paul sich erboten hatte, hinzufahren. Sie klammert sich nicht an die Kinder, merkt sie, und sie ist stolz auf ihre Entscheidung. Sie ist praktisch. Und, bis zu einem gewissen Grad, egoistisch. In diesen Tagen will sie weder noch benötigt sie die Verantwortung für zwei Mäuler, die gefüttert sein wollen, für zwei Menschen, die Zuwendung brauchen. Sie will jetzt nur an sich denken, keine Stimme außer ihrer eigenen hören. Sie will allein sein, und sie ist seltsam froh darüber, daß ihr Bruder und ihre Schwägerin kurz nach dem Begräbnis wieder heimfliegen werden. Sie fühlt sich wohl in ihrer Einsamkeit. Wenigstens weiß sie, was sie erwartet.
Gloria drückt Joannes Hand. »Das ist das Traurige daran, wenn man so lange lebt«, sagt sie leise, »man überlebt alle seine Freunde. Und den größten Teil der Familie«, fügt sie hinzu und lehnt den Kopf an Joannes Schulter.
Joanne nickt. Sie hatte vergessen, wie hübsch Gloria ist. Ein typisches *California girl*, blondes Haar, braungebrannt, jünger als fünfunddreißig aussehend. Nur ihre Stimme klingt alt, guttural, fast männlich, was Gloria in ihrer Arbeit für Radio- und Fernseh-Werbespots zugute kommt. Gloria hat einmal zugegeben, daß sie, wie die meisten ihrer Freundinnen, nichts anderes im Leben wollte, als Schauspielerin zu sein und einen Arzt zu heiraten. Anders als die meisten ihrer Freundinnen, gelang es ihr jedoch, in den Randbezirken des Showbusineß Karriere zu machen, und ihre Ehe hat sich als dauerhaft und auch erfolgreich erwiesen. Ihre Töchter sind gesund, schön und liegen

ganz im Trend: Sie wollen Fotomodelle werden und Rockstars heiraten. Als Kalifornierinnen erwarten sie, alles zu bekommen, was sie wollen. Und wahrscheinlich werden sie es auch bekommen, denkt Joanne.
»Es ist so schwer zu fassen, daß er wirklich tot ist«, sagt Warren und starrt auf den offenen Sarg, der im vorderen Teil der Kapelle steht. »Ich habe immer geglaubt, er wird ewig leben. Er sieht so klein aus. Er war immer eine mächtige Gestalt. Ich weiß nicht, ob du dich an ihn erinnern kannst, Gloria...«
»Wie könnte ich ihn vergessen haben?« Glorias heisere Stimme erfüllt den ganzen Raum. »Er machte die Honneurs bei unserer Hochzeit. Als er mich als deine ›Geliebte‹ vorstellte, dachte ich, meine Eltern würden auf der Stelle tot umfallen.«
»Ich glaube, da hatte er schon einiges intus«, kichert Joanne.
»Und dann konnte er sich meinen Namen nicht merken. Er nannte mich andauernd Glynis.«
»Der Name Glynis hat ihm immer schon gefallen«, bemerkt Warren, und plötzlich fangen Warren und Joanne an zu lachen.
»Euer Großvater hat immer das gesagt, was er dachte«, sagt Eves Mutter zu Joanne und setzt sich neben Ron Gold. »Eines Nachts rief ich bei euch an, um zu fragen, wo Eve ist. Ich unterbrach euch bei einem großen Familienessen, und dein Großvater, der an den Apparat kam, sagte zu mir, ich soll mich um meine eigenen Angelegenheiten kümmern. Ich sagte, Eve *ist* meine eigene Angelegenheit, und da sagte er: ›Ganz recht, aber sie ist nicht unsere Angelegenheit, und sie ist nicht da.‹ Dann hat er aufgelegt!« Auch sie beginnt zu lachen.
Joanne kann sich an den Vorfall erinnern, sie sieht wieder den Ausdruck amüsierten Schreckens auf dem Gesicht ihrer Mutter. Wie konntest du nur so etwas zu ihr sagen, Pa? hört sie ihre Mutter sagen, während ihr Großvater als Antwort nur schelmisch seine breiten Schultern hochzog.

Joanne sieht verstohlen zu Paul hinüber. Ganz allein sitzt er da. Seine Haltung zeigt, daß er einen inneren Kampf mit sich ausficht: Soll er bleiben, wo er ist, oder sich der kleinen Gruppe auf der andern Seite anschließen? Einen Augenblick lang gerät Joanne in Versuchung, die Entscheidung für ihn zu treffen, hinüberzugehen und ihn zu den anderen zu führen. Nein, beschließt sie dann, wir *waren* eine Familie! Die Vergangenheitsform ist Pauls Entscheidung gewesen. Der Mann hat eigene Beine. Die haben ihn genau dorthin geführt, wo er sein will – weg. Ihr Blick richtet sich wieder nach vorn.
Die Zeremonie ist kurz. Ein Psalm wird gesprochen, einige wenige Worte fallen. Es ist vorbei.
»Ich komme nicht mit zum Friedhof«, sagt Eves Mutter und ergreift Joannes Hand.
»Es war so aufmerksam von Ihnen, zur Einsegnung zu kommen«, sagt Joanne aufrichtig.
»Ich habe deinen Großvater immer bewundert. Das sollst du wissen.«
»Danke.«
»Eve wäre schon gekommen, nur...«
»Ich weiß...«
»Ich habe versucht, sie zum Mitkommen zu überreden...«
»Es macht nichts, wirklich nicht...«
»Sie hatte solche Schmerzen...«
»Bitte, Mrs. Cameron, es ist schon gut. Ich verstehe es ja.«
»Wirklich?«
»Ich versuche es zumindest.«
»Halte weiterhin zu ihr, Joanne«, fleht Eves Mutter. »Gib sie nicht auf. Sie braucht dich. Du bist die einzige, auf die sie je gehört hat.«
»Sie drehen die Sache um, Mrs. Cameron«, erklärt ihr Joanne sanft. »Ich war immer diejenige, die alles getan hat, was Eve sagte, nicht umgekehrt. Eve war die Stärkere von uns.«
»Nein.« Vehement korrigiert Eves Mutter Joannes Ansicht.

»Eve war die *lautere* von euch beiden. Aber *du* warst die Starke.«
»Um was ging's denn?« fragt Gloria und zupft Joanne am Ärmel.
»Ich weiß nicht genau«, sagt Joanne.
»Bist du soweit? Können wir jetzt auf den Friedhof gehen?«
»Ich möchte gern noch ein paar Minuten mit meinem Großvater allein sein«, sagt Joanne und sieht zum Sarg hinüber.
»Wir warten draußen«, sagt Warren. Joanne sieht zu, wie ihr Bruder und seine Frau den Mittelgang hinuntergehen. Vor ihnen sind Paul und Ron, die sich kurz zunicken.
Langsam geht Joanne auf den Sarg zu.
Sie haben einen einfachen Fichtensarg gewählt. Der Leichnam ihres Großvaters ist mit einem dunkelblauen Anzug bekleidet. Seine Wangen sind dezent mit Rouge geschminkt. »Du hattest recht, Großvater«, flüstert Joanne, sicher, daß ihr Großvater sie hören kann. »Danke schön.«
Joanne öffnet ihre Handtasche und holt eine zerknautschte Sherlock-Holmes-Mütze heraus, die sie ihm an seinem fünfundachtzigsten Geburtstag geschenkt hat.
»Du mußt deine Mütze mitnehmen.« Lächelnd drückt sie die Mütze in Form und legt sie zärtlich auf die gefalteten Hände ihres Großvaters. »So ist es besser«, sagt sie und fühlt, daß ihr Großvater ihr zustimmt. Fast glaubt sie, die starren Lippen lächeln zu sehen. Joanne beugt sich vor und küßt das liebe alte Gesicht. Seine Haut fühlt sich kühl an auf ihren Lippen. »Ich liebe dich, Großvater«, flüstert sie ein letztes Mal.

»Wenn wir nur nicht so schnell wieder heim müßten«, meint Warren, während Gloria den Küchentisch abräumt.
Sie sind vom Friedhof zurück, sitzen um Joannes Küchentisch herum, trinken Kaffee und essen gekauften Rhabarber-Pie, der, wie Paul enttäuscht feststellte, nicht halb so gut ist wie der selbstgebackene von Joanne.

»Sei nicht albern«, sagt Joanne zu ihrem Bruder. »Natürlich müßt ihr zurück. Du wirst ein Filmstar. Das ist deine große Chance.«
»Ich konnte sie einfach nicht dazu bringen, den Drehtermin zu verlegen...«
»Du brauchst dich nicht zu rechtfertigen oder zu entschuldigen. Ich komme schon zurecht. Wirklich.« Wie kann sie ihm nur klarmachen, daß es ihr sogar lieber ist, wenn sie nach Hause fliegen?
»Warum kommst du nicht einfach mit?« fragt Gloria plötzlich.
»Ich kann nicht«, antwortet Joanne hastig.
»Warum denn nicht?« fragt Warren, der Gefallen am Vorschlag seiner Frau gefunden hat. »Die Mädchen kommen doch erst in zwei Wochen aus dem Ferienlager zurück.«
»Ich habe einen Job«, erklärt Joanne ihrem Bruder und schielt zu Ron hinüber, der sehr erleichtert wirkt.
»Ohne sie bin ich aufgeschmissen, das schwöre ich«, sagt Ron lachend. »Ich meine, ich würde ja gerne großzügig sein, aber ich brauche sie wirklich. Wenn sie zwei Wochen lang weg wäre, würde meine ganze Praxis zusammenbrechen – von meinem Leben ganz zu schweigen.«
Paul sieht den auf der anderen Seite des Tisches sitzenden Arzt an. »Ich dachte, Joanne würde sowieso am Ende des Monats mit der Arbeit aufhören.«
»Ich habe beschlossen, weiterzumachen«, erklärt Joanne. Er ist sichtlich überrascht.
»Gott sei Dank«, sagt Ron Gold.
»Ich hätte nicht gedacht...« beginnt Paul und unterbricht sich. »Wann hast du diese Entscheidung getroffen?«
»Letzte Woche«, sagt Joanne. »Mein Großvater hatte etwas damit zu tun.«
Jetzt sieht Warren überrascht drein. »Großvater? Wieso denn?«

»Es ist ziemlich kompliziert«, antwortet Joanne. »Durch ihn bin ich mir einfach über bestimmte Dinge klargeworden.« Sie wirft einen Blick auf die Armbanduhr. »Müßt ihr jetzt nicht langsam zum Flughafen fahren?«
»Ich fahre euch gerne hin«, bietet Paul an.
»Das ist doch nicht nötig.«
»Ich würde es gerne tun.«
»Na gut.« Warren nimmt das Angebot an.
»Können wir dich wirklich nicht überreden, mit uns zu kommen?« fragt Gloria Joanne. Beide Frauen wissen, daß es nur eine Höflichkeitsfloskel ist.
»Wie wäre es mit Weihnachten?« fragt Joanne.
»Wunderbar«, ruft Gloria. »Ich kenne genau den richtigen Mann...« Verlegen unterbricht sie sich. Sie ist bemüht, Pauls Blick auszuweichen. »Das wird lustig. Überlaß alles mir.«
»Ich freue mich schon.«
Die kleine Gruppe setzt sich langsam Richtung Haustür in Bewegung. »Grüß Eve von mir«, sagt Warren. »Sag ihr, ich finde es schade, daß ich sie nicht sehen konnte, und ich hoffe, daß es ihr bald wieder gutgeht.«
»Mach' ich.«
»Ist das euer ganzes Gepäck?« fragt Paul, den Blick auf die kleine Tasche gerichtet, die neben dem Schrank in der Diele auf dem Boden steht.
»Ja«, antwortet Gloria.
Es entsteht eine peinliche Pause. Keiner scheint zu wissen, wohin mit seinen Händen.
»Paß auf dich auf«, sagt Warren schließlich und nimmt seine Schwester in den Arm. »Wenn du irgend etwas brauchst...«
»Ich rufe euch an.«
»Ich habe solche Schuldgefühle«, flüstert er hilflos.
Joanne macht einen Schritt zurück, so daß sie ihm direkt in die traurigen Augen sehen kann. »Schuld ist Verschwendung kostbarer Zeit.«

Er lächelt. »Wie bist du nur so klug geworden?« Er gibt ihr einen flüchtigen Kuß.
»Ich bin nicht klug«, flüstert sie ihm ins Ohr. »Nur nicht mehr so dumm wie früher.«
»Du bist nie dumm gewesen.«
»Ich liebe dich.«
»Ich liebe dich auch. Grüße meine schönen Nichten von mir!«
»Dito«, sagt sie lachend.
»Auf Wiedersehen, Joanne«, verabschiedet sich Gloria. Sie zieht ihre Schwägerin an sich. »Wenn sich die Sache bis Weihnachten immer noch nicht geklärt hat... Ich kenne den perfekten Mann.«
»Ich freue mich schon auf ihn.«
Ungeduldig sieht sich Paul in der kleinen Diele um. »Fertig?« fragt er und öffnet die Haustür. »Gehen Sie jetzt auch?« fragt er Ron wie nebenbei, während Gloria und Warren das Haus verlassen.
»Ich glaube, ich bleibe noch ein bißchen und leiste Joanne Gesellschaft«, sagt Ron ganz locker. Falls er sich irgendeiner Spannung bewußt ist, so ignoriert er sie.
Paul nickt. Der Ansatz eines Lächelns gefriert auf seinem Gesicht. Er sieht Joanne an. »Ich glaube, wir müssen miteinander reden«, sagt er.
»Das ist eine gute Idee, finde ich.«
»Vielleicht komme ich heute abend vorbei.«
»Gut.«
Verlegen steht er in der Tür. »Welche Zeit wäre dir recht?« fragt er schließlich.
Soll ich ihn zum Essen einladen? überlegt Joanne, aber sie hat eigentlich keine Lust zum Kochen. »Halb neun«, sagt sie.
»Bis dann.« Paul wirft noch einmal einen Blick auf Ron Gold, bevor er Warren und Gloria die Stufen hinab folgt.
»Glaubst du, er wird dich zu überreden versuchen, den Job aufzugeben?« fragt Ron, nachdem Joanne die Haustür geschlossen hat.

Joanne zuckt die Achseln, gibt ihrem Chef einen aufmunternden Klaps auf die Schulter und führt ihn zurück in die Küche.
»Dein Bruder ist ein netter Kerl«, sagt Ron. »Von der Schule her kann ich mich gar nicht mehr an ihn erinnern.«
»Er war ein paar Jahre hinter uns.«
»Willst du wirklich nicht mit ihnen nach Kalifornien fliegen?« fragt er. »Bitte, sag, daß du es wirklich nicht willst.«
Joanne lacht. »Ich will wirklich nicht.«
»Ich muß sagen, du hast mich heute überrascht.«
»Wie meinst du das?«
»Ich dachte, du würdest vielleicht...«
»Du dachtest, ich würde zusammenbrechen.«
»Ich dachte, du würdest zusammenbrechen«, wiederholt er.
Joanne sieht ihn nachdenklich an. »Wie oft kann man zusammenbrechen?« fragt sie. »Irgendwann reißt man sich ganz einfach zusammen – oder man geht vor die Hunde.«
»Und du hast dich zusammengerissen?«
»Sagen wir mal, ich bin im Begriff, es zu tun.«
»Ich bin froh, daß du das sagst. Wirst du dich nicht wieder aufregen, wenn Paul später noch mal vorbeikommt?«
»Doch, wahrscheinlich werde ich mich aufregen«, gibt Joanne zu.
»Glaubst du, daß du morgen wieder zur Arbeit kommen kannst?«
»Sieh es endlich ein«, sagt Joanne mit einem Pokerface. »Ohne mich läuft bei dir gar nichts.«
»Das wußte ich von dem Augenblick an, als du meinen Kugelschreiber gefunden hattest.«

Nervös betritt Paul kurz nach halb neun das Haus. Joanne merkt, daß er sich umgezogen hat; er trägt jetzt eine hellbraune Hose und ein beiges Hemd, das gut zu seinen schokoladenbraunen Augen paßt. »Wie geht es dir?« fragt er, während er ihr ins Wohnzimmer folgt. Schnell setzt sich Joanne in den

drehbaren Sessel, der früher immer für Paul reserviert war. Habe ich das absichtlich getan? fragt sie sich. Paul macht es sich auf dem Sofa bequem. »Das Zimmer sieht gut aus«, sagt er, während er sich gedankenverloren umschaut.
Joanne nickt. »Möchtest du etwas trinken?«
Sofort steht Paul auf. »Ja. Kann ich dir auch etwas bringen?«
»Nein, danke.« Sie bemerkt ein gewisses Zögern in seinen Bewegungen, trotz der selbstsicher klingenden Stimme. Er sieht, daß das, was er immer als sein Haus betrachtete, eine kaum merkliche Veränderung erfahren hat, und obwohl alles so aussieht wie früher, ist er etwas aus dem Gleichgewicht gebracht, weiß nicht mehr, wo sich was befindet, ob die Gegenstände immer noch dort sind, wo sie waren, als er ging.
Sie hört, wie er sich etwas einschenkt, fühlt sein Zögern an der Tür, bevor er wieder ins Wohnzimmer tritt.
»Es war nett, Warren wieder einmal zu sehen«, sagt er, setzt sich und nippt an seinem Drink.
»Er sieht gut aus.«
»Mit seiner Frau kann ich ja nicht viel anfangen.«
»Konntest du noch nie.«
»Sie hat irgend etwas an sich, dem ich nicht traue.«
»Sie ist okay. Ich glaube, sie meint es gut.«
»Wahrscheinlich mag ich einfach keine Frauen, deren Stimme tiefer ist als meine.«
Joanne lächelt.
»Schade, daß sie so schnell nach Hause mußten.«
»Na, ich bin doch jetzt erwachsen«, sagt Joanne ungeduldig. So ein Gespräch hat sie heute schon einmal geführt. »Ich muß lernen, auf mich selbst aufzupassen.«
Paul scheint verwundert zu sein. »Hast du das mit deinem Weihnachtsbesuch in Kalifornien ernst gemeint?«
»Ich dachte mir, das könnte ich doch machen. Warum?«
»Nur so.«
»Ich bin schon lange nicht mehr in Kalifornien gewesen.«

»Bist du sicher, daß Ron dir Urlaub geben wird?« Die Frage ist mit einem bestimmten unterschwelligen Ton gestellt, der die sehr viel wichtigere Frage verbirgt, die dahintersteckt. »Glaubst du wirklich, daß es gut ist, wenn du weiterarbeitest?« fährt er fort. Er starrt sein Glas an, um ihren Blick zu vermeiden.
»Das glaube ich wirklich«, sagt sie einfach.
»Was ist mit den Mädchen?«
»Was soll mit ihnen sein?«
»Sie sind daran gewöhnt, daß du zu Hause bist.«
»Dann werden sie sich jetzt eben daran gewöhnen müssen, daß ich in der Arbeit bin.«
»Es wird schwierig werden, ganztags zu arbeiten und gleichzeitig einen Haushalt zu führen.«
»Dann werden wir eben öfter im Restaurant essen, und die Mädchen werden mir mehr helfen müssen als bisher. Das ist gar nicht schlecht für sie. Und für mich wird es sehr gut sein«, fügt sie mit fester Stimme hinzu.
Paul trinkt aus und stellt das leere Glas auf den Couchtisch.
»Du hast dich verändert«, sagt er nach einer langen Pause.
»Du hast mir keine andere Wahl gelassen.«
Diese Antwort macht ihn gereizt. »Es ist vollkommen unnötig, daß du arbeitest, Joanne. Ich habe versprochen, daß ich dich finanziell unterstütze. Du brauchst nicht für Geld zu arbeiten.«
»Es ist doch nicht wegen des Geldes«, sagt sie schnell. Dann macht sie einen Rückzieher. »Na ja, nein, das ist nicht ganz wahr. Zum Teil ist es wegen des Geldes. Es *gefällt* mir, mein eigenes Geld zu verdienen. Es gibt mir ... ein bißchen Macht. Es gibt mir Unabhängigkeit. Das soll nicht heißen, daß ich von dir nicht erwarte, daß du etwas beisteuerst. Mein Gehalt ist nicht sensationell, und ich muß mich um ein ganzes Haus kümmern. Du hast zwei Töchter, die du finanziell unterstützen mußt...«
»Du redest, als ob ich nie mehr zurückkommen würde«, sagt er leise.

»Wirst du denn zurückkommen?«
»Ich habe dich gebeten, mir Zeit zu lassen.«
»Ich habe dir Zeit gelassen.« Joannes Blick zwingt Paul, sie anzusehen. »Die Zeit ist abgelaufen.«
»Das verstehe ich nicht. Vor ein paar Wochen...«
»Vor ein paar Wochen haben mein Mann und ich miteinander geschlafen, und ich dachte, alles sei wieder in Ordnung. Am nächsten Morgen erwachte ich aus diesem Traum durch deine Mitteilung, nichts habe sich geändert. Da ist mir klargeworden, daß sich, solange ich mich dagegen auflehne, nie etwas ändern wird.«
»Hat Ron Gold etwas mit dieser plötzlichen Erleuchtung zu tun?« fragt Paul spitz.
Joanne muß fast lachen über seine Ausdrucksweise. Sie steht auf und beginnt im Zimmer hin- und herzugehen. »Ron Gold ist ein liebenswerter, großzügiger Mann, der mir etwas von dem wiedergegeben hat, was ich in all den Jahren verloren hatte – verschenkt hatte –, nämlich meine Selbstachtung. Dafür werde ich ihn immer lieben und ihm dankbar sein. Aber wir haben keine Affäre miteinander, wenn es das ist, was du andeuten wolltest.«
Paul scheint erleichtert zu sein. »Warum dann das plötzliche Ultimatum? Warum die Eile?«
»Es geht nun schon seit fast vier Monaten so, Paul«, sagt sie. »Ich kann nicht noch mehr Zeit damit verschwenden, auf deine Entscheidung über dein weiteres Leben zu warten. Ich muß mein eigenes Leben weiterführen. Das hat mir mein Großvater gesagt.« Paul blickt verwundert drein. »Nachdem wir vom Ferienlager zurück waren, habe ich ihn besucht. Ich war völlig durcheinander. Ich habe mich wie üblich bei ihm ausgeweint, habe mich über all die schrecklichen Dinge beklagt, die mir widerfahren, da hat er plötzlich die Augen aufgeschlagen und mich gefragt, ob ich nicht mit ihm tauschen wolle. Ich weiß nicht, was da passiert ist. Irgend etwas hat plötzlich geklickt,

und mir ist bewußt geworden: Nein, ich will nicht mit einem sterbenden alten Mann tauschen. Ich bin jung – auf jeden Fall nicht alt –, und es gibt noch so vieles, was ich tun möchte.« Sie holt tief Luft, sieht, daß Paul dasselbe macht. »Ich liebe dich, Paul. Ich liebe dich sehr. Du bist der einzige Mann, den ich je geliebt habe. Ich will, daß du zurückkommst. Aber ich lasse mir nicht mehr alles gefallen, und ich bin nicht bereit, noch länger darauf zu warten, daß du wieder zur Vernunft kommst und einsiehst, daß ich eine ganze Ladung kleiner Judys wert bin...«
Auf Pauls Gesicht zeichnet sich Überraschung ab.
»...und wenn du auf diese Tatsache noch nicht selbst gekommen bist, dann ist das dein Problem. Nicht meins. Nicht mehr.« Sie schluckt hart, bevor sie weiterredet. »In weniger als zwei Wochen kommen die Mädchen zurück. Dann sind wir entweder wieder eine Familie oder eben nicht. Bis dahin warte ich, dann rufe ich einen Rechtsanwalt an.«
»Joanne...«
»Ich will dich nicht mehr sehen, Paul«, sagt Joanne mit fester Stimme, »außer es ist folgender Anblick: Du trägst deine Koffer die Treppen zum Haus hinauf.« Sie marschiert zur Tür. »Bitte, geh!«

Kurz vor sieben am nächsten Morgen wird sie von lautem Klopfen geweckt. Schlaftrunken greift sie nach dem Wecker, der in ihrer Hand losrasselt. »Verdammt!« ruft Joanne. Sie ist auf einmal hellwach, gibt sich einen Ruck und steigt aus dem Bett. Irgend jemand ist an der Haustür. Sie geht zur Sprechanlage an der Schlafzimmerwand. »Hallo? Ist da jemand?«
Keine Antwort.
Völlig starr steht Joanne vor der Sprechanlage. Das Klopfen hat sie nicht geträumt. Sie weiß, daß unten irgend etwas – oder irgend jemand – auf sie wartet.
Absichtlich langsam geht sie zum Kleiderschrank und zieht einen Morgenmantel an.

Sie geht die Treppe hinunter, in die Diele, preßt ihren Körper gegen die schwere Eichentür und starrt durch das Guckloch. Sie sieht nichts. Vorsichtig streckt sie den Arm aus, um die Alarmanlage abzuschalten. Abrupt zucken ihre Finger zurück, als sie sieht, daß das Alarmlicht nicht leuchtet. Sie starrt die Haustür an, als ob diese durchsichtig wäre, und geht in Gedanken alles durch, was am Abend zuvor geschah. Sie sieht, wie Paul in die warme Nachtluft hinaustritt, beobachtet, wie er mit dem Wagen aus ihrer Auffahrt fährt, fühlt das Gewicht der Tür, als sie sie hinter ihm schließt. Joanne erinnert sich, daß sie in die Küche ging, um sich eine Tasse Tee zu machen, sie fühlt die wohltuende Wärme in ihrer trockenen Kehle, fühlt die Müdigkeit, während sie sich auszog und ins Bett stieg. Sie schlief lange und hatte keine Träume. Ein lautes Klopfen weckte sie, kurz bevor der Wecker, auf sieben Uhr gestellt, läutete.
Sie hat vergessen, die Alarmanlage anzuschalten – wieder einmal. Du würdest deinen Kopf vergessen, wenn er nicht angewachsen wäre, hört sie ihre Mutter sagen. »Los, Joanne!« ruft sie laut und öffnet die Haustür.
Er liegt zu ihren Füßen, neben der Morgenzeitung, groß und schwarz und gespenstisch passend.
Joanne bückt sich, hebt den Trauerkranz auf und trägt ihn ins Haus. Langsam zieht sie den kleinen weißen Briefumschlag aus den feinen Zweigen des Kranzes. Ihre Hände sind seltsam ruhig. Sie reißt den Umschlag auf und entnimmt ihm ein Blatt Papier. Ein einziges Wort ist in großen schwarzen Druckbuchstaben darauf geschrieben: BALD.


28

Joanne bringt ihr Haus in Ordnung.
Es ist Samstag abend. Den ganzen Tag ist sie von einem Zimmer ins andere gegangen, hat aufgeräumt, saubergemacht,

umgestellt – Frühjahrsputz, obwohl es bald Herbst sein wird. Die letzten paar Stunden war sie in den Zimmern ihrer Töchter, hat Dinge weggeworfen, die sie nicht mehr brauchen. Sorgfältig hat sie es vermieden, Kleider auszusortieren, die ihre Töchter besonders gern anziehen; sie will ihre Kinder nicht bevormunden. Sie müssen ihre eigenen Entscheidungen treffen. Sie versucht nur, ihnen die Rückkehr vom Lager nächste Woche zu erleichtern. Es wird ohnehin schwer genug für sie sein, heimzukommen und erfahren zu müssen, daß ihre Mutter weg ist.

Noch ist Zeit, den Telefonhörer abzunehmen und nach Kalifornien zu telefonieren, ihrem Bruder zu sagen, daß sie es sich anders überlegt hat, daß sie ins nächste Flugzeug steigt. Aber das würde nur das Unvermeidliche hinauszögern, und sie hat es satt, zu warten. Das Warten würde nur das Leben ihrer Töchter gefährden und ihr eigenes nicht retten. Sie könnte nicht ewig in Los Angeles bleiben. Eines Tages würde sie zurückkommen, und dann würde er auf sie warten. Ich bleibe da, beschließt sie und stellt die letzten frisch abgestaubten Bücher auf Robins Regal zurück.

Alles ist jetzt ordentlich aufgeräumt. Das Haus ist sauber. In den Schränken hängen frische Herbstsachen; die Tiefkühltruhe ist voll. Joanne ist vorbereitet auf den September, obwohl sie nicht weiß, ob sie ihn erleben wird. Instinktiv glaubt sie, daß ihr Peiniger diese Woche zuschlagen wird. Bevor ihre Töchter zurückkommen. Bevor die Nachbarn, die den Sommer über weggefahren sind, wieder eintrudeln.

Joanne geht durch die Diele im ersten Stock in ihr Schlafzimmer, zum Telefon am Nachttisch. Sie muß mehrere Gespräche führen. Sie setzt sich auf das große Bett, nimmt den Hörer ab und wählt.

Überraschenderweise geht Paul schon beim ersten Klingeln an den Apparat. »Ich habe gerade an dich gedacht«, sagt er.

Da er nicht weiterspricht, beginnt Joanne zu reden. »Ich will

nur sichergehen, daß du die Mädchen auch wirklich vom Bus abholst.«
»Heute in einer Woche«, bestätigt er. »Um eins.«
»Hast du es dir aufgeschrieben? Wirst du es auch nicht vergessen?«
»Joanne, ist alles in Ordnung?«
»Alles in Ordnung«, sagt sie. »Ich wollte nur sichergehen. Paul...« Sie stockt. Wie soll sie ihm, ohne ihn zu beunruhigen, sagen, er solle gut auf die Mädchen aufpassen, falls ihr etwas zustößt? Es ist unmöglich. Sie kann nur darauf vertrauen, daß er es tun wird. Sie weiß, daß er es tun wird.
»Ja?«
»Komm nicht zu spät«, sagt sie. »Du weißt ja, wie sauer sie werden, wenn man sie warten läßt.«
Bevor er noch irgend etwas sagen kann, verabschiedet sie sich. Sie wählt die Nummer ihres Bruders in Kalifornien.
»Warren?«
»Joanne? Ist alles in Ordnung?«
»Alles ist bestens. Ich wollte nur mal hallo sagen und hören, wie es dir bei der Filmerei ergangen ist.«
»Es war toll. *A star was born!* Wie geht es dir?«
»Alles wie immer«, antwortet Joanne. Sie spürt, daß dies die Frage ist, die er in Wahrheit stellt. »Und was machst du jetzt, nach den Dreharbeiten?«
»Ich kehre wieder zu den alten silikongefüllten Brüsten und Arschbacken zurück, die ich jeden Tag sehe.« Er lacht. »Titten und Ärsche. Das ist Kalifornien!«
»Ich liebe dich, Warren.«
»Ich liebe dich auch.«
Während Joanne den Hörer auflegt, sieht sie auf ihre Armbanduhr. Es ist beinahe neun Uhr abends. Ein Gespräch will sie noch führen, aber sie muß dazu in die Küche, um die Nummer zu holen. Sie blättert in ihrem Adreßbuch, bis sie die gesuchte Nummer gefunden hat.

»Camp Danbee«, sagt wenige Minuten später eine Frauenstimme am anderen Ende der Leitung.
»Ich möchte mit meinen Töchtern sprechen. Ich weiß, es ist nicht üblich, aber in diesem Fall ist es sehr wichtig.«
»Die Namen Ihrer Töchter bitte?« fragt die Frau, die offenbar eingesehen hat, daß Widerspruch keinen Erfolg hätte.
»Robin und Lulu – Lana – Hunter.«
Eine kurze Pause folgt. Joanne hört, daß irgend etwas durchgeblättert wird.
»Sie sehen sich gerade im Aufenthaltsraum einen Film an.«
»Könnten Sie sie bitte holen?«
»Das wird einige Minuten dauern. Kann ich ihnen nicht einfach sagen, daß sie zurückrufen sollen?«
»Wie lange?«
Die Frau klingt jetzt sehr aufgeregt. »Also, ein paar Minuten brauche ich, um rüberzugehen, und noch ein paar, um sie hierherzubringen. Insgesamt dürfte es nicht länger als fünf Minuten dauern. Ist es ein Notfall, Mrs. Hunter? Soll ich die Mädchen auf irgend etwas vorbereiten?«
»Nein«, sagt Joanne. »Ein richtiger Notfall ist es nicht. Ich muß nur mit meinen Töchtern sprechen.«
»Ich werde veranlassen, daß sie Sie in ein paar Minuten anrufen.«
»Danke.« Joanne legt auf und wartet, die Hand noch immer auf dem Hörer, daß es klingelt.
Es klingelt.
»Hallo, Robin?«
Die Stimme am anderen Ende der Leitung ist schrill, hysterisch. »Joanne«, kreischt sie, »hier ist Eves Mutter.«
»Mrs. Cameron«, sagt Joanne dumpf, besorgt, aber sie will nicht die Leitung besetzen. Die Mädchen wollen doch anrufen. »Was ist denn los? Ist Eve irgend etwas passiert?«
Die folgenden Worte werden kurz, stakkatohaft ausgestoßen. Joanne hat Schwierigkeiten, sie zu verstehen.

»Ich weiß nicht. Ich habe angerufen bei ihr, und da hat sie angefangen zu schreien und mich zu beschimpfen, daß ich eine Hexe sei, hat sie gebrüllt, daß ich ihr Leben zerstört habe und daß sie sich wünscht, ich wäre tot!«
»Mrs. Cameron, bitte, versuchen Sie sich zu beruhigen. Ich bin sicher, daß Eve das nicht so meint. Ich *weiß*, daß sie das nicht so meint!«
»Ich weiß überhaupt nichts mehr!« schluchzt die alte Frau. »Du hättest sie hören müssen, Joanne. Sie hat gar nicht wie sie selbst geklungen. Sie hat wie etwas Unmenschliches geklungen. Das war nicht ihre Stimme. Sie sagt, sie ist meine Eve, aber, Joanne, das ist nicht sie. Es ist jemand, der ihren Körper benutzt. Das ist nicht mein Kind. Mein Kind würde sich nie wünschen, daß seine Mutter tot wäre!«
»Was kann ich denn jetzt für Sie tun?« fragt Joanne hilflos und wirft einen Blick auf die Uhr. Sie kennt die Antwort schon.
»Geh zu ihr, Joanne«, sagt Eves Mutter. »Bitte. Brian ist nicht zu Hause. Sie ist ganz allein. Ich habe ihr gesagt, ich würde kommen, aber sie hat gesagt, sie würde mich umbringen, wenn ich in ihre Nähe käme. Ich weiß nicht, was ich tun soll. Du wohnst doch gleich nebenan. Dir würde sie nie etwas antun. Bitte, geh zu ihr! Sieh nach, ob alles in Ordnung ist mit ihr!«
Joanne starrt durch die gläserne Schiebetür in die Dunkelheit hinaus. »Okay«, sagt sie nach einer kurzen Pause.
»Ruf mich zurück«, befiehlt Eves Mutter, als Joanne schon auflegen will.
»Wie ist Ihre Nummer?« Hektisch sucht Joanne auf dem kleinen Tischchen nach einem gespitzten Bleistift, findet einen, dessen Mine gerade noch zum Schreiben taugt, und notiert sich die Telefonnummer von Eves Mutter.
»Ruf mich an!« hört sie Mrs. Cameron noch einmal sagen, als sie den Hörer auflegt.
Ihre Hand liegt noch auf dem Telefon, als es klingelt.
»Hallo, Robin?« sagt sie sofort.

»Mom?« Robin klingt ängstlich. »Ist alles in Ordnung?«
Alle fragen mich das, denkt Joanne. Sie ist froh, die Stimme ihrer Tochter zu hören. »Alles ist in Ordnung, mein Liebling.«
»Warum rufst du dann an?« Robin ist sehr erstaunt.
»Ich vermisse dich. Ich wollte nur mal ein paar Minuten mit dir sprechen.«
Robins Stimme wird ganz sanft, ganz leise. Joanne kann sich gut vorstellen, wie ihre Tochter jetzt ihre Körperhaltung ändert, die Hand über die Sprechmuschel des Hörers wölbt, damit niemand in der Nähe hören kann, was sie jetzt sagen wird.
»Mom, du weißt doch, daß das gegen die Regeln ist. Alle schauen mich an, als würden sie erwarten, daß jemand gestorben ist oder so. Was soll ich ihnen denn sagen?«
»Sag ihnen, es tut dir leid, sie enttäuschen zu müssen, aber zumindest was diesen Augenblick betrifft, bin ich am Leben.«
»Mut-ter!« Es folgt eine lange Pause. Dann: »Hast du etwas getrunken?«
Joanne lacht lauthals auf. »Nein! Muß ich denn betrunken sein, um mit meinen Töchtern sprechen zu wollen, die ich sehr liebe?«
»Also, auf jeden Fall«, stottert Robin, »es ist gegen die Regeln.«
»Sag ihnen einfach, es hat sich etwas geändert mit dem Abholen, und ich mußte anrufen, weil ich mir nicht sicher war, ob ein Brief, den ich geschrieben hatte, rechtzeitig ankommen würde.«
»Ziemlich lahm, Mom«, bemerkt Robin.
»Na, dann denk du dir etwas Besseres aus.«
Eine weitere lange Pause. »Wie wäre es denn, wenn ich ihnen sagen würde, du und Dad seid wieder zusammen?«
Joanne schweigt.
»Seid ihr wieder zusammen, Mom? Hast du deswegen angerufen?«
Schweigen. Dann: »Nein.« Wieder Schweigen.

»Ich liebe dich, Mom.«
»Ich liebe dich auch, meine Süße.«
»Lulu steht da und meckert, weil sie den Film versäumt. Sprich am besten mal mit ihr.«
»Auf Wiedersehen, Kleines«, sagt Joanne, während Robin den Hörer an ihre jüngere Schwester weiterreicht.
»Was ist denn los?« quengelt Lulu.
»Gar nichts, Schatz, ich habe dich nur vermißt und wollte mit dir sprechen.«
»Das darfst du doch nicht!«
»Ja, ich weiß.«
»Ich verpasse den Film, Mom. Mrs. Saunders hat uns an der spannendsten Stelle rausgeholt.«
»War es denn ein schöner Sommer?«
»Ja, es war toll!« Joanne kann den Ausdruck verwirrter Ungeduld in Lulus Gesicht förmlich sehen.
»Glaubst du, du wirst in ein paar Wochen den Einstieg in den Schulalltag schaffen?«
»Ich glaube schon. Mom, können wir uns darüber nicht unterhalten, wenn ich wieder zu Hause bin?«
»Natürlich«, sagt Joanne hastig. »Entschuldige, Schatz. Geh zurück und schau dir den Film weiter an.«
»Geht es Daddy gut?«
»Ja, es geht ihm sehr gut.«
»Und deinem Großvater?«
Die Frage kommt für Joanne völlig unerwartet. »Er ist gestorben«, sagt sie schließlich, weil sie nicht weiß, was sie sonst antworten sollte.
»Was? Warum hast du das nicht gleich gesagt?« Joanne sieht förmlich, wie Lulu sich an ihre Schwester und alle anderen Personen wendet, die mit ihnen im Raum sind. »Moms Großvater ist gestorben!«
»Was?« hört Joanne Robins Stimme im Hintergrund. Ein leises Schleifgeräusch, dann ist wieder Robin am Telefon. »Ur-

großvater ist gestorben?« wiederholt sie. Zum erstenmal setzt sie Joannes Großvater in Beziehung zu sich selbst. »Wann denn?«
»Vor einer Woche... vielleicht ist es auch schon zehn Tage her. Mir geht es gut«, fügt Joanne schnell hinzu. »Jetzt kannst du ihnen ja sagen, daß jemand gestorben ist«, sagt sie und muß ein Kichern unterdrücken.
»Mut-ter!«
»Geht zurück zu eurem Film, Liebling. Euer Vater wird euch nächste Woche vom Bus abholen. Ich liebe dich.«
»Ich liebe dich auch«, sagt Robin.
»Ich liebe dich«, hört sie Lulu schreien.
»Ich liebe dich, Engelchen«, flüstert Joanne.
»Mrs. Hunter?« Es ist eine andere, ältere Stimme.
»Ja?«
»Hier ist Mrs. Saunders. Ich wollte nur sagen, daß mir das mit Ihrem Großvater sehr leid tut.«
»Danke«, erwidert Joanne. Dann legt sie auf.
Sie geht zur gläsernen Schiebetür und starrt in die Nacht hinaus. Langsam, ohne irgend etwas zu beabsichtigen, öffnet sie beide Schlösser und schiebt die Tür auf. Sofort umgibt sie warme Nachtluft, zieht sie hinaus auf die Terrasse, als führe der Arm eines Liebhabers sie zum Küssen in eine abgelegene Ecke.
Sie starrt auf die offene Baugrube, die den größten Teil ihres Gartens ausmacht. Eine wunderbare Nacht zum Schwimmen, denkt sie und geht langsam die Stufen hinab, die noch immer auf die letzte Lackschicht warten. Sie stellt sich vor, wie sie graziös durchs Wasser gleitet. Der Pool ist groß genug, um darin richtig schwimmen zu können, nicht nur zum Herumplanschen geeignet. Allerdings – herumplanschen kann sie am besten. Sie nimmt sich vor, Schwimmunterricht zu nehmen, wenn sie den Sommer überlebt. Vielleicht werde ich sogar wieder mit dem Tennisspielen anfangen, denkt sie, während sie

sich dem Rand des Pools nähert. In der Dunkelheit versucht sie, den Tennisschläger auszumachen, den sie dort hineingeworfen hat, aber sie kann ihn nicht finden. Mensch! beschließt sie plötzlich, wenn ich den Sommer überlebe, kaufe ich mir diesen neuen Tennisschläger, den Steve Henry empfohlen hat.
Es ist ganz still. Sie fühlt einen warmen Lufthauch an ihren nackten Armen. Sie hört das vertraute Rauschen der Blätter in den Bäumen, es erinnert sie an das Häuschen ihres Großvaters. Sie sieht sich, eingemummelt in ihrem kleinen Bett, durch das Moskitonetz des offenen Fensters auf die dahinterliegenden Bäume starren. Sie schließt die Augen, hört wieder die leisen Stimmen ihrer Eltern und Großeltern aus dem Nebenzimmer. Sie hört das entfernte Pfeifen eines vorbeifahrenden Zugs. Sie ist ganz ruhig, ganz heiter.
Das Klingeln des Küchentelefons stößt Joanne abrupt in die Gegenwart zurück. Sie dreht sich nach dem Geräusch um und sieht Eve, die aus dem Fenster ihres nach vorne hin gelegenen Schlafzimmers schaut.
Schnell läuft Joanne die Stufen zur Terrasse hinauf und ins Haus. Die Schiebetür läßt sie hinter sich offen. »Hallo?« sagt sie in die Sprechmuschel. Sie ist ganz außer Atem.
»Hast du mit Eve gesprochen?« fragt die Stimme ohne irgendwelche einleitenden Worte.
»Mrs. Cameron...«
»Warst du bei ihr?«
»Ich hatte noch keine Zeit...«
»Wie meinst du das, du hattest noch keine Zeit?«
»Ich rufe sie jetzt gleich an, Mrs. Cameron. Wenn ich mit ihr gesprochen habe, rufe ich Sie an.«
»Ruf nicht an, Joanne. Geh rüber zu ihr.«
»Ich rufe Sie später an«, sagt Joanne und legt auf. Ihr gesamtes Leben scheint in letzter Zeit ums Telefon zu kreisen. Zögernd wählt sie Eves Nummer. Das Telefon klingelt fünf-, sechsmal, bevor abgehoben wird. Vom anderen Ende der Leitung ist nichts zu hören.

»Eve?« fragte Joanne. »Eve, bist du dran?«
Die Stimme, die jetzt antwortet, klingt weit entfernt, als ob es ein Ferngespräch wäre. »Was willst du?« fragt sie.
»Ich will wissen, was los ist«, antwortet Joanne. »Deine Mutter hat mich angerufen. Sie war völlig durcheinander.«
»Wie in den alten Zeiten«, gackert die Stimme.
»Wo ist Brian?«
»Wer?«
»Bist du allein?«
»Allein mit meinen Schmerzen.« Eve lacht und klingt zum erstenmal in diesem Gespräch wie sie selbst.
»Willst du zu mir rüberkommen?« fragt Joanne.
»Ich sterbe, Joanne«, schreit Eve plötzlich.
»Du stirbst nicht.«
»Doch, ich sterbe!« brüllt Eve. »Ich sterbe, und niemand glaubt es mir.«
»Ich komme rüber.«
»Jetzt gleich!«
»Jetzt gleich.«
»Ich sterbe, Joanne!«
»Warte, bis ich drüben bin.«
»Ich weiß nicht, ob ich es schaffe.«
»Du schaffst es. Warte. Ich bin sofort bei dir.«
»Beeil dich!«
»Ich komme sofort.« Joanne feuert den Hörer auf die Gabel und rennt zur Haustür. Beinahe vergißt sie die Schlüssel, läuft in die Küche zurück, fischt sie aus ihrer Handtasche, läuft wieder zur Haustür und erinnert sich plötzlich, daß sie die Schiebetür in der Küche offengelassen hat. »Idiotin«, murmelt sie, rennt in die Küche zurück, schließt die Tür und sperrt sie ab. »Du würdest sogar deinen Kopf vergessen, wenn er nicht angewachsen wäre«, sagt sie laut.
Genau in dem Moment, als sie am Telefon vorbeihetzt, klingelt es. Automatisch nimmt sie den Hörer ab.

»Ich bin sofort bei dir«, verspricht Joanne hastig.
»Mrs. Hunter...« beginnt die Stimme, und Joanne bleibt das Herz stehen. Sie sagt nichts. »Hat Ihnen mein Kranz gefallen, Mrs. Hunter?«
Joannes Hand umkrampft die Schlüssel, das Metall drückt sich ins Fleisch.
»Das mit Ihrem Großvater tut mir leid«, fährt die Stimme fort. »Trotzdem, ich wette, Sie sind froh. Eine Verpflichtung weniger. Da haben Sie jetzt mehr Zeit für den Spaß des Lebens.«
»Wer sind Sie?« fragt Joanne mit fester Stimme.
»Nun, wenn ich Ihnen das sagen würde, würde ich die Überraschung verderben, nicht wahr, Mrs. Hunter? Und das wollen wir doch nicht, oder? Besonders jetzt, wo ich doch bald kommen werde, dann können Sie es ja selbst sehen. Ich komme bald, Mrs. Hunter.«
Unwillkürlich seufzt Joanne auf.
»Oh, das gefällt mir, Mrs. Hunter. Das war sexy. Sex mit Angst. Meine Lieblingskombination.«
»Sie sind verrückt!«
Die Stimme verliert den scherzhaften Ton. »Und Sie sind bald tot.« Ein paar Sekunden, dann beginnen wieder die Drohungen. »Ich komme und hole Sie mir, Linda!«
»Warten Sie mal – ich heiße nicht... Sie haben die falsche...«
Was wollte ich da gerade sagen? überlegt sie, nachdem die Verbindung unterbrochen ist. Sie haben die falsche Nummer? Sie meinen eine andere Mrs. Hunter? Welchen Unterschied macht es schon, ob sie die Mrs. Hunter ist, die sterben wird, oder eine andere? »Und Sie sind bald tot«, hört sie die häßliche Stimme sagen.
Sie rennt zur Tür, die Schlüssel fest umklammert, schaltet die Alarmanlage ein und läuft aus dem Haus.

## 29

Joanne nimmt die Abkürzung über den Rasen. Sie wirft einen verstohlenen Blick die Straße hinunter und stopft die Schlüssel in die Gesäßtasche ihrer Jeans. Am Eck ist eine Telefonzelle. Aus dieser Entfernung und in der Dunkelheit ist unmöglich zu erkennen, ob jemand darin ist oder nicht. Die Straßenlampen erhellen fast nichts, sind nur dazu da, die Schatten hervorzuheben. Ist dort jemand?
Ich komme und hole Sie mir, Linda.
Die hat Glück, denkt sich Joanne zynisch, während sie die Treppe zu Eves Haus hinaufläuft und laut an die Tür klopft. Sie ist nicht die Frau, die er eigentlich meint. Die Geschichte meines Lebens! Die Geschichte meines Todes!
Niemand öffnet auf ihr Klopfen hin.
»Eve!« ruft sie und drückt auf den Klingelknopf. Dann klopft sie wieder. »Eve! Ich bin's, Joanne. Laß mich rein!«
Ich komme und hole Sie mir, Linda.
In Joannes Kopf wirbelt alles durcheinander. »Eve, mach doch auf! Komm schon. Ich habe keine Lust, ewig hier draußen zu stehen.«
»Ich kann nicht aufmachen, Joanne«, ertönt eine schwache Stimme aus dem Inneren des Hauses.
»Warum nicht?«
»Ich sterbe, wenn ich aufmache.«
Und ich sterbe, wenn du nicht aufmachst, denkt Joanne. »Um Himmels willen, Eve, mach auf!«
Ich komme und hole Sie mir, Linda.
»Ich kann nicht.«
»Mach endlich die verdammte Tür auf!« brüllt Joanne, und sofort öffnet sich die Tür. Joanne verschafft sich unsanft Eintritt und schlägt sie hinter sich zu. »Was soll dieser Unsinn, daß du stirbst, wenn du die Tür öffnest?« fragt Joanne wütend. Sie ist erleichtert, endlich im Haus zu sein.

»Ich habe solche Angst«, winselt Eve. Sie geht auf die Treppe zu und fällt an der untersten Stufe plötzlich wie leblos um.
Joanne starrt ihre Freundin an. Eves Haar ist in unregelmäßigen Strähnen aus dem hageren Gesicht gestrichen und wird von zahlreichen zu großen Spangen gehalten; der Baumwollkittel, den sie trägt, ist voller Flecken und riecht nach Schweiß; an den bloßen Füßen trägt sie schäbige Pantoffeln.
»Vor was?«
»Ich will nicht sterben.«
»Du wirst nicht sterben.«
»Ich will leben, Joanne. Was geschieht nur mit mir? Hilf mir!«
Joanne geht zu ihr. »Hör mir zu, Eve. Laß mich ausreden.« Eve nickt. Joanne fühlt, wie Eves Körper unwillkürlich zusammenzuckt, als sie ihren Arm um die Schulter der Freundin legt. »Was ich jetzt sagen werde, wird dir wahrscheinlich nicht gefallen...«
»Sag es«, drängt Eve, überraschend fügsam.
»Du hast einen Nervenzusammenbruch«, erklärt Joanne ihr so sanft sie kann. »Du wirst *nicht* sterben. Ich weiß, dir ist, als ob du sterben würdest, aber du wirst *nicht* sterben.«
Erstaunlicherweise protestiert Eve auch jetzt nicht. Statt dessen starrt sie Joanne fragend an. »Wie definierst du einen Nervenzusammenbruch?« fragt sie ganz ruhig.
Joanne muß beinahe lachen bei dem Gedanken, daß vielleicht sie selbst es ist, die einem Nervenzusammenbruch nahe ist. Das klassische Beispiel des Blinden, der den Blinden führt. »Ich weiß nicht genau«, sagt sie ehrlich. »Ich bin mir nicht sicher, wie ein Psychiater es definieren würde, aber ich würde sagen, ein Mensch, der einen Nervenzusammenbruch erleidet, hat aufgehört zu funktionieren.«
»Und du glaubst, das trifft auf mich zu?«
»Etwa nicht?«
Eve schweigt.

»Vor vier Monaten«, erklärt Joanne, »warst du eine aktive, vitale Frau, eine Psychologielehrerin, die abends Extra-Seminare besuchte, um sich auf die Promotion vorzubereiten, ein Energiebündel, die in jeden Tag dreißig Stunden packte, die Tennisstunden nahm und zur Gymnastik ging und immer beschäftigt war. Ich konnte es nie fassen, daß ein Mensch in der Lage war, soviel zu tun.«

Joanne spürt, wie Eves Schultern sich verspannen. »Und jetzt?« fragt sie dumpf.

»Und jetzt tust du nichts«, sagt Joanne ganz einfach. »Deine ganze Persönlichkeit ist damit beschäftigt, krank zu sein.«

»Ich habe Schmerzen!« entgegnet Eve und windet sich aus den Armen ihrer Freundin. »Was willst du von mir? Glaubst du, es macht mir Spaß, krank zu sein?«

»Ich glaube, du hast keine Kontrolle mehr...«

»Was soll ich denn machen, Joanne? Was soll ich denn gegen die Schmerzen tun?« Eve richtet sich langsam auf und beginnt in der Diele hin und her zu gehen wie ein Tier im Käfig. »Ich weiß, daß du mir das mit den Schmerzen nicht glaubst...«

»Ich *glaube* es dir.«

»Aber du glaubst, daß sie in meinem Kopf entstehen.«

»Ja«, sagt Joanne. Eve rollt frustriert mit den Augäpfeln. »Aber sagen wir mal, ich irre mich«, fährt Joanne fort, steht auf und versucht, mit Eves hektischem Auf und Ab Schritt zu halten. »Sagen wir mal, es gibt tatsächlich eine physische Ursache deiner Schmerzen, die alle Ärzte übersehen haben. Eve, Tausende von Menschen in diesem Land leiden unter chronischen Schmerzen, die von den Ärzten weder diagnostiziert noch behandelt werden können. Diese Menschen müssen sich irgendwann einmal entscheiden. Entweder machen sie den Schmerz zum Mittelpunkt ihres Lebens – das tust du –, oder sie akzeptieren den Schmerz, akzeptieren, daß er immer da sein wird und daß sie nicht viel dagegen unternehmen können, außer einfach *weiterzuleben*.«

»Ich soll die Schmerzen also ignorieren...«
»So gut du kannst, ja. Ich weiß, du denkst jetzt, für mich ist es einfach, das zu sagen...«
»Weil es für dich nämlich *wirklich* sehr einfach ist, das zu sagen...«
»Nein«, widerspricht Joanne. »Nein, es ist nicht einfach für mich. Ich habe in den letzten Monaten auch so eine Phase durchgemacht.«
Eve bleibt stehen. »Von was redest du?«
Joanne zögert. »Die Anrufe«, sagt sie schließlich.
Eve braucht ein paar Sekunden, um zu begreifen, was Joanne meint. »Die Anrufe«, wiederholt sie verächtlich. »Du bist überzeugt, das nächste Opfer des Würgers zu sein, und *ich* bin die Verrückte?«
»Nun gut«, räumt Joanne ein, »vielleicht bin *ich* die Verrückte von uns beiden! Ganz ehrlich, ich weiß es nicht. Die Sache ist die: Darauf kommt es gar nicht an. *Ich* erhalte diese Anrufe von jemandem, der droht, er werde mich umbringen. Er hat mich auch heute abend wieder angerufen, kurz bevor ich hierher kam. Er sagt, er wird bald kommen.«
Eve bricht in schallendes Gelächter aus.
»Das Problem ist«, fährt Joanne fort, »daß das nun schon seit Monaten so geht und mir niemand glaubt, oder wenn man mir glaubt, dann heißt es, man kann nichts dagegen unternehmen. Zum Schluß habe ich eingesehen, daß auch *ich* nicht viel dagegen tun kann. Ich habe getan, was ich konnte – die Polizei informiert, zweimal die Telefonnummer ausgetauscht, neue Schlösser und eine Alarmanlage einbauen lassen. Jetzt habe ich die Wahl. Entweder schließe ich mich für alle Zeiten in mein Haus ein, oder ich mache das Beste aus dem Rest Leben, der mir noch bleibt, und lebe einfach wie bisher weiter.« Sie sucht nach einem Funken Verständnis in Eves Augen, aber sie bleiben leer, geben nichts preis. »Ich will nicht sterben«, sagt Joanne. »Der Tod meines Großvaters hat mir das gezeigt. Aber es gibt Dinge,

die ich nicht kontrollieren kann, und ich glaube, zum Teil bedeutet Erwachsensein, diese Dinge akzeptieren zu lernen. Ich finde das nicht schön. Um ganz ehrlich zu sein, ich scheiße mir dabei vor Angst fast die Hosen voll. Aber welche Wahl habe ich denn? Entweder mache ich die Angst zum Mittelpunkt meines Lebens, oder...«
»...du lebst einfach weiter wie bisher«, unterbricht Eve sie mit vor Sarkasmus triefender Stimme.
»Okay, ich höre ja schon auf. Ich fange an, mich zu wiederholen.«
»Deine und meine Situation sind überhaupt nicht vergleichbar«, erklärt Eve entschieden.
»Finde ich schon.«
»Ich scheiße auf das, was du findest«, sagt Eve wütend, schiebt Joanne zur Seite und läuft die Treppe hinauf.
»Eve!«
»Geh heim, Joanne!«
»Laß mich dir doch helfen«, bittet Joanne. Sie folgt Eve die Treppe hinauf und in das größere der beiden nach vorn gelegenen Zimmer. Brian benutzt diesen Raum als Arbeitszimmer. »Mein Gott, was ist denn hier passiert?«
Erschrocken starrt Joanne auf das einst aufgeräumte, ordentliche Zimmer, das jetzt alle Anzeichen von Verwüstung zeigt. Über den Boden verteilt liegen Bücher herum; der Schreibtischstuhl ist umgeworfen; auf dem großen Teppich stapeln sich Papiere und Aktenordner, deren Inhalt wahllos verstreut wurde. »Was ist denn hier passiert?« wiederholt Joanne flüsternd.
»Hurricane Eve«, sagt Eve, lächelt und fegt mit der Hand die letzten Blätter Papier von Brians Schreibtisch, so daß auch sie auf den Boden fallen.
»Aber warum nur?«
»Er sagt, er werde mich überführen«, höhnt Eve. »Er benutzt eine Flasche, weißt du«, fügt sie rätselhaft hinzu.

»Wer? Von was redest du?« Joanne hat sich schon niedergekniet und angefangen, die Papiere einzusammeln.
»Der Vorstadtwürger«, flüstert Eve in einer Art Singsang. »Es scheint, als könne er die Arbeit nicht allein ausführen. Ich habe mich informiert. Es heißt, der Mörder könnte auch eine Frau sein.« In ihrer Stimme schwingt etwas Unheimliches, Fieses mit. Joanne hört auf mit dem Einsammeln und starrt auf die Frau, die seit dreißig Jahren ihre beste Freundin ist. »Sogar ich könnte es sein.« Eve lächelt. Offenbar amüsiert sie der Gedanke.
»Red doch keinen Unsinn«, sagt Joanne barsch.
»Woher willst du wissen, daß ich es nicht bin? Du hältst mich doch bereits für verrückt! Warum könnte ich es nicht sein?«
»Weil ich dich kenne. Weil ich weiß, daß du niemandem etwas zuleide tun könntest, außer...«
»Was?« fragt Eve sofort. »Sprich zu Ende!«
»Du könntest niemandem etwas zuleide tun«, fährt Joanne sanft fort, »außer dir selbst.« Sie läßt die Papiere, die sie eingesammelt hat, auf den Boden zurückfallen. »Eve, du hattest eine Fehlgeburt. Deshalb bist du kein schlechter Mensch. Es bedeutet doch nicht, daß du etwas falsch gemacht hast. Es bedeutet, daß etwas außerhalb deiner Kontrolle Liegendes nicht geklappt hat. Wie lange willst du dich dafür noch bestrafen?«
»So lange, wie du gedenkst, Psychiaterin zu spielen, ohne irgendwelche Kompetenz dafür zu haben«, spöttelt Eve trocken und gibt einem der Aktenordner einen Fußtritt.
»Also gut, wenn ich schon einmal so weit gegangen bin, kann ich auch gleich alles sagen...«
»Ich freue mich schon darauf.«
»Ich glaube nicht, daß du Angst vor dem Tod hast«, sagt Joanne. »Ich glaube, du hast Angst vor dem Leben.«
»Interessante Theorie.« Eves rechter Fuß wippt nervös auf und ab.
»Ich glaube, du hast dir selbst unerreichbare Ziele gesetzt. Da

bist du nicht die einzige. Ich bin genauso schuldig wie du. Irgendwoher haben wir die Vorstellung, es reiche nicht, Ehefrauen und Mütter zu sein, wir müssen *perfekte* Ehefrauen und Mütter sein. Und während wir uns um unseren perfekten kleinen Haushalt kümmern, erwartet man von uns, daß wir gleichzeitig perfekte, erfolgreiche Geschäftsfrauen sind. Natürlich ist es günstig, wenn man die ganze Zeit hindurch auch noch jung und schön bleibt. Scheiße! Wir werden alt. Wir werden dick. Wir kriegen Krampfadern und Falten, und, verdammt noch mal, wir werden müde! Wir sind nicht perfekt! Aber deswegen sind wir doch keine Versagerinnen! Eve, verstehst du, was ich damit sagen will? Es war nicht deine Schuld, daß du eine Fehlgeburt erlitten hast...«
»Das weiß ich selbst!«
»Wirklich?«
Eve sitzt, inmitten aller Papiere, am Boden, legt den Kopf in den Schoß und wiegt sich vor und zurück. Ihre Stimme ist ein leises Stöhnen. »Jede Idiotin kriegt ein Baby, Joanne. Warum konnte ich keins kriegen?«
Joanne erwidert nichts. Langsam rutscht sie auf Knien zu ihrer Freundin hinüber und legt ihr tröstend den Arm um die Schulter. »Auf perverse Weise hatten unsere Mütter es einfacher«, flüstert sie gedankenverloren, während Eve zu schluchzen beginnt. »Für sie gab es Regeln, denen sie folgen konnten, Rollen, die sie spielen konnten. Und auch nicht *alle* Rollen auf einmal. Sie... mein Gott!« Joanne läßt ihren Arm von Eves Schultern fallen.
Eve ist erschrocken, weil Joannes leise, tröstende Worte so abrupt aufgehört haben. »Was ist denn?« fragt sie mit tränenerstickter Stimme.
»Unsere Mütter...«
»Was ist mit ihnen?«
»Meine Mutter hieß Linda!«
»Joanne, geht's dir noch gut?«

Joanne springt auf. »Er nannte mich Linda. Es war keine Verwechslung!«
»Von was redest du da?«
»Es war keine Verwechslung. Er nannte mich Linda, weil er glaubt, daß ich so heiße. Und warum auch nicht? Er hat meinen Großvater mich immer nur Linda nennen hören.«
»Von was redest du denn?«
»Es ergibt alles einen Sinn. Woher er seine Informationen hat, woher er alles wußte. Die ganze Zeit über war er da und hat immer zugehört, wenn ich mich jeden Samstagnachmittag ausweinte. Mein Gott, Eve, ich weiß, wer es ist!«
»Joanne, du machst mir angst!«
»Ich muß mal telefonieren.« Joanne geht auf den Schreibtisch zu. »Wo ist denn das verdammte Telefon?« Endlich hat sie es gefunden. Es liegt verkehrt herum da und ist nicht angeschlossen.
»Du darfst es nicht benutzen!« schreit Eve plötzlich.
»Eve, ich muß die Polizei anrufen!«
»Nein! Ich weiß, was du in Wirklichkeit tun willst. Du willst ein Krankenhaus anrufen. Du glaubst, ich bin verrückt! Du willst, daß sie mich holen kommen! Das hat Brian ausgeheckt!«
»Nein, Eve, ich schwöre...«
»Ich will, daß du abhaust!«
»Eve, ich weiß jetzt, wer mich die ganze Zeit angerufen und mir mit Mord gedroht hat! Es ist der Junge vom Pflegeheim. Vielleicht ist er sogar der Vorstadtwürger! Ich muß die Polizei anrufen!«
»Nein!«
Eve ist ebenfalls aufgestanden, zitternd entwindet sie Joannes Händen das Telefon, schleudert es quer durch den Raum, brüllt triumphierend auf, als es an die gegenüberliegende Wand kracht. Farbe splittert ab, und zurück bleibt ein großer, blutfarbener Fleck.

»Raus hier!« schreit Eve. »Hau ab, bevor ich dich selbst umbringe!«
»Eve, bitte...«
»Raus hier!«
»Ruf Brian an«, fleht Joanne, während sie, sich vor Eves Fäusten duckend, aus dem Zimmer rennt. »Bitte, sag ihm, ich weiß, von wem die Anrufe kommen, ich weiß, wer der Killer ist. Sag ihm, er soll mich anrufen...«
»Raus!«
Eve bückt sich und ergreift ein Buch, das am Boden liegt. Joanne sieht, wie sie es auf sie schleudert, aber sie kann sich nicht schnell genug bücken. Hart knallt es gegen ihren Rücken. Mit Tränen in den Augen läuft sie die Treppe hinunter. Hinter ihr brüllt Eve noch immer. Sie erreicht die Haustür, öffnet sie und flieht in die Nacht hinaus.

Sekunden später ist sie an ihrer eigenen Haustür. Sie kramt in den Taschen ihrer Jeans nach den Schlüsseln. Sie hört etwas neben sich und dreht sich ruckartig um. Da ist nichts. »Reg dich ab«, sagt sie sich. »Ganz langsam! Nur keine Panik! Irgendwo werden deine Schlüssel schon sein. Du hast sie in die Tasche gesteckt.« Schweigend betet sie, die Schlüssel mögen nicht während des Tumults bei Eve herausgefallen sein. »Sie müssen einfach da sein«, schreit sie. Endlich findet sie sie in der Gesäßtasche, versteckt unter einem alten Papiertaschentuch. »Gott sei Dank«, murmelt sie, steckt den Schlüssel ins Schloß und öffnet die Tür. Schnell schließt sie sie hinter sich und wendet sich noch in der gleichen fließenden Bewegung dem Alarmkästchen zu.
Das Alarmlicht ist nicht an.
»O nein, nicht schon wieder«, jammert sie. »Wie konnte ich nur so dumm sein! Welchen Sinn hat denn eine Alarmanlage, wenn ich andauernd vergesse, das verdammte Ding anzuschalten?« Wütend drückt sie auf den Knopf, der das System in Be-

reitschaft versetzt. Dann holt sie tief Luft und geht zum Telefon. Sie wählt den Notruf – 911.
Nach dreimaligem Klingeln wird am anderen Ende der Leitung abgehoben. »Hallo«, beginnt Joanne, »ich hätte gerne einen Polizisten...«
»Hier ist der Polizeinotruf.«
»Ja, ich hätte gerne...«
»Dies ist eine Tonbandaufnahme. Im Moment sind alle unsere Leitungen besetzt...«
»O Gott!«
»Falls Sie polizeiliche Hilfe benötigen, warten Sie bitte; sobald wie möglich werden wir uns um Ihren Anruf kümmern. Wenn Sie wollen, daß ein Streifenwagen zu Ihrem Haus kommt, hinterlassen Sie bitte Ihren Namen und Ihre Adresse. Sprechen Sie bitte nach dem Pfeifton...«
Joanne legt auf. Sie reibt sich die Stirn. Welchen Zweck hätte es, Namen und Adresse zu hinterlassen? Sofort nimmt sie den Hörer wieder auf und wählt noch einmal die Notrufnummer. Der Zweck heißt Überleben, sagt sie sich. Noch einmal hört sie die Tonbandansage. »Joanne Hunter«, sagt sie nach dem Pfeifton, danach gibt sie ihre Adresse an. »Es ist sehr dringend«, fügt sie hinzu. Sie beschließt, am Apparat zu bleiben für den Fall, daß ein menschliches Wesen ihren Hilferuf beantworten sollte.
Genau dreißig Minuten später hört Joanne, daß ein Auto vor dem Haus hält. Sie wartet auf das vertraute Geräusch von Schritten auf der Vordertreppe, auf ein lautes Klopfen an der Haustür, aber nichts ist zu hören außer der Tonbandmusik aus dem Hörer, den sie in der Hand hält.
Sie umkrampft den Hörer; ihre Gelenke sind ganz steif. Sie beugt den Kopf zurück, so weit es geht, hört das Knacken, fühlt die Verspannung in den Schultern. Langsam, vorsichtig hebt sie den Kopf; ihr Blick fällt auf die Schiebetür.
Sie sieht ihn in der Dunkelheit stehen; das Gesicht gegen die

Scheibe gepreßt, so stiert er hinein. Bevor sie Zeit zum Überlegen hat, die Uniform erkennen kann, schreit sie schon wie wild.

»Polizei«, erklärt die Gestalt und hält einen Gegenstand in der rechten Hand hoch. Joanne erkennt, daß es eine Marke ist.

Im selben Augenblick ertönt ein lautes Klopfen an der Haustür. Joanne läßt den Hörer fallen und rennt zur Tür. »Wer ist da?« schreit sie. Durchs Guckloch ist ein uniformierter Polizist zu sehen.

»Polizei. Wir haben einen Notruf zu dieser Adresse erhalten.«

»Ja, ich habe angerufen«, erklärt Joanne und will schon die Tür öffnen. Ihr fällt ein, daß die Alarmanlage noch eingeschaltet ist, sie drückt auf den Knopf, um sie auszuschalten, und öffnet die Tür. Der junge, magere Polizist, der kaum älter als Robin wirkt, sieht sich nervös um.

»Wo liegt das Problem?« fragt er, während er in die Küche geht. »Darf ich?« fragt er und zeigt auf seinen Kollegen, der immer noch vor der Schiebetür steht.

Joanne beobachtet, wie er die Schlösser entriegelt. »Weiter unten ist noch eins«, sagt sie. Einen Augenblick später steht sein Kollege, ein paar Zentimeter größer und ein paar Jahre älter, neben ihm.

»Ich bin Officer Whitaker«, stellt sich der erste Polizist vor, »und das hier ist Officer Statler. Worum geht es denn?«

Joanne setzt schon zu einer Antwort an, da hört sie eine leise Stimme. Auch die Polizisten haben sie vernommen, alle drei schauen aufs Telefon, dessen Hörer noch immer in der Luft hängt. Joanne läuft hin und hebt ihn auf. »Hallo«, sagt sie.

»Hier ist der Polizeinotruf«, antwortet eine Stimme. »Können wir Ihnen irgendwie helfen?«

»Der Polizeinotruf«, erklärt Joanne den beiden Polizisten. »Ich habe die ganze Zeit am Telefon gewartet.«

Officer Statler nimmt ihr den Hörer aus der Hand. »Officer

Statler hier. Wir sind jetzt da. Ja. Danke.« Er legt den Hörer in die Gabel. »Um was geht es denn nun?« fragt er und läßt seine Blicke im Raum umherschweifen. »Haben Sie einen Herumtreiber gesehen? Sind Sie verletzt?«
»Nein.« Joanne schüttelt den Kopf. »Ich weiß, wer der Vorstadtwürger ist«, verkündet sie und versucht, den ungeduldig-skeptischen Blick zu ignorieren, den die beiden Männer miteinander wechseln.
»Wir sind für Notfälle zuständig, Ma'am«, bringt Officer Whitaker ihr in Erinnerung.
»Das *ist* ein Notfall«, sagt Joanne mit Nachdruck.
»Ach ja. Ist diese Person hier?«
Joanne schüttelt den Kopf. »Nein... Aber vor kurzem hat er angerufen. Er sagte, er wird kommen.«
»Ist ja reizend von ihm, daß er Ihnen das ankündigt«, bemerkt Officer Statler und unterdrückt ein Grinsen.
»Hören Sie mal, ich bin nicht irgendeine Verrückte«, sagt Joanne, obwohl sie weiß, daß sie genau so klingt. »Im Nachbarhaus wohnt Sergeant Brian Stanley. Er kennt mich. Er wird Ihnen bestätigen, daß ich nicht verrückt bin.«
»Okay, okay, Mrs. Hunter«, sagt Officer Whitaker und sieht in seinem Notizblock nach, »Sie haben angerufen und einen Notfall gemeldet. Sie baten darum, daß eine Polizeistreife bei Ihnen vorbeischaut. So, jetzt sind wir hier. Erzählen Sie uns doch einfach mal, was Sie zu wissen glauben, dann werden wir, sobald wir können, der Sache nachgehen.«
»Sobald Sie können? Was soll das heißen?«
»Sagen Sie uns einfach, was Sie zu wissen glauben«, fordert er sie auf. Joanne ist empört über die Gönnerhaftigkeit dieser Worte. Sagen Sie uns, was Sie zu wissen *glauben*! Warum hat sie sich überhaupt die Mühe gemacht, die Polizei anzurufen? Was hat sie damit zu erreichen gehofft? Was glaubt sie, würde passieren? »Seit Monaten ruft er mich schon an«, erzählt Joanne trotzdem, »und droht mir, ich werde die Nächste sein...«

»Haben Sie diese Anrufe der Polizei gemeldet?«
Joanne nickt. »Ich weiß nicht, wer es war. Die Stimme kam mir bekannt vor, aber es war eine sehr seltsame Stimme, schwer zu bestimmen. Jetzt ist mir klar, daß er die Stimme seines Großvaters imitiert hat, nicht ganz genau natürlich, aber mit diesem Krächzen, das alte Leute manchmal haben...«
»Ich komme nicht recht mit.«
»Passen Sie auf! Jeden Samstag, bis zu seinem Tod vor etwa zehn Tagen, habe ich meinen Großvater besucht, und jeden Samstag war zur selben Zeit dieser Junge da, um seinen Großvater zu besuchen. Er kam immer mit seiner Mutter, aber seine Mutter kann nicht der Killer sein, denn sie war nie die ganze Zeit über im Raum, wenn ich mit meinem Großvater sprach. Manchmal ging sie raus, um eine Zigarette zu rauchen, und es sah aus, als würde der Junge schlafen, aber wahrscheinlich hat er nur so getan. In Wahrheit hat er gelauscht. Hat sich alles angehört, was ich meinem Großvater erzählte. Deshalb wußte er, daß die Mädchen im Ferienlager sein würden und daß mein Mann mich verlassen hat...«
»Sie sind geschieden?« unterbricht Officer Statler.
»Getrennt lebend«, antwortet Joanne. Bin ich deshalb weniger glaubwürdig? »Auf jeden Fall fingen die Anrufe erst an, nachdem Sam Hensley in das Zimmer meines Großvaters verlegt worden war. Eve hat mich einmal gefragt, wann die Anrufe denn begonnen hätten, und ich konnte mich nicht genau erinnern...«
»Sam Hensley? Eve?« fragt Officer Whitaker.
»Sam Hensley ist der Großvater des Jungen. Eve ist meine Freundin. Sie ist die Frau von Brian Stanley, die Frau von Sergeant Stanley. Sehen Sie, es paßt alles zusammen! Woher er meine Telefonnummer hat, woher er wußte, wann ich mir eine neue geben ließ. Ich meine, es ist doch ganz einfach, an die Krankenblätter heranzukommen. Sie werden im Ärztezimmer aufbewahrt.«

»Der Name des Jungen lautet Hensley?« fragt Officer Statler. Sein belustigter Blick straft seinen ernsten Tonfall Lügen. »Könnten Sie das mal buchstabieren?«
»Der Name des *Alten* ist Hensley«, berichtet Joanne. »Der Junge heißt anders.« Sie versucht auf den Namen zu kommen. »Mein Gott, wie heißt er doch gleich?« Sie sieht den jungen Mann vor sich, aber seine Gesichtszüge sind verschwommen. Sie hat nie richtig darauf geachtet, wie er eigentlich aussah. Er war einfach immer nur da, wie ein Teil des Mobiliars. Er sah ganz nett aus, aber nicht einprägsam.
Jetzt drängt sich Joanne das Bild der Mutter auf. Sie ist einfacher zu beschreiben. Sie hat Masse, Gewicht, eine tragende Stimme, an die man sich erinnert. »Alan«, hört Joanne die Frau rufen, die Aufforderung an den widerwilligen Jungen, sich von dem kleinen Schwarzweißfernseher im Wartezimmer des Pflegeheims zu lösen. »Alan«, wiederholt Joanne laut. »Mein Gott, wie heißt er nur mit Nachnamen? Alan... Alan irgendwas... Alan Crosby!« ruft sie triumphierend. »Genau. Alan Crosby! Er ist ungefähr neunzehn oder zwanzig. An mehr kann ich mich nicht erinnern. Ich habe ihn eigentlich nie so recht beachtet.«
»Danke, Mrs. Hunter. Wir werden der Sache nachgehen«, erklärt Officer Statler und schlägt seinen Notizblock zu.
»Wann?« will Joanne wissen.
»Wir fangen gleich damit an«, sagt Officer Whitaker, bevor sein Kollege antworten kann. »Es ist Samstag nacht, aber wir tun, was wir können.« Er betrachtet das Telefon. »Ist das immer noch Ihre Nummer?« fragt er, öffnet den Notizblock und schreibt die Nummer auf, die auf dem Telefon angebracht ist. Joanne nickt.
»Versuchen Sie sich zu beruhigen, Mrs. Hunter«, sagt Officer Statler und öffnet die Haustür. »Gestern nacht haben wir einen Typen aufgegabelt, von dem wir ziemlich sicher sind, daß er der Würger ist. Wir müssen nur noch einige abschließende

Untersuchungen durchführen, bevor wir die Sache bekanntgeben. Schließen Sie trotzdem gut ab«, rät er und tritt hinaus. »Hier draußen laufen viele rum, bei denen eine Schraube locker ist. Wenn dieser Alan Crosby Ihnen gedroht hat, werden wir dem bald ein Ende bereiten. Ich glaube nicht, daß Sie sich Sorgen machen müssen, aber wenn es Ihnen hilft, besser zu schlafen, fahren wir heute nacht so oft wie möglich an Ihrem Haus vorbei.«
»Dafür wäre ich Ihnen sehr dankbar. Vielen Dank.« Joanne schließt die Tür hinter ihnen, sperrt zu und schaltet sofort die Alarmanlage wieder ein. »Also«, sagt sie laut, »sieht ganz so aus, als ob ich nun doch in Sicherheit wäre.« Sie knipst das Licht in der Diele aus und geht hinauf ins Schlafzimmer.

## 30

Joanne ist erschöpft. Sie hat einen langen Tag und eine unruhige Nacht hinter sich. Aber der Alptraum ist vorüber, und während sie auf ihr leeres großes Ehebett starrt, freut sie sich schon auf das schöne Gefühl, ihren Kopf ins Kissen sinken zu lassen. Sie hat sich sogar daran gewöhnt, allein zu schlafen. Es ist wie mit allen andern Dingen auch, denkt sie, während sie sich auszieht, man paßt sich an.
Sie geht ins Bad und dreht den Wasserhahn der Badewanne auf. Sie fühlt sich wie gerädert; alle Muskeln ihres Körpers tun weh; sie braucht jetzt ein entspannendes heißes Bad, dann wird sie auch gut schlafen können.
In ihrem Kopf wirbeln Gedanken an Eve, an die Polizei, an Alan Crosby durcheinander. Ich will nicht daran denken, beschließt sie und schiebt alles Unangenehme von sich.
Sie sieht ihren nackten Körper im großen Spiegel. Sie wendet sich nicht ab, sondern geht auf ihr Spiegelbild zu und läßt ihre Augen langsam Inventur machen.

»Ich bin über Vierzig«, sagt sie laut. »Ich habe die Mitte des Lebens erreicht.« Sie wirft einen tiefen Blick in ihre eigenen Augen. »Ich bin erwachsen.« Ihr Blick fällt auf die Brüste, wandert weiter hinunter, vorbei an ihrem rundlichen Bauch zu den Schamhaaren. »Ich bin eine Frau.«
Plötzlich setzt sie sich auf die kleine rechteckige Matte vor dem Spiegel und nimmt die Pose ein, die sie vor Monaten in Pauls Pornomagazin gesehen hat: die Schultern zurückgezogen, die Beine angewinkelt und weit gespreizt. Schweigend prüft sie ihr Spiegelbild. »Du siehst immer noch lächerlich aus«, sagt sie lachend und betrachtet ihr Bild im Spiegel. »Vielleicht sollte ich mal für so ein Heft posieren«, schlägt sie ihm vor und muß noch mehr lachen. Zeig der Welt mal ein paar richtige Titten und Arschbacken, nicht diese aufgeblasenen Imitationen, die sie für die Wirklichkeit ausgeben, perfekte Formen, die sich nie bewegen und nie altern. Erinnere die Leute mal daran, wie Frauen aussahen, bevor die plastische Chirurgie ihnen weiszumachen begann, sie könnten ewig jung bleiben!
Abrupt steht Joanne auf, bückt sich, berührt mit den Fingern die Zehen und betrachtet durch die gespreizten Schenkel hindurch ihren Körper. »Hey, hallo, Joanne Hunter, dich würde ich überall erkennen.« Sie streckt die Zunge heraus. »Du mich auch, Kleine«, sagt sie, richtet sich wieder auf und macht eine volle Drehung. Sie ist erstaunlich zufrieden mit dem, was sie da sieht. »Gar nicht schlecht für eine Frau über Vierzig«, gratuliert sie ihrem Spiegelbild.
Sie geht zur Badewanne und dreht den Hahn zu. Das Wasser ist sehr heiß, vielleicht ein bißchen zu heiß, denkt sie, als sie in die Wanne steigt. Sie preßt ihre Schultern gegen das weiße Porzellan, fühlt das Wasser unter ihrem Kinn plätschern. In Sekundenschnelle bilden sich kleine Schweißtropfen auf ihrer Stirn und ihrer Oberlippe. Sie schließt die Augen, streckt Arme und Beine aus. Ich könnte auf der Stelle einschlafen, denkt sie. Einfach wegtreiben und einschlafen.

Sie hört ein Geräusch. Sofort versteift sich ihr Körper. Sie strafft die Schultern, setzt sich gerade hin, zieht die Knie an die Brust, wartet, ob das Geräusch wiederkommt. Nichts. Nach einigen Minuten läßt sie sich wieder zurücksinken. Sie braucht sich keine Sorgen zu machen. Die Alarmanlage ist eingeschaltet; der Vorstadtwürger ist überführt; und außerdem hält die Polizei ein wachsames Auge auf ihr Haus. Der Alptraum ist vorüber. Beinahe, hört sie ein Stimmchen flüstern. Laß die Augen offen! Schlaf nicht ein!
Trotz der stummen Warnung schließt sie die Augen, aber es ist schon zu spät. Sie liegt nicht mehr allein in der Wanne. Eve ist bei ihr und die beiden Polizeibeamten, deren Anwesenheit ihr eine Ewigkeit her zu sein scheint, und Alan Crosby, dessen Gesichtszüge hinter einem widerlichen Grinsen verschwimmen. Sie alle lassen es nicht zu, daß sie sich entspannt, erlauben ihr nicht, sich auszustrecken. Joanne öffnet wieder die Augen und nimmt die Seife aus der kleinen Schale an der Wand. Sie seift sich ein, spült den Schaum ab, steht auf und steigt aus der Wanne, die ihr jetzt wie ein öffentliches Schwimmbad erscheint. Überfüllt. Sie will allein sein.
Wieder in ihrem Zimmer, zieht Joanne ein kurzärmeliges T-Shirt an. Sie will gerade ins Bett gehen, da fühlt sie sich plötzlich gezwungen, sich umzudrehen, eine andere Richtung einzuschlagen. Beinahe gegen ihren eigenen Willen schleicht sie auf Zehenspitzen durch die obere Diele, wirft erst einen Blick in Robins Zimmer, dann in das von Lulu, ist befriedigt, beide Räume leer vorzufinden. Sie freut sich schon auf die Rückkehr ihrer Töchter, auf das nächste Jahr. Mein erstes Jahr als richtige Erwachsene, denkt sie.
Als sie an der Treppe vorbeikommt, beschließt sie, die Alarmanlage noch einmal zu überprüfen. Sie erinnert sich, sie eingeschaltet zu haben, nachdem die Polizisten gegangen waren, aber in letzter Zeit hat ihr Gedächtnis sie öfter im Stich gelassen, und sie will ganz sicher sein.

Sekunden später ist sie in der unteren Diele. Hell leuchtet das grüne Licht auf dem kleinen Kästchen an der Wand; die Anlage ist eingeschaltet. Sie ist in Sicherheit.
Sie geht ins Eßzimmer und starrt durchs Fenster hinaus auf die Straße. In diesem Augenblick fährt ein Streifenwagen langsam an ihrem Haus vorbei. Sie winkt, aber sie steht im dunklen Zimmer, die Polizisten können sie nicht sehen. Trotzdem, sie fühlt sich sofort besser, jetzt, wo sie weiß, daß sie da sind.
Sie ist müde, so müde, daß ihr Kopf zu schmerzen beginnt. Sie geht zu Bett. Sie zieht die Decke über sich und schließt sofort die Augen. Laß die Augen offen, warnt das Stimmchen. Schlaf nicht ein! »Geh weg«, sagt Joanne ungeduldig. Ihr Kopf ist noch kaum auf das Kissen gesunken, da ist sie schon eingeschlafen.

Joanne spielt mit ihrem Großvater Karten.
Er gewinnt ständig, was sie nicht überrascht. Aber die vielen Menschen, die sich in seinem Zimmer im Baycrest-Pflegeheim zusammendrängen und ihnen beim Spielen zusehen, erstaunt sie. Ihre Gesichter sind ununterscheidbar, gehen ineinander über, impressionistische Skizzen ohne klare Umrisse, einfache Striche aus Farbe und Licht. Joanne betrachtet diese Gesichter und sieht immer wieder vertraute Züge zwischen ihnen auftauchen, sich verbinden, verschwinden. Unter Eves erstaunlich rotem Haar sehen sie die Augen ihrer Mutter an. An Robins Schultern angewachsen, strecken sich Lulus Arme nach ihr aus, das volle Lachen ihres Vaters ertönt aus Pauls geöffnetem Mund.
Geht weg, befiehlt sie ihnen schweigend. Ich kann mich nicht konzentrieren, wenn ihr so um mich herumwirbelt. Hört auf, euch zu bewegen, oder geht weg. Aber das seltsame Publikum bleibt; statt dessen verschwinden die Karten. Sie ist in einer schalldichten Kabine; ihr Großvater stellt ihr eine Frage. Ihr wird bewußt, daß sie an einem Fernsehquiz teilnimmt; sie

zieht die Schultern zurück und den Bauch ein, denn die Kamera ist auf sie gerichtet. Wenn sie die Frage richtig beantwortet, sagt jemand, gewinnt sie eine gigantische Frühlingsrolle. Aber die Tonqualität in der Kabine ist schlecht; sie hört immer nur die Satzanfänge. Wie soll ich die Frage beantworten, wenn ich sie nicht richtig hören kann? fragt sie. Das Publikum johlt ihr aufmunternd zu.

Wir feuern dich an, verkündet ihre Mutter mit klarer Stimme, aber Joanne kann sie nicht hören. Sie nickt, aber sie hat Angst. Sie will ihre Mutter nicht enttäuschen. Sie ist immer brav gewesen; sie hat viel gelernt. Alle ihre Freunde sind da; sie will sie nicht enttäuschen.

Du darfst uns nicht enttäuschen, sagt ihr Vater deutlich; dann ist der Ton weg. Wir lieben dich, liest sie ihm von den Lippen ab.

Wir müssen jetzt gehen, sagt Eve. Du mußt dich konzentrieren.

Ich liebe dich, erklärt Paul.

Ich brauche dich, erinnert Ron Gold sie.

Und dann sind sie alle weg. Sie ist allein. In der Kabine kracht es seltsam, als ob sie unter Strom stünde.

Bist du... deine Frage? sagt ihr Großvater.

Ich kann dich nicht hören. Joanne gestikuliert wild herum, aber entweder sieht er sie nicht, oder er ignoriert sie bewußt.

Hier ist... Frage, sagt die Stimme.

Ich höre dich nicht. Ich habe nicht den ganzen Satz...

Wann... Beginn des...?

Es tut mir leid, ich höre dich nicht. Ich habe die Frage nicht mitbekommen.

Joanne fühlt Panik in sich aufsteigen; die gläserne Kabine ist für sie zu einem luftleeren Kerker geworden. Sie will raus. Aber bevor sie sie freilassen, muß sie die Frage richtig beantworten. Entsetzt betrachtet sie die Gesichter, von denen sie plötzlich umgeben ist. Sie ist in einem Raum voller Fremder,

deren Körper in die Wände überblenden, an denen sie lehnen. Der Atem stockt ihr. Sie ist in einem Raum voller Alan Crosbys.
Die gläserne Kabine ist kein Kerker, wird ihr verzweifelt bewußt, als das Glas um sie herum sich auflöst. Sie hat Joanne bis jetzt am Leben erhalten! Jetzt steht sie allein da, ungeschützt in einem Raum voller Killer.
Wann begann der Burenkrieg? höhnen die Stimmen, die Körper kommen immer näher.
Ich weiß nicht, sagt Joanne flehentlich.
Natürlich weißt du es. Frag doch Lulu! Sie hat uns gesagt, sie wird es nie vergessen.
Von was redet ihr?
»Linda...«
Wir waren dabei, als du es deinem Großvater erzähltest.
»Linda...«
Wir kennen die Zahlenkombination deiner Alarmanlage.
»Linda...«
Plötzlich übertönt Eves Stimme alle anderen Stimmen. Ich sterbe, Joanne, schreit sie. Hilf mir!
Ich komme gleich, ruft Joanne ihr zu, bahnt sich einen Weg durch den dichten Kreis aus Alan Crosbys, läuft in die Diele ihres Hauses, die Schlüssel fest umklammert. Einen Augenblick lang bleibt sie stehen, drückt auf die numerierten Tasten der Alarmanlage und rennt aus dem Haus.
Wann begann der Burenkrieg?
Ich habe die Alarmanlage eingeschaltet.
»Linda...«
Ich habe sie eingeschaltet, bevor ich das Haus verließ, aber sie war aus, als ich wiederkam.
»Linda...«
Ich hatte sie eingeschaltet. Jemand muß sie ausgeschaltet haben.
Er ist im Haus!

Er ist die ganze Zeit über hier gewesen.
Joanne schreckt auf, sitzt sofort aufrecht im Bett, die Augen vor Entsetzen geweitet.
»Linda...«
Die Stimme füllt den ganzen Raum aus.
»Linda...«
Joannes Blick haftet auf der Sprechanlage an der Wand ihres Schlafzimmers. Sie schläft nicht. Sie ist hellwach. Die Stimme, die sie die ganze Zeit über gehört hat, ist nicht Teil eines Traums. Die Stimme ist wirklich. Sie ist Teil ihres Alptraums. Und der ist real.
Alan Crosby ist im Haus.
»Wachen Sie auf, Linda«, ertönt ein schauerlicher Singsang. »Ich hole Sie jetzt.«
Joanne spürt, wie ihre Hände zu zittern beginnen, wie ihr Körper sich schüttelt. Ihr ist speiübel. Wo ist er? Von welchem Zimmer aus spricht er zu ihr? Wo könnte er sich versteckt halten? Wohin könnte sie laufen?
»Linda... ich weiß, daß Sie jetzt wach sind. Ich fühle es. Ich fühle Ihre Angst. Ich komme.«
Er hat es geschafft, heute nacht ins Haus zu gelangen. Er muß ihre Schlüssel aus der Handtasche genommen und wieder zurückgelegt haben, nachdem er Zweitschlüssel angefertigt hatte. Sie waren verschwunden, nachdem sie ihren Großvater besucht hatte; nach einem solchen Besuch waren sie wieder aufgetaucht. Warum hatte sie sich das nicht alles schon früher überlegt?
»Egal, ob Sie bereit sind oder nicht, Linda, ich komme!«
Er will mit ihr spielen. Alberne, kindische Spiele spielen. Mörderische Spiele. Versteckspiele. Katz und Maus.
In Panik sieht Joanne sich um, als plötzlich völlige Stille sie umgibt. Die Stimme ist verschwunden. Ganz ruhig ist es im Haus, nur ihr flacher Atem ist zu hören. Irgendwo im Haus bewegt er sich jetzt auf sie zu. Er kommt sie holen.

Willst du einfach hier im Bett sitzen bleiben und auf ihn warten? fragt eine leise Stimme sie zornig. Los, mach schon!
Joanne bleibt wie angewurzelt im Bett sitzen.
Mach schon, du Arschloch!
Joanne steigt langsam aus dem Bett. Wohin soll ich denn, du Superschlaue? Jetzt bin ich aufgestanden – und, was soll ich jetzt tun?
Sie nimmt den Telefonhörer auf, klemmt ihn zwischen Ohr und Schulter und versucht zu wählen. Ihr Finger rutscht ab, sie muß noch einmal von vorn beginnen. Den Blick auf die Tür geheftet, drückt sie auf die drei Tasten, die sie mit dem Polizeinotruf verbinden werden.
Hier ist der Polizeinotruf, ertönt die altvertraute Tonbandstimme. Im Augenblick sind alle unsere Leitungen besetzt...
Joanne hört ein Klicken. Eine andere Stimme ist in der Leitung. »Kann ich Ihnen irgendwie helfen, Linda?« fragt die Stimme; sie klingt unmenschlicher als die vom Tonband. Joanne läßt den Hörer auf die Gabel fallen, hält die Luft an, ist zu entsetzt, um sich bewegen zu können.
Ich kann mich im Bad einschließen, überlegt sie, aber sie entscheidet sich sofort dagegen. Wie die Traumgestalt in der Glaskabine würde sie sich damit nur selbst in die Falle locken. Mit einer einfachen Haarklammer läßt sich das Türschloß öffnen, und im Badezimmer gibt es nichts, mit dem sie sich verteidigen könnte. Paul hat alle Rasierklingen mitgenommen, als er auszog.
Ihre einzige Hoffnung besteht darin, ins Freie zu kommen.
Joanne blickt aus dem Schlafzimmerfenster. Es ist zu hoch; sie würde sich schwer verletzen. Er würde sie finden und ihr den Rest geben.
Sie muß raus. Vielleicht dreht die Polizei noch immer ihre Runden. Sie blickt auf die Uhr. Es ist nach zwei.
Wo ist Alan Crosby? In welchem Zimmer wartet er auf sie? Ist er immer noch am Telefon in der Küche oder hat er sich die Treppe hinaufgeschlichen?

Sie hält weiter den Atem an, lauscht auf das leiseste Geräusch, hört nichts. Verzweifelt sieht sie sich im Schlafzimmer um. Was könnte sie als Waffe benutzen? Einen Kleiderbügel? Einen Schuh? Ihr Blick kehrt zum Telefon zurück. Warum eigentlich nicht? denkt sie, reißt das Kabel aus der Wand, schwingt es wie eine Peitschenschnur auf und nieder.
Langsam geht sie auf die Tür zu.
Sie starrt durch die Dunkelheit zur oberen Diele hinauf. Sie sieht nichts. Verbirgt er sich in Lulus Zimmer? In Robins Zimmer? Hatte er sich unter dem Bett versteckt, als sie in den Zimmern der Mädchen nachsah? Beobachtete er sie mit perverser Vorfreude, als sie schlief? Das Herz steckt ihr mitten in der Kehle, die Schmetterlinge in ihrem Bauch dringen in jeden Teil ihres Körpers vor. Wenn sie nur die Treppe hinunter könnte...
Ihre bloßen Füße rutschen über den Teppichboden, gleiten auf die erste Stufe zu. Wo ist er? Wird er es zulassen, daß sie die Treppe hinuntergeht?
Vorsichtig senkt sich ihr rechter Fuß auf die erste Stufe. Sie sieht die fliehende Gestalt eines jungen Mädchens mit einem eckigen Gesicht und flacher Brust. Sie hört Eves Stimme. Man weiß, daß sie überleben wird, weil sie keinen Freund und keine Titten hat, sagt sie. Nun, denkt Joanne und sieht an sich herab, das kommt hin. Wie gelang es dem Mädchen zu fliehen? überlegt Joanne, versucht sich zu erinnern, aber sie schafft es nicht. Toll, denkt sie. Zu allem übrigen jetzt auch noch die Alzheimersche Krankheit!
Sie ist an der letzten Stufe angelangt. Wenn sie nur bis zur Haustür käme...
Sie sieht die Bewegung, bevor sie das Geräusch hört, hört seinen durchdringenden Schrei, bevor sie ihr eigenes Kreischen vernimmt, spürt seine Hände, die nach ihrem Hals greifen. In völliger Panik läßt sie das Telefon fallen, das sie als Waffe mitgenommen hat, hört noch einen spitzen Schrei, diesmal ein

Schmerzensschrei, das Wort »Scheiße« entfährt ihm. Sie merkt, daß die Hände sich zurückziehen, alles geht so schnell, daß sie schon fast aus dem Haus ist, als ihr bewußt wird, daß sie das Telefon auf seinen Fuß hat fallen lassen und daß die Schreie von ihm und ihr sich jetzt mit der schrillen Sirene der Alarmanlage vermischen.
Sie ist im Freien. Der Sirenenton wabert durch die Straße. Sie sieht Eve aus dem Schlafzimmerfenster hinunterstarren. »Eve!« schreit sie, rennt über den Rasen zum Nachbarhaus, sieht, daß Eve das Fenster verlassen hat. »Mach auf!« kreischt sie, bleibt in der Mitte zwischen den beiden Häusern stehen, wartet, daß Eve die Tür öffnet, dreht sich um, sieht Alan Crosby widerlich grinsend unter der Lampe vor dem Haus stehen. Er hält etwas in der Hand. Sie erkennt eine lange, silbrig glänzende Schneide.
Tu was! befiehlt ihre innere Stimme, und sofort gehorcht sie. Ihre nackten Füße tragen sie über den grasbewachsenen Weg zwischen den zwei Häusern in ihren Garten.
Und jetzt? schreit sie in Gedanken. Sie starrt in das große, leere Zementloch hinab. Mein Grab, denkt sie, läuft zum seichten Teil des Pools und steigt die drei Stufen in das leere Schwimmbecken hinunter.
Der Mond scheint nicht, und am Himmel stehen nur einige wenige Sterne. Vielleicht wird er das Becken nicht sehen. Vielleicht fällt er hinein und bricht sich das Genick.
Na klar, denkt sie sofort mit schmerzhaft klopfendem Herzen. Als ob er nicht jeden Quadratzentimeter ihres Gartens vorher untersucht hätte! Langsam, die Fingerspitzen immer an der Zementwand, schleicht sie zum tiefen Teil des Swimmingpools. Immer noch schrillt die Sirene durch die Nacht. Wo bleibt die Polizei? Wenn sie sich nur so lange vor dem Jungen verstecken kann, bis die Polizei kommt!
Vielleicht ist er schon weg. Vielleicht hat der Alarm ihn verscheucht. Vielleicht ist sie schon in Sicherheit...

Sie hört ihn. Er ist irgendwo über ihr, auf den Steinplatten. Kann er sie sehen? Hat er sie schon entdeckt?
Joanne vergräbt das Kinn in der Brust, versucht, ihre Atemzüge zu dämpfen. Sie fühlt den rauhen Zement unter ihren nackten Füßen. Was hat sie eigentlich an? Sie sieht an sich hinab, ihre Hände fahren über ihre Brüste. Große weiße Buchstaben springen ihr ins Auge, als wären sie dreidimensional. Ein T-Shirt mit einem dummen Spruch. Verdammt, schreit sie sich in Gedanken an, beugt sich vor, um die Buchstaben zu verdecken. Von allen T-Shirts, die du hast, mußtest du ausgerechnet dieses hier anziehen!
Es ist unglaublich, daß ich mir darüber Gedanken mache, was ich anhabe, sagt sich Joanne plötzlich. Karen Palmers Überlegungen fallen ihr wieder ein. Was denkt man, wenn man mit dem so gut wie sicheren Tod konfrontiert ist? Meine Gedanken waren zu Lebzeiten nie besonders tiefsinnig, entschuldigt sie sich im Geiste bei Karen. Du kannst nicht von mir erwarten, daß ich mich plötzlich mit Kant und Hegel beschäftige, bloß weil ich nur noch ein paar Minuten zu leben habe.
»Linda...«
Die Stimme schnellt durch die Dunkelheit wie eine Schlange durchs Gras. Er ist irgendwo über ihr, gegenüber der Stelle, an der sie sich hingekauert hat. Starrt er jetzt gerade auf sie? Sie hat Angst, aufzublicken, hat Angst, diese Bewegung könnte seine Aufmerksamkeit erregen. Es ist ja möglich, daß er sie noch nicht entdeckt hat. Vielleicht hofft er, seine Stimme werde sie so erschrecken, daß sie ihr Versteck verrät. Es ist ganz wichtig, daß sie sich völlig ruhig verhält.
»Linda...« ruft die Stimme wieder, diesmal ist sie näher.
Wo ist die verdammte Polizei? Warum sind die Bullen nicht hier? Wofür hat man überhaupt eine Alarmanlage, wenn im Ernstfall niemand von ihr Notiz nimmt?
Das Mädchen, das »Feuer!« schrie; sie muß an die früheren falschen Alarme denken. Wo ist Officer Whitaker? Wo Officer

Statler? Sie sagten, sie würden das Haus beobachten. Aber das ist Stunden her. Es ist nach zwei Uhr morgens. Inzwischen liegen sie wahrscheinlich schon im Bett, sind seit langem eingeschlafen.
Sie nimmt eine kleine Bewegung über sich wahr und erkennt eine Sekunde zu spät, daß es eine Hand ist, die sich auf sie zubewegt. Innerhalb von Sekunden wird ihr Haar wie ein festes Knäuel gepackt, die kräftigen Hände ihres Gegners ziehen sie aus der Kauerstellung auf die Füße. Sie dreht den Kopf und sieht ein Messer durch die Luft blitzen, ein entsetzlicher Schrei entfährt ihrer Kehle, als das Messer durch ihr Haar zischt.
»Cowboys und Indianer!« jauchzt der Junge. Joanne rennt zur gegenüberliegenden Wand im tiefen Teil des bumerangförmigen Pools.
»Laß mich in Ruhe!« schreit sie. Trotz der Dunkelheit kann sie seine Augen sehen.
»Ich bin noch nicht fertig mit dir«, sagt er lachend. Er wartet, wohin sie laufen wird.
»Die Polizei wird jede Minute hier...«
»Ich habe sehr viel Zeit«, sagt er zuversichtlich.
»Bitte...«
»Aber vielleicht hast du recht. Vielleicht werde ich besser nicht übermütig. Vielleicht verschaffe ich dir jetzt erst mal den Spaß, den ich dir versprochen habe...«
Joanne beginnt langsam, immer an der Wand entlang, auf das seichte Ende des Pools zuzugehen.
Er geht mit. »Braves Mädchen«, sagt er. »Komm zu Daddy.«
Entsetzt sieht Joanne zu, wie Alan Crosby leichtfüßig in den seichten Teil des Schwimmbeckens springt.
Joanne rennt auf die Stufen zu, spürt, wie ihre Waden schmerzhaft umklammert werden, verliert das Gleichgewicht. Sie stolpert, knickt ein, ihre Finger verhaken sich in den Saiten ihres Tennisschlägers, als sie den Sturz reflexartig abzufangen versucht. Wie durch ein Wunder gelingt es ihr, sich auf den

Beinen zu halten, sie ergreift den Schläger, krabbelt die Stufen hinauf, feindliche Hände strecken sich nach ihr aus, um sie an ihrem T-Shirt zurückzuhalten.

Sie schlägt um sich, aber er hat ihr T-Shirt fest im Griff und zieht sie zu sich hin wie einen Fisch am Angelhaken. Sie hört das bedrohliche Klicken eines Klappmessers.

»Du hast mir versprochen, daß ich meinen Spaß haben werde«, stößt sie plötzlich hervor. »Das hier ist *kein* Spaß!«

Was rede ich da, verdammt noch mal? denkt Joanne. Sie fühlt, wie sein Griff schwächer wird, nimmt diesen Vorteil sofort wahr und entwindet sich seinen Händen.

Sie versucht wegzulaufen, aber er ist dicht hinter ihr. Wieder hört sie das Messer durch die Luft zischen. Die Schneide fährt durch das Rückenteil ihres T-Shirts. Eine Reihe von Schnappschüssen, winzige Schwarzweißfotos der Opfer des Würgers tauchen vor ihr auf. »Nein!« brüllt sie trotzig. Ihre linke Hand legt sich neben die rechte um den Griff ihres Tennisschlägers. Sie beobachtet sich selbst, während sie sich wie in Zeitlupe umdreht, in die Knie geht und den Schläger mit aller Kraft zu schwingen beginnt.

## 31

Als sie die dritte Tasse ihres Frühstückskaffees austrinkt, hört Joanne den Wagen. Sie setzt die Tasse ab und wartet auf das vertraute Läuten. Sie wirft einen Blick auf die Sprechanlage, geht raschen Schritts zur Tür und sieht durch das Guckloch.

»Hi«, sagt sie und öffnet die Tür.

»Hi«, sagt er. Sie starren sich verlegen an. »Kann ich reinkommen?«

Joanne erwidert nichts, sondern tritt einfach zurück, damit Paul eintreten kann. Er schließt die Tür hinter sich. »Du siehst müde aus«, bemerkt Joanne. »Willst du eine Tasse Kaffee?«

»Ich bin ziemlich fertig«, sagt er. »Ja, ich hätte gerne eine Tasse Kaffee.«
Er folgt ihr in die Küche, geht zur gläsernen Schiebetür und sieht in den Garten hinaus.
»Es war eine anstrengende Woche«, sagt er beinahe gedankenverloren.
Joanne entfährt ein seltsamer Laut, halb Lachen, halb Weinen. Sie stellt seine Tasse auf den Tisch.
»Ich habe versucht, dich zu erreichen«, fährt Paul fort. »Sobald ich gehört hatte, was geschehen war, habe ich angerufen... Ich bin auch hergefahren. Dann hat mir Eves Mutter erzählt, daß du nach Kalifornien geflogen bist.«
»Ich mußte mich erst einmal ein paar Tage lang erholen«, erklärt Joanne. »Es tut mir leid, ich hätte dich anrufen sollen. Aber ich konnte keinen klaren Gedanken mehr fassen. Alles ging so schnell.« Nervös sieht sie sich im Raum um. »Es passiert schließlich nicht alle Tage, daß ich jemanden beinahe umbringe«, sagt sie leise.
»Hätte keinem Netteren zustoßen können. Du hast ja einen ziemlichen Schlag drauf«, witzelt Paul. »Ich habe gehört, er hat sich einen Arm und ein Bein gebrochen, als er in den Pool fiel. Gut, daß noch kein Wasser drin war.«
»Irgendwie findet sich alles«, sagt Joanne lächelnd. »Dein Kaffee wird kalt.«
Paul setzt sich an den Küchentisch, auf den Stuhl, der immer schon seiner war. Joanne nimmt auf dem Stuhl gegenüber Platz. Sie wundert sich, daß Paul gekommen ist. In weniger als einer Stunde werden die Mädchen vom Ferienlager zurück sein.
»Ich habe solche Schuldgefühle«, sagt er.
Joanne zuckt die Achseln und schweigt. Was soll sie schon sagen?
»Ich hätte hiersein müssen«, spricht er weiter. »Ich hätte dasein müssen für dich. Dann wäre das alles nicht geschehen.«

»Das stimmt nicht«, erwidert Joanne. »Und ich sage das nicht etwa deshalb, damit du dich besser fühlst, ich sage es, weil es die Wahrheit ist.« Paul sieht sie fragend an. »Die Frauen, die der Vorstadtwürger ermordete, hatten Ehemänner, die da waren und sie hätten beschützen können. Sie sind trotzdem gestorben. Aber ich nicht. Vielleicht hat gerade die Tatsache, daß du nicht da warst und ich mich ganz auf mich allein verlassen mußte, mir das Leben gerettet. Ich weiß es nicht. Es ist eine hübsche Theorie. Außerdem ist es jetzt vorbei, und mir geht es wieder gut. Deshalb schlage ich vor, daß du aufhörst, dich schuldig zu fühlen, es sei denn, du genießt dieses Gefühl.«
Paul sieht Joanne mit mehr als nur einer Spur Überraschung an. »Du hättest das alles nicht durchzumachen brauchen«, sagt er leise, noch nicht bereit, alle Schuld abzustreifen.
»Nein, ich hätte das nicht alles durchzumachen brauchen«, stimmt Joanne ihm zu. »Aber so ist das nun mal.« Sie dreht den Kopf in Richtung Swimmingpool. Sie sieht die Dunkelheit, spürt das Messer ihr T-Shirt zerschneiden, hört den Tennisschläger auf den Kopf des Jungen krachen, sieht zu, wie er in das Zementloch fällt. »Ich möchte das Haus verkaufen«, sagt sie.
»Das kann ich verstehen.«
Joanne nickt. Sie ist dankbar, daß er auf keiner Diskussion besteht. »Ich möchte ein Haus ohne Pool«, fügt sie hinzu.
»Okay«, sagt er locker. Er nimmt einen großen Schluck Kaffee. »Wie war es in Kalifornien?«
Joanne lacht. »Also, verglichen mit hier war es ziemlich langweilig.«
»Wie geht es deinem Bruder?«
»Gut. Er hat versucht, mich dazu zu überreden, nach Kalifornien zu ziehen.«
»Spielst du mit dem Gedanken?« fragt Paul. Seine Schultern haben sich versteift, aber seine Stimme klingt ruhig.
»Nein«, antwortet Joanne. »Die Mädchen würden aus der ge-

wohnten Umgebung gerissen werden, müßten in neue Schulen, würden ihre Freunde verlieren. Außerdem habe ich ja einen Job...«
»Hast du noch immer vor, weiterzuarbeiten?«
»Ja.«
Pauls Schultern sind wieder entspannt. »Das finde ich gut.«
»Ich dachte mir, ich nehme die Mädchen morgen mal mit in die Praxis«, erzählt Joanne. »Ich möchte ihnen zeigen, wo ich arbeite und was ich tue.«
»Das wird ihnen bestimmt gefallen.«
»Ich finde es wichtig für sie, mal zu sehen, daß ihre Mutter mehr ist als ein Fußabstreifer mit einem ›Willkommen‹ auf dem Rücken.«
»Ich bin mir ganz sicher, daß sie dich nicht so sehen.«
»Wie hätten sie mich denn anders sehen können?« fragt Joanne. »Ich war so sehr damit beschäftigt, jedermanns Erwartungen gerecht zu werden, daß ich selbst völlig verschwand. Ich werfe dir nichts vor«, fügt sie hastig hinzu. »Es war nicht deine Schuld. Es war meine eigene Schuld! Irgendwann hatte ich vergessen, ich selbst zu sein. Ich mache dir auch keinen Vorwurf daraus, daß du mich verlassen hast. Wirklich nicht. Wie soll man denn auch mit einem Schatten leben können?«
»Mit mir war es ja auch nicht gerade weit her.«
»Nun, zumindest warst du ehrlich.«
»Ehrlich – Schwachsinn!« ruft Paul. »Ich war ein genußsüchtiges, idiotisches Arschloch.« Er steht auf, trägt seine leere Tasse zur Spüle und reinigt sie. »Ich meine, was habe ich denn erwartet? Abenteuer? Jugend?« Er lacht bitter. »Es gibt nichts Traurigeres als einen Mann mittleren Alters, der seine verlorene Jugend wiederzufinden versucht. Ich bin kein strahlender Liebhaber. Na und? Ich bin immer noch ein verdammt guter Rechtsanwalt. Ich habe endlich erkannt, daß ich eigentlich gar nichts anderes sein will.«
Er sieht sie an, wartet, daß sie etwas sagt, aber sie sagt nichts, erwidert nur seinen Blick.

Er fängt als erster wieder an zu sprechen. Mit Blick auf die Haustür fragt er: »Wie geht es Eve?«
»Ihre Mutter ist wieder zu ihr gezogen«, sagt Joanne. »Brian ist weg. Eve verläßt das Haus überhaupt nicht mehr. Ich habe gestern nacht, als ich heimkam, bei ihr angerufen, aber sie wollte nicht mit mir sprechen.«
»Das muß schlimm sein für dich.«
»Es war nicht gerade ein Sommer, den ich gerne noch einmal durchleben möchte«, gibt Joanne zu und fährt sich mit der Hand übers Haar. »Er hat mir eine Punkfrisur gemacht«, sagt sie lachend. »Meinst du, den Mädchen wird es gefallen?«
»Warum fragst du sie nicht, wenn wir sie abholen?« schlägt er vor.
»Ich glaube nicht, daß das gut wäre«, antwortet Joanne langsam.
»Warum denn nicht?«
»Weil ich glaube, daß die Mädchen, wenn sie uns zusammen an der Bushaltestelle sehen, sich unberechtigte Hoffnungen machen werden, und wir müßten sie dann wieder enttäuschen.«
»Müßten wir das wirklich?«
Joanne starrt ihren Mann an. »Was willst du damit sagen, Paul?«
Eine kurze Pause. »Daß ich zurückkommen möchte«, antwortet er.
»Warum?«
In ihrer Einfachheit ist die Frage schockierend. »Weil ich dich liebe«, sagt er. »Weil mir in den vier Monaten, in denen ich weg war, klargeworden ist, daß es dort draußen nichts gibt...«
»Dort draußen gibt es alles«, unterbricht ihn Joanne seelenruhig.
Paul lächelt traurig.
Joanne starrt durch die gläserne Schiebetür nach draußen. »Es ist soviel geschehen. So vieles hat sich verändert. Ich habe mich verändert.«

»Die Veränderungen gefallen mir.«
»Genau das ist das Problem!« Joanne dreht sich wieder zu ihrem Mann um. »Es wird nicht immer einen psychopathischen Mörder geben, der das Beste aus mir herausholt!«
Plötzlich brechen sie beide in Lachen aus.
»Ich liebe dich, Joanne«, wiederholt Paul. »Ich weiß, wie sehr ich dir weh getan habe.«
Joanne setzt schon zum Widersprechen an, aber dann überlegt sie es sich anders. »Ja, du hast mir weh getan«, sagt sie.
»Heißt das, daß du mich nicht mehr willst?« fragt er zögernd.
Erst nach einer langen Pause antwortet Joanne. »Nein«, sagt sie. »Das heißt es nicht.«
»Ich liebe dich, Joanne«, flüstert er noch einmal. »Bitte, verzeih mir. Ich...«
Sofort ist Joanne in den Armen ihres Mannes. »Sag jetzt nichts mehr«, bittet sie ihn. Seine Lippen fahren an ihrer Wange entlang. »Ich liebe dich so sehr.«
Er zieht sie fest an sich. So stehen sie lange Zeit da, keiner will den anderen loslassen. »Wir müssen jetzt«, sagt Joanne schließlich.
»Vorher muß ich noch etwas erledigen«, erklärt Paul und geht zur Haustür. Joanne folgt ihm, beobachtet, wie er die Stufen zum Auto hinunterläuft und zwei Koffer vom Rücksitz nimmt.
Zuversichtlich lächelnd sieht Joanne zu, wie der Mann, mit dem sie seit zwanzig Jahren verheiratet ist, seine Koffer die Treppe zu ihrem Haus hinaufträgt.

# Joy Fielding

(03100)

(60387)

(60386)

(01667)

(60388)